Y. S. Paare

Das zweite Urteil

Y. S. Paare

Das zweite Urteil

Buchhandlung
GRIMPE

Impressum

Bibliografische Information der Deutschen Nationalbibliothek
Die Deutsche Nationalbibliothek verzeichnet diese Publikation in der Deutschen Nationalbibliografie; detaillierte bibliografische Angaben sind im Internet unter `http://www.dnb.de` abrufbar.

Die folgende Geschichte ist zum Teil von Personen inspiriert, die wirklich gelebt haben. Die konkreten Erlebnisse und Beweggründe der im Roman handelnden Figuren sind jedoch frei erfunden.

Wieterstraße 19
37154 Northeim

Lektorat: Lex Lingua GmbH, Berlin
Umschlag: Marie Graßhoff, Leipzig www.marie-grasshoff.de
Zeichnung Seite 265: Jo-Ann Hattenkofer
Satz & Layout: LaTeX Volker Thurner, Berlin
Druck und Bindung: Totem • Inowrocław • Polen

ISBN 978-3-943465-14-3 www.buchhandlung-grimpe.de

Des Menschen
Verdüsterungen und
Erleuchtungen machen
sein Schicksal!

*(Johann Wolfgang von
Goethe (1749 - 1832))*

PROLOG

Der Busfahrer fasste sich während der Fahrt mit der Hand ans Herz und schnappte nach Luft. Wenn er nicht sofort das Lenkrad herumreißen und bremsen würde, dann träfe er den Jungen. Doch der Schmerz in seiner Brust verstärkte sich. Er drückte sich mit schmerzverzerrtem Gesicht in seinen Sitz und trat dabei versehentlich statt der Bremse aufs Gaspedal …

*

Timo zog einen weiteren Reklamezettel aus seiner Tasche. Feine Regentropfen ließen das bedruckte Papier zu kleinen Pünktchen aufquellen. Er musste sich beeilen, damit der Zettel ansehnlich blieb. Schnell drückte Timo die Briefkastenklappe mit der linken Hand nach oben. Dabei musste er sich auf die Zehenspitzen stellen. Dieser Briefkasten war auch wirklich ungeschickt angebracht. Erstens zu hoch und zweitens stand das Ding direkt an der Straße und heute noch dazu im Regen. Ein Auto kam um die Ecke und spritzte Timo auf dem schmalen Gehweg beim Durchfahren einer tiefen Pfütze nass. Er fluchte innerlich! Normale Leute haben ihren Briefkasten gleich neben der Haustür hinter dem Gartenzaun angebracht und nicht direkt an der Straße. An der Gartenpforte dieses Hauses hatte Timo aber ein Schild entdeckt, welches vor bissigen Doggen warnte. Dass der Briefkasten an einem hohen Pfahl am Gartenzaun angebracht worden war, schien also eine reine Schutzmaßnahme für Postboten, Zeitungsbringer und Werbeprospektverteiler zu sein.
Für seine 10 Jahre war Timo recht klein und somit weit von der Körpergröße anderer Boten entfernt. Es verlangte ihm alles ab,

den Zettel durch den Schlitz des Kastens zu schieben, damit er nicht mehr herausragen und somit vom Regen völlig durchweicht werden würde. Doch so sehr der Junge sich auch anstrengte, das Papier ließ sich nicht im Kasten versenken. Irgendetwas Großes befand sich darin und versperrte den Weg. Timo zog den Zettel wieder heraus, faltete ihn kleiner – und endlich gelang es ihm, das bedruckte Papier mit den Sonderangeboten aus der Apotheke seiner Mutter regengeschützt im Inneren des Kastens verschwinden zu lassen. Dabei war ihm die Kapuze vom Kopf gerutscht und der feine Nieselregen landete auf seinem sommersprossigen Gesicht. Er kniff die mit langen und sehr hellen Wimpern umrandeten Augen vor dem Regen zusammen. Seine roten Locken kringelten sich bei Regenwetter besonders wild auf seinem Kopf. Schnell zog er die Kapuze wieder hoch und sah gerade noch aus dem Augenwinkel den herannahenden Bus. Reifen quietschten. Es gab einen dumpfen Knall. Timo flog mehrere Meter weit durch die Luft und sein Kopf knallte mit voller Wucht gegen einen Betonpfeiler. Timo war sofort tot. Sein Genick brach beim Aufprall. Wie in Zeitlupe flatterte der Inhalt seiner Tasche sanft durch die Luft und einige Reklamezettel mit der Aufschrift „Salbeibonbons mit Vitamin C – gut gegen Erkältungsbeschwerden mit Halsschmerzen!“ bedeckten seinen kleinen toten Körper, während der Regen seine roten Locken noch mehr kräuselte.

Vorher

„Herr Behrends, in der Apotheke fehlt der Inhalt des ganzen Salbei-Bonbon-Aufstellers. Und die haben wir doch fürs kommende Wochenende in der Werbung. Könnte vielleicht Timo … Ich meine, bevor ich Ihre Frau kontaktiere, dachte ich, dass ich es Ihnen zuerst …“

Andreas hielt den Telefonhörer des Haustelefons seufzend in der Hand. „Es ist gut, dass Sie das mit mir besprechen, Frau

Höffner. Meine Frau befindet sich sehr im Stress. Fehlt sonst noch irgendetwas?"
Schweigen am anderen Ende der Leitung, aber dann: „Nein, ich glaube nicht. Also bisher ist es mir noch nicht aufgefallen, aber wenn noch was fehlt, dann …"
„Ja, dann sagen Sie mir einfach Bescheid. Ich kümmere mich um die Sache. Vielen Dank!" Er legte auf.
Timo hatte heute Nachmittag neben seiner Sporttasche eine auffallend große Apothekentüte dabei gehabt, als er zum Fußball gegangen war.

Als Timo vom Training nach Hause kam, erwartete sein Vater ihn bereits mit strengem Blick.
„Hi, Paps!"
„Hallo Timo!"
„Ist was?" Timo sah ihn verunsichert an. Normalerweise saß sein Vater um diese Zeit im Büro über seinen Akten.
„Allerdings!" Sein Vater legte eine theatralische Pause ein. „Sag mal, Timo. Kannst du mir etwas zu dem leeren Salbei-Bonbon-Aufsteller unten in der Apotheke sagen?"
Timo wurde rot. „Ähm, ja. Ich habe nur …", weiter kam er nicht.
„Hast du nicht gelernt, dass man fragen muss, bevor man sich bedient und erst recht, wenn man dies so großzügig tut?"
„Ja, aber Mama ist ja nicht …"
„… da? Und was ist mit mir? Zähle ich etwa nicht?"
„Schon, aber es waren doch nur Salbei-Bonbons. Für die Vereinsfahrt, weil so viele krank sind. Ich habe sie doch nur genommen, weil ich helfen wollte …"
„Du hast in der Apotheke absolut nichts zu suchen. Mit deiner Mutter habe ich bereits telefoniert. Du kannst nicht einfach etwas nehmen und dann verschwinden. Und erst recht nicht mit so einer großen Menge. Weißt du denn nicht, was das kostet? Mama ist sehr enttäuscht von dir. Und ich auch!"
Timo senkte den Blick. Er schämte sich. Tatsächlich hatte er sich in der Apotheke seiner Mutter an dem Bonbon-Aufsteller groß-

zügig bedient – ohne zu fragen. Wen hätte er denn aber auch auf die Schnelle fragen sollen? Seine Mutter befand sich im Ausland, hielt dort einen Pharmazievortrag und sein Vater als Richter am Göttinger Landgericht hatte fast nie Zeit. Timo hatte sich ganz fest vorgenommen, alles zu erklären, wenn seine Mutter erst wieder da gewesen wäre. Schließlich ging es ja um die Vereinsfahrt seines Fußballvereins! Die Fahrt, die erst letzte Woche beschlossen worden war. Die würde nämlich ins Wasser fallen, wenn noch mehr diese fiese Erkältung mit Halsschmerzen bekommen würden. „Salbeibonbons mit Vitamin C – gut gegen Erkältungsbeschwerden mit Halsschmerzen!" So hatte er es doch auf den neu gedruckten Reklamezetteln gelesen, als sie frisch aus der Druckerei eingetroffen waren. Die Rettung für die Vereinsfahrt!, war es ihm augenblicklich durch den Kopf geschossen. Auf ein paar Bonbontüten würde es seiner Mutter bestimmt nicht ankommen. Schließlich hatte sie mit ihrer Apotheke auch die neuen Trikots der Mannschaft gesponsert.

„Hat sie doll geschimpft?" Timo konnte gar nicht verstehen, dass seine Mutter von ihm so enttäuscht sein sollte.
„Nein, aber sie will davon auch nichts mehr hören. Sie und ich haben beschlossen, dass die Vereinsfahrt für dich ausfällt und du zu Hause bleibst! Damit wäre die Sache dann geregelt."
„Das hat Mama nicht gesagt! Das stimmt nicht! Bitte, ich kläre das mit ihr am Telefon!", flehte Timo, dem die Tränen in die Augen schossen.
„Ich habe dir bereits gesagt, dass sie davon nichts mehr hören will. Sie hat eine anstrengende Zeit in den USA. Auch mein Wort zählt. Du bleibst hier. Ende der Diskussion!"

Timo ging auf sein Zimmer und weinte. Das war kein gerechter Prozess gewesen, dachte er. Sein Vater hatte ihn gar nicht zu Wort kommen lassen. Wenn Timo dazu noch gewusst hätte, dass sein Vater gar nicht mit seiner Mutter Karin gesprochen hatte, dann wäre er wahrscheinlich sofort in die Verteidigung gegangen. Aber ohne dieses Wissen hatte er nichts zu seiner Verteidigung in der

Hand gehabt. Es war schon schwer, einen Richter als Vater zu haben.
Dass der dieses „Urteil" jedoch noch bitter bereuen würde, das konnte zu diesem Zeitpunkt niemand wissen.

Am übernächsten Tag, an dem die Vereinsfahrt stattfinden sollte, wurde ohne Timo gefahren. Ob es an den Salbei-Bonbons gelegen hatte, dass alle in der Mannschaft gesund geblieben waren? Das wusste natürlich keiner.
Timo trug traurig die Werbezettel der Apotheke aus, so wie sein Vater es ihm als Strafarbeit aufgetragen hatte.
Und dann hatte der Busfahrer einen Herzinfarkt bekommen ...
Niemals mehr würde Andreas den Satz seines Sohnes vergessen, den er einfach übergangen hatte. Weil der die gute Absicht seines Sohnes nicht sehen wollte.
„Ich habe sie doch nur genommen, weil ich helfen wollte ..."

Wie oft diese Worte noch in ihm nachhallen würden, ahnte Andreas da noch nicht. Er fühlte sich schuldig, dass Timo nicht mehr lebte – und verhinderte unter größter Anstrengung, dass jemand diese Schuld sah, die auf ihm lastete.

In der Welt gibt es unzählige solcher Fälle. Eine höhere Macht bestimmt über Leben und Tod. Der Mensch ist dieser völlig hilflos ausgeliefert - egal welche Entscheidung getroffen wird. Diese Macht ist Jahrtausende alt und trägt den Namen Schicksal. Wenn dieses Schicksal jedoch an der Lüge eines Menschen hängt, dann wird es oftmals kompliziert und das Schicksal wird herausgefordert.

1 VORGESCHICHTE

Jonas

Jonas liebte den Dachboden, auf dem er allein sein konnte und empfand es als riesiges Abenteuer in all den uralten Gegenständen herumzuwühlen. Manchmal saß er aber auch einfach nur da und lauschte den Tauben auf dem Dach, oder den Geräuschen die von unten aus der Fußgängerzone zu ihm hinaufdrangen. Dies war sein Reich. Frei von allen Erinnerungen und frei von allen Fragen. Hier war er allein und er fühlte sich wie ein Kapitän auf seinem Schiff – oder in seinem Flugzeug. Das gefiel ihm.
Karin ließ ihm diese Freiheit. Jonas mochte Karin sehr, während er mit Andreas nicht so richtig warm wurde, obwohl er nun schon fast ein Jahr hier bei ihnen lebte.
Andreas war ohnehin den ganzen Tag im Gericht und wenn er doch mal zu Hause war, dann saß er meist in seinem Büro über den Gerichtsakten. Karin verbrachte hingegen so viel Zeit mit Jonas, dass er endlich aufgetaut war und dadurch die allwöchentlichen Gesprächsstunden in der Kinderpsychiatrie unnötig geworden waren.

Karin und Andreas hatten ihn zwei Jahre nach dem Tod ihres Sohnes Timo als Pflegesohn aufgenommen und mittlerweile das Adoptionsverfahren eingeleitet. Jonas wusste genau, dass er es mit diesen Pflegeeltern wirklich gut getroffen und deshalb damit begonnen hatte, Karin richtig lieb zu haben. Er kuschelte sogar mit ihr und spürte, dass sie es sehr genoss, wenn er die Initiative zu mehr Nähe ergriff. Und er wusste auch, dass sie ihn niemals dazu drängen würde, obwohl er so etwas wie Mutterliebe in ihren sonst so traurigen Augen zu erkennen glaubte. Doch seiner leiblichen Mutter gegenüber hatte Jonas beim Kuscheln mit Karin manchmal ein sehr schlechtes Gewissen. Es überkam ihn das Gefühl, dass sie im Himmel darüber traurig sein könnte, wenn er mit seiner neuen Mutter kuschelte, obwohl sie ihm zu Lebzeiten immer gesagt hatte, dass es sie glücklich macht, wenn er viele Menschen um sich hat, die es gut mit ihm meinen. Und Karin meinte es gut mit ihm. Das wusste er ganz genau. Denn er wurde von ihr so liebevoll in der neuen Umgebung umsorgt. Er fühlte sich angenommen, es fehlte eigentlich an nichts, wenn da nicht die Schatten der Vergangenheit über seinem neuen Leben gehangen hätten, die immer wieder ihre Düsternis über ihm ausbreiteten.

Er sitzt auf seinem Bett hinter der verschlossenen Zimmertür und kaut am Zipfel der Bettdecke. Seine Mama hat ihn mit angstvollem Blick hastig dorthin geschickt. Ein verzweifelter Versuch von ihr, Jonas vor den brutalen Anblicken zu schützen, wenn sie sich selbst nicht schützen kann. Die Geräusche, die an Jonas` Ohr drängen, kann sie aber nicht ausschalten. Sie sprechen grausame Bände. Jonas weiß, was diese furchtbaren Geräusche bedeuten. Sie bedeuten, dass er Angst um seine Mama haben muss, weil er ihr wieder wehtut. Sie könnte danach tot sein. Und was würde dann mit ihm geschehen? Müsste er bei ihm bleiben?
Irgendwann kommt die Stille, diese furchtbare Stille! Was hat er ihr diesmal angetan?
Mit Herzklopfen schleicht Jonas aus seinem Zimmer. Bitte lass sie leben! Bitte lass sie nicht so schlimme Schmerzen haben! Aber bitte lass sie leben!

Sie sitzt am Küchentisch und weint in ihre Hände. Ihre Verzweiflung und ihr Schmerz hängen als große Dunstglocke in dem Raum, sodass Jonas kaum atmen kann. Er will für sie da sein und trägt das Leid mit. Er bringt kalte Umschläge und gibt sie ihr. Sie zwingt sich ein Lächeln ab und streichelt ihm über seine wilden roten Locken.
Und jedes Mal wenn sie sich dieses Lächeln für Jonas abringt, füllt sich sein Innerstes mit Zorn und Hass gegen den, der das

seiner Mama immer wieder antut. Irgendwann würde er seine Mama retten und ihn einfach umbringen …

Seine Mama tut ihm nämlich gar nichts. Sie versucht alles, damit er sich nicht aufregen und nicht wieder zuschlagen muss. Niemand sieht ihm aber an, was er für ein schlimmer Mensch ist, denn Thomas ist beliebt, ist nach außen immer freundlich. Er hat viel Geld, ein tolles Haus mit Pool, einen großen Garten und zwei schnittige Autos. Niemand kann ahnen, dass seine Mama so viel Kummer mit ihm hat. Mama hat alles für ihn auf- und abgegeben. Sie meint, dass sie ohne ihn vor dem Nichts stünden. Sogar Opa habe sie für ihn ins Heim gegeben, damit Mama mehr Zeit für Thomas hat. Dankbar muss man sein, dass Thomas dem Opa das Heim bezahlt.

Dabei war es doch in seinem alten Zuhause viel gemütlicher mit Opa und Mama gewesen. Die ganze Zeit war besser gewesen, damals, auch wenn sie nicht so viel Geld hatten.

Karin und Andreas

Karin saß auf dem Sofa im Wohnzimmer und las eine Fachzeitschrift über neueste pharnazeutische Forschungsergebnisse, als Andreas sich zu ihr setzte. Er sah kaputt aus. „Ist Jonas etwa wieder allein auf dem Dachboden?"

Karin legte ihre Lektüre zur Seite und seufzte. „Warum akzeptierst du nicht einfach, dass er sich dort gern aufhält?"

„Man weiß ja nicht, was er dort macht."

„Vielleicht wühlt er in den alten Kisten und Schränken herum. Daran ist ja nichts Schlimmes. Vielleicht sitzt er aber auch einfach nur da, denkt nach und genießt es allein zu sein. Dieser Ort übt auf ihn aus irgendeinem Grund eine Anziehungskraft aus. Ich habe aber überhaupt nicht das Gefühl, dass es ihm schadet. Ganz im Gegenteil!"

„Ich habe dir die Akte zu lesen gegeben. Du weißt, was er durchgemacht hat. Da kann Alleinsein doch nicht gut sein. Ich finde, dass er nicht so viel Zeit dort oben allein verbringen sollte."

„Und ich finde, dass du diese Entscheidung mir überlassen solltest! Ich verbringe schließlich die meiste Zeit mit ihm. Er lässt mittlerweile so viel Nähe zu, ja, er fordert sie geradezu ein, erzählt viel und kann lachen. Da kann der Aufenthalt auf einem Dachboden doch nichts Schlimmes sein. Hättest du weniger dagegen, wenn er allein in seinem Zimmer sitzen würde?"

„Dort ist es aber warm und gemütlich. Und er wäre näher bei uns. Man könnte besser kontrollieren, was er tut. Karin, er ist traumatisiert!"

Karin stand auf und trat vor ihren Mann. „Das sind wir auch! Brauchen wir deswegen ständige Überwachung, oder dürfen wir deswegen nicht hingehen, wo wir uns wohlfühlen? Ich werde jedenfalls niemals über Timos Tod hinwegkommen. Und Jonas wird auch niemals über den Tod seiner Mutter hinwegkommen. Es bleibt immer schmerzhaft. Der Dachboden gehört zu seiner eigenen Therapie dazu, so wie du deine Therapie zwischen deinen Akten findest."

Andreas schwieg. Er wusste, dass Karin Recht hatte. Dennoch störte es ihn, wenn Jonas stundenlang auf dem Dachboden saß. Es störte sein Bild einer normalen Familie. Aber die würden sie ohne Timo wohl nie mehr werden können. Jedes Mal, wenn der Name Timo fiel, krampfte sich alles in ihm zusammen, weil eine Schuld in ihm aufstieg, von der Karin nicht die geringste Ahnung hatte. Wie auch? Er hatte ihr nie etwas von den fehlenden Salbei-Bonbons bis hin zur verbotenen Vereinsfahrt erzählt. Und er hatte viele Menschen davon überzeugen müssen, es Karin ebenfalls nicht zu erzählen. Mit der Aufnahme von Jonas, so hatte er gehofft, wollte er seinen eigenen inneren Frieden wiederfinden. Aber er fand ihn nicht, während Karin sich einer neuen Mutterliebe hingeben konnte. Für sie hatte er die genau richtige Entscheidung getroffen, Jonas aufzunehmen.

„Wie nur könnte ich Timo vergessen, Karin?“, sprach Andreas mit leicht vorwurfsvollem Tonfall, lenkte aber sofort ab: „Gut, lassen wir Jonas den Dachboden.“
„Du musst es einfach akzeptieren, Andreas.“ Sie legte ihrem Mann eine Hand auf die Schulter. „Gestern hat Jonas mich übrigens sehr überrascht. Ich hatte ihn mit runter in die Apotheke genommen, weil er nicht allein sein wollte. Du siehst also, dass er durchaus Gesellschaft haben möchte. Als ich einem Kunden Diabetestabletten überreichte, warnte Jonas ihn, dass er sie immer pünktlich nehmen und seine Mahlzeiten danach ausrichten müsse, und dass er niemals versehentlich eine Tablette zu viel davon nehmen dürfe, weil er sonst unterzuckere. Für diesen Fall, so riet Jonas dem Kunden, solle er deshalb immer Traubenzucker bei sich tragen.“
„Hast du ihn mal gefragt, woher er das weiß?“
„Leider war der Laden so voll, dass ich es in dem Trubel vergessen habe. Ich werde es nachholen. Übrigens schläft Jonas neuerdings durch. Das ist ein weiteres gutes Zeichen. Er träumt nicht mehr von ihm.“
Andreas Gesichtsausdruck veränderte sich. Er wurde wütend: „Ich wollte 15 Jahre! 15 Jahre hatte ich angesetzt für dieses brutale … Mit anschließender Sicherheitsverwahrung! Wie nur konnten mir die Schöffen so einen Strich durch die Rechnung machen?!“
„Lass das und reg dich nicht mehr auf! Er sitzt! In dubio pro reo. Es ist nicht zu ändern. Er hat seine Strafe bekommen.“ Karin wechselte schnell das Thema. „Schau mal!“ Sie griff nach einem Blatt auf dem kleinen Ecktisch und hielt es Andreas unter die Nase. „Ich finde, man erkennt mich.“
Andreas zog die Augenbrauen hoch und schaute auf ein Bleistift-Portrait. „Das bist ja du! Woher …?“
„Jonas hat es gezeichnet. Und ich denke, dass das unbedingt gefördert werden sollte. Guck mal auf die Rückseite.“

Andreas drehte das Blatt um. Dort stand in Kunstschrift:

Für Karin

„Wo hat er das denn gelernt?“
„Er hat gesagt, dass sein Opa das viel mit ihm geübt hat, bevor er so vergesslich wurde und ins Heim kam. Der konnte wohl sehr gut zeichnen und kannte sich mit Kunstschriften aus. Ich habe mir überlegt, dass wir Jonas eine Staffelei, Papier und Stifte kaufen sollten. Das muss doch gefördert werden!“

Jonas

Ein paar Tage später besaß Jonas alles, was man zum Zeichnen braucht. Karin war zusammen mit ihm in der Stadt gewesen und er hatte sich alles aussuchen dürfen, was er brauchte: Staffelei, diverse Blöcke, Stifte, Radiergummis, Anspitzer und ein Buch, in dem man verschiedene Schriften üben konnte. Das Buch gefiel Jonas richtig gut. Sein Großvater hatte auch so eines besessen und gemeinsam hatten sie es damals stundenlang studiert, um die Schriften dann selbst auszuprobieren. Natürlich war sein Opa um Längen besser darin gewesen als Jonas, aber schon bald hatte er seinen Opa mit seinem Können überholt. Opa war einfach zu alt geworden und hatte keine ruhige Hand mehr dafür. Das fand sein Opa aber nicht schlimm. Er hatte sich über die Fortschritte seines Enkels immer gefreut. Sie waren alle so glücklich gewesen. Mama, Opa und Jonas. Wenn Jonas daran dachte, dann waren das die schönsten Erinnerungen.

Stolz brachte Jonas sein gesamtes Zeichenwerkzeug auf den Dachboden. Obwohl Andreas sich nicht mehr über Jonas` Aufenthalte auf dem Dachboden aufregen wollte, brachte er bei Karin erneut seine Bedenken zum Ausdruck. „Muss das sein? Sollte er nicht besser in seinem Zimmer ...“

„Du fängst ja schon wieder damit an! Er soll zeichnen, wo es ihm gefällt. Der Dachboden scheint sein ausgewählter Ort der Muse zu sein!“, beruhigte sie ihren Mann.

Der Dachboden zog Jonas in der Tat magisch an. Er fühlte sich dort pudelwohl. Natürlich gefiel ihm das restliche renovierte Haus auch sehr, aber der Dachboden war irgendwie besonders und wirkte neben der modernen Innenausstattung des restlichen Hauses als starker Gegensatz. Tagsüber war der Dachboden im Sommer zwar ein Brutkasten, aber das konnte Jonas nicht davon abhalten, dort oben zu zeichnen, obwohl ihm der Schweiß aus allen Poren tropfte. Mit dem Herbst kam die Kälte. Auch daran störte sich Jonas nicht. Er zog sich einfach wärmer an. Gegen die schlechten Lichtverhältnisse hatte er sich ein Plätzchen direkt unter einer Dachluke gesucht. Es gab nur eine einzige diffuse Lichtquelle in Form einer Energiesparlampe, die provisorisch an einer Dachlatte des alten Fachwerkhauses nahe der Bodentür angebracht war. Dort wollte er aber nicht sitzen. Und als es im Herbst früh dunkel wurde, bat er Karin um Kerzen, da es auf dem Dachboden keine Steckdosen für weitere Lampen gab. Karin schlug Taschenlampen vor, aber die fand Jonas so unromantisch. Er versprach Karin, gut auf die brennenden Kerzen aufzupassen. Dieses Licht schaffte eine sehr heimelige, aber auch ein wenig mystische Atmosphäre. Wenn Jonas dort saß, dann fühlte er sich wie ein Maler aus einem vergangenen Jahrhundert. Schließlich hatten die damals auch kein elektrisches Licht gehabt und mussten bei Kerzenschein malen, wenn es draußen dunkel geworden war.

Selbstverständlich hätte Jonas komfortabler in seinem Zimmer zeichnen können. Karin hatte ihm sogar erlaubt, überall in der Wohnung seine Staffelei aufzustellen, weil sie von seinem Talent so angetan war, aber Jonas wollte nicht, dass man ihm bei seiner Tätigkeit über die Schulter schaute. Und erst recht wollte er nicht, dass Andreas und Karin erfuhren, dass er am liebsten spät abends zeichnete und sich deswegen heimlich auf den Dachboden schlich.

Morgens, wenn er zur Schule musste, war er trotzdem immer ausgeschlafen. Es fiel also gar nicht auf.

So auch an einem späten Abend im November. Andreas und Karin schliefen längst. Jonas trug über seiner Schlafanzughose eine Jogginghose und ein Strickpullover sorgte am Oberkörper für wohlige Wärme. Außerdem hatte er noch die flauschige Decke aus dem Wohnzimmer mitgenommen, und seine Füße steckten in Wollsocken und warmen Filzpantoffeln.

Voll konzentriert saß er so vor seiner Zeichnung. Jonas war wie im Fieber, als er die Striche auf das in der Staffelei eingeklemmte robuste Papier brachte. Er spürte nicht, wie die Zeit verging und er bemerkte auch nicht, dass es längst Mitternacht geworden war und die Glocke der Göttinger Jacobikirche dieses mit 12 Schlägen quittierte. Einige Kerzen waren bereits so weit heruntergebrannt, dass sie erloschen waren. Eigentlich war das Licht viel zu schlecht zum Zeichnen geworden, aber nichts hielt ihn auf. Seine Zeichnung zeigte eine Frau mit einer Schusterjungenmütze auf dem Kopf. Sie saß zusammengekauert in einem dunklen Raum vor einer einzigen Kerze und weinte. Nur noch eine kleine Korrektur der Augen, die mehr von den Tränen glänzen müssten, dachte Jonas, dann ist sie fertig! Die Kirchturmglocke verstummte und es drang nur noch das kratzende Geräusch seines Bleistifts auf dem Papier in die Dunkelheit, als sich ein wabernder Schatten auf die Zeichnung legte und Jonas mit schreckgeweiteten Augen aufblicken ließ.

Karin und Andreas

„Hast du das auch gehört?“ Andreas schreckte aus dem Schlaf hoch.

Karin murmelte verschlafen vor sich hin. „Leg dich hin, es ist nichts. Es sind nur deine richterlichen Verfolgungsfantasien.“ Andreas lauschte weiter in die Dunkelheit. Bis auf ein entferntes

Martinshorn blieb alles still. „Ich sehe mal nach, ob alles in Ordnung ist!“
„Bleib liegen. Ich gehe. Du musst morgen früh raus.“ Karin betätigte den Schalter der Nachttischlampe und blickte auf die Anzeige des Weckers. Es war eine Viertelstunde nach Mitternacht. Sie schwang das Deckbett zur Seite und warf Andreas einen grimmigen Blick zu. „Du wirst sehen, dass alles in Ordnung ist.“
Karin öffnete die Schlafzimmertür, schaltete das Flurlicht ein und zuckte erschrocken zusammen, als sie einen stocksteifen und kreidebleichen Jonas auf der Bodentreppe stehen sah.
„Ist was?“, fragte Andreas, der das Zucken seiner Frau im Türrahmen bemerkt hatte.
„Nein, nein! Alles gut. Bleib liegen. Ich gehe nur noch mal auf die Toilette“, riss sie sich zusammen, zog die Tür hinter sich ran, sodass ihrem Mann der Blick auf den Flur verwehrt blieb und bedeutete Jonas mit einem leicht wütenden Kopfzeichen in Richtung dessen Zimmertür, dass er sich dort hinein schleichen solle. Jonas wirkte verängstigt auf Karin. Leise schlich er die Treppe hinunter, ging an ihr vorbei und wollte gerade in seinem Zimmer verschwinden, als sie ihm zuflüsterte: „Das geht auch mir ein bisschen zu weit, junger Herr! Nachts wird geschlafen und nicht auf dem kalten Dachboden gesessen und gezeichnet.“ Doch dann bemerkte sie die Schweißperlen auf seiner Stirn. Sie griff an sein Gesicht. „Du bist ja eiskalt und schwitzt!“ Sie tupfte seine Stirn mit ihrem Schlafanzugärmel trocken. „Wirst du krank? Ich komme gleich und bringe dir eine Wärmflasche!“ Sie streichelte ihm über die Wange. „Ich wollte dich nicht erschrecken! Und du brauchst auch keine Angst zu haben, dass ich dir den Kopf abreiße, weil du dich nachts auf den Dachboden geschlichen hast.“

Jonas

Verstört kroch Jonas unter seine Bettdecke. Das, was ihm eben auf dem Dachboden passiert war, das würde ihm nie jemand glauben! Auch nicht Karin.
Er hörte, dass die Toilettenspülung im Bad nebenan betätigt wurde. Sicher käme Karin gleich zu ihm herein. Nein, er würde ihr nichts sagen. Er würde sagen, dass es ihm schlecht ging und dass er vielleicht eine Erkältung bekommen würde. Natürlich würde sie schimpfen, dass es ja kein Wunder sei, dass er sich eine Erkältung geholt hätte, wenn er nachts auf dem kalten Dachboden saß. Aber das war ihm allemal lieber, als dass sie glaubte, dass er nun verrückt geworden war. Seine Zimmertür ging auf.
„Was ist denn los mit dir?“ Besorgt setzte sich Karin zu ihm auf den Bettrand.
„Plötzlich wurde mir schwindlig und übel“, log Jonas.
„Einfach so aus heiterem Himmel?“
Er nickte.
„Seit wann hast du denn da oben gesessen?“
Jonas zuckte mit den Schultern. „Ich weiß es nicht. Ich konnte nicht schlafen und da bin ich halt hochgegangen.“
„Soll ich dir eine Wärmflasche machen?“
„Nein, es geht glaube ich so. Du kannst wieder ins Bett gehen. Ich komme klar. Es geht mir schon besser.“
Karin machte sich trotzdem Sorgen und streichelte ihm übers Haar.
„Ok, mein Großer. Aber wenn was ist, dann kannst du rufen, ja?“
„Ja, mache ich. Versprochen.“
Karin stand auf, ging zur Tür und wünschte ihm eine gute Nacht.

Als Karin die Tür geschlossen hatte, setzte sich Jonas im Bett auf und griff hastig unter sein Schlafanzugoberteil. Er musste es wissen. Nachsehen, ob es real war, oder ob es nur ein Teil seiner Halluzination gewesen war. Vorsichtig schob er seine Hand unter den Schlafanzugstoff. Da war es tatsächlich! Sofort zog er seine Hand erschrocken zurück.

Niemals wäre er ohne diese merkwürdige Erscheinung darauf gekommen, diese eine Bodenlatte anzuheben, unter der es gelegen hatte!

Seine Gedanken purzelten durcheinander. Was war auf dem Dachboden geschehen? Gedanklich spielte er die Szene noch einmal durch.

Er setzt den letzten Strich auf die Zeichnung und lehnt sich zum Begutachten seines Werkes zufrieden zurück. Die Proportionen des Körpers, die tränengefüllten und unendlich traurig dreinblickenden Augen der Frau, die Perspektive. All das ist perfekt geworden und erzeugt eine sehr beklemmende Stimmung. Genauso hat er sich das immer gewünscht. Dass seine Zeichnungen als starke Emotionen auf den Betrachter übergehen. Während ihn diese Stimmung überkommt, legt sich ein Schatten auf die Zeichnung. Jonas wendet erschrocken seinen Blick vom Blatt und schaut hinter sich. Er unterdrückt einen Schrei als er eine Frau hinter sich stehen sieht. Sie legt ihren Zeigefinger auf den Mund und bedeutet ihm, dass er keine Angst haben müsse. Und während er sie völlig entgeistert ansieht und feststellt, dass sie eine Hand auf ihren Bauch legt, weist sie mit dem Zeigefinder der anderen Hand auf eine Holzdiele unter Jonas' Staffelei. Es ist die Diele mit dem riesigen Astloch, aus dem er vor einiger Zeit seinen heruntergefallenen Radiergummi wieder hervorgefischt hat. Wie in Trance rutscht Jonas von seinem Zeichenhocker und rückt die Staffelei zur Seite, sodass die Diele frei liegt. Instinktiv weiß er, dass er mit einem Finger in das Astloch greifen muss, um die Diele aus ihrem Gefach zu ziehen. Die Diele gibt nach und lässt sich mühelos anheben. Verwundert schaut er auf und sieht, dass die Frau sich in Luft auflöst. Dabei lächelt sie. Ein Schauer läuft Jonas über den Rücken, weil er ein altes Buch im Fach der Diele findet. Verwundert nimmt er es an sich. Dabei streift sein Blick seine Zeichnung. Die Stimmung des Bildes hat sich verändert.

Das Bild sieht nicht mehr so düster aus. So, als ob der dunkle Graphitstift abgewischt worden sei, um das weiße Papier mehr durchscheinen zu lassen. Dann fällt ihm auf, dass die Frau auf seiner Zeichnung keine tränengefüllten und traurigen Augen mehr hat. Ihn sehen nun hoffnungsvolle Augen an. Erschrocken stößt Jonas seine Staffelei um und läuft zur Bodentür. Er will weg, nur weg von hier! Das Buch jedoch, das behält er in der Hand und auf der Treppe steckt er es vor Schreck, weil Karin ihn überrascht hat, unter sein Schlafanzugoberteil.
Irgendwas sagt ihm, dass er es für sich behalten sollte.

Jonas kehrte aus seinen Gedanken zurück und setzte sich im Bett auf. Vorsichtig zog er das Buch unter seinem Schlafanzug hervor. Ihm fiel es nicht schwer, die alte Handschrift in dem Buch zu entziffern.

Vom Wirken, Leben und Töten des Scharfrichters Christian Schwarz.

Aufgeschrieben von Friederich Uhde.

Langsam und von der Neugierde getrieben, was wohl in dem Buch stehen würde, erholte sich Jonas von dem Schrecken auf dem Dachboden. Es war ihm nicht wirklich etwas geschehen. Sicherlich hatte ihm seine Phantasie nur einen Streich gespielt und die Frau war gar nicht da gewesen, versuchte er sich zu beruhigen. Und ganz bestimmt hatte sich auch seine Zeichnung nicht verändert, dachte er. Er beschloss, am nächsten Tag auf den Dachboden zu gehen und nachzusehen. Natürlich würde sich noch immer die weinende Frau auf dem Blatt Papier befinden. Anders konnte es ja gar nicht sein. Alles war nur Teil seiner Einbildung gewesen. Ausgelöst durch sein gedanken- und zeitverlorenes Zeichnen und die späte Uhrzeit. Sicher hatte ihm die Müdigkeit einen Streich gespielt.

Viele Jahre später

Der Abend auf dem Dachboden war schon lange her. Jonas war erwachsen geworden, hatte sehr zum Ärger von Andreas nach dem gerade so bestandenen Abitur nicht studiert und stattdessen eine Tischlerausbildung absolviert. In seiner Freizeit saß Jonas noch immer am liebsten an seiner Staffelei und zeichnete. Das gefundene Buch war damals übrigens schnell wieder verschwunden. Jonas hatte zwar angefangen es zu lesen, konnte zum damaligen Zeitpunkt aber nicht viel damit anfangen und legte das Buch einfach zurück in das alte Versteck. Zu aufwühlend und grausam erschien ihm die Geschichte über das Leben eines Scharfrichters. Hatte er doch in seinem damals sehr jungen Leben schon zu viel über Gewalt und Tod erfahren. Deswegen erzählte er auch nie jemandem von dem Buch und erwähnte somit auch niemand gegenüber etwas von der merkwürdigen Erscheinung der Frau. Sich selbst erklärte er das mysteriöse Ereignis damit, dass es purer Einbildung entsprang und lediglich seiner damaligen Müdigkeit geschuldet war. Die Zeichnung hingegen, die sich verändert hatte, konnte er sich nie plausibel erklären und hörte niemals auf, darüber nachzudenken.

Und jetzt war Jonas das alte Buch wieder in den Sinn gekommen, kurz nachdem er sich mit seinem Chef angelegt und seinen Job hingeschmissen hatte. Er hatte es satt, Kunststofffenster und -türen in unfertige Häuser einzubauen. Jeden Tag von einer Baustelle zur nächsten zu hetzen. Am Anfang seiner Ausbildung hatte er davon geträumt, später Tische, Stühle und Schränke zu bauen. Aber da sich handgemachte Möbel kaum jemand leisten wollte oder konnte, fand er keinen Betrieb, der ihn als Möbeltischler hätte anstellen sollen. Nun war Schluss! Es war ihm egal, was Andreas dazu sagen würde. Wahrscheinlich hätte Andreas ohnehin kaum Kraft, sich darüber aufzuregen. Auch Jonas fand es nicht besonders schlimm, dass er nun keine Arbeit mehr hatte. Wirklich schlimm war Karins Krankheit. Sie lag schon seit Langem im Hospiz.

*

Karin

Die Stimme des Pastors drang nicht zu Jonas durch. Immer wieder schweiften seine Gedanken ab. Vor ihm, unter dem Sarg, das tiefe, schwarze Erdloch und über ihm der graue Himmel, aus dem es aus Kübeln schüttete. Die dicken Tropfen trommelten auf die schwarzen Schirme der Trauergemeinde und auf den mit Blumen geschmückten Sarg, der noch nicht hinabgelassen worden war. Er fragte sich, wie hoch das Wasser wohl in der Grube stand und ob der Sarg dichthalten würde, wenn er erst hinabgelassen worden war.

Er blickte zu Andreas. Ein gebrochener Mann stand neben ihm. Ein Leben voller Verluste. Erst Timo, den Jonas als Adoptivsohn für Andreas nie hatte ersetzen können, jetzt Karin.

Jonas stand aufrecht da und schluckte gegen den Kloß im Hals an. Er würde nun seine zweite Mutter beerdigen. Warum prüfte das Leben ihn so? Reichten die schwarzen Jahre seiner Kindheit nicht, die ihm seine erste Mutter genommen hatten? Reichte es nicht, dass er sich wieder und wieder versuchte zu erinnern, was damals in der Nacht genau geschehen war? Karin hatte es allein durch ihre Anwesenheit und Liebe zu ihm geschafft, die dunklen Schwingen seiner Vergangenheit zu stutzen. Seit sie jedoch krank geworden war, waren die gestutzten Federn wieder nachgewachsen und fächerten ihm jede Nacht die Alpträume mit der unheimlichen Stimme in sein Hirn. Er hatte das Gefühl, langsam verrückt zu werden und war sich sicher, dass er diesen erneut herben Verlust nicht noch einmal würde wegstecken können.

Er beobachtete, wie der Sarg hinabgelassen wurde und Andreas neben ihm unter Zuckungen zu weinen begann. Jonas wollte

nicht weinen. Er hatte das Vertrauen an das Leben verloren. Karin hatte ihm immer auf ihre Art ganz unbewusst mit ihrer alleinigen Anwesenheit und der damit verbundenen Zuverlässigkeit Sicherheit gegeben.
Die Sargträger ließen den Sarg an den Seilen hinab und Jonas sah, als er zusammen mit Andreas an die Grabstelle trat, dass der Sarg im Wasser stand. Und er fand das ungerecht. Einfach so. Er fand alles ungerecht.

*

2 HAUPTTEIL

Andreas und Jonas

Andreas rieb sich die Stirn. Die Zeiten waren nicht leicht. Die Trauer um seine Frau kostete ihn viel Kraft und störte seine Konzentration im Gericht; hinzu kam die Sorge um Jonas, der immer mehr abzudriften schien. Andreas wusste, dass er Jonas ohne professionelle Hilfe nicht würde helfen können. Seit zwei Jahren war Karin tot. Sie hatte Jonas leiten können. Sie war seine Bezugsperson gewesen, sie hatte Jonas verstanden und zu händeln gewusst. Seit es Karin nicht mehr gab, wurde Andreas erst richtig bewusst, wie weit sich er und Jonas voneinander entfernt hatten. Wie anders wäre alles gelaufen, wenn er Timo auf die Vereinsfahrt gelassen hätte ...

Er wurde aus seinen Gedanken gerissen, weil der Pizzabote an der Haustür klingelte. Lenchen, die Haushaltshilfe, die Andreas seit Karins Tod beschäftigte, war zum ersten Mal seit zwei Wochen krank und er fühlte sich ohne sie völlig hilflos, was die Organisation des Haushalts anging. Lenchen war eine Seele von Mensch. Sie putzte gründlich, räumte auf und bekochte die beiden Männer jeden Tag mit großer Freude und brachte mit ihrer Anwesenheit Wärme ins Haus. Obwohl sie fast Andreas' Mutter hätte sein können, war sie alles andere als altbacken oder gar senil. Klein, pummelig und flink mit viel Lebenslust und exakt gelegter Föhnwelle, wirbelte sie mit dem Staubfeudel durchs Haus und versprühte gute Laune. Zwar war sie hin und wieder etwas schusselig und verlegte Dinge im Haus, aber das konnte Andreas gut übersehen. Ganz am Anfang hatte sie mal den Schlüssel zum Apothekenhintereingang verbaselt, ihn aber kurze Zeit später, gerade als Andreas ein neues Schloss hatte einbauen lassen wollen, in ihrer Handtasche wiedergefunden. Was war das für eine Aufregung gewesen! Denn die Apotheke war damals, kurz nach Karins Tod, noch nicht leergeräumt.

Das war nun schon zwei Jahre her. Er hoffte, dass Lenchen am nächsten Tag wieder gesund sein würde. Denn er lebte nun schon seit zwei Wochen von Pizza, Tiefkühlkost und Döner vom Türken um die Ecke. Das schlechte Essen diente auch nicht dem ohnehin eher unharmonischen Zusammenleben mit Jonas. Wenn Lenchen da war, dann wurde sich wenigstens zusammengerissen und abends zusammen gegessen, bevor Lenchen nach Hause ging.

„Pizza ist da!" Andreas stand im Hausflur und brüllte gegen den hämmernden Bass aus dem Obergeschoss an. Vergeblich. Er seufzte und stellte die Kartons auf einer Anrichte ab, ging zum Sicherungskasten und legte den Hauptschalter von Jonas' Zimmer um. Mit so einer schnellen Reaktion hatte der nicht gerechnet.

„Ey, was soll das?! Ich habe das gerade auf Spur gezogen. Schick mir doch einfach einen Text, wenn du was von mir willst."

Andreas versuchte ruhig zu bleiben. Das Zusammenleben mit Jonas bestand aus zwei Eigenschaften: Entweder dröhnten laute und hämmernde Bässe durchs Haus, oder es war eine Stille zum Gotterbarmen, wenn sich Jonas zum Zeichnen auf den Dachboden verzogen hatte. Andreas versuchte ruhig zu bleiben: „Pizza?"

„Ich hol sie mir gleich!"

„Essen wir nicht zusammen?"

„Ähm, nee. Ich nehme sie mit hoch." Jonas kam wütend die Treppe herunter, griff zum obersten Pizzakarton auf der Garderobenanrichte, lüpfte den Deckel und sah, dass es seine Pizza war. Salami mit doppelt Käse. Er nahm den Karton, ging zum Sicherungskasten und bewegte den Schalter, den Andreas gerade umgelegt hatte, zurück. Sofort antwortete aus der oberen Etage hämmernd der Bass.

„Du bleibst mit der Pizza hier unten und wir essen zusammen am Tisch!", zischte Andreas und griff nach dem Pizzakarton in

Jonas` Hand. Er wusste, dass dies ein hilfloser Versuch war, Jonas zur Räson zu bringen. Jonas griff nach, der Karton öffnete sich und die Pizza klatschte mit der belegten Seite auf die Fliesen im Hausflur.

„Mann, was soll der Mist?!“ Jonas zeigte mit beiden Händen auf den Fladen am Boden.

„Das wäre nicht passiert, wenn ... “, weiter kam Andreas nicht.

„... wenn Du mir die Pizza nicht versucht hättest aus der Hand zu nehmen. Weißt du was? Ich bin satt!“ Wutentbrannt stürmte Jonas die Treppe hoch und knallte seine Zimmertür kräftig hinter sich zu. Der hämmernde Bass kam Andreas noch lauter als vorher vor, vielleicht, weil sein Puls im gleichen Tempo gegen seine Schläfen hämmerte.

Solang Lenchen im Haus war, verstanden sich Andreas und Jonas zwar auch nicht sehr gut, aber sie gingen respektvoll und friedlich miteinander um. Andreas schüttelte den Kopf und wünschte sich nichts mehr, als das Lenchen wiederkam.

Andreas' Wut kam zurück, als er den Pizzafladen auf den Fliesen sah. Beide Pizzen landeten letztendlich im Müll. Ihm war der Appetit vergangen. Er verließ das Haus und ging spazieren. Er brauchte frische Luft.

Jonas

Jonas hatte ihn weggehen hören und dachte, dass er sich so nicht hätte verhalten sollen. Er war aber so unzufrieden mit sich selbst. Und er wusste auch, wieviel Kummer es Andreas machte, dass er seinen Job vor zwei Jahren hingeschmissen hatte und seitdem nichts außer Musikhören und Zeichnen tat. Freunde hatte er noch nie gehabt. Seit einiger Zeit überlegte Jonas, ob er vielleicht doch noch Kunst studieren sollte, aber sein schlechtes Abitur hinderte ihn weiter darüber nachzudenken. Er hatte riesige Angst davor zu versagen. In ihm rumorte es. Die Vergangenheit holte ihn immer wieder ein. Aber er wollte auch nicht auf der Couch irgendeines Seelenklempners landen. Manchmal tat er sich selbst leid. Warum hatte er nicht mit Andreas zusammen essen können? Warum gab es immer wieder diese unnötigen Eskalationen? Doch nur, weil Jonas das Gefühl hatte, dass es etwas gab, was zwischen Andreas und ihm stand. Aber bisher war es ihm nicht gelungen herauszufinden, was das war. Hatte es etwas mit seiner eigenen Vergangenheit zu tun, oder lag der Grund in Andreas' Vergangenheit?

Während sich Jonas seinen Gedanken hingab, flüsterte wieder diese Stimme in seinem Inneren. „Die Schuld erdrückt." Jedes Mal, wenn er die Stimme hörte, lief es ihm eiskalt den Rücken herunter und er fühlte sich auf eine sehr eigentümliche Art ertappt. Was wollte ihm diese Stimme mitteilen? Lag die Schuld bei ihm, dass er und Andreas nicht miteinander klarkamen? Jonas' Herz raste. Jahrelang war diese Stimme verschwunden gewesen.

Der 24-Jährige setzte sich auf den Boden und weinte verzweifelt wie ein Kind. Die Hände an den Ohren. Auf allen Vieren kroch er zu seinem Tisch, auf dem eine Flasche Wasser stand. Es kostete ihn unendlich viel Kraft, den Verschluss aufzudrehen.

„Die Schuld wiegt schwer!"

Dann trank er in großen Schlucken. Das Wasser rann kühl seine Kehle hinab. Die Stimme wurde leiser und leiser, bis sie schließlich verstummte.

Er setzte sich auf, schaltete die laute Musik ab und ging hinauf auf den Dachboden und holte das alte Buch aus seinem Versteck. Er musste endlich anfangen, sein Leben zu ändern!

Vom Wirken, Leben und Töten des Scharfrichters Christian Schwarz. Aufgeschrieben von Friederich Uhde.

Das Mädchen erzählte mir viel von ihm – und für ein Kind von 12 Jahren hatte es eine große Auffassungsgabe, die mich staunen ließ. Von meiner Neugier getrieben, ließ ich es plappern, da ich zum ersten Mal in meinem Leben überhaupt davon hörte, wie es im Kopfe eines Scharfrichters zuging. Als armer Lohnschreiber ließen mir ihre Erzählungen das Schreiberherz höher schlagen.

Wenn er bei ihrer Mutter ankam, so erzählte sie mir, dann ließ er die Hinrichtung noch einmal in seinem Kopf stattfinden und erzählte davon. Und was Clara so sehr wunderte, war, dass ihre Mutter sich das alles anhören konnte. Clara hatte immer gemeint, dass ihre Mutter sowas gar nicht mögen würde, weil sie so lieb sei. Ihre Mutter jedoch schien den Geschichten wirklich etwas abgewinnen zu können.

Was hätte ich diesem Kind erzählen sollen? Auch wenn es ein Bastard war, so war es doch eigentlich ein Kind wie jedes andere auch und noch gar nicht reif für solche Erklärungen. Mir war selbstverständlich klar, dass es genau diese Geschichten waren, die ihre Mutter den Mann so anhimmeln ließen und sie ihm deswegen vielleicht sogar ihre Dienste kostenfrei anbot. So wie sie selbst, war er ein Geächteter, aber vor dem jubelnden Volke, wenn der Kopf nach dem ersten Schlag gefallen war, wurde er verehrt, um dann, nur Augenblicke später, wieder gemieden zu werden.

Niemals hatte ich bisher einer Hinrichtung beigewohnt, obwohl es doch Möglichkeiten gegeben hätte. Heute, im Nachhinein betrachtet, bin ich aber nur aus dem Grunde nicht hingegangen, weil ich nicht zu der rasenden und blutleckenden Meute gehören wollte, die sich auf niedrigste Art und Weise an dem Schauspiel vergnügte. Fühlte ich mich doch auf eine Art reifer als die Masse. Aber im tiefsten Inneren verlangte es nach dieser Erzählung in mir, diesem blutigen Schauspiel beizuwohnen und ich nahm mir vor, bei der nächsten Gelegenheit mich erschaudern und zugleich belustigen zu lassen, wenn wieder mal ein Kopf fallen sollte.

Clara hatte eine Erzählung verfolgt, als er davon berichtete einer Kindsmörderin den Kopf abgeschlagen zu haben. Mit nur einem halbkräftigen

Schlage sei es ihm gelungen, ihren Kopf vom Rumpf zu trennen. Hübsch und zart sei nicht nur ihr Hals, sondern auch sie gewesen. Schade wäre es drum gewesen, hatte er bemerkt. Deswegen war es ihm besonders wichtig, sie schnell und frei von Makeln hinüber zu befördern. Und da habe Clara gehört, wie ihre Mutter gesagt habe, dass sie nicht wolle, dass er so rede. Dass sie den Tod eigentlich auf qualvollste Art verdient hätte, wenn sie ihr Kind umgebracht hat.

„Glaubst du, dass unsereins auch so einfach denkt? Bei nichts und niemandem! Warum denn hat sie wohl ihr Kinde umgebracht? Doch nicht aus Freude, sondern aus der Not heraus! Aber soweit denkst du einfaches Weib ja nicht. Die, die ihre billigen Dienste jedem anbietet, verbietet unsereins das Reden!" Clara erzählte mir, dass sie sich sehr darüber gewundert habe, dass ihre Mutter herzhaft zu lachen begonnen hatte, als er sie so beschimpfte und ihm daraufhin gesagt hatte, dass ihm ihre billigen Dienste bisher doch immer gefallen hätten.

Und so fragte mich Clara, was ihre Mutter denn überhaupt für Dienste anbieten würde. Ich mochte ihr die Frage nicht beantworten und antwortete, dass ich es nicht wüsste. Die Wahrheit konnte ich diesem Kinde doch nicht erzählen. Beim besten Willen nicht. Danach war er gegangen, so hatte Clara erzählt.

Schon bald kam ich mir so schändlich vor, das Kind für meine Schreib- und Sensationslust zu gebrauchen. Und ich ertrug auch ihre glühenden Fragen um ihre Mutter nicht. Ich hätte dieser reinen Seele nicht sagen können, dass sie, die Kleine, aus einer Schande heraus geboren worden war, dass ihre Mutter eine Hure war. Und so nahm ich mir vor, den Scharfrichter selbst zu fragen und dachte, dass es nachts die beste Zeit dafür war, wenn mich niemand sah. Hatte ich doch ohnehin ein böses Fleischleiden am Zehennagel, das mich am Gehen so stark behinderte. Der Scharfrichter hatte bestimmt eine Salbe zur Linderung für mich, dachte ich. Und so schlich ich mich des nachts zu seinem Haus hin und hielt mich zuerst versteckt. Und da wunderte ich mich, welch reges Menschenaufkommen doch vor seinem Haus zu Gange war, wo doch sonst niemand etwas mit ihm zu tun haben wollte.

Da vor der Türe des Henkers stand das Weib des Böttchers.

„Mehr habt Ihr nicht? Beim letzten Mal habt Ihr mir für den gleichen Preis fast das Doppelte gegeben.", flüsterte sie aufgebracht.
„Da war ja auch kein Vollmond. In Vollmondnächten hilft es besser und ist somit teurer! Sie braucht es ja nicht zu nehmen." Schwarz wurde ärgerlich und wollte dem Weib die Türe vor der Nase zuschlagen, als sie den Fuß dazwischen setzte.
„Um keine Ausrede verlegen!", schimpfte sie. „Gebt es her! Und habt ihr auch noch Armsünderfett?"[1]
„Nein, den letzten hat unsereins schnell in der Erde verscharrt, weil er zu mager war. Da war kein Fett zum Auslassen dran."
„Wann werdet Ihr wieder welches haben?"
„Das kann man nicht wissen. Aber unsereins kann ihr Knochenmehl mitgeben."
„Das nützt nichts!"
„Dann soll sie jetzt zusehen, dass sie verschwindet und unsereins die Ruhe gönnt!" Donnernd verriegelte Schwarz die Tür und das Böttchersweib verschwand leise fluchend in die Nacht.

Gerade als ich mich aus meiner Deckung stehlen wollte, da kam hinter der mir gegenüberliegenden Hausnische der alte Schmied hervorgekrochen und zog seinen Enkel hinter sich her.
„Sei still! Du jammerst schon den ganzen Tag. Niemand muss wissen, dass wir zu ihm gehen. Sei froh, dass Vollmond ist, da kann er besonders gut helfen! Er wird es schon richten!"
„Wen richten? Mich?" Sein Enkel begann zu schluchzen.
„Doch nicht dich! Den Arm!"
„Und er wird mir auch nichts tun?"
Ohne dem ängstlichen Bengel zu antworten, klopfte der alte Schmied an Schwarzens Tür. Es dauerte eine Weile, bis sich etwas tat und Schwarz schließlich durch die geschlossene Türe lauthals fragte, wer da sei.
„Der Schmied", flüsterte es in die Nacht.
„Unsereins kann ihn nicht verstehen! Wer steht also vor der Türe?", bollerte Schwarz mit rauer Stimme.

---

[1] Aus hingerichteten Menschen ausgelassenes Fett, es diente als Salbe.

„Der Schmied mit seinem Enkel." Wieder wurde es eher zaghaft in die Nacht gehaucht.
„Welchen Namen hat er? Unsereins kennt keinen Schmied."
„Hans Mönnich!"
„Großvater, lass uns gehen. Wenn jemand mitbekommt, dass wir zu ihm gehen, dann werden sie uns ächten."
„Ach, Hans Mönnich, der Schmied mit seinem Enkel steht vor der Türe!" Schwarz hatte mit einem Ruck seine Haustür geöffnet und brüllte es hinaus in die Nacht.

Ich gebe zu, dass ich mich über das Verhalten des Scharfrichters doch sehr amüsierte. Machte er sich doch wohl einen Spaß daraus, dass die Bürger ihn tagsüber mieden, ja sogar die Straßenseite wechselten, wenn sie ihm begegneten, um ihm ja nicht zu nahe zu kommen, da sie sonst wie er zu den Aussätzigen zählen würden, ihn des Nachts aber heimlich aufsuchten, weil sie in ihm einen günstigen Heiler sahen.

„Sprich nicht so laut! Die halbe Stadt wird wach", flüsterte Mönnich.
„Weib, hast du das gehört? Hans Mönnich, der Schmied, will unsereins das Maul verbieten!", rief er ins Haus.

Gespannt hockte ich in meinem Versteck und beobachtete das mir dargebrachte Schauspiel.
„Was will er denn, der Schmied Hans Mönnich, vom Scharfrichter Christian Schwarz?"
Mönnich trat ein Stück zurück und zerrte seinen sich wehrenden Enkel mit einer Hand gleich einem Schraubstock an dessen Oberarm vor die Tür. Der Junge wehrte sich nicht lange und begann sofort wieder zu jammern. Mönnich zeigte auf den anderen Arm des Jungen, der in einer Schlinge vor seiner Brust sich befand.
Schwarz hielt eine Laterne hoch und begutachtete den Jungen. „Tut's ihm sehr weh?"
Mönnich wurde ärgerlich. „Warum sonst sollten wir bei Dir des Nachts klopfen? Hat sich geprügelt und den Kürzeren gezogen. Der Arm ist grün und blau – und krumm!"
„Wird gebrochen sein. Unsereins muss ihn richten!"

Bei diesem Satz begann der Enkel erneut laut aufzuheulen und wollte fortlaufen. Mönnich aber bekam den Jungen am Ohr zu fassen und sagte: „Den Arm richten, nicht dich, du elender Rotzbengel!“ Und dann schubste er ihn zu Schwarz hin. „Ich warte hier auf ihn.“
„Erst bezahlen!“, murrte Schwarz.
„Was verlangst du?“
Schwarz nahm im Schein der Laterne dem aschfahlen Bengel die Armbinde ab und begutachtete behutsam den Arm. Ich wunderte mich sehr. Hätte ich das dem angsteinflößenden Hünen doch gar nicht zugetraut, dass er so vorsichtig sein konnte.
„Es wird etwas Zeit in Anspruch nehmen. Der Arm muss gezogen werden, um den Knochen wieder in die richtige Ordnung zu bringen. Wie wäre es mit einem Tauschgeschäft?“
„Nun denn, was willst du haben?“
„Sein Gehilfe, der, der so gut schleifen kann. Er soll unserem Schwert am morgigen Tag die Klinge polieren. Er ist geschickt!“
„Er soll an deinem unreinen Werkzeug sich versündigen?!“
„Muss er nicht.“ Schwarz schickte sich an, den Arm des Jungen wieder in die Schlinge zu legen. „Aber dann bleibt der Arm krumm!“
„Nun hilf dem Jungen. Aber komm früh am Morgen und so, dass dich niemand sieht!“
Schwarz verschloss die Türe und hatte den Jungen bei sich behalten. Nach kurzer Zeit gellte ein markerschütternder Schrei aus dem Haus auf die nächtliche Straße. Mönnich wanderte unruhig auf dieser hinauf und hinab. Nach einiger Zeit öffnete sich die Türe und Schwarz trat mit dem Jungen auf dem Arm aus dem Haus.
„Was hast du mit ihm gemacht? Hast du ihn …?“
„Er hat nur die Ohnmacht.“ Schwarz legte den Jungen in die Arme seines Großvaters. „Wir sehen uns in der Frühe, Mönnich!“ Dann schloss Schwarz die Türe.

Es blieb ruhig auf der Straße. Nun endlich war meine Zeit gekommen. Dass Schwarz so viel des Nachts handelte, war mir neu. Obgleich ich schon wusste, dass die Scharfrichter neben ihrer eigentlichen Tätigkeit doch oft viel mehr mit ihren Heilermethoden verdienten, was die Herren

Ärzte nicht gern sahen. Aber die Ärzte waren teurer als die Henker und so schlich das Volk des Nachts gern zum Scharfrichter.

Ich stand vor seiner Tür und klopfte. Von innen vernahm ich Schritte und ein leises Murren: „Unsereins scheint ein frommer Mann zu sein, dass so viele Menschen bei ihm klopfen in der Nacht."

Die Tür öffnete sich und Schwarz stand im Schein seiner Laterne vor mir. Aug` in Aug` mit dem Mann, der den Tod verlieh!

„Was will er?", fragte er düster und war wohl nicht mehr zum Scherzen aufgelegt, wie er es bei meinem Vorgänger noch gewesen war.
Ich überlegte, was ich ihm sagen sollte. Konnte ich doch nicht sagen, dass ich ihn aushorchen und vieles über ihn in Erfahrung bringen wollte. Also musste wirklich mein geschundener Flunken herhalten.
„An meinem Zehnagel wächst wildes Fleisch, es will nicht heilen."
„Komme er herein und ziehe die Stiefel aus. Wie ist sein Name?"
„Mein Name ist Friederich Uhde." Ich zog den Stiefel aus und auch den Strumpf.
„Wer so weiche Füße hat wie er, der läuft nicht viel."
„Ich schreibe. Bin ein armer Lohnschreiber."
Schwarz besah meinen Zeh. „Der Nagel steckt im Fleische." Dann ging er fort, holte eine Zange und ein Messer. „Es tut nur kurz weh. Der Nagel muss aus dem Fleische heraus." Dann hielt er mir einen Stock hin, den ich mir zwischen die Zähne schieben sollte. Mir wurde die Stirn ganz feucht und ich beschloss eine solche Prozedur nicht über mich ergehen zu lassen, griff zu meinem Strumpf. Als ich ihn wieder anziehen wollte, lachte Schwarz.
„Was will er wirklich von uns? Ein Schreiberling ist er also! Was will er denn schreiben und wie lange saß er schon da draußen im Versteck?"
Erschrocken und sprachlos sah ich ihn an. „Woher ...?"
„So viel hat unsereins schon erlebt, dass der Blick weit geworden ist. Nun sprecht, was will er wirklich?!"
Um Zeit zu schinden, zog ich den Strumpf vorsichtig über meinen Fuß. Schwarz griff in seine Hemdtasche und zog eine Rinde hervor. „Das ist Weidenrinde! Er soll es auflegen und den Nagel selbst freischneiden. Das wird die Entzündlichkeit nehmen."

Verblüfft war ich, ob der freundlichen Geste. „Vielen Dank!", sagte ich und fasste Vertrauen. „Nun, ich würde gern über Euch schreiben."
„Was gibt es schon über unsereins zu schreiben? Nichts, was er nicht schon wüsste." Schwarz sah mich misstrauisch an. „Hat ihn die Ärzteschaft gesendet uns den Garaus zu machen? Sie wollen nicht, dass unsereins körperkundlich hilft."
Überrascht verneinte ich dieses. „Nein, es ist Euer Leben, welches mich interessiert und Euer Beruf!"
„Er weiß aber, dass es ein unehrlicher Beruf ist und es die Menschen abstößt?"

Kurze Zeit später saßen wir in seiner Küche zusammen und Schwarz begann zu erzählen.
„Unsereins wird bald nicht mehr gebraucht werden. Aber noch rufen sie nach dem Hünen Schwarz. Nach dem, der das Volk zum Jubeln bringt und es auf grausame Art zu unterhalten vermag. Nach dem, der die Hinrichtungsplätze mit gaffender Meute füllt! Unsereins kann sich nicht beschweren. Aber die anderen meiner Zunft, sie siechen dahin und schaffen es kaum noch die Mäuler ihrer Familien zu stopfen. Ein teuflisches Werkzeug hat nämlich Einzug ins Land genommen. Sie nennen es Guillotine. Da braucht man nach den Stümpern nicht mehr zu rufen, die selbst mit der Kloakenreinigung oder Beaufsichtigung der Stadthuren sowie den Abdeckereien keinen Reichtum mehr in diesem unehrlichen Beruf erwirtschaften können! Unsereins jedoch badet in der Menge, wenn er das Schwert hebt und zielsicher es schwingt.
Die vorherige Scharfrichtergeneration, die hatte noch ein gutes Leben, wurde regelmäßig zu peinlichen Verhören gerufen, die die Knechte unter deren Aufsicht zu verrichten hatten. Gut entlohnt wurde sie, wenn sie das Geständnis der Missetäter erzwang, indem sie es fachkundig durch ihre Knechte unter Schmerzen aus ihnen herauspresste. Doch unsereins ist einer der letzten. Das sei ihm gesagt!"
Schwarz war in seiner Rede nicht zu bremsen und ich unterbrach ihn nicht.
„Das Urteil, das spricht ja ein anderer. Unsereins führt es nur aus und sichert mit jedem abgeschlagenen Haupt, dass man selbst für einen klei-

nen Augenblick der Held der Stunde ist, wenn die jubelnde Meute heranstürmt und das Blute auffängt mit den Tüchern, um es dann in Gläser zu wringen.
Schon in der Wiege liegend war unsereins vorherbestimmt, dass man zum Töten geboren war, da es schon der Vater und Großvater getan hatte.“ Sein Blick wurde weit und die Nacht wurde mir nicht lang über dem, was er zu erzählen vermochte.

„Als kleiner Bengel übte unsereins an streunenden Katzen und Kötern ohne Zeichen, die der Vater einfing und schon totgeschlagen hatte. Später dann am lebenden Viehzeug. Er brachte unsereins glaubhaft bei, dass sie eine Plage seien. Ihre Körper zuckten, nachdem der Rumpf ohne Kopf in einem Eimer ausblutete, der später in der Abdeckerei entleert wurde. Unsereins empfand es als alltäglich und dachte sich auch nichts dabei.
So wie unsereins wuchs und an Körperkraft gewann, wurden auch die Viecher größer. Seuchende Schafe und Ziegen, das war ein einfaches Tun, da sie einen Hals zwischen Rumpf und Kopf haben und man sieht, wo der Hieb anzusetzen ist, damit es schnell geht. Beim Schwein hingegen, da brauchte es besondere Geschicklichkeit, die nicht gleich vorhanden war und oftmals mehrere Schläge gebraucht wurden, bis es schließlich vollendet war, weil der Hals fehlte und man nicht sah, wo zu trennen er sei. Unsereins erinnert sich noch daran, wie die Mutter danach schimpfte, wenn alles, was unsereins am Leibe trug, voll des roten Blutes war. Eine schöne Kindheit war das nicht, aber sie hat abgehärtet für das, was unsereins vorherbestimmt gewesen war.“

*

Jonas

Jonas legte das Buch zur Seite. Um seine Fantasie zu beflügeln, hatte der Abschnitt, den er gelesen hatte, gereicht. Er hatte ihn zu einer Szene, die er zeichnen wollte, inspiriert.

*

Sie war allein und hatte nichts außer der Wohnung und den billigen Job als Putze. Es war alles so einfach gewesen, damals an die Akten zu kommen. Die pummelige Alte hatte bestimmt geglaubt, dass ich was von ihr wollte. Meine anschließenden Observationen taten ihr Übriges. Und das alles nur durch einen Zufall. Manchmal war einem das Leben einfach gnädig!

Erst später stellte ich fest, dass das erste Objekt meiner Begierde unregelmäßig zur Arbeit ging und daraus schloss ich, dass es wohl auch nur eine Frage der Zeit sein konnte, bis man sie rausschmeißen würde. Der Rest – ein Kinderspiel! Und es wurde ein Kinderspiel!

Klein, zierlich und drahtig war das Luder. Sie würde anbeißen, das spürte ich. Und dann war da dieses unbändige Gefühl, dass es nun endlich gerecht zugehen würde. Sie hatte schon eine Strafe abgesessen, gänzlich. Keine Bewährung mit vorzeitiger Entlassung. Genau das machte es ja so einfach. Kein Bewährungshelfer, der sie regelmäßig aufsuchte. Sie war ein Nichts und völlig allein auf dieser Welt! Sie hatte es ja damals so gewollt, das Alleinsein, das Freisein. Und erst jetzt würde sie für ihr Verbrechen so richtig bezahlen müssen. Endlich, nach so langer Zeit, würde sie nun ihre gerechte Strafe bekommen.

Das Auto hatte ich um die Ecke geparkt. Sie würde sich sogar freuen, wenn ich mit dem Zwanziger wedeln würde. Würde dann wahrscheinlich denken, dass es diesmal nicht so ein stinkender Straßenköter wäre, mit dem sie es für die paar Piepen treiben müsste. Wie tief konnte man nur sinken?

Im Halbdunkel wartete ich darauf, dass die Putzkolonne herauskam. Im Erdgeschoss ging das Licht im Treppenhaus an. Bisher war sie immer eine von den ersten gewesen, die ihren Arbeitsplatz verließ. Das passte zu ihr. Ein faules Stück Dreck! Und dann hatte sie immer gewartet. Ich hoffte, dass ihr in dieser Nacht niemand sofort den Hof machen wollte, dass ich der einzige um diese Zeit war. Ansonsten hätte ich das kleine Spielchen mit ihr noch einmal verschieben müssen. Es wäre zu schade gewesen …

Die Tür ging auf. Wie zu erwarten befand sie sich im ersten Schwung der Kolonne, die das neue Rathaus verließ. Die anderen Weiber verschwanden um die Ecke, ohne ihr eine gute Nacht zu wünschen. Sie sah ihnen trotzig nach und zischte ein leises „Schlampen!" hinterher. Es amüsierte mich. Ihre große Schnauze würde ihr noch vergehen. Ob sie wimmern würde? Ich war bis dahin ja gänzlich jungfräulich in dieser Sache. Es würde mein erstes Mal werden. Aber für das große Finale musste ich trainieren. Sie war nicht mehr als ein Trainingsobjekt und sie hatte es auch verdient. Verdient für das, was sie getan hatte! Ich musste grinsen.

Die Metalltür fiel hinter ihr langsam ins Schloss, sie nestelte nervös in ihrer Handtasche herum und kramte eine Schachtel Zigaretten hervor, steckte sich eine zwischen die Lippen und suchte nach Feuer. Sie hatte mich noch nicht bemerkt. Wir waren ganz allein. Das Kellergeschoss des neuen Rathauses lag wieder in völliger Dunkelheit. Das Minutenlicht war erloschen. Niemand würde uns unvorhergesehen überraschen. Jetzt oder nie! Ich trat aus dem Dunkel heraus und schnippte mit meinem Feuerzeug und sah zu ihr. Sie biss an. Sofort setzte sie ihr laszives Lächeln auf und kam auf mich zu.

Ich gab ihr Feuer.

„Mein Auto steht gleich um die Ecke.", sagte ich und wedelte mit dem Zwanziger.

Sie dachte, dass sie mir ihre Dienste gleich im stehenden Wagen feilbieten sollte. Ich musste ein Würgen unterdrücken und konnte mir kaum vorstellen, dass es Männer gab, die es mit ihr … Sie roch nach Zigarette und billigem Parfum.

„Nicht hier!", sagte ich, als ihre Hand sich langsam über meine Oberschenkel schob und ich den Wagen startete.

„Wo willst du denn mit mir hin? Hier ist doch ein schönes Plätzchen!" Es verunsicherte sie, dass ich einfach losfuhr.
„Wer das Geld bezahlt, der darf doch Forderungen stellen, oder?", antwortete ich.
„Aber nicht zu weit, sonst muss ich dir für den weiten Fußweg nach Hause was extra berechnen."
So lief das also bei ihr, dachte ich. Natürlich würde ich sie nicht zurückbringen! An einer roten Ampel griff ich in die Brusttasche meines Hemdes und zog einen Fünfziger hervor, den ich zwischen Zeige- und Mittelfinger vor ihrem Gesicht rieb.
„Ok, ich gehe zu Fuß. Deine Süße soll uns wohl nicht zusammen erwischen? Fährst du deswegen so weit?" Ihre Augen leuchteten beim Anblick des Geldes. Sie konnte ja nicht ahnen, dass sie das Geld gar nicht mehr brauchen, ich es mir einfach wiedernehmen würde. Sie konnte auch nicht ahnen, dass sie ihr Zuhause nie mehr betreten würde.

Ich fuhr in Göttingen auf die Bundesstraße Richtung Norden. Sie versuchte mir ein Gespräch aufzuzwingen, um die für sie anscheinend erdrückende Stille im Wagen zu unterbrechen. Ich hörte ihr nur zu und ging nicht auf sie ein.
„Sag mal, wo willst du denn nun mit mir hin?"
Ich fühle mich genötigt ihr zu antworten. „Ich will einen besonderen Ort für uns haben. Du musst wissen, ich habe noch nie ..."
„Was?", quietschte sie vom Beifahrersitz. „Du hast noch nie gevögelt?"
„Du bist ordinär. Nein, das meine ich nicht. Es wäre mir ganz lieb, wenn du jetzt den Mund hältst."
„Ach so! Jetzt verstehe ich. Du hast noch nie dafür bezahlt!"
Ich antworte nicht. Sollte sie doch denken, was sie wollte.
„Wenn du noch weiter fährst, dann muss ich ja bald ein Flugzeug nehmen, um wieder nach Hause zu kommen."
Wieder griff ich in meine Brusttasche und holte einen weiteren 50er hervor.
„Du bist ja verrückt!"

Irgendwann ging mir ihr Gequatsche dermaßen auf die Nerven, dass ich kurz vor einem kleinen Kaff vor Northeim, einer Kleinstadt, die 20

Kilometer nördlich von Göttingen liegt, rechts in einen Feldweg fuhr. Sie hatte überhaupt keine Angst, als ich anhielt, ausstieg und in die Tasche auf dem Rücksitz griff. Ich öffnete, ohne dass sie es sehen konnte, das Glas mit dem getränkten Lappen und ging an die Beifahrertür. Sie glaubte, dass sie es mir gleich hier im Mondlicht besorgen sollte, aber ihr Denken wurde schnell unterbrochen. Ich drückte ihr den mit Chloroform getränkten Lappen aufs Gesicht und sie sackte einfach zusammen. So hatte ich es zwar nicht geplant, aber nun würde sie mich wenigstens bis zum vorbereiteten Ziel mit ihrem dummen Geschwätz in Ruhe lassen.

Erneut startete ich den Wagen und setzte meinen Weg fort. Ihren Kopf hatte ich gegen die Seitenscheibe gelehnt, damit es so aussah, als ob sie schliefe.

Ich verließ die Bundesstraße und bog rechts ab. Da sich mein Plan geändert hatte, wollte ich so nicht mit ihr durch die Stadt fahren. Da waren mir ein paar kleine Käffer lieber, um mein Ziel zwischen zwei verschlafenen Nestern im Mandelbecker Forst über Katlenburg zu erreichen.

Es hatte mich viel Kraft und Zeit gekostet, das Versteck anzulegen. Den sicheren Ort anzulegen, an dem sie in ihren Exkrementen sitzend unter quälender Angst verhungern und verdursten würde. Bis zum letzten Atemzug würde sie darauf hoffen, dass man sie fände und retten würde!

Ich wollte es vorerst nur für mich versuchen. Ich brauchte keine Zuschauer, wollte keinen großen Auftritt haben. Deswegen hatte ich ja auch sie ausgesucht. Die, die kein soziales Umfeld besaß. Sie, die niemand vermissen würde. Selbst ihr Arbeitgeber würde sich nicht wundern, wenn sie einfach fortblieb.

Sie wurde langsam wach, war aber noch sehr benommen, während ich sie durch den Wald schleifte. Ich hatte mir ein von sämtlichen Wegen und Straßen abgelegenes Stück dichten Tannenwald im Mandelbecker Forst ausgesucht. Es war mir nicht unbedingt leicht gefallen dort einen Raum aus Brettern zusammenzunageln und ihn schalldicht mit Styropor und Schaumstoff auszukleiden, aber meine Wut hatte mich angetrieben. Sie würde bezahlen müssen!

Sie war noch immer benebelt und ich setzte sie auf den mit Tannennadeln belegten Waldboden. Es würde das letzte Mal sein, dass sie so weich saß, dachte ich. Die Taschenlampe klemmte ich so zwischen meine Beine, dass ich sie im Blick behalten konnte. Dann zog ich den Schlüssel aus meiner Hosentasche und öffnete die Schlösser der fünf schweren Metallriegel.

Sie begann sich zu wehren, als ich sie vom Boden hochriss. Langsam schien ihr zu dämmern, dass dies nicht die Nummer für das schnelle Geld sein würde.

Ich griff fester zu, drehte ihr den Arm auf den Rücken und zischte:

„Tu was ich dir sage! Dann hast du weniger Schmerzen." Wahrscheinlich hätte sie nicht auf mich gehört, wenn das Chloroform nicht noch leicht nachgewirkt hätte. Ich schleifte sie unsanft in die kleine Hütte, die nicht viel größer als eine Dixietoilette war und setzte sie auf den hohen Stuhl, der auf dem Holzboden mit stabilen Winkeln und Schrauben befestigt war.

Als sie gesichert war, zündete ich eine batteriebetriebene LED-Lampe an und schloss die Tür hinter mir. Wahrscheinlich wurde ihr erst in diesem Moment ihre missliche Lage ganz bewusst, denn sie fing an hysterisch zu schreien.

Sofort schlug ich ihr ins Gesicht. Ihre Wange rötete sich und sie wurde ruhiger. „Was soll das hier?"

„Schätzchen, das ist doch nicht dein Ernst, oder? Hast du denn gar keine Ahnung, warum du hier bist, hm?"

Sie schüttelte den Kopf. „Mach mich los!", brüllte sie erneut und versuchte sich unter Windungen aus ihren Fesseln zu befreien. Diesmal brauchte ich nur die Hand zu heben. Es zeigte Wirkung.

„Ich werde dir ein bisschen Bedenkzeit geben!" So hatte ich das zwar nicht geplant, aber mittlerweile gefiel mir das Spielchen, das ich mit ihr trieb. Dieser angstvolle Blick in ihren Augen und dann diese Hilflosigkeit, als sie realisierte, dass sie sich aus eigener Kraft nicht würde befreien können. Deswegen schaltete ich die LED-Lampe aus.

„Lass mich hier nicht allein!", flehte sie.

„Warum denn nicht? Wenn du allein bist, dann kannst du bestimmt viel besser nachdenken." Ich knipste die Taschenlampe an und hielt ihr den Schein mitten ins Gesicht. Sie blinzelte. „Lass mich gehen, bitte!"
„Du langweilst mich!" Ich drehte mich um, öffnete die Tür und ging hinaus. Sie schrie aus Leibeskräften um Hilfe. Nur konnte sie nicht wissen, dass niemand sie hören würde. Erst recht nicht, als ich die Tür hinter mir schloss. Ich hatte wirklich gute Arbeit geleistet. Kein Ton von ihr drang nach außen, was ich fast schade fand. An ihren Reaktionen hätte ich mich so herrlich ergötzen können. Obwohl es in mir brannte die Tür wieder zu öffnen, beschloss ich, sie doch mindestens 10 Minuten allein zu lassen. Die Dunkelheit und die Einsamkeit, das war es, was sie spüren sollte, damit sie wissen würde, wie es sich anfühlt, hilflos ausgeliefert zu sein. Und sie sollte die Erleichterung spüren, wenn ich zu ihr zurückkam. Das würde die Hoffnung in ihr wecken, dass alles wieder gut werden könnte. Nun, sie konnte ja nicht ahnen, dass für sie nichts mehr gut werden würde.

Ich starrte auf die Leuchtziffern meiner Armbanduhr. Es dauerte sehr lange, bis der große Zeiger seinen 10-Minuten-Weg zurückgelegt hatte. Als ich die Tür öffnete, schrie sie noch immer um Hilfe, verstummte jedoch, als sie mich sah und begann zu wimmern. Genauso hatte ich mir das vorher ausgemalt. Genau so wollte ich sie!
„Du wimmerst wie ein hilfloses Baby!", herrschte ich sie an.
„Bitte, lass mich gehen!"
„Nein, nein! Ich habe noch viel mit dir vor."
Ihr Wimmern schlug wieder in Wut um. „Was willst du von mir? Bist du ein perverses Schwein, das es mit mir wann immer ihm danach ist, treiben will? Ist es das was du willst?!"
Ich lachte laut auf. „Hältst du dich wirklich für so unwiderstehlich?"
Ich schaltete die Lampe erneut an und knipste die Taschenlampe aus.
„Dein Name ist Christiane, stimmt `s?"
Es wunderte sie, dass ich ihren Namen kannte, aber sie nickte.
„Und du hast acht Jahre gesessen?"
Sie nickte wieder.
„Erzähl mir, wofür."

„Lass mich hier raus! Das geht dich nichts an!" Da war es wieder, das wilde Tier.
„Christiane, wofür hast du gesessen?"
„Totschlag", antwortete sie leise.
„Ach, für Totschlag? Fandest du das Urteil für das, was du begangen hast, gerecht?"
„Ich habe meine Strafe abgesessen! Ich war außerdem unschuldig!"
„Nochmal: Fandest du das Urteil gerecht?"
„Der Vater des Kindes hätte die Schuld bekommen müssen."
„Warum lügst du mich an? Wir sind doch unter uns! Die Wahrheit ist doch, dass der Vater gar nicht wusste, dass er überhaupt Vater war. Also ... Fandest du die Strafe gerecht?"
„Ich hätte freigesprochen werden müssen! Ich habe mein Kind nicht umgebracht."
„Christiane, Christiane ... Du verstehst noch immer nicht. Nun, dann werde ich dir weitere Zeit zum Nachdenken geben. Wir sehen uns morgen wieder."
Dann ging ich. Ich wusste ganz genau, dass sie log! Ich würde die Wahrheit aus ihr herauspressen. Ich würde es aus ihrem Mund hören, dass ganz allein sie die Schuld am Tode ihres zehn Monate alten Kindes trug, das sie einfach in seinem Gitterbett in einem dunklen Raum sich selbst überlassen hatte, während sie tagelang von einer Feier zur nächsten getingelt war. Bei mir würde sie gestehen!

*

Andreas

Als Andreas nach Hause kam und keine laute Musik an seine Ohren drang, wusste er, dass Jonas entweder auf dem Dachboden zeichnete oder schon schlief. Ersteres erschien ihm jedoch wahrscheinlicher.

Er hängte seine Jacke an die Garderobe, tauschte die Straßen- gegen Hausschuhe, ging ins Wohnzimmer und stellte sich ans Fenster. Er sah hinaus auf die Weender Straße, die Fußgängerzone, die noch immer belebt war und fragte sich, wie das Leben verlaufen wäre, wenn er Timo die Vereinsfahrt damals nicht verboten hätte. Sicherlich hätte Timo längst ein abgeschlossenes Studium in der Tasche und vielleicht wäre Karin niemals ohne diesen Kummer um ihren leiblichen Sohn krank geworden. Erst neulich hatte er darüber gelesen, dass andauernder Kummer und Verlustängste Menschen für Krebsleiden anfälliger machten.

Der Streit mit Jonas ging Andreas noch immer durch den Kopf. Er wusste, dass er sich in den vergangenen Jahren viel zu wenig in das Familienleben integriert hatte. Er hatte viel gearbeitet. Sich ehrgeizig hinter jeden Fall geklemmt – in der Hoffnung, die Welt als Richter gerechter zu machen. Doch was war Gerechtigkeit? Auch wenn er ein Urteil sprach, so war es doch ein Urteil, dass sich nicht nur aus seinem eigenen Gerechtigkeitsempfinden zusammensetzte. Ihm fielen viele Fälle ein, die so abscheulich waren, dass er sich immer wieder gefragt hatte, wie es Anwälten gelang, solche Menschen zu verteidigen und es mit der Art ihrer Verteidigung schafften, seine beisitzenden Richter und die Schöffen bis zu einem gewissen Maß weichzuklopfen. Wie oft war es der Verteidigung gelungen, selbst bei abscheulichsten Taten, den Täter gleichzeitig zum Opfer zu machen! Täterschutz wog oft mehr als Opferschutz.

Opfer war neben seiner Mutter auch Jonas gewesen. Er wäre wahrscheinlich in irgendeiner Pflegefamilie gelandet, weil er niemanden mehr außer einem im Heim lebenden dementen Großvater gehabt hätte. Der leibliche Vater über alle Berge und verschollen. Zum ersten Mal hatte er ihn gesehen, als er in Begleitung einer Mitarbeiterin des Jugendamts unter Ausschluss der Öffentlichkeit als Zeuge in den Gerichtssaal geführt wurde. Die roten und lockigen Haare des Jungen und die hellenWimpern, die seine blauen Augen säumten, waren es gewesen, die Jonas neues Schicksal einläuteten. Jonas sah Timo sehr ähnlich und als er schüchtern vor ihm saß und erzählte, wie der Lebensgefährte seiner Mutter gegenüber immer wieder gewalttätig geworden war, da hatte Andreas das Gefühl, in Timos Gesicht zu sehen. Als er Jonas danach fragte, was geschehen war, brach der Junge in Tränen aus und sagte immer wieder, dass er nur helfen wollte. Ein psychologisches Gutachten bescheinigte dem Jungen ein Trauma und dass dieses Trauma eine Amnesie für den Zeitraum der Tatnacht ausgelöst hatte.

Nur helfen ... Andreas hatte bis heute nicht mit Jonas darüber gesprochen, wie es zu der Adoption gekommen war. Andreas war sich noch nicht einmal sicher, ob Jonas überhaupt wusste, dass er der Richter gewesen war, der den Lebensgefährten seiner Mutter hinter Gitter gebracht hatte. Unausgesprochene Dinge – die gab es viele zwischen den beiden.

Er seufzte und beschloss ins Bett zu gehen, nahm Karins Bild in die Hand und begann zu weinen. Er würde etwas ändern müssen, wenn er nicht sein ganzes Leben vor die Wand fahren wollte. Er sollte sich vielleicht mal wieder mit Bernhard, seinem alten Freund aus der Gerichtsmedizin, treffen. Bernhard hatte in dieser ganzen Sache eine große Rolle gespielt und bei ihm brauchte Andreas kein Blatt vor den Mund nehmen, wenn er Kummer loswerden wollte.

*

Ich fuhr die Strecke zurück und parkte meinen Wagen in der Garage. Das war ja wie am Schnürchen gelaufen. Als ich dann darüber nachdachte, was die liebe Christiane wohl gerade tat, versetzte mich das in ein absolutes Hochgefühl. Und ich fand es geradezu schade, dass ich mich nicht in ihrer Nähe befand und sie immer dann besuchen konnte, wenn mir danach war. Aber gerade das machte dieses Spielchen ja so interessant. Es gab der ganzen Sache erst die gewisse Würze. Ich hoffte darauf, dass ich ihr in der nächsten Nacht einen Besuch abstatten konnte. Sicher war, dass sie jedenfalls nicht entkommen konnte.

Ob sie wohl schon Durst hatte ... oder sich heiser geschrien hatte? Und wie mochte es wohl mit den anderen menschlichen Bedürfnissen aussehen?

Jonas

Was er in dem Buch gelesen hatte, weckte Bilder in ihm. Irgendetwas sagte ihm, dass dieses Buch sein weiteres Schicksal beeinflussen würde und er dachte an die Nacht, als ihm das Buch in die Hände gefallen war. Er suchte die alte Zeichnung heraus und betrachtete sie intensiv. Er war sich so sicher gewesen, die Frau mit Tränen in den Augen gezeichnet zu haben, aber die Zeichnung zeigte ihm etwas anderes. Den Blick der Frau würde er noch immer als hoffnungsvoll beschreiben. Er studierte alles auf der Zeichnung. Sie war gut! Und dann hängte er sie ganz oben an seine Staffelei und spannte ein neues Blatt ein.

Draußen begann es bereits zu dämmern, während Jonas mit den Graphitstiften letzte Korrekturen an der Zeichnung vornahm. Der Scharfrichter saß mit gesenktem Blick und gekrümmter Haltung an einem Holztisch. Sein Mund stand vom Erzählen offen. Ihm gegenüber saß der Lohnschreiber, der den Scharfrichter gespannt ansah und in seiner Hand einen Stift hielt, die er auf einem aufgeschlagenen Buch mit leeren Seiten liegen hatte. Im Hintergrund erkannte man ein Sprossenfenster, durch das der Lichtschein des Mondes auf den Fußboden fiel.
Jonas wurde müde, beschloss aber, die Zeichnung noch fertigzustellen. Er war sehr zufrieden mit seinem Werk. Genauso hatte er sich die Szene beim Lesen vorgestellt.

Aus dem Haus drangen von unten Geräusche an sein Ohr. Andreas war mittlerweile aufgestanden. Jonas' Magen knurrte und er überlegte, ob er zusammen mit Andreas frühstücken sollte. Als er jedoch an den Streit vom gestrigen Abend dachte, hatte er keine Lust mehr. Der neue Tag sollte nicht gleich wieder mit Streit beginnen.

Gerade als ihm das durch den Kopf ging, hörte er Schritte auf der Dachbodentreppe. Damit hatte Jonas nicht gerechnet, denn Andreas kam nur in absoluten Notfällen auf den Dachboden. Schnell drehte Jonas die Staffelei so, dass man seine Zeichnung von der Bodentür aus nicht sehen konnte, stellte den Stuhl um und saß nun so hinter der Staffelei, dass er Andreas nicht ansehen müsste. Es klopfte. Auch darüber wunderte sich Jonas, denn Andreas klopfte nie!

Andreas und Jonas

„Komm rein."
„Guten Morgen." Andreas lugte zurückhaltend um die Ecke. „Darf ich?"
„Was willst du?" Jonas verbarg sein Gesicht hinter der Staffelei und tat so, als ob er angestrengt zeichnete. Dabei ließ er den Stift nur über längst fertige Striche gleiten.
„Mit dir reden. Wegen gestern." Andreas ging um die Staffelei herum und stand hinter Jonas.
„Ist schon ok. Tut mir leid wegen der Pizza. Kommt nicht mehr vor." Jonas ließ den Stift sinken, drehte sich aber nicht zu Andreas um und konnte deshalb nicht sehen, dass Andreas die Zeichnung mit kritisch zusammengekniffenen Augen studierte.
Es herrschte Stille, bis Andreas nach einiger Zeit das Wort ergriff: „Das ist großartig!"
„Was? Dass es nicht mehr vorkommt?"
„Nein, ja, natürlich das auch. Ich meine die Zeichnung!"
„Seit wann interessieren dich meine Zeichnungen?" Jonas biss sich auf die Zunge. So zynisch hatte er nicht klingen wollen. Aber Andreas schien es überhört zu haben.
„Der Mann, wie er da sitzt. Und auch der andere, mit dem Stift. Die Hände, sie sind perfekt. Und auch die Frau. Eigentlich alles. Woher hast du solche Ideen?" Andreas trat einen Schritt zurück. Jonas zuckte mit den Schultern. „Komm lass gut sein. Wie gehts jetzt weiter?"

Andreas schluckte. „Was werden soll ... Tja, Jonas. Das weiß ich auch noch nicht so genau. Aber so wie es ist, sollte es nicht weitergehen. Wir müssen hier zusammen klarkommen und sollten das Beste aus der Situation machen. Vielleicht sollten wir einfach mehr aufeinander eingehen."
Jonas nickte. Irgendwie empfand er Erleichterung über das, was Andreas gesagt hatte, und er reichte seinem Pflegevater die Hand.
„Abgemacht?", fragte Jonas.
„Abgemacht!" Andreas nickte.
„Dann geh ich mal wieder, oder hast du Lust mit mir zu frühstücken?"
„Nee, ich möchte hier fertig werden." Obwohl sein Magen knurrte und er ja schon vorher über das gemeinsame Frühstück nachgedacht hatte, war es ihm jetzt zu anstrengend. Er brauchte noch etwas Zeit und außerdem bekam er Kopfschmerzen.
„Ok, dann lasse ich dich jetzt in Ruhe." Andreas setzte ein aufmunterndes Gesicht auf, blickte noch einmal zu Jonas und schloss die Tür hinter sich.

Jonas zuckte zusammen, aus dem Nichts heraus drang diese Stimme wieder an sein Ohr: „Die Schuld erdrückt!" Der Satz wurde mehrmals wiederholt. Er kniff die Augen zusammen und rieb sich die Ohren. Die Kopfschmerzen wurden schlimmer. Von unten drangen Geräusche von klapperndem Geschirr zu ihm herauf und dämpften die Lautstärke der Stimme. Er zwang sich ruhig zu bleiben. Er war schließlich nicht allein im Haus. Er wartete, bis es vorbei war, bis wieder Stille in seinem Kopf herrschte. So plötzlich wie sie auf ihn eingeredet hatte, so schnell war sie auch wieder verschwunden. Jonas öffnete die Augen. Jetzt war zwar die Stimme in seinen Ohren fort, aber nun spielten seine Augen ihm einen Streich.
Die Zeichnung hatte sich verändert. Eine Frau schaute jetzt auf der Zeichnung durch das Fenster, obwohl er sie überhaupt nicht gezeichnet hatte! Hatte Andreas sie gemeint, als er von der Frau auf seiner Zeichnung gesprochen hatte? Jonas hatte geglaubt,

dass er die alte Zeichnung von damals, die ganz oben an der Staffelei hing, gemeint hatte. Jonas rieb sich die Augen. Es half nichts. Dort am Fenster stand eine Frau, hatte die Hände an die Scheibe gelegt und schaute zum Scharfrichter und Lohnschreiber hinein. Stocksteif betrachtete Jonas die Szene auf dem Papier. Der Vollmond warf in der Zeichnung sogar ihren Schatten auf den Fußboden. Jonas bekam eine Gänsehaut. Wie konnte das möglich sein? Er hatte diese Frau definitiv nicht gezeichnet! Oder hatte er sie doch gezeichnet, wenn Andreas sie gemeint hatte? Seine Gedanken ließen sich nicht sortieren. Was hatte das zu bedeuten? Denn im Buch stand nichts davon, dass eine Frau durchs Fenster blickte. Jonas war es egal, was Andreas von ihm dachte. Er rannte die Bodentreppe hinab, lief direkt in die Küche und zerrte Andreas hinter sich her. „Ich muss dir was zeigen! Komm mit."
„Ist was passiert?" Andreas war erschrocken. So kannte er Jonas nicht.
„Das weiß ich nicht so genau."

Andreas folgte ihm verunsichert, aber auch neugierig. Was hatte dieses Verhalten wohl zu bedeuten?
„Bitte sieh dir die Zeichnung an! Was hat sich seit vorhin geändert?"
Andreas suchte die Zeichnung ab und wurde nicht fündig. „Ich sehe keine Veränderung. Hilf mir!"
Jonas wurde blass.
„Wieso sagst du nichts, Jonas?"
Die Frau auf der Zeichnung war wieder verschwunden. Jonas blickte auf das gezeichnete Fenster und kniff die Augen zusammen. Es war, als wäre sie nie da gewesen. Sie war fort! Andreas hatte also die andere Zeichnung gemeint, als er über die Frau gestaunt hatte. Was sollte er Andreas nun auf seine Frage, warum er nichts sage, antworten? Die Wahrheit konnte es unmöglich sein. „Ich wollte nur sehen, wie genau du die Zeichnung vorhin angeguckt hast. Aber du hast sie genau angeguckt." Es war das

einzige, was ihm als Antwort einfiel, ohne dass Andreas denken würde, dass er verrückt geworden war.
„Und dafür hast du mich so aufgeregt hier hochgeholt?"
„Ja, es war mir wichtig."
„Ich würde mich freuen, wenn ich jetzt wieder ein paar Punkte auf deiner Sympathieskala für mich damit ergattern konnte. Und nochmal: Die Zeichnung ist wirklich perfekt!"
„Danke!"
„Bist du zu Hause, wenn ich heimkomme?", fragte Andreas und wandte sich zum Gehen.
„Denke schon!" Jonas ging ja nie weg. Diese Frage war überflüssig und Andreas wusste das auch.
„Vielleicht schaffen wir ja dann eine gemeinsame Mahlzeit? Lenchen kommt wieder!"
„Ist sie wieder gesund?", fragte Jonas.
„Ja! Dann bis später!"
„Bis später."

Nervös kaute Jonas auf dem Bleistift herum, während das Buch aufgeschlagen auf seinen Beinen lag. Dabei starrte er auf seine Zeichnung. So langsam hatte er das Gefühl, den Verstand zu verlieren. Hatte er sich die Frau nur eingebildet? Aber er war sich doch so sicher, dass sie auf der Zeichnung gewesen war, obwohl er sie nicht gezeichnet hatte. Ihn überkam Angst verrückt zu werden. Mit Andreas wollte er nicht darüber sprechen. Aber er könnte sich Lenchen anvertrauen. Sie war immer so herrlich unkompliziert und er mochte es, wenn sie ihn Jungchen nannte, obwohl er längst kein Junge mehr war.

*

Schon beim Aufwachen waren meine Gedanken sofort wieder bei ihr. Ich musste hin und sie weich klopfen. Ich wollte ihr Geständnis hören! Ich wollte hören, dass sie die alleinige Schuld am Tod ihres Kindes trug.
Es fiel mir schwer, mich auf andere Dinge zu konzentrieren. Ich empfand ungeheure Macht! Endlich konnte ich einmal allein entscheiden, ohne

dass mir jemand dabei in die Quere kommen würde. Der Drang in mir, sie mit meinen Fragen zu quälen, wurde so groß, dass ich unmöglich bis zum Abend damit warten konnte. Aber es war riskant, bei Tageslicht gesehen zu werden. Ich beschloss, mir einen Mietwagen zu nehmen. Das wäre einfach. Und ich würde gleich bar bezahlen. Es war mir egal, was diese ganze Sache kosten würde. Und ich dachte an den Bengel, der sich ahnungslos durchs Leben träumte. Das hatte die Alte mir damals im Café gesagt. Sie konnte ja nicht ahnen, was für eine große Rolle sie in meinem Spiel spielte. Ohne sie wäre es nicht gegangen. Zu schade, dass ich ihr niemals meinen Dank dafür aussprechen konnte.
Ich verließ das Haus in Anzug und Krawatte, um meinen Plan für heute in die Tat umzusetzen. Bis zur nächsten Autovermietung war es nicht weit.
In dem unauffälligen Peugeot verließ ich Göttingen diesmal über die A7 bis Northeim Nord. Wegen der verdammten Baustelle hatte ich beinahe die Ausfahrt verpasst und durch das Bremsmanöver wäre mir fast jemand hinten aufgefahren. Alles, bloß nicht das!, dachte ich und lenkte den Wagen schlingernd von der A7 ab. Ich überlegte, ob ich am Autohof rechts oder links fahren sollte. Entschied mich für rechts und blieb bis Edesheim noch auf der B3, fuhr durch Edesheim und dann über den Berg nach Wiebrechtshausen, bog links ab, fuhr ein Stück auf der 248, bog dann aber Richtung Denkershausen ein. Mit angemessener Geschwindigkeit fuhr ich durch die beiden kleinen Käffer, um dann in Lagershausen rechts nach Mandelbeck abzubiegen. Bald schon wäre ich bei ihr. Ich hoffte, in meinem Aufzug nicht von Spaziergängern gesehen zu werden. Dann fiel mir ein, dass ich mit dem Wagen so weit wie möglich zum Waldstück fahren sollte. Wenn mich so jemand sehen würde, würden sie alle denken, dass ich mich mit irgendwem auf ein Schäferstündchen verabredet hätte.

Ich bog im Wald links ab. Dort lagerten seit dem großen Sturm unzählige Baumstämme. Der Mandelbecker Forst war nicht verschont geblieben. Eine Schneise der Verwüstung hatte Friederike durch den Wald gefressen. Gut, dass der Sommer so trocken gewesen war. Die Wege waren gut befahrbar und meine Reifenspuren würden sich mit denen der unzähligen Holzfahrzeuge vermischen und somit unkenntlich werden. An einer Lichtung parkte ich den Wagen und verschwand mit meinem Köfferchen im Fichtendickicht.

Als ich vor der Hütte stand, drang kein Mucks aus dem Inneren zu mir nach draußen. Was Christiane wohl gerade tat? Ich klopfte höflich an, bevor ich die Schlösser öffnete und zu ihr eintrat.

Sofort begann sie nach Hilfe zu schreien. Ich beeilte mich und verschloss die Tür eilig hinter mir. Drinnen stank es nach Urin und ich leuchtete ihr mit meiner kleinen Taschenlampe genau in den Schritt.

„Lass mich hier raus", begann sie zu wimmern.

„Hallo Christiane! Warum sollte ich das tun? Ich habe mir doch so viel Mühe gegeben, dich hier gefangen zu halten. Es wäre doch schade, wenn wir das Spiel nicht zu Ende spielen. Ich hoffe, dass du die vergangene Nacht dazu genutzt hast nachzudenken? Nachzudenken über das, was du deiner kleinen Tochter angetan hast?"

„Bitte, lass mich hier raus!" Sie begann zu weinen.

„Och, och, och! Das haben wir doch schon geklärt, dass ich dich nicht einfach so gehen lassen kann."

„Ich habe Durst."

„Durst? Hm, was machen wir da nur, Christiane?", säuselte ich in fast zärtlichem Ton. „Ich habe gar nichts zu trinken für dich dabei. Aber vielleicht bringe ich dir morgen etwas zu trinken mit."

„Wer bist du und warum tust du mir das an? Ich habe meine Strafe abgesessen."

„Aber die Strafe war nicht gerecht für das, was du getan hast. Das musst du doch einsehen."

„Was willst du von mir hören?"

„Alles, aber die Fragen stelle ich!" Ich sah, wie ihr Stolz brach. Anscheinend war ihr bewusst geworden, dass ich sie nicht gehen lassen würde, bevor sie redete. Aber ahnte sie auch, dass ich sie niemals würde gehen lassen? Wahrscheinlich nicht. Denn die Hoffnung stirbt zuletzt.

Der Geruch, der von ihr ausging, war widerlich. Der Urin an ihrer Hose war getrocknet und unter ihrem Stuhl hatte sich das Holz damit vollgesogen. Ich schaltete die LED-Lampe an.

„Dann machen wir beide es uns hier mal gemütlich, was?"
„Ich muss mal", sagte sie kleinlaut.
„Christiane, das ist jetzt aber wirklich ein unpassender Augenblick und ein schlechter Versuch. Du wirst doch einsehen, dass ich dich nicht losmachen kann. Bitte verkneif es dir noch ein bisschen, ja?!"
Sie nickte.
Ich lehnte mich an die Wand mit der Tür vor ihr und schaute sie herablassend an.
„Wenn du dich so sehen könntest, Christiane! Es ist noch nicht mal 24 Stunden her, seit du hier bist und schon hast du dich gehen lassen und dich eingemacht. Oder ist es für dich etwa ein gutes Gefühl, wenn du da so im Nassen sitzt?"
Sie schüttelte den Kopf. Tränen traten ihr in die Augen.
„Was hast du gesagt? Ich kann dich nicht verstehen." Ich hielt mir eine Hand ans Ohr.
„Nein", antwortete sie schamhaft.
„Aha! Und warum hast du es trotzdem getan?"
„Ich konnte ja nicht auf die Toilette gehen."
„So? Das ist wirklich ein kläglicher Umstand, meine Liebe. Du bist auf Hilfe angewiesen, nicht wahr? Du wartest darauf, dass dir jemand hilft und dich hier rausholt. Du hoffst sogar, dass ich es bin, der dir dabei hilft, ist es nicht so?"
Sie begann unter Zuckungen zu schluchzen.
„Wenn du weinst, dann wirst du noch mehr Durst bekommen, liebe Christiane. Ich glaube, dass ich dir gar nichts zu trinken geben kann, weil du dich dann wieder einmachst. Das ist eine Riesensauerei, die du hier machst. Tut dir das gar nicht leid?"
Sie nickte.
„So, so. Es tut dir also leid, dass du die hübsche Hütte, die ich dir mit so viel Liebe gebaut habe, so besudelst."
Sie nickte wieder.
„Na, vielleicht sollte ich doch ein Herz für dich haben und nachsehen, ob ich nicht doch ein kleines Schlückchen zu trinken für dich habe, was?" Mit einem Klacken öffnete ich meinen Aktenkoffer und holte ein

Babyfläschchen hervor. Ganze 100 Milliliter würde ich ihr vielleicht gönnen. Ich hatte auch etwas Zucker in den Fencheltee getan. Gegen den Hunger.

„Nun, dann wollen wir mal sehen, ob dir das schmeckt!"

Ich trat ganz nah an sie heran und hielt die Luft an. Ich nahm die Kappe von der Nuckelflasche und hielt sie ihr vors Gesicht. Aber nur so weit, dass sie nicht herankam. Sie aalte sich in ihren Fesseln.

„Nun, meine Liebe. Kannst du dir vorstellen, wie sich die kleine Jamie gefühlt hat, als du sie einfach so in ihrem Bettchen festgebunden und sich selbst überlassen hast? Ihr manchmal nur ein kleines Fläschchen mit gezuckertem Tee gegeben hast?"

Christiane schien mich gar nicht zu hören. Sie gierte nach dem Inhalt der Flasche. Ich steckte die Flasche in meine Anzugjacke.

„Bitte, ich ...", sie leckte sich über ihre Lippen.

„Hast du gehört, was ich gesagt habe, oder muss ich es noch einmal wiederholen, Christiane?"

Das Spiel gefiel mir gut. Noch niemals in meinem Leben hatte ich so viel Macht über einen Menschen besessen.

„Wiederholen", sagte sie und stierte auf die Flasche in meiner Jackentasche.

„Gefragt habe ich dich, ob du dir nun vorstellen kannst, was die kleine Jamie empfand, als sie angebunden in ihrem Bettchen lag."

„Ich hatte sie ja nur angebunden, damit sie nicht rausfallen konnte."

„Wie bitte? Vernehme ich da Fürsorge? Du hast die kleine Jamie angebunden, damit sie nicht aus ihrem Bettchen fallen konnte, wenn du auf Partys herumgehurt hast?" Ich änderte meinen Tonfall absichtlich von bitter süß in wütend und trat einen Schritt auf sie zu. Sie zuckte zusammen und nickte mit nach unten gerichteten Blick.

„Sieh mich an!"

Ihr Blick hob sich.

„Du ahnst, dass es nicht das ist, was ich von dir hören will."

„Vielleicht hatte sie Durst, aber ich habe ihr ja immer ein Fläschchen in Reichweite ins Bett gelegt."

„Und sicher war es Jamies Schuld, wenn sie so gestrampelt und geschrien hat, dass die Flasche aus dem Bett gefallen ist. Sehe ich das richtig?"
Christiane zuckte mit den Schultern.
„Und irgendwann war sie einfach zu schwach geworden, das Fläschchen überhaupt zu halten, nicht wahr, Christiane. So war es doch?"
Sie zuckte wieder mit den Schultern. Ich merkte, dass sie noch Kampfgeist in sich trug und beschloss die Sache erstmal zu beenden und sie wieder allein zu lassen. Vielleicht ergab sich für mich am kommenden Abend die Möglichkeit, sie zu besuchen.
Ich stellte das Fläschchen neben der Lampe ab.
„Bitte, nur einen Schluck", flehte sie.
„Ich gebe dir noch etwas Zeit zum Nachdenken, Christiane. So lange muss das Fläschchen hier erstmal stehen bleiben."
„Ja, ich hätte sie nicht anbinden dürfen, sie nicht so lange allein lassen dürfen!", schrie sie plötzlich, als sie begriff, dass ich sie verlassen würde.
„Aber Christiane! Deine Einsicht kommt zu spät! Leider, leider ist die kleine Jamie ja gestorben, wie du weißt."
„Lass mich hier nicht allein!", flehte sie.
„Doch, doch. Du musst ein weiteres Weilchen ohne mich auskommen. Ich habe heute noch viele Dinge zu erledigen! Bis später, liebe Christiane!"
Sie schrie wieder nach Hilfe, als ich die Tür öffnete, aber niemand außer mir konnte sie hören.

*

Meine Gedanken um den hünenhaften Mann, der imstande war mit nur einem Schwerthieb einen Kopf abzuschlagen, rotierten. Hatte ich doch immer geglaubt, dass Schwarz kaltherzig, blutrünstig und gewissenlos sein müsste, so hatte sich in mir ein ganz anderes Bild von ihm manifestiert und ich beschloss ihn öfter zu besuchen. Heimlich, versteht sich. Was würden sonst die Leute von mir denken?

An einem Abend hatte ich beschlossen ins Gasthaus nahe der Stadtmauer zu gehen. Dort, so wusste ich, trieb sich Schwarz hin und wieder herum. Es war nicht die beste Schänke, aber meinem kleinen Geldbeutel geschuldet, würde ich mir dort ein, zwei Krüge Wein leisten können. Als Lohnschreiber bei der Hannoverschen Allgemeinen ist es schwer, davon zu leben. Meine Schreibereien werden nicht alle gedruckt. Oftmals höre ich, dass es um das Papier schade sei, um es mit derartigem Geschmiere von mir zu verunreinigen.

In der dunklen Gasse trieb sich in der Abenddämmerung vor der Schänke allerlei zwielichtiges Pack herum und ich erkannte auch Claras Mutter, wie sie mit einem düster wirkenden Manne in einer Ecke verschwand. Ich überlegte augenblicklich, ob ich mein Vorhaben nicht ändern sollte, als der Weindurst mich nach einem anstrengenden Arbeitstag aber doch hineinzog. Vor der Schänke in der Gasse stank es nach Unrat und Ausscheidungen aller Art und als ich eintrat, umfing mich der Geruch von billigem Tabak, Männerschweiß und abgestandenem Alkohol.

Ich nahm meinen Hut ab und setzte mich an den hinteren Tisch, weil ich niemanden kannte. Als der Wirt meine Bestellung aufgenommen hatte, und mir anschließend einen Krug Wein auf den Tisch stellte, den er auch gleich abrechnete, öffnete sich die Eingangstür. Augenblicklich wurde es in der Schänke still und alle Augen richteten sich auf den, der in der Tür stand. Schwarz stand da und füllte mit seiner Statur den gesamten Türrahmen aus. Seinen Kopf hielt er eingezogen, weil er ihn sich sonst gestoßen hätte.

„Darf unsereins eintreten, oder will das gehobene Volk unter sich bleiben?“, bemerkte er zynisch.

Die Männer an der Theke und den Tischen sahen sich an und sie beratschlagten sich, bis einer aufstand und dem Wirt zunickte.

„Komm rein und setz dich still an deinen Tisch!“, brüllte der Wirt Schwarz entgegen.

Ich beobachtete, wie Schwarz zu einem kleinen Tisch mit einem dreibeinigen Stuhl ging, auf dem er Platz nahm. Dann nahm Schwarz selbstsicher einen an der Wand neben ihm festgeketteten Krug, und stellte ihn vor sich auf den Tisch.

Nach allem, was ich über diesen Mann wusste, überkam mich so etwas wie Mitleid. Geächtet, obwohl er sich sein Wirken selbst gar nicht ausgesucht hatte. Der Wirt kam und schenkte Schwarz über die Hand den

Wein ein, was für einen ehrlichen Bürger einer Beleidigung gleichgekommen wäre. Schwarz schien es nicht zu stören und nahm einen großen Schluck. „Ihr hättet den Krug auch mal säubern können, seit unserem letzten Besuch!", murrte er den Wirt an.

„Habt Ihr das gehört. Er will, dass ich mich an seinem Kruge versündige? Soll ihn anfassen, woraus er schon getrunken hat!"

Gelächter ertönte in der Schänke, doch kurz darauf ging wieder jeder Gast den Gesprächen mit dem Nachbarn nach oder trank in Ruhe seinen Wein.

Schwarz erblickte mich. Ich nickte ihm unmerklich zu. Er spürte, dass es mir unangenehm war und rieb sich den Wein von den Lippen. Er schien es gewohnt zu sein, niemanden zu haben, als plötzlich die Türe mit Wucht aufgerissen wurde und eine Frauenstimme schrie.

„Er benimmt sich nicht. Er pöbelt wieder und hat eine geschlagen!"

Wieder drehten sich alle zur Tür und Schwarz war aufgestanden. „Kann unsereins noch nicht mal in Ruhe seinen Wein trinken?"

Schwarz leerte seinen Krug mit einem Zuge im Stehen und stampfte mit großen Schritten durch die Schänke und ließ die Türe laut hinter sich ins Schloss fallen.

„Was ist denn geschehen?", fragte ich einen Mann am Nebentisch.

„Du bist nicht von hier, Söhnchen, was? Der stählerne August wird wieder gekommen sein und sich an den Huren vergriffen haben. Einmal im Monat nach Vollmond, da packt ihn die Fleischeslust. Und meist will er nicht bezahlen. Schwarz wird's schon richten. Er sorgt bei den Huren hier im Viertel für Ordnung. Man munkelt sogar, dass er selbst die Dienste der hübschen Anna in Anspruch nimmt. Vollbusig und weich ist sie, die Anna. Hat auch noch alle Zähne im Maul. Und nimmt weniger als die anderen. Dadurch hat sie letztendlich mehr. Muss aber auch mehr ran! Das neiden ihr die anderen. Und als Mann kommt man gut auf seine Kosten, wenngleich es doch auch bei ihr immer schnell vorbei ist." Seine Augen glänzten, als er von ihr schwärmte. „Wenn das seine Alte wüsste, die würde ihn glatt totschlagen!" Er lachte und hielt sich dabei den Bauch. Er meinte Schwarzens Weib.

Es trieb mir die Schamesröte ins Gesicht, was mir der Mann erzählte. Und bevor er mir noch mehr erzählen konnte, beschloss ich die Schänke zu verlassen. Der Wein war mir bereits zu Kopfe gestiegen. Ich nahm meinen Hut und ging nach einer kurzen Verabschiedung hinaus. Knapp hatte ich die Türe geöffnet, drang das Gekreische an meine Ohren. Es kam aus der dunklen Nebengasse.

*

Lenchen

Lenchen schloss die Tür auf und ging durch den Hintereingang der seit Karins Tod geschlossenen und leerstehenden Apotheke ins Haus.

„Hallo? Jemand da?" Ihr lautes Rufen endete in einem Hustenanfall. Eigentlich hätte sie sich noch schonen müssen, jedoch war ihr daheim die Decke auf den Kopf gefallen. Lenchen lauschte in die Stille, stellte aber enttäuscht fest, dass niemand ihr antwortete.

So stellte sie die Tasche ab und ging in den kleinen Abstellraum, in dem sich das Putzzeug befand.

Mit Staubfeudel, Eimer und Schrubber stieg sie die Stufen zur Wohnung hoch und hatte sich bereits damit abgefunden, allein im Haus zu sein, als sie sich einen Überblick der im Haushalt anfallenden Arbeiten machte und dafür die einzelnen Räume durchschritt.

Ganz nebenbei fanden herumliegende Zeitungen ihren Weg in einen dafür vorgesehenen Korb neben dem Wohnzimmertisch. Viel zu tun war in diesem Haus nie. Als die flinke Haushälterin an der Anrichte mit den vielen Familienfotos vorbeikam, fiel ihr auf, dass ein Foto von Karin umgefallen war. Würdevoll wurde es von ihr wieder aufgestellt. Beim Verlassen des Wohnzimmers zuckte Lenchen jedoch erschrocken zusammen, als sie ein Räuspern hinter sich vernahm.

Jonas und Lenchen

„Jonas!", rief sie. „Wie kannst du mich nur so erschrecken!" Lenchen beugte sich leicht nach vorn und fasste sich theatralisch ans Herz.

Jonas ging auf sie zu und machte einen zerknirschten Gesichtsausdruck. „Das war nicht meine Absicht! Wirklich nicht. Es tut mir sehr leid! Geht es dir gut?" Fürsorglich legte er seine Hand auf Lenchens Schulter und sah sie besorgt an.

„Mit sowas musst du aufpassen, ich bin eine alte Frau." Und dann lachte sie herzhaft drauflos. Das war eine Eigenschaft, die sie sympathisch machte. Jonas lachte mit.

„Darauf sollten wir einen Tee trinken, was?", flötete Lenchen.

„Das ist eine gute Idee! Ich wollte ohnehin fragen, ob du ein bisschen Zeit für mich hast.

„Oh, das hört sich aber sehr wichtig an. Ist was passiert?"

„Nein, nein!", Jonas schüttelte den Kopf. „Nichts Schlimmes. Ich brauche mal deine Meinung."

Lenchen und Jonas gingen in die Küche. Jonas öffnete den Wasserhahn und füllte den Wasserkocher, den er danach auf seine Halterung stellte. Lenchen ging zum Küchenschrank, stellte zwei Tassen bereit und öffnete die Schublade mit den Teesorten.

„Welche darf es denn sein?"

Etwas später saßen sie am Esszimmertisch und hielten die warmen Tassen, gefüllt mit rotem Früchtetee, in der Hand und sahen sich durch den aus ihnen aufsteigenden Dampf an.

„Nun erzähl doch mal, Jonas. Was ist los?"

Jonas wusste plötzlich nicht, wo er anfangen sollte und überlegte sogar, einen Rückzieher zu machen.

„Ich weiß nicht so genau wo ich anfangen soll, weil ich Angst habe, dass du mich als verrückt abstempelst."

„Oh, oh, oh, lieber Jonas. Ich glaube, dass du mich da vollkommen falsch einschätzt." Sie rückte auf ihrem Stuhl nach hinten und machte es sich gemütlich. „Es mag zwischen Himmel und

Erde viele Dinge geben, die einem als absurd und völlig an den Haaren herbeigezogen erscheinen, aber wenn ein Mensch etwas zu erzählen hat und Rat braucht, dann darf man ihn niemals als verrückt abstempeln."
„Also gut. Alles fing hiermit an." Jonas stand auf und zog das alte Buch aus seiner Hosentasche hervor und legte es vor Lenchen auf den Tisch.
Sie stellte ihre Tasse ab und griff interessiert danach. „Was ist das?" Sie schlug es auf und las vor:

Vom Wirken, Leben und Töten des Scharfrichters Christian Schwarz

Aufgeschrieben von Friederich Uhde.

„Das ist alt! Wo hast du es her?", fragte sie erstaunt.
„Ich habe es, als ich noch klein war, oben auf dem Dachboden gefunden. Es lag versteckt unter einer Diele."
„Vor so langer Zeit?"
„Ja, kurz nachdem ich hier eingezogen bin. Und das ist auch nicht wirklich mein Problem. Also nicht das Buch und sein Inhalt. Mich beschäftigt viel mehr, wie ich es gefunden habe."
Lenchen setzte eine fragende Miene auf, schlug das Buch zu und legte es sich auf den Schoß.
„Da war eine Frau, die hat mir das Versteck des Buches gezeigt."
Jonas kam ins Stocken und sah Lenchen unsicher an.
„Ich höre dir zu. Nur raus damit, was immer dich auch belastet."
Und Jonas erzählte ihr von der merkwürdigen Erscheinung und von seinen Bildern. Und davon, dass er sich einbildete, dass die Bilder sich ohne sein Zutun veränderten.

*

Auf meinem Weg zurück nach Göttingen dachte ich an Christiane, wie sie da so hilflos gesessen hatte. Ein herrliches Gefühl, Macht über andere zu haben. Diese kleine Schlampe!

„Christiane", flüsterte ich und spürte, wie sehr es mich anstachelte, sie in meiner Gewalt zu haben. Und das Beste: man würde nicht nach ihr suchen! Niemand würde dieses widerliche Weibsbild vermissen! Und es müsste schon ein großer Zufall sein, wenn sie jemand finden würde, bevor sie verreckt wäre. Ich atmete tief ein und schwelgte in meinen Gedanken.

Sie würde ja nicht die letzte sein. Es gab so viele von diesen einsamen Geschöpfen, die ihre viel zu kurze Haftstrafe für grausame Vergehen abgesessen hatten und mit denen niemand mehr etwas zu tun haben wollte. Schließlich tat ich der Menschheit einen großen Gefallen. Befreite ich sie doch von menschlichem Unrat. Aber das allein war ja nicht mein Ziel. Die Säuberung, die war nur ein kleiner Teil des großen Ganzen. Ich wollte Rache! Als Unschuldiger wollte ich einfach nur Rache und ich freute mich schon auf den Tag, an dem ich diese Säuberung publik machen könnte. Mein Plan war nämlich perfekt!

Am Abend wollte ich wieder zu ihr fahren. Dafür konnte ich dann im Schutz der Dunkelheit auch meinen Privatwagen nehmen. Bis dahin war Christiane sicher sehr mürbe geworden und würde alles gestehen, wenn ich das zweite Urteil über sie sprechen würde.

*

„Er hat mir die Kleider vom Leibe gerissen, das soll er bezahlen!"

Eine hysterische Frauenstimme drang an meine Ohren.

„Ist das wahr, was sie sagt, du Lump? Im Viertel, das unsereins begeht, herrscht Ordnung! Und wenn er sich nicht benehmen kann, dann schlitzt unsereins ihm den Wanst von unten nach oben auf und erwürgt ihn mit seinen eigenen Gedärmen!" Ich erkannte Schwarzens donnernde Stimme.

„Sie, sie ist doch selbst schuld! Hat sich mir feilgeboten und wollte dann einfach fort!"

„Jedes Mal wenn dieser Hans-Wurst hier auftaucht, gibt es Ärger. Diesmal hat unsereins ihn auf frischer Tat ertappt. Er soll sich hier nicht mehr blicken lassen! Und nun bezahle er das Weib!"

Ich linste um die Ecke in die dunkle Gasse hinein. Schwarz hielt einen kleinen, aber sehr muskulösen Mann fest. Neben Schwarz stand die schöne Anna. Ihre Bluse war zerrissen und ihr Busen quoll heraus. Fasziniert schaute ich sie an und bemerkte auch ein goldenes Amulett, welches sie an einer Kette trug. Es kam mir für eine Frau ihres Standes unpassend vor, dachte aber, dass es auch eine Bezahlung eines reichen Freiers gewesen sein könnte, der mehr als nur eine Hure in ihr sah. Sie war wirklich bildschön. Mir meiner Schamlosigkeit bewusst werdend, zog ich meinen Kopf zurück und verfolgte die Auseinandersetzung aus meinem Versteck heraus mit den Ohren.

„Sie hat ja ihre Dienste an mir gar nicht abgearbeitet!", beschwerte sich der Mann, bei dem es sich wirklich um den stählernen August handeln musste.

„Er hat ihr die Kleider vom Leib gerissen, das wird bezahlt!"

Ich hörte, wie eine Münze klingelnd auf den Boden fiel und jemand weglief. Vorsichtig wollte ich gerade doch noch mal um die Hausecke blicken, als ich ein Zupfen am Hosenbein spürte.

„Was machst du denn hier?" Ich sah in Claras fragende Augen.

„Das gleiche könnte ich dich fragen!", entgegnete ich und schob sie ein Stück zurück. Ich wollte es vermeiden, dass sie ihre Mutter mit der zerrissenen Bluse sah.

„Ich suche meine Mama. Mein Bein." Sie hob ihr schmutziges Kleid ein wenig an und zeigte auf die rote und geschwollene Stelle seitlich oberhalb des Knies. Jetzt ist endlich der schlimme Husten weg, da muss das Bein wehtun."

„Ich habe da eine Idee!", sagte ich und griff nach Claras Hand. „Du kommst mit zu mir und dann kühlen wir das Bein. Es sieht wirklich nicht gut aus. Und wenn du magst, dann kannst du bei mir auch ein Glas Milch haben."

Ich hatte nicht bemerkt, dass Anna um die Ecke gekommen war. Sie hielt ihre kaputte Bluse mit einem roten Tuch bedeckt, das sie sich umgebunden hatte. Ich erkannte, dass es das Halstuch von Schwarz war. „Lasst sofort mein Kind los! Hilfe! Zu Hilfe, er will mir mein Kind stehlen!"

Sofort ließ ich Claras Hand los. „Ich, sie, sie hat am Bein … Da dachte ich …!"

Da kam glücklicherweise Schwarz um die Ecke. „Unsereins kennt ihn. Er nimmt keine Kinder mit."

„Stimmt. Er ist nett, Mama, ich kenne ihn", beruhigte Clara ihre Mutter.

„Du gehst niemals mit Fremden mit!", hörte ich Anna noch sagen, als sie Clara von mir fort zerrte und mit ihr die Gasse hinabging.

„Danke!", sagte ich zu Schwarz und sah ihm dabei nicht in die Augen, weil sich gerade die Tür der Schänke öffnete und jemand herauskam. Ich erkannte den alten Schmied, der seinen Enkel mit dem gebrochenen Arm bei Schwarz abgegeben hatte.

„Was macht denn der verehrte Enkel? Ist sein Arm schon besser?", schmetterte Schwarz heraus und verbeugte sich mit einer ausladenden Handbewegung theatralisch. „Und das Schwert, das hat sein Knecht ja ganz wunderbar poliert!"

Nachdem Schwarz, wie zu erwarten gewesen war, keine Antwort des alten Schmieds erhielt, blickte er mich kurz an und ging seines Weges.

Ich schien ihm kein Dorn im Auge zu sein. Denn er respektierte mein Verhalten, obwohl ich mich nicht sehr wohl ihm gegenüber fühlte, weil ich ihn, nach allem was er mir erzählt hatte, in der Öffentlichkeit schnitt. Ich blickte mich noch einmal zu ihm um. Er war ebenfalls stehen geblieben und hatte sich nach mir umgedreht. „Unsereins hat am nächsten Tag sein Amt in Celle zu verrichten. Wenn er will, dann wird er mitgenommen. Er weiß, wo er unsereins findet." Und dann ging Schwarz einfach weiter.

Ich überlegte, ob ich es würde ertragen können, es mit anzusehen, wie dieser Mann jemanden zu Tode brachte. Und auch, wenn ich doch anfangs dachte, dass es in mir eine Spannung auslösen könnte, einer Hinrichtung beizuwohnen, so drehte sich mir jetzt der Magen um. So beschloss ich es mir lieber von Schwarz erzählen zu lassen, wenn er wieder zurück in Hannover wäre.

*

Andreas und Lenchen

Andreas kam nachmittags nach Hause. Es roch nach Putzmitteln, was ihm verriet, dass Lenchen da war. Er freute sich sehr darüber und bemerkte sofort eine von ihr ausgehende Wärme im ganzen Haus. Er fand sie auf einer Leiter in der Küche. Sie wischte die Schränke aus.

„Hallo Lenchen, geht es Ihnen denn wirklich schon besser? Nicht, dass Sie die Erkältung verschleppen!"

„Hallo Herr Behrends. Danke, es geht schon wieder. Mir ist daheim die Decke auf den Kopf gefallen. Es ist gut, dass ich wieder hier sein kann!"

„Ich freue mich auch, dass Sie wieder hier sind. Ohne Sie ist hier alles so viel kälter. Das ist mein Ernst! Sie haben uns sehr gefehlt. Wo ist denn Jonas?", fragte Andreas, obwohl es ja nur eine Möglichkeit gab. Da im Haus keine Musik dröhnte, war er mit sehr großer Wahrscheinlichkeit auf dem Dachboden.

„Auf dem Dachboden, er malt", antwortete sie.

„Immer auf dem Dachboden. Das hat er schon immer am liebsten gemacht, aber er macht es wirklich gut. Erst heute Morgen habe ich über ein Bild gestaunt." Andreas seufzte.

Lenchen stieg von der Trittleiter und schloss die Tür des Küchenschranks. „Er zeichnet hervorragend, Herr Behrends. Sie sollten ihn darin bestärken, dass er in dieser Richtung vielleicht eine andere berufliche Laufbahn einschlägt." Sie biss sich auf die Lippe und dachte, dass sie das ja normalerweise gar nichts anging.

„Ich weiß", Andreas schaute betreten auf seine Füße. „Die Ausbildung zum Tischler war eine schlechte Wahl für ihn. Aber Jonas muss endlich anfangen auf eigenen Beinen zu stehen."

Lenchen dachte an das, was Jonas ihr am Morgen mit den sich verändernden Bildern erzählt hatte. Vielleicht …

„Lassen Sie ihm Zeit. Er hat es in der Kindheit nicht leicht gehabt. Und als er sich zu fangen schien, starb Ihre Frau, die er so sehr in sein Herz geschlossen hatte." Sie bemerkte Andreas' traurigen Blick und schwieg betreten.

„Vielleicht haben Sie Recht, liebes Lenchen." Wie ein schnüffelnder Hund zog er Luft in kleinen Stößen in seine Nase.. „Was haben

Sie denn heute gekocht? Es riecht ganz hervorragend", lenkte er vom eigentlichen Thema ab.
„Das bleibt bis zum Abendbrot eine Überraschung!"
„Dann werde ich mich wohl noch etwas gedulden müssen", gespielt enttäuscht sah Andreas Lenchen an.
„So ist es!"
Jonas stand im Türrahmen. „Wann sind die Rouladen fertig?", fragte er.
Lenchen wedelte mit dem Putzlappen vor Jonas Gesicht herum. „Musst du immer alles verraten?"
Die Stimmung im Haus war so viel besser, wenn Lenchen da war. Andreas musste lachen.

*

Abends stand ich wieder vor Christianes Versteck. Ich lauschte. Alles war still. In der Dunkelheit hatte ich mich an einem Ast im Gesicht verletzt, was mich richtig wütend machte.
Im Schein der Taschenlampe öffnete ich die Tür. Christiane blinzelte im Schein meiner Taschenlampe. Und sofort quoll mir der üble Geruch ihrer Exkremente in die Nase.
„Hallo Christiane."
„Ich habe Durst", sprach sie geschwächt.
„Meine Liebe, warum hast du denn nicht einfach getrunken? Ich griff zu der Flasche mit dem gesüßten Fencheltee, die ich morgens vor ihr abgestellt hatte und überlegte, ob ich ihr geben sollte, was sie verlangte. „Möchtest du wirklich einen Schluck trinken? Dadurch wird sich deine Qual verlängern. Dein Todeskampf wird dem von der kleinen Jamie sehr ähnlich sein. Es wird schneller gehen, wenn du nichts trinkst."
„Durst", flüsterte sie geschwächt. Sie hatte den Sinn seiner Worte anscheinend nicht begriffen.
Christianes Lippen waren mittlerweile eingerissen und ich sah, dass ihre Fingernägel blutunterlaufen waren, weil sie mit Kraft an den Lehnen gekratzt hatte, an denen ich ihre Arme festgebunden hatte. Und sie stank so widerlich nach ihrem Darminhalt, Urin und Angstschweiß, dass ich

würgen musste. Dass ein Mensch so üble Gerüche verbreiten kann, das war mir vollkommen neu.

„Also gut. Aber nur einen ganz kleinen Schluck, damit du dich nicht verschluckst. Ich steckte ihr den Sauger der Flasche zwischen die Lippen und sie begann gierig daran zu nuckeln. Es war nur ein ganz kleines Loch in dem Sauger und es machte sie wahnsinnig so schwer an den Inhalt zu kommen. Schließlich versuchte sie den Nuckel aufzubeißen, sodass ich ihn ihr mit Gewalt aus dem Mund zog. „Nicht so gierig, Christiane!"

„Ich gestehe alles, wenn du mir nur zu trinken gibst. Ich habe sie umgebracht und es war mir egal. Ich allein bin es gewesen. Ich habe sie im Bett angebunden, weil sie mir ständig am Schürzenzipfel hing. Ich wollte meine Freiheit und so ließ ich sie einfach in ihrem Bett. Hin und wieder legte ich ihr eine Flasche mit gezuckertem Fencheltee hinein, wenn das schlechte Gewissen kam. Sie war mir egal!" Christiane bäumte sich mit letzter Kraft auf ihrem Stuhl auf. Ich sah die braunen Flecken im Schritt ihrer Jeans und mit jeder Bewegung die sie machte, wurde der Gestank, der von ihr ausging, unerträglicher. Ich musste würgen. So machte die ganze Sache keinen Spaß mehr. Ich war voller Ekel und wollte nur eines – weg!

„Du widerst mich an!", zischte ich ihr entgegen. „Kannst du dir eigentlich vorstellen, wie es bei Jamie war? Die einzigen Begleiter, die die kleine Jamie hatte, als sie qualvoll vor sich hinvegetierte und schließlich starb, waren Fliegen. Sie legten ihre Eier an den Windelrändern ab. An dich aber, da gehen noch nicht einmal die Fliegen!"

Christiane zitterte am ganzen Leib und begann wimmernd zu flehen, dass ich sie nicht allein lassen sollte. Ich aber hatte kein Mitleid mit ihr und meine letzten Worte waren gesprochen. So trat ich unter ihrem Wimmern aus der kleinen Hütte, verriegelte die Tür von außen. Beim Gehen fiel mir ein, dass ich die Lampe angelassen hatte. Christiane würde sehenden Auges sterben. Ich gönnte es ihr.

Bereits in dieser Nacht feilte ich an meiner nächsten Reinigungsaktion. Ich hatte mir ein sehr ungemütliches und feuchtes Plätzchen ausgesucht, wo ich den Mann verschwinden lassen konnte.

Das Versteck, das ich für ihn ausgesucht hatte, war im wahrsten Sinne des Wortes todsicher. Überwältigen würde ich ihn nicht können. Er war mir kräftemäßig bei weitem überlegen. Ich würde ihn hinterlistig in die Falle locken müssen.

*

Jonas

Es tat so gut, mit Lenchen gesprochen zu haben. Natürlich fand auch sie keine wirkliche Erklärung für die Erscheinung und den sich verändernden Zeichnungen, aber sie erklärte Jonas auch nicht für verrückt. Und nun wusste er, dass er immer zu ihr gehen konnte, wenn ihm etwas auf dem Herzen lag. Seine Zeichnung zum Buch hatte sie sich genau angesehen. Selbstverständlich wusste sie längst, wie gut Jonas zeichnen konnte, aber die detailgetreue Zeichnung hatte sie noch einmal mehr beeindruckt. Und Jonas war es auch nicht schwergefallen, Lenchen von seiner Kindheit zu erzählen und ihr offenzulegen, wie grausam es für ihn gewesen war, dass seine Mutter dieser schlimmen Gewalt ihres Lebensgefährten ausgesetzt gewesen war. Allerdings verschwieg Jonas, dass ihn seit einiger Zeit diese unheimliche Stimme heimsuchte.

Wieder saß er an seiner Staffelei. Die Zeichnung vor ihm zeigte Clara, die dem Lohnschreiber am Hosenbein zupfte. Im Hintergrund sah man Anna in der dunklen Gasse, die sich verlegen die Brust bedeckte. Schwarz hielt den stählernen August fest, während er gerade die Münze vor Annas Füße warf. Die Zeichnung war perfekt.

Und diesmal hatte es keine Gedächtnislücken gegeben. Die Zeichnung zeigte Clara exakt so, wie Jonas sich daran erinnerte, sie gezeichnet zu haben. Er war mittlerweile fast davon besessen, jede Szene so genau wie möglich zeichnerisch aufs Papier zu bringen.

*

In den nächsten Tagen fehlte mir die Muße an meinen zu schreibenden Artikeln. Wenn ich Geld verdienen wollte, musste ich mich aber anstrengen. So kam es, dass mir Culemann, der Herausgeber der Zeitung, über den Weg lief und ich ihm vorschlug, dass man das Volk doch darüber unterrichten könnte, dass der Scharfrichter der Stadt mal wieder jemanden zur Strecke gebracht habe in Celle.

„Woher haben Sie die Informationen?“ Culemann sah mich fragend an.

„Ich habe da so meine Quellen!“, verriet ich ihm wichtig.

„Schreiben Sie und bringen Sie mir den Artikel bis spätestens übermorgen persönlich!“

Da wurde mir aber doch etwas mulmig, ob ich mein Wort würde überhaupt halten können, aber ich nahm mir vor, bereits in der nächsten Nacht Schwarz einen weiteren Besuch abzustatten.

Tagsüber traf ich die kleine Clara, die mir schon vorab die schaurigste Geschichte erzählte. Ihre Mutter hatte sie in den Schrank gesperrt, als Schwarz nach seiner Rückkehr von der Hinrichtung zu ihr ins Haus gekommen war.

„Sie hat bestimmt nicht gewollt, dass ich ihm das hier zeige! Aber er könnte doch bestimmt helfen, nicht wahr?“, fragte sie mich, zog ihr Kleid hoch und zeigte mir ihr Bein. Das Knie sah noch schlimmer als am Vortag aus. Und aus einem kleinen Loch oberhalb des Knies lief dickflüssiger Eiter. Diesmal hatte sie ihr Kleid aber höher gezogen und ich erkannte ein dunkles blattförmiges Mal seitlich auf ihrem Oberschenkel.

„Oh, Clara, das sieht aber nicht gut aus, du musst damit zum Herrn Doktor.“ Ich wollte ihrer Mutter nicht in den Rücken fallen.

„Sie sagt, dass uns dafür das Geld fehlt. Aber ich weiß doch, dass der Scharfrichter sowas macht.“

„Nun Clara, ich weiß nicht warum deine Mutter es nicht möchte. Sicher weiß sie anderen Rat. Tut es denn sehr weh?“

Clara hüpfte auf dem kranken Bein vor mir auf und ab. „Nein, es hüpft und geht noch ganz gut! Siehst du?“

Ich musste lachen und es brach mir fast das Herz, dass so ein gescheites Kind in so eine Misere hineingeboren worden war. Aus ihr würde nicht viel anderes werden, als das, was ihre Mutter war. Und Clara würde genauso hübsch wie ihre Mutter werden. Das konnte man schon sehen. Es war eine Schande! Und artig war das Kind und es hatte Benehmen, als es sich mit einem fröhlichen Auf Wiedersehen von mir verabschiedete. Ich stand da und sah ihr nach. Das Bein aber war alles andere als in Ordnung, denn Clara hinkte gewaltig und hatte sich vor mir wohl nur zusammengerissen.

Ich ging am späten Nachmittage über den Marktplatz, als ich ihn schon von weitem hörte, da er ja dazu verpflichtet war, als Scharfrichter auf sich aufmerksam zu machen. Und damit man ihn also hörte, bevor man ihn sah, läutete er mit einer Glocke, sodass auch ja jeder ehrliche Bürger ihm aus dem Weg gehen konnte. In seinem Viertel am Stadtrand von Hannover nahm Schwarz es nie so genau mit der Glocke, aber auf den Markt nahm er sie mit. Sogar sein Weib hatte er dabei. Sie sah verhärmt und alles andere als zart aus. Aber er selbst war ja auch alles andere als ein ansehnlicher Kerl. Groß und mit düsterem Blick kam er auf dem Markt an. Ich sah, wie die ersten Marktstandbetreiber alle ihre teuersten Waren unter den Auslagetischen versteckten.

Sein Weib kam am Getreidestand an und sah sich um.

„Habt Ihr wieder was versteckt vor uns?", zeterte sie. „Ich brauche Hafer, sehe aber keinen!"

Der Standbetreiber zuckte mit den Schultern. „Ausverkauft!"

„Das glaube ich ihm nicht! Eine Kelle voll steht uns zu, oder muss ich erst hinter seinen Stand gehen und nachsehen?"

Schwarz stand wie ein Hüne hinter seiner Frau, sah den Müller mit ernster Miene an und hob eine Kelle hoch. „Oder soll unsereins mal nachsehen, was er da liegen hat?", fragte er mit tiefer Stimme.

Der Müller griff eingeschüchtert unter den Tisch und holte den Sack mit Hafer hervor, den er zuvor versteckt hatte.

„Die Kelle ist viel zu groß!", regte er sich auf und andere Marktstandbetreiber pflichteten ihm bei.

„So viel, wie mein Mann mit seinen Händen nehmen kann!", rief Schwarzens Weib und stieß ihren Mann mit dem Ellbogen an, dass er seine Hände zeige. Sie nahm ihm die Kelle ab und hielt sie daneben. „Aber wenn es Euch lieber ist, dann kann er ja auch mit seinen Händen in den Hafer gehen!" Schwarzens Hände waren groß wie Schaufeln und sie stimmten mit der Größe der Kelle überein.
Der Müller schüttelte den Kopf. „Damit Ihr mir den restlichen Inhalt mit Eurer Unreinheit verderbt und ihn keiner mehr kaufen will? So nehmt dann doch die Kelle!", zischte er zurück. Und da stieß Schwarzens Weib die Kelle in den Sack Hafer und leerte ihn in einem Leinensack aus, den ihr Mann ihr hinhielt.
Bezahlen musste Schwarz nichts. Es war ihm per Gesetz erlaubt, von jedem Stand eine Kelle voll Ware umsonst zu bekommen – und das nutzte sein Weib auch aus.

Ich wunderte mich darüber, dass Schwarzens Weib den Ton angab und er immer hinter ihr lief. An jedem Stand blieb sie stehen und jedes Mal war es das gleiche Gekeife, weil man ihr die Waren nicht zugestehen wollte. Auf dem Markt hatte zuvor ein lautes Treiben geherrscht, aber nun war rundum eine Stille, die nur von Schwarzens Weibs schriller Stimme unterbrochen wurde.

*

Andreas

Er hatte einen anstrengenden Tag im Gericht hinter sich. Der Fall wurde schon seit langer Zeit verhandelt. Die ermordete Obdachlose. Heute war es ihm nach einem ewig langen Prozess möglich gewesen, das Urteil zu sprechen.
Morgen wären die Zeitungen wieder voll davon und dann ging auch gleichzeitig der Shitstorm in den Sozialen Medien los, dass das Urteil wieder viel zu mild ausgefallen war. Sie hatten ja alle keine Ahnung!
Auf seinem Schreibtisch griff er zum Göttinger Tageblatt und schlug den Lokalteil auf, als er über ein Fahndungsfoto stolperte.

Die Frau auf dem Foto kam ihm bekannt vor. Er las den Artikel und beim Lesen des Namens fiel es ihm ein. Christiane Fastenau hatte er vor Jahren verurteilt, weil sie ihr Kind dermaßen vernachlässigt hatte, dass es qualvoll gestorben war. Im Artikel stand, dass sie seit einigen Tagen vermisst wurde.

Andreas überlegte. Dort stand allerdings nicht, dass sie eine ehemalige Gefangene war. Das sollte dem Leser natürlich verborgen bleiben und wäre diffamierend gewesen. Aber er, als ihr ehemaliger Richter, wusste es ja.

Angestrengt dachte er nach, wie der Fall damals gelaufen war. Er stand auf und ging zu seinem Aktenschrank. Selbstverständlich hatte er keine Originale im Haus, aber hin und wieder stöberte er gern in alten Fällen und Prozessverläufen. Deswegen hatte er zu bisher jedem von ihm verhandelten Tötungs- und Mordfall die Akten kopiert und sie in seinem Privatbüro archiviert. Das war zwar wegen des Datenschutzes nicht ganz in Ordnung, aber es half ihm hin und wieder, in diesen alten Fällen zu stöbern, wenn er gerade einen ähnlichen Fall beurteilen musste. Kurz - es war einfach praktisch. Er sah unter F wie Fastenau nach. Dort fand er die Akte nicht. Dann sah er unter K wie Kindstötung nach. Auch nichts. Merkwürdig, dachte er. Eigentlich müsste die Akte unter diesen Buchstaben zu finden sein. Doch dann wurde er abgelenkt, weil Lenchen an seine Bürotür klopfte. Ohne zu öffnen sagte sie, dass das Abendbrot fertig in der Küche stünde.

„Kommen Sie doch herein! Sie müssen nicht durch die geschlossene Tür mit mir sprechen." Andreas beeilte sich und wartete nicht darauf, dass Lenchen die Tür öffnete, sondern öffnete sie selbst. Sofort umschmeichelte der Geruch von gebratenen Rouladen seine Nase. Es roch köstlich. „Mir läuft das Wasser im Mund zusammen!"

Lenchen war gerade dabei, nach ihrer Tasche zu greifen und lachte. Ihre Jacke hatte sie bereits an. „Danke, Herr Behrends. Ich wollte Sie nicht bei der Arbeit stören. Lassen Sie es sich schmecken. Ich verabschiede mich nur noch schnell von Jonas und sage ihm,

dass das Essen auf dem Tisch steht. Sie sollten beide Feierabend machen und sich an den Tisch setzen. Kalt schmeckt es nur noch halb so gut!"
„Sie wollen uns verlassen? Bitte bleiben Sie doch zum Essen!"
„Heute nicht, Herr Behrends. Sie haben sich Ihren Feierabend redlich verdient und da brauchen Sie bestimmt nicht immer ein Plappermaul wie mich am Tisch." Sie lachte. „Ich muss wirklich weg. Ab morgen wieder gern. Vielen Dank!" Ohne eine Antwort von Andreas abzuwarten, stieg sie die Bodentreppe hinauf.
„Sie stören hier aber nie!", sagte er mit Nachdruck, spürte aber, dass er sie nicht würde überreden können, was er sehr schade fand. Andreas ging zurück zu seinem Schreibtisch, schaltete die kleine Lampe aus, ging in die Küche und lüpfte die Topfdeckel. Der Tisch war bereits für ihn und Jonas gedeckt. Es lagen sogar sorgsam gefaltete Servietten auf ihren Tellern.

*

Damit hatte ich nicht gerechnet, dass jemand Christiane als vermisst melden würde. Es stand in der Zeitung, dass man sie suchte. Wer konnte das gewesen sein? Vielleicht war eine von ihren Putztanten auf diese Idee gekommen? Nun, trotzdem war ihr Versteck ja sicher. Wer würde sie schon dort suchen? Meine Weste würde in jedem Fall sauber bleiben.

Allerdings brachte es mich doch etwas aus der Ruhe, dass mein Plan nicht so funktionierte, wie ich mir das vorgestellt hatte. Denn mit dem nächsten, den ich verschwinden lassen wollte, hätten sie ganz schnell einen Zusammenhang zu Christiane gefunden. Auch er hat nämlich im Knast gesessen. Nur lächerliche 7 Jahre für das, was er getan hatte.
Ich hatte ihn so oft beobachtet, wenn er aus seiner Wohnung kam und über die Breite Straße direkt in der Szenebar verschwand. Er saß dort fast jeden Abend und blieb, bis er der letzte Gast war und man ihn dann vor die Tür setzte.
So auch an diesem Abend. Vorsorglich hatte ich in den Büschen des alten Brauereiparkplatzes schon eine Tasche mit allem Nötigen versteckt.

Eine Sache jedoch musste noch vorbereitet werden. Ich verließ meinen Beobachtungsplatz gegenüber der Bar, in der er saß und machte mich eilig auf den Weg zum Parkplatz an der alten Brauerei in Northeim.

Relativ weit hinten, weitab einer Laterne, befand sich ein Kanalschacht an einer Ecke, bei dem es nicht auffallen würde, wenn er offen stand. Er würde für niemanden eine Gefahr darstellen, außer für ihn! Aus meiner Tasche im Versteck holte ich einen Ziegenfuß und zog mit Kraft den Deckel von der Öffnung, nahm den Einsatz heraus, sodass der dunkle Schacht offen vor mir lag. Ich leuchtete ihn mit meiner Taschenlampe aus. Anheimelnd, dachte ich! Für meinen neuen Kumpel, der noch gar nicht wusste, dass er dies werden würde, war das genau das richtige Plätzchen. Dann breitete ich eine Zeitung über dem finsteren Loch im Boden aus. Ich fand meinen Plan perfekt!

Als ich seine Akte gelesen hatte, erkannte ich, wie viel Hinterlistigkeit in ihm steckte. Er war zudem sehr groß und war nach der langen Zeit immer noch stark trainiert. Ich weiß nicht, warum es solchen Typen im Knast überhaupt gestattet ist, ihre Muskeln derart zu trainieren, dass sie sich zu eigenen Waffen machen können. Aber sein großer Nachteil lag darin, dass er dumm war.

Ich ging zurück zur Bar, sah ihn und ging auf ihn zu.

„Darf ich mich dazu setzen?“

Er zuckte mit den Schultern und wies mit einer Kopfbewegung auf den Platz ihm gegenüber.

„Danke!“, sagte ich und sah ihn an. „Bier?“

Er nickte. Ich bestellte bei der Bedienung ein Wasser für mich und ein Bier für ihn.

Als das Bier vor ihm stand, begann er zu sprechen.

„Wenn du arbeitslos bist, dann geht höchstens mal eins davon und eigentlich ist das schon zu teuer. Aber wer will abends schon gern immer nur zu Hause sitzen? Meine Freundin wohnt weiter weg.“

Er führte einen langen Monolog und in den Gesprächspausen sah er mich einfach nur an.

Ich gab ihm ein Bier nach dem anderen aus. Immer große.

Als ich glaubte, dass er genug hatte um anzubeißen, begann ich mit meinem Spielchen. „Kannst du mir einen kleinen Gefallen tun?" Großherrlich griff ich in die Innentasche meines Jacketts und zeigte ihm ein paar Scheine, die in einer Geldklemme steckten. Es war ein gutes Gefühl, wieder so leben zu können. Vom Durchgebrachten. Ein Anzug und ein paar Scheine genügten schon, um diesen armen Schlucker anzulocken.
„Worum gehts?" Seine Augen begannen beim Anblick der Scheine zu leuchten.
„Nur eine Kleinigkeit. Du müsstest mich allerdings ins Hotel begleiten, Ich möchte, dass du etwas für mich abgibst. Ich bin nur noch diese Nacht in der Stadt. Und wenn du es für mich erledigen könntest, dann wäre ich dir sehr dankbar. Ich vertraue dir."
„Was soll ich machen?"
„Nur ein paar Unterlagen bei meinem Rechtsanwalt abgeben. Dann muss ich sie nicht mit der Post schicken. Er hat mich heute Abend für einen wichtigen Mandanten versetzen müssen."
„Was hast du denn mit 'nem Anwalt zu tun? Hast wohl Dreck am Stecken, was? Damit will ich nichts zu tun haben, davon hab ich selbst schon genug."
Ich steckte die Scheine wieder ein und lachte. „Nein, nein, es geht nur um etwas Geschäftliches."
„Ach so, ja, dann mach ich das!"
„Lust auf einen kleinen Spaziergang? Ich wohne im Freigeist."
Er pfiff durch die Zähne. „Nobel."
„Kommst du mit?"
„Hab ja sonst nichts Besseres zu tun!"
„Also gut!" Ich stand auf, sah zur Bedienung und legte großkotzig einen Fünfziger auf den Tisch.
„Ey, da kriegste aber noch was wieder!", sagte mein neuer Kamerad.
„Nein, das ist das Trinkgeld für die Bedienung."
„Na, du musst es ja haben!"

Natürlich wohnte ich nicht im Freigeist und der Weg zusammen mit ihm nervte mich jetzt schon, weil er unaufhörlich redete. Ich musste mich sehr zusammenreißen, ihm nicht gleich eins über den Schädel zu

ziehen, damit er endlich still wäre. Aber wir waren schnell an der alten Brauerei angekommen. Unter der Woche war Northeim abends noch toter als am Wochenende. Wir waren niemandem begegnet, was mir zupass kam. Wir gingen gerade an der alten Brauerei vorbei, als ich vorgab, mal pinkeln zu müssen. Artig blieb er stehen und trat auf der Stelle. Ich verschwand auf dem Parkplatz. Von dort rief ich: „Ey komm mal, das musst du dir ansehen. Das glaubst du nicht!"
„Was gibts denn?", fragte er neugierig und hatte sich schon auf den Weg gemacht. Und ich hoffte, dass er über die auseinandergefaltete Zeitung gehen würde, die das Loch im Kopfsteinpflaster verbarg.
Mein Plan ging auf! Er schlug sich zwar hart den Schädel an einem der Steigbügel an, aber als er unten angekommen war, hörte ich ihn stöhnen. Er lebte noch.

*

Jonas und Lenchen

Die Zeit, nachdem er mit Lenchen geredet hatte, war schnell vergangen. Es war bereits dunkel draußen und Jonas hörte, wie jemand die Bodentreppe heraufkam. Es konnte nur Lenchen sein, die sich von ihm verabschieden wollte. Es klopfte.
„Komm rein!"
„Du bist ja immer noch beim Zeichnen. Unten steht das Essen bereit in der Küche. Ich mach mich davon. Geht es dir gut, Jonas?"
Bevor sie zu ihm an die Staffelei trat, zog sie die Bodentür sorgsam hinter sich zu.
„Mir geht es schon die ganze Zeit gut, aber manchmal ...", er stockte.
„Was manchmal?"
„Naja, manchmal glaube ich ganz fest, dass irgendetwas aus meiner Vergangenheit in meinem Unterbewusstsein schlummert, was mir diese Merkwürdigkeiten beschert. Dass ich irgendeine Schuld in mir trage, die ich seit meiner Kindheit verdrängt habe."

Lenchen tätschelte liebevoll seine Schulter: „Jonas, dein Leben war alles andere als einfach. Nach allem, was du mir heute erzählt hast, liegt es doch auf der Hand, dass da Dinge in dir schlummern, die noch nicht aufgearbeitet sind. Das muss aber nichts Schlechtes bedeuten. Aber dass du eine Schuld in dir tragen solltest, das kann ich nicht nachvollziehen."

„Vielleicht hast du Recht und ich sollte mir nicht so viele Gedanken machen." Sein Magen knurrte.

„Und jetzt ab mit dir, Jungchen! Mit leerem Magen lässt es sich ohnehin nicht gut Probleme wälzen. Morgen bin ich ja wieder da. Es sei denn, dir liegt jetzt noch etwas ganz Schweres auf dem Herzen, dann bleibe ich natürlich noch."

„Nein, mir liegt nicht wirklich etwas Schweres auf dem Herzen", antwortete er ihr. In Gedanken setzte er hinzu: Jedenfalls nichts, was gerade neu hinzugekommen wäre.

„Wir sehen uns morgen, Jonas!" Erneut tätschelte sie seine Schulter und hob mit Blick auf seine Zeichnung ihren Daumen. Dann ging sie.

Kurze Zeit später saß Jonas zusammen mit Andreas am Tisch. Die Rouladen schmeckten köstlich.

Eigentlich hätte Lenchen gern mitgegessen, sie genoss die Gesellschaft der beiden Männer sehr und fühlte sich zu Hause immer sehr einsam, seit ihr Mann vor einigen Jahren verstorben war. Aber nach dem Gespräch mit Jonas am Vormittag war ihr klar geworden, dass man die beiden Männer auf sanfte Art zwingen müsste, sich miteinander zu unterhalten. Und das gelang schließlich nicht, wenn sie dabei saß. Aber es gelang sicher mit einem guten Essen von ihr, was nämlich keiner von beiden verschmähen würde.

*

Ich zog mir den Plastikanzug über, den ich aus der Tüte gezogen hatte und stieg zu ihm hinab. Die kleine Taschenlampe klemmte ich mir zwischen die Zähne und ärgerte mich darüber, dass ich mir keine Stirnlampe besorgt hatte. In dem Schacht befanden sich unzählige Spinnweben und als ich unten angekommen war, sah ich, dass mein neuer Kumpel aus der Nase blutete, weil sie beim Sturz einen gehörigen Schlag abbekommen haben musste.

„Armer, armer Stefan. So ist doch dein Name, nicht wahr? Den ganzen Abend hast du es nicht für nötig gehalten, dich mir vorzustellen, obwohl ich dir ein Bier nach dem anderen ausgegeben habe. Und nun ist ausgerechnet dir so ein böses Missgeschick passiert. Du bist in einen offenen Kanalschacht gefallen." Ich stupste ihn unsanft mit meiner Schuhspitze an. „Nun setz dich aber mal vernünftig hin, oder muss ich nachhelfen?" Ich leuchtete ihm mit der Taschenlampe mitten ins Gesicht. Das Blut aus seiner Nase begann bereits zu gerinnen.

„Verdammt!", Stefan stöhnte und wollte sich aufsetzen, als er unter Schmerzen sein Gesicht verzog.

„Tut es denn so weh?", säuselte ich gespielt mitleidig.

„Was ist passiert? Wo sind wir hier?" Stefan richtete sich auf und lehnte sich an die Betonwand des Schachtes. Wasser plätscherte und es roch alles andere als angenehm, aber der liebe Stefan hatte es sich ja nicht anders ausgesucht.

„Erkennst du denn gar nicht, wo du hier gelandet bist?" Mit dem Strahl der Taschenlampe leuchtete ich die Umgebung aus. An den Betonwänden saßen riesige Spinnen und von weiter weg drang eine angeregte Rattenunterhaltung an unsere Ohren. Zuletzt hielt ich den Lichtstrahl auf die Wasserrinne vor ihm. Stefan wollte seinen Fuß aus dieser Rinne herausziehen, aber es gelang ihm nicht, das Bein zu bewegen. Es war in sich verdreht und oberhalb seines Fußes blitzte sein weißer Schienbeinknochen auf. Das Fleisch hatte er sich beim Sturz abgeschält.

„Ich muss sofort ins Krankenhaus. Kannst du mir einen Notarzt rufen?" So betrunken, wie er vor seinem Sturz noch gewesen war, so nüchtern schien er jetzt. Unter dem Schock spürte er wahrscheinlich noch nicht das wahre Ausmaß seiner Verletzungen, aber an seinem entsetzten Gesichtsausdruck erkannte ich, dass das Grauen in ihm hochgekrochen kam. „Wir müssen hier raus. Bitte hilf mir!", stöhnte er.

„Stefan, Stefan, du begreifst wirklich sehr langsam, findest du nicht?"

„Ich will hier raus! Hilf mir. Ich bin hier reingestürzt."
Ich schüttelte den Kopf. „Du glaubst doch wohl nicht im Ernst, dass du zufällig hier heruntergestürzt bist, hm?" Ich tippte mit dem Fuß gegen sein gebrochenes Bein. Er schrie auf.
„Jetzt weißt du, wie man sich fühlt, wenn man in einen Kanalschacht fällt, nicht wahr? Was denkst du, Stefan? Ob sich deine arme Mutter damals genauso gefühlt hat, als du sie auf diese unschöne Art verschwinden lassen wolltest, weil du auf ihr Geld scharf warst?"
Er begriff allmählich, worum es ging. „Es war ein Versehen, das habe ich damals schon gesagt. Es war ein reines Versehen. Sie ist allein in den offenen Schacht gefallen. Ich hatte damit nichts zu tun!"
„Das hast du immer wieder erzählt, ja! Aber so ganz hat man dir das ja nicht geglaubt, oder? Deswegen hast du ja auch 5 Jahre gesessen. Ich finde, dass du viel zu glimpflich davongekommen bist!"
„5 Jahre dafür, dass ich nichts dazu konnte?" Er stöhnte und versuchte aufzustehen. Sein Bein schien sogar mehrere Male gebrochen zu sein. Ich freute mich insgeheim sehr darüber, dass er von ganz allein so bewegungsunfähig geworden war und ich nicht mehr viel nachhelfen musste.
„Stefan, du kannst jeden anlügen, aber nicht dich selbst! Du weißt doch ganz genau, dass du deine Mutter damals aus Habgier in den offenen Schacht gestoßen hast?"
„Was willst du von mir? So war es nicht! Und nun hilf mir hier raus!" Stefan wurde trotz seiner Blessuren richtig wütend.
„Du lügst ja immer noch!" Ich griff in die Tüte, die ich mit nach unten in den Schacht genommen hatte. Gerade kam ein größerer Schwall Wasser durch die Rohre. Stefan schaffte es nicht ihm auszuweichen. Er schwappte über die Rinne und er saß nun im Nassen.
„Ich habe jetzt genug von deinen Lügengeschichten gehört. Weißt du noch, was der Richter dir erzählt hat, wie bestialisch deine Mutter verreckt ist, als sich morgens der Schacht mit Wasser gefüllt hat, als alle im Viertel ihre Morgendusche und -toilette verrichteten? Dummerweise war der Ablauf des Schachtes verstopft. Und? Hast du vielleicht eine Ahnung davon, was morgen früh mit dir geschehen wird?" Theatralisch

öffnete ich die Tasche und zeigte ihm im Schein meiner Taschenlampe das kleine Glas mit dem getränkten Lappen darin. Ich zog ihn heraus. „Chloroform wird dich sofort einschlafen lassen und ich kann mit dir machen, was ich will! Und nun schön tief einatmen, lieber Stefan!" Unsanft hatte ich ihm gegen sein verletztes Bein getreten, sodass er aufschrie.

Doch plötzlich schien er die Lage zu begreifen und begann zu stammeln: „Nein! Das kannst du nicht tun!"

Ich ließ den Chloroformlappen zurück ins Glas gleiten. War es möglich, dass ich Stefan schon so schnell an der Angel hatte? Würde er ehrlich zu mir sein?

„Du willst hören, was damals passiert ist. Und dann hilfst du mir hier raus, stimmt's? Du steckst mit dem Richter unter einer Decke, der mich länger verknacken wollte, aber es nicht konnte. Nun, wenn es so ist: Ja, ich habe meine Mutter in den Schacht gestoßen. Aber ich hatte es nicht geplant. Von daher war es kein Mord! Ich konnte es nicht ertragen, dass sie mir das Geld nicht geben wollte, obwohl meine Existenz davon abhing. Wie kann eine Mutter nur so eigensinnig sein, wenn es um das Wohl des eigenen Kindes geht?"

„Sieh mal einer an", sagte ich. „Aber es kommt doch immer darauf an, wie oft man seinem Kind schon geholfen hat, oder? War es nicht so, dass sie es leid war? Du hast doch ständig in der Klemme gesteckt und schließlich wollte sie im Alter selbst auch noch gut leben können. Ist dir nie in den Sinn gekommen, dass sie deine finanziellen Kapriolen durch Spielsucht und Sauferei einfach satt hatte? Wo hast du denn deine Liebe zur Mutter gezeigt, wenn es mal nicht um deine Betteleien ging?"

„Woher weißt du das alles? Warst du beim Prozess dabei?" Stefan begann zu zittern und drückte sich schmerzverzerrt an die Wand, als ich einen weiteren Tritt gegen sein Bein andeutete. Ich steckte das Glas mit dem in Chloroform getränkten Lappen weg.

„Das geht dich gar nichts an! Beantworte meine Frage: Wann hast du deiner Mutter gezeigt, dass du ein liebendes Kind warst? Wann?!"

Stefan überlegte. „Ein Kind liebt seine Mutter doch immer!"

„So? Tatsächlich? Nun, so sollte es sein, ja. Aber hast du nicht eben gesagt, dass du es satt hattest, um Geld zu betteln und du sie deswegen in den offenen Schacht gestoßen hast? Hast du das eben nicht gesagt, oder sollte ich mich da verhört haben?"

Mir bereitete dieses Verhör größtes Vergnügen. Ich wusste, dass ich ihn in kürzester Zeit zum wahren Geständnis bringen würde.

„Ich war wütend!"

„Aber wenn man liebt, dann kann man doch gar nicht so lange wütend sein! Du hast sie die ganze Nacht schreiend in dem Schacht gelassen und bist sogar noch hinabgestiegen, um sie mit ihren eigenen Socken, die sie an den Füßen trug, zu knebeln, damit niemand sie hören konnte. Sogar den Schachtdeckel hast du wieder auf das Loch im Boden gezogen. Stimmt, so was macht man als Kind mit der eigenen Mutter, wenn man sie liebt. Oder etwa nicht?"

Stefans Augen begannen im Licht der Taschenlampe zornig zu funkeln.

„Hilf mir hier raus! Oben erzähle ich dir den Rest! Dann können der feine Richter, mit dem du ja unter einer Decke zu stecken scheinst, und du mich richtig verknacken!"

Ich begann lauthals zu lachen. „Das glaubst du doch wohl nicht, dass ich dir hier heraushelfe, oder? Ich finde, dass das Gefängnis viel zu mild für deine Tat ist. Wäre doch viel gerechter, wenn Gleiches mit Gleichem vergolten wird." Dann trat ich ihm mit voller Wucht gegen sein verletztes Bein. Bei Stefans Aufschrei kam mir die Idee, dass ich ihm nun zeigen musste, dass ich es ernst meinte, wenn ich sein Geständnis zeitnah aus ihm herauspressen wollte. Den Schuh am Fuß seines verletzten Beins hatte er beim Sturz verloren. Ich zog ihm seinen mit Abwasser getränkten Socken vom Fuß und hielt ihn ihm diesen vors Gesicht. „Damit sollte ich dir dein verlogenes Maul stopfen! So wie du es mit deiner Mutter getan hast."

Aus Stefans Blick verschwand augenblicklich der Zorn, weil ihm klar wurde, dass er aufgrund seiner Verletzungen keine Chance hatte, sich gegen mich zu wehren.

„Ich habe sie gehasst! Gehasst dafür, dass sie mir das Geld nicht geben wollte. Und als ich das Loch im Boden auf der Baustelle am Haus

sah, da stieß ich sie hinein. Die Wut kochte unbändig in mir hoch. Ich suchte im Haus nach Geld, Sparbüchern oder Schmuck, aber ich fand nichts. Wohlweislich hatte sie alles gut versteckt. Das machte mich noch wütender und ich lief wieder hinaus zu ihr. Schreiend lag sie am Boden des Schachtes. Ich stieg hinab und riss sie am Kopf hoch, fragte sie, wo sie das Geld habe. Und wenn sie es mir gäbe, dann würde ich sie rauslassen. Aber sie schrie einfach nur weiter nach Hilfe. Da zog ich ihr den Socken vom Fuß und stopfte ihn ihr in den Mund. Meine Wut war so groß, dass ich sie so lange im Schacht lassen wollte, bis sie mir verraten würde, wo das Geld lag. Deswegen zog ich anschließend den Deckel auf das Loch, um sie einzuschüchtern …"

„Danke, Stefan! Das reicht mir."

„Aber …"

Danach drückte ich ihm den Chloroformlappen ins Gesicht. Er sackte zusammen und ich stopfte ihm seinen Socken in den Mund. Der Knebel würde halten. Dann zog ich ihm die Jacke aus, steckte diese in den Abflussschacht, fesselte ihn mit Kabelbindern an Händen und Beinen und ruckelte ihn so zurecht, dass er mit dem Rücken direkt vor dem verstopften Abfluss saß. Spätestens gegen Morgen, wenn alle in der Gegend unter der Dusche stünden, würde das Wasser nicht so einfach wie sonst ablaufen können.

Stefan hatte sich mit seinem Geständnis ein schnelleres Ende bereitet als Christiane. Die litt sicherlich noch immer. Aber trotzdem hätte Stefan ganz bestimmt noch genug Zeit, über seine Tat nachzudenken. Das Chloroform würde ihn nicht bis zum nächsten Morgen schlafen lassen. Er bekäme also mit, wenn das Wasser im Schacht zu steigen begänne. Und dann würde er langsam aber sicher ersaufen und am eigenen Leib erfahren, was er seiner Mutter angetan hatte.

Vorsichtig lugte ich aus dem Schacht hinaus. Der Parkplatz an der alten Brauerei war menschenleer. Ein einsames Auto hatte jemand dort geparkt.

Ungesehen stieg ich hinaus, setzte den Einsatz ein, bevor ich den schweren Metalldeckel wieder in das Loch setzte. Ich pellte mich aus meinem Kunststoffanzug und stopfte ihn in die Tüte zurück. Dann fuhr ich seelenruhig nach Hause. Auch Stefan würde das zweite Urteil bald erfahren.

*

Kaum hatte Schwarz mit seinem Weib den Markt verlassen, kehrte das Leben auf den großen Platz zurück. Hinter vorgehaltenen Händen wurde aber hier und da noch getuschelt. Einige Standbetreiber versammelten sich und beratschlagten, was zu tun sei, um dem Scharfrichter nichts mehr schenken zu müssen. Das hörte Anna, als sie zwischen den Ständen umherschlenderte. „Er muss auch von etwas leben! Wir alle müssen von etwas leben! Diese neue Gerätschaft wird ihn bald überflüssig machen, da sie ein jeder von euch bedienen könnte und somit sein Schwert nicht mehr gebraucht wird. Aber dann habt ihr auch nichts mehr zu gaffen, wenn es jemandem an den Kragen geht."
„Hört euch das an! Eine Hure will uns erzählen, dass wir mit dem Scharfrichter Mitleid haben sollen. Ausgerechnet eine billige Hure!", schrie der Schreiner. „Schwarz geht es besser als manchem von uns!"
Annas Augen blitzten gefährlich in der Frühlingssonne. „Das letzte Mal hast du gesagt, dass ich ganz schön teuer sei und du deinem Weib das fehlende Geld kaum noch erklären könntest!" Sie warf hochmütig ihren Kopf in den Nacken und lachte. Ihre Reaktion hatte gereicht, den anderen Männern auf dem Markt Einhalt zu gebieten und nicht in das Geschrei des Schreiners einzufallen. Anna schien sehr viele von ihnen recht gut zu kennen, denn nachdem sie dem Schreiner Paroli geboten hatte, verteilte sich die Traube an Standbetreibern in Windeseile und verschwand hinter ihren Waren. Einige davon bekamen hochrote Ohren. Diese Doppelmoral ließ mich grinsen und Anna wurde mir immer angenehmer. Sie war nicht dumm!
In aller Öffentlichkeit konnte ich sie nicht ansprechen, aber ich nahm mir vor, wenn ich sie das nächste Mal träfe, ihr zu raten, dass sie etwas gegen Claras schlimmes Bein tun müsse.

Anna hatte ab jetzt auf dem Markt einen schweren Stand. Auch wenn einige Männer Angst hatten, dass sie vor deren Weibern plappern könnte, gab es aber wohl auch Männer, die ihre Dienste nicht in Anspruch nahmen. So auch der Müller und der Bauer. Beide verwehrten ihr die Waren. Anna hatte nach Eiern und nach Mehl verlangt, aber diese Waren verkaufte man ihr nicht.

Nun weiß ich nicht, welcher Teufel mich geritten hatte, aber ich besorgte die benötigten Dinge für sie und hoffte, dass mich niemand sah, wenn ich sie ihr bringen würde. Ich war knapp bei Kasse und hoffte deshalb auch, dass sie mir die Waren bezahlen konnte.

Ich schlich am Stadtrand durch die dunklen Gassen und fand sie, als sie Schmutzwasser vor die Tür ihrer ärmlichen Hütte schüttete.

„Ich habe die fehlenden Waren besorgt", sagte ich ihr und hielt meinen Leinenbeutel hoch.

„Will er mir nachstellen, oder haben sie ihn geschickt, mir den Garaus zu machen?"

„Nein, ich wollte mich dafür entschuldigen, dass ich Euch gestern so in Angst versetzt habe, als ich die Kleine … "

„Was will er? Mir ist noch nie etwas geschenkt worden."

„Nun, schenken wollte ich es nicht, aber … "

„Ach, so sieht das aus!", flötete sie und zog ihre Bluse im Ausschnitt etwas weiter auf, sodass mein Blick automatisch auf ihren schneeweißen Busen fiel. Ich errötete, schaute weg. „Nein, so ist es auch nicht! Ich dachte, dass ihr mir das Geld wieder geben könntet, sofern ihr es habt."

„Verdutzt zog sie ihre Bluse wieder zu. „Er scheint's ernst zu meinen."

„Ja, das tue ich. Hier bitte." Ich gab ihr den Beutel in die Hand. Und sie griff sich unter den Rock und gab mir das Geld dafür. Es stimmte genau.

„Warum tut er das?"

„Ich habe Claras Bein gesehen. Es sieht schlimm aus und ich wollte ihr sagen, dass das Kind Hilfe braucht."

„Glaubt er, dass ich das nicht selbst wüsste? Aber ich kann es nicht bezahlen, habe schon Mooswickel gemacht." Sie drückte die Tür ihrer Hütte auf, sodass mir der Blick ins Innere gewährt wurde.

Da lag die kleine Clara zitternd auf einem alten Strohsack. Der Schweiß stand ihr auf der Stirn.

„Ihr könnt das Geld der Waren zurücknehmen und damit den Arzt bezahlen!“ Ohne darüber nachzudenken, weil mir die kleine Clara so leid tat und mich besorgt anschaute, hielt ich Anna das Geld hin und wollte es ihr wirklich zurückgeben.
„Behaltet es, es reicht ohnehin nicht. Außerdem habe ich nicht gerne Schulden.“
„Ihr müsstet es mir nicht wiedergeben. Ich schenke es Euch!“
„Hat er nicht gehört? Es reicht nicht und ich will mir auch nichts schenken lassen.“
Ich stellte mich näher zu ihr. „Warum geht ihr nicht zum Schwarz? Er kann es richten und wird das faule Fleisch wegschneiden. Ihr kennt ihn doch gut und wisst, dass er kein schlechter Mann ist.“
Anna sah mich zornig an. „Wie könnt ihr es wagen, mir zu sagen, was ich zu tun und zu lassen habe? Was geht Euch das alles überhaupt an? Ich kann ihn nicht ständig um Hilfe anbetteln! Und nun lass er mich in Ruhe.“ Doch bevor sie die Türe ihrer Hütte schloss, bedankte sie sich noch einmal für die Eier und das Mehl.

Ich verstand nicht, dass sie so stolz war. Schwarz half doch gern. Hatte er ihr doch auch beim stählernen August geholfen und ihr sogar sein Tuch gegeben, damit sie ihre Blöße verdecken konnte. Für die kommende Nacht nahm ich mir vor, ihm einen Besuch abzustatten.

*

Andreas und Jonas

Andreas und Jonas hatten sich das Essen genussvoll schmecken lassen, aber nicht viel dabei gesprochen.
Andreas war kurz darauf zu Bett gegangen, weil er am nächsten Tag einen wichtigen Auswärtstermin hatte und das Haus früh verlassen musste. Jonas war in seinem Zimmer verschwunden und hatte sich ebenfalls aufs Bett gelegt. Obwohl er müde war, konnte er noch nicht schlafen. Vielleicht sollte er sich wirklich in naher Zukunft um eine neue Aufgabe bemühen. Auch wenn er

am liebsten an der Staffelei saß und zeichnete. Je nach Beschäftigung würde er ja vielleicht auch Menschen kennenlernen, die ihn nicht nur nervten wie die ehemaligen Kollegen beim Trockenbau. Dort hatte ihm stets ein zu rauer Ton geherrscht. Und nach Feierabend hatte Jonas nie Interesse daran gehabt, noch ein Bier mit den Kollegen zu trinken. Es wurde Zeit, dass sich in seinem Leben etwas änderte.

Kurze Zeit überlegte er, ob er sich im Internet Informationen zu künstlerischen Berufen heraussuchen sollte, letztendlich fand er aber, dass die Zeit noch nicht reif dafür war. Am liebsten wäre er irgendwo als Illustrator untergekommen. Das war ohne Studium jedoch hoffnungslos. Denn für dieses Studium war sein Abitur einfach zu schlecht. Und er hatte keine Beziehungen, die ihm bei der Abgabe einer Bewerbungsmappe nützen könnten. Das hatte er schon damals festgestellt, als Karin noch lebte. Jedoch war ihm damals sein Leben noch nicht so hoffnungslos erschienen wie zu diesem Zeitpunkt.

Schließlich schlief Jonas über diesen Gedanken ein. Mitten in der Nacht wachte er auf und konnte lange nicht wieder einschlafen. Er dachte über das Buch nach und wie schlecht es manchen Menschen damals gegangen war, weil sie sich einfach keine ärztliche Hilfe leisten konnten. Später dachte er an seine Mutter. Was wohl aus ihm geworden wäre, wenn sie ihm nicht genommen worden wäre? Irgendwann gegen Morgen übermannte ihn der Schlaf dann doch noch und er wurde von merkwürdigen Träumen geplagt.

Er saß in der spärlichen Hütte bei Clara, sah ihre vom Fieber feucht glänzende Stirn und hörte ihr Stöhnen.

„Du musst sie zeichnen, dann wird sie gesund!“ Anna stand neben ihm und klopfte mit dem Zeigefinger auf das in seiner Staffelei eingespannte leere Blatt Papier vor ihm.

Eilig spitzte er seine Graphitstifte. Die Späne flatterten wie kleine Insekten fort. Fasziniert schaute er ihnen hinterher. Doch dann flogen sie direkt in die Nasenlöcher von Clara und das Mädchen fiel wie Asche auseinander. Jonas wühlte sich durch sein Bett und murmelte im Schlaf. Dann wurde es dunkel im Traum. Jonas befand sich in tiefster Finsternis und Annas Stimme wiederholte, dass er Clara malen müsse, damit sie wieder gesund werde. Wie im Wahn tastete er blind nach dem eingespannten Papier auf seiner Staffelei und versuchte zu zeichnen. Ihm wurde warm. Er begann zu schwitzen und er murmelte, dass er mehr Licht brauchte. Da wurde eine Kerze angezündet und es erschien ihm seine Mutter. Sie sah ihn mitleidig an und leuchtete ihm mit einer Laterne ins Gesicht. Er blinzelte, weil ihn das Licht blendete. Im nächsten Moment erlosch die Kerze und seine Mutter sagte, dass sie ihm jemanden mitgebracht habe und zeigte auf einen Sessel, der plötzlich neben ihr aufgetaucht war. In dem Sessel saß Jonas' Großvater. Eine Pflegerin aus dem Altenheim, in dem sein Großvater zum Schluss gelebt hatte, zog einen Blister aus der Kitteltasche, drückte dem Großvater eine Tablette daraus in die offene Hand und reichte ihm ein Glas Wasser. Der Großvater steckte die Tablette umständlich in den Mund und griff zum Wasserglas. „Gegen den Zucker!", sagte er und die Pflegerin hielt Jonas den Blister hin. Dann kam die Stimme wieder. Im Traum. Leise, aber diesmal schärfer als sonst flüsterte sie „Die Schuld erdrückt!"

Er versuchte sich nicht dagegen zu wehren, begann jedoch zu zittern. Ohne es laut auszusprechen, fragte er in Gedanken: „Welche Schuld?" Ihm wurde plötzlich übel, Schüttelfrost rüttelte ihn durch und jemand rief von weit her seinen Namen. Er hatte das Gefühl, dass unter ihm der Boden wegbrach.

„Jonas! Jonas!" Lenchen schüttelte Jonas so fest sie konnte. Er war weggetreten, zuckte und seine Stirn war schweißnass.

Lenchen und Jonas

Sie hockte sich auf den Bettrand und zerrte seinen Oberkörper hoch, als sie spürte, dass er aufhörte zu zucken und ruhiger wur-

de. Sie umfasste seinen Oberkörper und wiegte ihn sanft hin und her, als er wieder zu sich gekommen war.
Jonas begann zu schluchzen. „Ich ertrage das nicht mehr!"
„Pssst, Jungchen, pssst. Alles wird gut!" Sie strich ihm über die feuchte Stirn und streichelte seinen Kopf.
„Sie kommt immer wieder, ich dachte, dass es irgendwann aufhören würde, aber es wird schlimmer. Lenchen, ich habe Angst durchzudrehen. Echt! Ich werde schwachsinnig!" Er klang sehr verzweifelt.
„Was kommt immer wieder?"
„Die Stimme. Ich höre immer wieder eine Stimme!"
„Eine Stimme? Was sagt denn die Stimme?"
„Die Schuld erdrückt."
„Was denn für eine Schuld?"
„Wenn ich das nur wüsste!" Er sah Lenchen flehend an und wischte sich mit dem Ärmel über die Augen. Plötzlich fühlte er sich wieder wie ein kleiner Junge.
„Nun beruhige dich erstmal. Ich bin ja da."
Es war früh am Morgen. Wie gut, dass Lenchen schon da war. Andreas hatte das Haus nämlich schon verlassen.

„Meine Mutter hat mir verboten, mit jemandem darüber zu sprechen. Und bis heute mache ich mir Vorwürfe, gebe mir die Schuld an ihrem Tod, dass ich es niemandem gesagt habe."
„Du warst doch viel zu jung, Jonas. Du hättest nicht helfen können. Und vor allem – wer hätte dir denn glauben sollen, wenn sie es geleugnet hätte? Eigentlich war es von deiner Mutter nicht richtig, dich in diese Situation zu bringen. Aber was ist schon richtig, was ist falsch? Sie wird ihre Gründe gehabt haben, dass sie bei ihm geblieben ist und nicht wollte, dass jemand von seiner teuflischen Art ihr gegenüber erfuhr." Lenchen hatte der grausamen Erzählung von Jonas mit Entsetzen gelauscht, ließ sich ihr Entsetzen aber nicht anmerken. Sie wusste, dass Jonas Vertrauen zu ihr hatte und wollte ihm eine starke Schulter sein. Irgendwie war sie stolz darauf, dass er sich ihr gegenüber geöffnet hatte.

„Ja, wahrscheinlich hätte sie geleugnet. Nur um unseren Lebensstandard aufrecht zu erhalten, hat sie sich von ihm prügeln lassen. Und er hat es ja immer so gemacht, dass man es nicht gesehen hat. Nur einmal war ihr Gesicht in Mitleidenschaft ... " Jonas brach ab und bedeckte sein Gesicht mit beiden Händen. „Hinterher tat es ihm immer leid. Dann ist er mit Geschenken für sie und mich angekommen. Ich habe diese Geschenke gehasst. Ich bekam sie dafür, weil meine Mutter Schmerzen hatte ertragen müssen. Ich mochte diese Geschenke gar nicht auspacken und konnte spüren, wie sehr ihn das in Rage brachte. Nur meiner Mutter zuliebe packte ich sie aus und tat so, als ob ich mit ihnen spielte. Er suchte nach Gründen für seine Ausraster an meiner Mutter."

„Hat er *dir* denn jemals was getan?"

„Nein, das hat er nicht gewagt. Ich musste ja zur Schule und hätte mich dort jemandem anvertrauen können. Das war ihm wahrscheinlich zu heikel. Er hat es zudem gehasst, dass ich mit Sport so gar nichts am Hut hatte."

„Wieso Sport?"

Er war in einem Sportverein tätig und hat dort sehr viel gemacht. Mit Jugendlichen und so. Er war auch recht angesehen. Er empfand es als Schande, dass ich nicht mit ihm mitging und ihn anhimmelte, wie es die anderen taten."

„Aha" Lenchen nickte.

Jonas fiel es noch immer schwer, darüber zu reden. Er schwieg und Lenchen bemerkte, dass er sich irgendwie zu sammeln versuchte.

„Ich wollte ihn immer töten. Ich hatte es mir so fest vorgenommen. Und ich habe damals immer geglaubt, dass man mir dafür nichts anhaben könnte. Ich hätte der Polizei dann einfach erzählt, was er mit meiner Mutter gemacht hat und glaubte, dass sie es verstehen würden, dass ich ihn getötet habe. Das habe ich mir so oft vorgestellt und mich dabei gut gefühlt."

„Das kann ich gut verstehen, dass du diese Absicht gedanklich durchgespielt hast. Aber ich bin sehr froh – und du solltest es auch sein – dass du es niemals in die Tat umgesetzt hast! Damit wärst du nicht fertig geworden."

„Das weiß ich nicht. Ich glaube, dass es meine Mutter und mich befreit hätte."

„Nein, ganz sicher nicht. Ein normales Leben wäre für euch danach nämlich gar nicht mehr möglich gewesen. Die Last auf deinen Schultern hätte dich gebrochen."

Jonas senkte den Kopf.

„Jonas, du bist doch kein Mörder!"

„Ist man ein Mörder, wenn man jemanden auslöscht, der anderen Menschen das Leben zur Hölle macht?"

„Jonas, nein. So darfst du nicht reden. Außerdem warst du damals ein Kind."

Die beiden schwiegen. Jonas rieb sich das Gesicht. „Was will diese Stimme von mir?"

Lenchen zögerte. „Weißt du denn gar nichts mehr, was damals in der Nacht geschehen ist, als er ... "

„Wie kommst du darauf, dass die Stimme etwas mit der furchtbaren Nacht zu tun haben könnte?"

„Du kannst dich wirklich an nichts erinnern, was in dieser Nacht passiert ist?"

Jonas dachte angestrengt nach, dann schüttelte er den Kopf. „Ich kann es einfach nicht. Alles in mir sträubt sich dagegen."

„Nun, das ist eine ganz normale Schutzfunktion, damit du das Erlebte nicht noch einmal durchmachen musst. Du scheinst ein großartiger Verdrängungskünstler zu sein. Vielleicht ist das auch so bei deinen Zeichnungen, von denen du glaubst, dass sie sich verändern. Worüber denkst du beim Zeichnen nach?"

„Über nichts. Wirklich. Ich lasse mich einfach treiben."

„Achte in Zukunft beim Zeichnen mal auf deine Gedanken, Jungchen. Da wirst du spüren, dass du dich nicht einfach so treiben lässt. Man hat immer Gedanken im Kopf!"

„Du glaubst also wirklich, dass der Schlüssel zur Stimme in der Todesnacht meiner Mutter zu finden ist?"

„Naja, ich glaube zuerst einmal das, was am naheliegendsten ist. Und verrückt bist du ganz sicher nicht, Jonas! Da musst du mir schon mit anderen Dingen kommen." Sie zwinkerte ihm aufmunternd zu.
Jonas zuckte mit den Schultern. „Manchmal glaube ich das aber, also – dass ich verrückt bin."
„Nein, es muss einen einfachen Grund dafür geben. Etwas, dass alles erklärt, was mit dir geschieht. Und gemeinsam werden wir es auch irgendwann herausfinden. Außerdem war die Stimme ja diesmal im Traum da. Sonst überrascht sie dich ja nicht im Traum, richtig?"
„Ja, das stimmt."
„Nun, im Traum ist doch immer alles möglich. Was hast du denn noch geträumt? Kannst du dich daran noch erinnern?"
„Da waren mein Opa und eine Pflegerin aus dem Heim von damals. Und meine Mutter war auch da ..." Jonas versuchte angestrengt sich zu erinnern, aber inzwischen war zu viel Zeit vergangen, sodass er die Zusammenhänge nicht mehr erfassen und schildern konnte. Er zuckte mit den Schultern. „Ich krieg es nicht mehr zusammen."
„Dann genug Probleme für heute gewälzt, Jungchen! Hast schon wieder ordentlich Farbe um die Nase. Ich habe dir nämlich etwas mitgebracht und denke, dass es dich bestimmt sehr interessieren wird." Lenchen öffnete emsig ihre Handtasche, zog ein Regionalmagazin heraus und blätterte es suchend durch, bis sie gefunden hatte, was sie Jonas zeigen wollte. „Da! Lies dir das mal durch!" Aufgeregt und voll freudiger Erwartung auf Jonas' Reaktion tippte sie mit dem Zeigefinger auf eine Anzeige, die sie ihm unter die Nase hielt.

*

Meine Gedanken kreisten und ich ließ noch einmal alles Revue passieren, was in den letzten Tagen geschehen war. Zwei schuldige Menschen befanden sich in meiner Gewalt. Und schon bald wären sie nicht mehr am Leben. Langsam und qualvoll sollten sie sterben, ohne dass ich mir an ihnen zum Schluss die Hände schmutzig machen müsste. Sie würden durch die Umstände, die ich ihnen bereitet hatte, von ganz allein sterben.

*

Im Wald

Die Lampe brannte und brannte. Hin und wieder flackerte das Licht. Und nach jedem Flackern wurde es schwächer, denn die Batterien waren fast leer. Das Licht spendete Christiane Trost, obwohl sie es kaum noch schaffte ihre Augenlider offen zu halten. Im Delirium des übermächtigen Durstes biss sie sich die Lippen blutig. Der Eisengeschmack auf ihrer pelzig trockenen Zunge erinnerte sie an den Traubensaft, den sie Jamie hatte kosten lassen. Die Kleine hatte nicht genug von dem süßen Zeug bekommen können und vor Freude mit den kleinen speckigen Ärmchen gewedelt, als ihre Mutter selbst zum Trinken angesetzt hatte. Die Ärmchen berührten das Glas und der rote Saft landete unkontrolliert auf Christianes neuem weißen Sommerkleid, welches sie sich zum Ausgehen angezogen hatte. Überschäumend vor Wut hatte sie Jamie danach einfach in ihr Bettchen gelegt und nervös versucht, die roten Flecken aus dem Stoff zu waschen. Schnell hatte sie aber feststellen müssen, dass das Kleid nicht mehr zu retten war. Die Wut in ihr wuchs ins Unermessliche. Sie zog sich etwas anderes an und ohne auf Jamies Weinen in ihrem Bettchen zu achten, ließ sie die Jalousien im Kinderzimmer herab und löschte das Deckenlicht, bevor sie das Zimmer verließ und die Tür hinter sich zuzog.

Christianes Herz begann bei diesen Gedanken zu klopfen. Dunkelheit. Sie hielt mit letzter Kraft die Augen geöffnet. Sie befand sich nicht in Dunkelheit und wenn sie noch Tränen gehabt hätte, hätte sie begonnen zu weinen. Er hatte ihr das Licht angelassen. Wie lange brannte es schon? Batterien in LED-Lampen hielten ewig. Wie lange dauerte ihre Ewigkeit in der Gefangenschaft schon? Wie lange wäre das Licht noch ihr treuer Begleiter? Das Gefühl für Raum und Zeit war ihr gänzlich

abhandengekommen und die Wärme in der Hütte erschien ihr unerträglich. Vielleicht bildete sie sich das aber auch nur ein, weil der Durst sie verrückt machte. Manchmal zogen sich die Bretterwände des Raumes auseinander, mal kamen sie bedrohlich auf sie zu, sodass sich das Gefühl in ihr ausbreitete, in einem Sarg gefangen zu sein. Anfangs hatte sie den Gedanken zu sterben weit von sich geschoben. Doch je schwächer sie wurde, desto mehr kam ihr der Tod als Erlösung vor. Sie würde im Licht sterben wollen und nicht in der Dunkelheit wie Jamie.
Christiane schluchzte und schloss die Augen.
Aus Angst vor plötzlicher Dunkelheit in der Hütte, öffnete sie panisch ihre Augen und sah Jamie vor sich auf dem Boden liegen. Auf ihr krabbelten Fliegen. Christiane verspürte den Drang, das Kind aufzuheben und es sich an die Brust zu drücken, es von den Fliegen zu befreien und ihm zu sagen, dass alles gut sei, dass es noch immer etwas Licht im Raum gab. Aber die Fesseln hielten sie davon ab das Kind zu nehmen. Wie sehr sie sich auch anstrengte, sie konnte sich nicht aus ihren Fesseln winden. Dann verschwand das Kind vom Boden und sie war wieder allein. Aber allein im Licht.
Sie schlief ein und träumte davon, wie sie noch einmal die Kinderzimmertür öffnete und die Deckenlampe anschaltete, um nach Jamie zu sehen. Jamie lag mit voller Windel, aber schlafend in ihrem Bettchen. Es stank. Die Kleine war weinend eingeschlafen, nachdem sich Christiane umgezogen und sie das Kind in der Dunkelheit sich selbst überlassen hatte. Tränenspuren waren auf dem kleinen Gesichtchen zu sehen. Das Kleid hatte Christiane in den übervollen Mülleimer in der Küche geworfen. Windeln kosten viel Geld. Die Windel würde also noch bis zum Morgen reichen müssen! Auf ihrem Handy ging eine WhatsApp-Nachricht ein. Sie sah Jamie im Gitterbett noch einmal kurz an und ging dann zum Handy. „Du bist schon zu spät! Wann kommst Du endlich?“ Wütend auf Jamie knipste sie die Deckenlampe im Kinderzimmer erneut aus, schloss die Tür hinter sich und tippte ins Handy „Bin schon unterwegs!“

Als sie morgens wieder nach Hause gekommen war, hatte sie Jamie mit einer Platzwunde über dem Auge reglos auf dem Fußboden vorgefunden.

Jamie war beim Klettern über die Gitterstäbe aus dem Bettchen gefallen, um an ihr Fläschchen zu kommen. Der Windelinhalt lief am Bein herab. Für einen Bruchteil glaubte Christiane, dass Jamie tot war. Aber als sie sie anstupste, hatte das Kind zu wimmern begonnen. Christiane hob Jamie hoch. Die Platzwunde war ganz klein und sicher nicht so schlimm wie sie aussah. Sie müsste das Kind sauber machen, aber mittlerweile krabbelten sogar träge Fliegen an den Windelrändern herum. Sie würde sich später darum kümmern. Das Jugendamt käme erst übermorgen. Wichtiger erschien ihr, dass sie Jamie in ihrem Bettchen sicherte, sodass sie nicht wieder herausfallen könnte, wenn sie sie unbeaufsichtigt ließ. Sie wollte ein paar Tücher von der Garderobe im Flur holen, um Jamie im Bettchen festzubinden. Die Windel, die könnte sie jetzt wirklich nicht wechseln. Ihr war viel zu schlecht, weil sie einen Kater hatte. In der letzten Nacht war es heiß hergegangen. Später würde sie sich wirklich um ihre Tochter kümmern. Aber jetzt könnte sie Jamie nur sichern und ihr eine Flasche gezuckerten Fencheltee ins Bettchen legen. Bestimmt hatte Jamie Durst. Als Christiane durch die Zimmertür schritt, sah sie ihr Spiegelbild und erstarrte. Ihre Augen waren blutunterlaufen und ihre ohnehin sehr hohen Wangenknochen stachen spitz aus ihrem Gesicht hervor.
Christiane erwachte. Sie ordnete ihre Gedanken. Sie hatte nur geträumt. Aber im Anschluss an diese Erkenntnis wurde ihr bewusst, dass die Realität nicht besser war. Das Licht der Lampe flackerte nur noch ganz leicht. An, aus, an, aus, an … aus. Christiane starb in absoluter Finsternis.

*

Wie ich es mir vorgenommen hatte, ging ich nachts zu Schwarz. Verstohlen blickte ich mich um, aber in dieser Nacht schien es ruhig bei ihm zu sein. Ich hoffte, dass er mir wohl gesonnen wäre und mir einiges aus Celle von der Hinrichtung würde erzählen können. Und ich nahm mir vor, ihn auf das Leiden von Clara hinzuweisen. Er könnte ja, wenn er am Stadtrand bei den Huren nach der richtigen Ordnung schauen würde, ruhig einmal nach dem Kinde sehen.

Bevor ich klopfte, öffnete er mir bereits die Tür. Damit hatte ich nicht gerechnet und der Schreck fuhr mir in die Glieder.
„Komme er rein. Unsereins findet des Nachts nur schwer Ruhe und ist über jede Abwechslung sehr zufrieden und dankbar."
„Ihr habt mich erschreckt", entgegnete ich und versuchte mich gedanklich zu sammeln und zu verstehen, was er mir eben gesagt hatte.
„Das war nicht die Absicht. Herein nun mit ihm. Unsereins hat ihn bereits erwartet. Viele können es ja. Viele finden in der Dunkelheit ihre Ruhe. Aber in diesem Hause kehret für unsereins keine Ruhe ein. Das Weib, es schnarcht nachts so laut wie es am Tage zetert."
Schwarz geleitete mich in die große Küche seines Hauses. Auf dem Tisch standen eine Laterne und mehrere Schüsseln bereit. Es schien, als habe er Salben zusammengemischt. Ich überlegte, ob ich ihn gleich auf Clara ansprechen sollte, empfand es aber nicht als richtig, da er mir, zumindest erschien es mir so, etwas ganz anderes erzählen wollte. Er zog einen Stuhl vom Tisch ab und wies mich an, mich zu setzen.
„Wird das Licht reichen zum Schreiben? Er will es doch aufschreiben, was ich ihm erzählen werde?"
Erstaunt zog ich mein Notizbuch aus meinem Gehrock und einen Bleistift aus der Innentasche. Ich zeigte ihm beides.
„Ja, das Licht wird mir reichen."
Schwarz ging zu einem Schrank, dessen knarrende Tür er öffnete und einen Krug hervorholte. Er stellte ihn vor mir auf den Tisch und schüttete mir etwas Wein ein.
„So einen edlen Tropfen hat unsereins selten im Hause, gern aber bereit zum Teilen. Es ist der zusätzliche Lohn dafür gewesen, weil das Volk wieder einmal gejubelt hat. Mit einem einzigen Hieb trennte unsereins in Celle den Kopf des Armsünders ab." Schwarz stellte die Flasche mit dem Wein etwas zu grob auf den Tisch, sodass etwas von ihrem Inhalt oben herausspritzte und auf der Tischplatte landete. „Schade ists drum!", sagte er und wischte mit seinem Hemdsärmel den edlen Tropfen auf. Dann setzte er sich mir gegenüber. In dem ganzen Wust von Schüsseln auf dem Tisch war es mir nicht aufgefallen, dass er bereits selbst einen Krug mit Wein vor sich stehen hatte. Still beobachtete ich ihn, öffnete fast unmerk-

lich mein Notizbuch und wartete ab. Er schob die Schüsseln zur Seite und nahm einen großen Schluck Wein. Der schwache Lichtschein aus der Laterne auf dem Tisch ließ seine Falten im Gesicht als tiefe Gräben erscheinen. Schwarz wirkte viel älter als beim letzten Mal – und müder. Er wischte sich mit dem Handrücken über die Lippen, die noch vom Wein benetzt waren, legte seine Arme verschränkt vor sich auf den Tisch und begann dann mit gesenktem Kopf und krummer Haltung zu erzählen.

„Bewusst wird es ihnen allen erst nach dem hochnotpeinlichen Halsgericht, welches meistens vor den Zuchthäusern stattfindet, bevor sie ihren letzten Weg zur Hinrichtungsstätte machen müssen. Manche kommen gebückt, manche müssen hingetragen werden. Andere ertragen es mit Würde, wieder andere schreien. Und dann die Weiber. Von den Männern sieht unsereins nicht mehr alle im Kopfe. Die Weiber hingegen, die wollen nicht aus dem Kopfe hinaus. Sie haben starke Seelen und ertragen es immer mit Würde und Stolz."

Schwarz machte eine Pause und ich ließ ihn gewähren. Ich schrieb auch nichts in mein Notizheft. Er schilderte seine Gedanken so eindrucksvoll, dass ich mir alles merken konnte.

„Der letzte, der aus Celle, der war wegen Totschlags verurteilt worden und kam ruhig zum Stuhle hin. Aber der Schweiß lief ihm aus den Poren und er stank dabei wie ein Tier."

Schwarz stockte und rieb sich seine müden Augen. Ich ließ ihm die Unterbrechung und wartete, während ich meinen Krug mit Wein ansetzte und einen großen Schluck nahm. Er tat es mir gleich. Danach schloss er die Augen. „Dieser sollte gleich am Hügel verscharrt werden. Meine Knechte haben gut gearbeitet. Aber bevor sie ihn ins schwarze Loch der Erde beförderten, hat unsereins diesmal noch Zeit gehabt, sich an ihm zu bedienen. Manchmal kommt es unsereins so vor, als ob das, was man aus ihnen herstellt nur dem Aberglauben hilft."

In diesem Augenblick verstand ich nicht, was er mir damit sagen wollte und ich begriff erst, was er meinte, als Schwarz mit seinem Kopf in Richtung der Schüsseln auf dem Tisch neben uns zeigte. Ohne es zu wollen, machte ich auf meinem Stuhle einen Satz zurück. „Ist das … ich meine, sind das alles … " Mir drehte sich alles.

„Ja, das ist es. Armsünderfett und Knochenmehl. Unsereins kriegt viel dafür."
Ich musste ihm ins Wort fallen, denn, so dachte ich, würde ihm durch sein Amt als Scharfrichter mit jeder Hinrichtung doch einiges in den Lederbeutel fallen. „Warum müssen Sie das tun? Reicht der Lohn an einer Hinrichtung denn nicht aus?"
Schwarz begann trocken zu lachen, dass der Boden in der Küche bebte. „Was denkt er denn, was unsereins dafür bekommt, dass er den Tod bringt? Es reicht zum Leben, selbstverständlich. Aber da diese neue Erfindung Einzug hält und den Scharfrichtern das Leben schwer macht, sorgt unsereins noch einmal vor. Abschaffen werden sie unsere Zunft schon bald. Und die Pferdeschlachterei und auch die Abdeckerei bringen nicht das, was unsereins gern hätte. Da nutzt es auch nichts, wenn man mit der Kelle zum Markt gehen kann! Das, was den Lederbeutel ohne Mühen füllt, das steht da auf dem Tisch. Und gerade bei Vollmond, da kommen sie alle. Alle die, die unsereins bei Tage gar nicht kennen." Er schnaubte verächtlich.
Noch immer sah ich zu den Schüsseln und dachte darüber nach, dass das, was da stand, aus Leichenteilen hergestellt worden war. Und dann fiel mir ein, dass es Menschen gab, die sich Wunden damit salbten.

*

Andreas

Nachts hatte er nicht schlafen können und er überlegte immer wieder, wie das damals im Fall von dieser jetzt vermissten Christiane Fastenau gewesen war. Desto mehr er darüber nachdachte, umso mehr fiel ihm ein. Sie hatte vor Gericht behauptet, dass der Vater sich nicht um das Kind gekümmert habe. Dass sie ihm die Verantwortung übergeben hatte. Jedoch hatte der Vater der kleinen Jamie angegeben, dass er bis zum Tod von Jamie gar nicht gewusst habe, dass er überhaupt der Vater gewesen sei. Man zweifelte seine Vaterschaft nur so lange an, bis sie durch einen DNA-Test erwiesen wurde. Den Schöffen konnte er es nicht ganz glaubhaft machen, dass er von dem Kind nichts wusste. Aber Andreas hatte den Fall ganz klar vor sich gesehen. Die Mutter hatte ihr Kind eiskalt verhungern und verdursten lassen, damit sie auf die „Piste“ konnte. Das hatte sie vor Gericht immer gesagt, dass sie sich auf der Piste keine Sorgen um ihr Kind gemacht habe, weil sie wusste, dass der Vater bei ihm war. Tatsächlich hatte man in der Wohnung eine Zahnbürste und andere persönliche Dinge von ihm gefunden, die seinen Aufenthalt in der Wohnung bestätigten. Wieder war es ein DNA-Test gewesen, der dieses nicht mehr infrage stellte. Aber Andreas glaubte dem Vater, der sagte, dass er schon ewig nicht mehr in der Wohnung von Christiane gewesen wäre. Dass es persönliche Dinge waren, die er nach Beendigung der Beziehung mit ihr vor langer Zeit einfach vergessen hatte mitzunehmen. Er war schon vor Ewigkeiten ausgezogen, hatte sogar niemals davon erfahren, dass Christiane überhaupt schwanger von ihm gewesen sein sollte.

Für Andreas hatte es nie Zweifel an dem Fall gegeben. Er hätte Christiane gern länger hinter Gitter gebracht, hatte immer an ihre alleinige Schuld geglaubt und er erinnerte sich daran, wie das Urteil, welches er damals aussprechen musste, obwohl es nicht in seinem Sinn gewesen war, sehr kontrovers in den Medien diskutiert wurde. Er war sich sicher gewesen, dass Christiane gelogen hatte. Aber beweisen konnte man es ihr nie.

Immer wieder, auch in anderen Fällen, gab es diese Lügen vor Gericht, die nie entlarvt werden konnten, aber für mildere Strafen sorgten.

Andreas konnte den Fall wieder aus seinem Gedächtnis rekonstruieren. Das beruhigte ihn. Wieso aber war Christiane verschwunden? Er würde in nächster Zeit die Ermittlungen in dieser Sache im Auge behalten.

Andreas war zwar müde und drehte sich um, aber einschlafen konnte er nicht. Er dachte über Jonas nach. Was sollte nur aus ihm werden, wenn er sich nicht langsam wieder eine Beschäftigung suchte? Und innerlich verfluchte er den Tag, an dem Karin beschlossen hatte, dem Jungen das Werkzeug zum Zeichnen zu schenken. Seit er es besaß, lebte er zurückgezogen. Weder bekam er jemals Besuch von Freunden, noch war er selbst irgendwohin gegangen, um jemanden zu besuchen. Immer nur wollte er zeichnen. Er war auch nie in einem Verein gewesen. Andreas setzte sich auf, betätigte den Schalter seiner Nachttischlampe und rieb sich mit beiden Händen das Gesicht. Er fühlte sich verantwortlich für die ganze Situation, aber er konnte sie nicht ändern. Er war es, der dieses Schicksal herausgefordert hatte. Vielleicht wäre es besser gewesen, wenn …

Jonas

Jonas saß enthusiastisch vor seiner Staffelei. Mit der Anzeige in dem Magazin, das Lenchen ihm mitgebracht hatte, begann sein Leben auf magische Weise wieder einen Sinn zu bekommen. Ein kleiner Verlag hatte einen Wettbewerb ausgeschrieben. Gesucht wurde nach einer spannenden historischen Geschichte, die teilweise geschrieben, teils illustriert war.

„Als ich die Anzeige gefunden habe, da habe ich eine Gänsehaut bekommen!" Lenchen hatte ihm ihren Arm gezeigt, auf dem sich die Haare erneut aufstellten. „Jungchen, das ist ein Wink des Schicksals! Du hast eine echte Chance, diesen Wettbewerb mit dem Buch und deinen Bildern zu gewinnen! Du könntest ganz groß rauskommen!"

Zwar hatte Jonas die Geschichte nicht selbst geschrieben und somit nicht unbedingt die Rechte an ihr, wie es der Wettbewerb verlangte, aber das mit den Rechten, das ließe sich ja auch später vom Verlag klären.

Jonas war Feuer und Flamme! Nun hatte er ein Ziel vor Augen. Einige Zeichnungen waren ja schon fertig, weitere sollten folgen. Zeit war noch genug bis zum Einsendeschluss. Es gab nichts mehr, was ihn aufhalten könnte. Es fühlte sich so gut an.

Und während er zeichnete, achtete er auf seine Gedanken, wie Lenchen es ihm geraten hatte. Und sie hatte recht gehabt. Beim Zeichnen kreisten seine Gedanken ständig um irgendetwas. Das erste Mal seit Karins Tod fühlte er sich endlich nicht mehr so einsam. Und das lag eindeutig an Lenchen, die ihm zuhörte und an ihn glaubte. Sie meinte sogar, dass er mit seinen Zeichnungen ganz groß rauskommen könnte. Jonas rechnete sich zwar nicht die besten Chancen bei dem Wettbewerb aus, aber fand es auch nicht unwahrscheinlich, dass er entdeckt werden könnte. Vielleicht würde so das nötige Vitamin B in sein Leben treten.

Beim Zeichnen kam ihm ebenso der Gedanke, dass Lenchen, egal was er ihr erzählt hatte, ihn nie mitleidig angesehen hatte.

Jonas hasste damals die mitleidigen Blicke, als seine leibliche Mutter durch die tödlichen Schläge ihres hoch angesehenen Lebensgefährten gestorben war. Die Bestie in ihm blieb lange unentdeckt. Immer wenn die Leute Jonas sahen, tuschelten sie hinter vorgehaltener Hand. Dieses Mitleid konnte er zwar auch in Karins Augen erkennen, aber er nahm es ihr nicht übel. Allerdings machte es ihm dieser Umstand so schwer, mit ihr über sein Innerstes zu sprechen. Er spürte es immer, wie sehr sie ihn liebte, obwohl Jonas nicht ihr leibliches Kind war.

Andreas hatte in dieser ganzen Situation nie eine wirklich wesentliche Rolle gespielt. Seit Jonas sich jedoch so intensiv mit seinen Gedanken befasste, dachte er auch viel an die damalige Zeugenvernehmung vor Gericht. Irgendwie war diese Anhörung sehr verschwommen in seinem Gedächtnis geblieben. Und so sehr er sich auch anstrengte, sie wollte und wollte nicht klarer werden. Wahrscheinlich lag es an den Blicken der Richter und Schöffen, vor denen er damals sprechen musste. Aber er hatte sich nicht eingeschüchtert gefühlt. Das nicht, nein.

Jonas wurde müde. Seine Zeichnung war noch nicht fertig, aber er hatte auch nicht vor, sie fertigzustellen. Während in seinem Kopf die Gedanken kreisten, saß er nur da und brachte keinen Strich auf das Papier. Lenchen hat gewusst, dass es gut ist, wenn man

auf seine Gedanken achtet, dachte er. Sie hat ihn ganz bewusst darauf aufmerksam gemacht, weil sie wusste, dass es ein guter Therapieansatz wäre.
Er legte den Stift zur Seite und nahm noch einmal das Buch in die Hand. Für heute hatte er genug nachgedacht.

*

Schwarz sah meinen Blick, der über die Töpfchen und Schüsseln wanderte. „Er kann nichts damit anfangen. Es gruselt ihn wohl?“ Dann brach er in lautes Gelächter aus. „Nun, dann stellt unsereins es mal weg, denn es gibt noch einiges zu erzählen in dieser Nacht.“
Es war mir nur recht, dass er die Schüsseln und Töpfchen vom Tisch nahm, und ich schaute ihm dabei zu, wie er alles in die Kammer neben der Küche brachte. Ich wollte auch nichts mehr über die Hinrichtung in Celle hören, hatte ich doch gerade noch neben Teilen des Hingerichteten gesessen. Zu Pulver und Salben hatte Schwarz Teile von ihm verarbeitet. Durch die geöffnete Tür sah ich, dass es die Speisekammer war, in die er die Sachen brachte. Würste hingen an Stangen. Einen Mehlsack erkannte ich und einen großen Laib Brot, daneben eine Schüssel mit Schmalz und eine andere mit Butter. Eine gefüllte Milchkanne erblickte ich ebenso. Es schüttelte mich, als ich daran dachte, dass dies alles neben den Salben und Pulvern lag.
„Dem Weibe läufts auch immer eisekalt den Buckel runter, wenn unsereins es zusammenrührt. Deswegen geht es nur in der Nacht. Dann sieht sie es nicht und keift nicht herum!“ Er lachte erneut.
Um die mir etwas peinliche Situation zu entschärfen, lenkte ich vom Thema ab.
„Ihr sagtet vorhin, dass die Pferdeschlachterei und die Abdeckerei nicht das bringen würde, was Ihr gern hättet. Ich werde das Gefühl nicht los, dass Ihr damit nicht das Geld meint. Denn wenn ich mich hier in eurem Hause so umsehe, da kann ich nicht feststellen, dass am Hungertuch genagt wird, wenn Ihr versteht, was ich meine.“
Verlegen kratzte ich mich am Kopf.

„Da ist er der erste, der es recht sieht! Unsereins ist wie viele andere in diesen unehrlichen Beruf hineingeboren worden. Viele unserer Zunft, die finden sich damit ab. Aber unsereins fühlt sich noch zu anderem berufen! Es wird die Zeit kommen, da unsere Zunft nicht mehr gebraucht wird. Dieses Gerät macht das eigenhändige und vor allem geschickte Schwingen des Schwertes überflüssig! Da muss vorgesorgt werden."

„Ihr meint die Guillotine?" Stellte ich mehr fest, als zu fragen.

„Genau, so heißt sie. Und was denkt er denn? Wenn die Königliche Regierung es vorschreibt, dass nun so gerichtet werden soll, dass es ein jeder kann, da man nur einen Hebel ziehen muss, um einen Kopf vom Rumpfe zu trennen, da können sie ja wohl nicht von der Scharfrichterzunft verlangen, nichts mehr zu tun und stattdessen zu darben."

„Und was gedenkt Ihr also dagegen zu tun? Meint Ihr, dass dies die Möglichkeit ergibt, einem anderen Handwerk nachzugehen?"

Schwarz rieb sich die Augen. „Es wäre eine Schande, wenn unsereins weiterhin wie der Teufel gemieden werden würde. Man müsste unsereins in die Gesellschaft lassen. Sonst verhungert man wirklich."

„Es sitzt tief in den Köpfen der Menschen, dass sie sich nicht mit Euch abgeben."

„Unsereins müsste ihnen etwas bieten. Dann werden sie schon kommen. Der Mensch will unterhalten werden. Unsereins wird als Held bejubelt, wenn der Schwung des Schwertes richtig angesetzt und der Kopf mit einem Schlage fällt, um kurze Zeit später wieder in Ungnade zu fallen. Das doch aber nur, weil es ihnen gesagt wurde, dass sie nichts mit unsereins zu tun haben dürfen. Und, er hat es ja selbst gesehen", Schwarz zeigte auf mich, „was des Nachts hier los ist! In der Dunkelheit, da scheint's keine Sünde zu sein, dem Scharfrichter einen Besuch abzustatten. Da lassen sie sich sogar von unsereins anfassen, wenn es etwas am Körper zu richten gibt. Wer soll den Blutdurst der Menschen nach dem Schaurigen denn versorgen, wenn nicht die Scharfrichterzunft, die schon immer auch der Unterhaltung dient. Laben will sich das Volk am Leid des anderen. Es lenkt vom eigenen ab. Und so meinte unsereins nicht im ersten Sinne, dass es darum geht Geld anzuhäufen, sondern sich danach umzusehen, was unsereins machen kann, damit weitergelebt wird. Unsereins braucht

nicht viel, aber er würde gern einer ehrlichen Arbeit nachgehen, wenn die Zunft geschlossen wird.“

„Und was stellt Ihr Euch da vor?“

„Unsereins wird eine Gaststube eröffnen! Und dann erzählt unsereins den Menschen von dem Tun unserer Zunft. Es wird sie unterhalten und sie werden kommen, um zu hören!“ Dabei lachte er wieder so laut, dass die Weingläser auf dem Tisch zwischen uns zu wackeln begannen.

Schwarz träumte also davon, eine eigene Gastwirtschaft zu eröffnen. Wir unterhielten uns über seine Pläne, bei denen ich mir nicht sicher war, ob er sie wirklich irgendwann einmal in die Tat umsetzen würde.

Es war spät geworden und mein eigentliches Anliegen an ihn hatte ich noch immer nicht vorgetragen. Der Wein und die späte Nachtzeit ließen uns müde werden. Ich beschloss, mich von ihm zu verabschieden und ihn dann auf Claras Leiden aufmerksam zu machen.

„Unsereins hat seine Anwesenheit sehr genossen! Der Schreiberling ist auch in Zukunft gern gesehen!“ Während wir uns verabschiedeten, sprach ich es aus.

„Es gibt da noch etwas, was ich Euch sagen wollte. Clara, der Tochter von Anna, geht es sehr schlecht. Vielleicht werft Ihr morgen mal ein Auge auf das Kind. Und es wäre besser, wenn Ihr Anna nichts davon erzählt, dass ich es gewesen bin, der Euch darum bittet, nach dem Kind zu sehen.

Schwarzens Miene verdüsterte sich. „Was hat das Kind?“

„Es hat sich am Bein verletzt und mittlerweile fiebert es auch. Es sieht ganz danach aus, dass die Wunde entzündlich ist. Anna sagte mir, dass sie es sich nicht leisten könne, jemanden danach sehen zu lassen.“

„Es ist gut, dass unsereins es weiß und verspricht, dass man sich kümmert!“

„Vielen Dank!“ Um der Sache nicht zu tiefe Bedeutung beizumessen, zog ich meinen Hut und verbeugte mich leicht, bevor ich mich umdrehte, um nach Hause zu gehen, als Schwarz meinte, dass er es sich überlegt habe und gleich zu ihr gehen und nach dem Rechten sehen wolle.

*

Jonas

Jonas ließ seinen Blick noch einmal professionell über die Zeichnung schweifen. Sie zeigte Schwarz am Küchentisch, wie er die Salben und Pulver aus den Teilen des Hingerichteten herstellte. Er war mehr als zufrieden mit seiner Arbeit und beschloss endlich zu Bett zu gehen.

Er legte die Stifte in den dafür vorgesehenen Kasten und pustete alle Kerzen aus, als ihm in der Dunkelheit ein kalter Schauer über den Rücken lief. Es war, als ob ein eisiger Windhauch durch den Dachboden zog. Jonas erinnerte sich an die Erscheinung der Frau vor vielen Jahren. Gerade durchströmte ihn das gleiche Gefühl. Er verharrte und stand ganz still, als plötzlich ein leichter Lichtschein von der einzigen Glühbirne an der Dachbodentür ausging, obwohl sie ausgeschaltet war. Es war, als hätte jemand einen Dimmer betätigt, der sie zum Leuchten brachte. Nur, dass es keinen Dimmer an dieser Lampe gab. Man konnte sie nur ein- oder ausschalten. Jonas blickte in den dämmrigen Schein. Sein Herz begann wild zu schlagen. Vielleicht würde sich die Frau wieder zeigen? So viele Jahre waren seit ihrem letzten und einzigen Erscheinen vergangen. Sein Blick durchstöberte den dunklen Teil des Bodens. Wieder spürte er einen Luftzug. Er kam diesmal aus der Richtung der noch immer leicht glimmenden Lampe. Es war nichts Ungewöhnliches zu sehen, obwohl das Glimmen ja schon ungewöhnlich genug war. Dieses konnte aber vielleicht eine elektrische Störung im Lichtschalter sein. Eventuell war er nicht ganz ausgeschaltet. Jonas wagte kaum zu atmen. Seine Gedanken kreisten um die damalige Erscheinung der Frau. Nach so vielen Jahren hatte er immer wieder versucht sich einzureden, dass er sich die Frau nur eingebildet haben könnte. Allerdings stand dem die Tatsache dagegen, dass er ohne diese Erscheinung niemals das alte Buch über den Scharfrichter gefunden hätte. Und dann war, durch den kalten Luftzug ausgelöst, exakt diese Gefühl von damals in ihm, als sie ihm erschienen war. Wieder starrte er in die Dunkelheit des Dachbodens, weg von der Glühbirne. Und gerade als er sich dazu entschlossen hatte, in die Finsternis zu gehen, flackerte die Glühbirne grell auf und Jonas zuckte erschrocken zusammen, als er im hellen Schein des Lichts die Frau erblickte. Dann gab es einen lauten Knall und das Licht erlosch mit einem gewaltigen Funkenregen.

*

Andreas und Jonas

Andreas hörte den Knall und saß kerzengerade im Bett, als er ein Poltern vom Dachboden vernahm. Er stürmte, nur mit einer Unterhose bekleidet, durch den Flur auf die Bodentreppe zu, rannte diese empor und stürzte durch die Tür, als ihm Flammen entgegenschlugen.
„Feuerlöscher!", rief ihm Jonas entgegen, der mit seinem ausgezogenen Pullover versuchte die Flammen zu ersticken.
Andreas machte kehrt und rannte die Treppe wieder hinab. Der Feuerlöscher befand sich im Hinterraum der leerstehenden Apotheke. Also ganz unten im Haus. Der Weg war weit. Wie konnte man so nachlässig sein und nur einen Feuerlöscher im Haus haben?, dachte er. Eigentlich würde in jede Etage mindestens einer gehören.

Er rannte, sein Herz klopfte. Andreas konnte kaum einen klaren Gedanken fassen. Endlich war er da, griff zum Feuerlöscher, riss ihn aus seiner Halterung. Dieser fiel ihm aus der Hand und polterte auf den Boden. Er hob ihn hastig und keuchend auf und hechtete die Treppen wieder hinauf bis zum Dachboden.
Das Feuer hatte sich über einige Kartons ausgebreitet, in denen sich alte Akten aus der Apotheke befanden. Sie hatten seit einer halben Ewigkeit schon unter der kleinen Dachbodenlampe gestanden. Andreas zog am Griff des Feuerlöschers und zielte.

„Zur Seite!“ Und dann schoss der Strahl in die Flammen. Unter Dampf und lautem Zischen brachte Andreas das Feuer schnell unter Kontrolle. Es war gelöscht.
Jonas stand kreidebleich und geschockt da und sah auf die Stelle, an der eben noch das Feuer gelodert hatte. Andreas stellte den Feuerlöscher ab und wischte sich über die Stirn. Er war vollkommen außer Atem und ging einen Schritt auf Jonas zu. „Hast du dir was getan?“
Jonas schaute Andreas verwirrt an. Wenn er mit allem gerechnet hätte, aber nicht damit, dass diese fürsorgliche Frage ihm galt. Jonas hatte zuerst mit einem Wutausbruch von Andreas gerechnet. Mit zornigem Toben, mit Geschrei, aber nicht mit der Frage, ob er sich etwas getan habe. Jonas schaute auf seine Hände. Sie waren schwarz und an ihnen klebten Reste seines verkohlten Pullovers mit dem er verzweifelt versucht hatte, das Feuer zu löschen. An einigen Stellen war die Haut aufgeworfen und begann Blasen zu bilden. „Ich weiß nicht“, antwortete Jonas und drehte seine Hände ungläubig unter seinem prüfenden Blick.
„Meine Güte, Jonas! Deine Hände … Sie sehen schlimm aus. Wir müssen sofort in die Klinik.“
„Ja, vielleicht sollten wir das tun“, bemerkte Jonas. Er stand unter Schock.

*

Im Kanalisationsschacht

Stefan war umfangen von tiefster Dunkelheit. Er saß mit hinter dem Rücken gefesselten Händen und weit aufgerissenen Augen da und versuchte einen winzigen Lichtpunkt zu erhaschen. Doch es gab nichts außer der Schwärze und den Schmerzen. Schmerzen, die ihn fast an den Rand des Wahnsinns trieben. Das Atmen fiel ihm schwer. Seine Nase war zugeschwollen und die Mundatmung durch den Knebel behindert. Er kämpfte gegen die Panik an, die ihn zu übermannen drohte.

Als er wach geworden war, hatte er zunächst nicht gewusst, wo er sich befand, aber dann fiel ihm der Typ wieder ein, den er in der Bar kennengelernt hatte. Dieser Dreckskerl hatte ihn in eine Falle gelockt. Er saß gefesselt mit hämmerndem Schädel in einem Kanalisationsschacht fest. Schmerzvoll schnitten die Kabelbinder in seine Haut an den Handgelenken und beim Versuch die Beine zu bewegen, hatte er sich gewünscht, sofort wieder ohnmächtig zu werden. Er hatte das Gefühl, dass sich in seinen Beinen kein einziger Knochen mehr an der richtigen Stelle befand.

Er musste irgendwie auf sich aufmerksam machen. Die Erinnerung kam zurück … er befand sich in einem Kanalschacht an der alten Brauerei … Spätestens am Morgen würden dort Menschen ihre Wagen parken. Wenn er laut genug schrie, dann könnten sie ihn hören. Er versuchte durch den Knebel zu schreien, aber durch die Anstrengung schwoll seine Nase noch mehr zu und die Panik wand sich wie eine Schlange durch seine Adern. Luft! Er brauchte Luft! Mit Macht versuchte er seine durch den Knebel nach hinten gedrückte Zunge nach vorn zu drücken, aber die zusammengeknüllte Socke bewegte sich keinen Millimeter aus seinem Mund. Wenn er jetzt nicht sterben wollte, dann müsste er sich zwingen ruhiger zu werden und versuchen, ganz langsam Luft durch seine zugeschwollenen Nasenflügel einzuziehen. Ein Stöhnen drängte aus seiner Kehle. Diese tiefe Schwärze um ihn herum trieb ihn zudem fast in den Wahnsinn. Vielleicht war er blind geworden, schoss es ihm durchs Hirn. Dann – beruhigen, beruhigen. Luft!

Einatmen, ausatmen. Einatmen, ausatmen. Durch den sich senkenden Blutdruck schwollen seine Nasenschleimhäute leicht ab. Er bekam nicht viel Luft, aber doch so viel, dass er ruhiger wurde. Er musste seine Kräfte aufsparen. Aufsparen für den Moment, wenn er hörte, dass sich oberhalb des Schachtes etwas bewegte.

Wieder blickte er angestrengt in die Dunkelheit und überlegte, wie so ein Schachtdeckel aussah. Er wusste genau, dass sich in ihm Löcher befanden. Und unter dem Deckel gab es einen Einsatz, in dem ebenfalls Löcher waren. Wenn es draußen erst hell würde, dann müsste er es ganz sicher sehen. Und er glaubte auch ganz fest daran, dass er es dort unten hören konnte, wenn ein Auto über ihm entlang fuhr und auf dem Parkplatz geparkt wurde. Bestimmt würde er auch die Schritte der Menschen hören können, wenn sie über das Kopfsteinpflaster liefen. Dann müsste er alles geben und schreien. Schreien, so laut man eben mit Knebel schreien konnte. Aber er hoffte auch inständig darauf, dass der Typ, der ihn in die Falle gelockt hatte, ihn doch noch befreien würde. Was genau hatte der gesagt? Hatte der nicht gesagt, dass er es gerecht finden würde, wenn er genauso starb wie seine Mutter gestorben war? Stefan trat der Schweiß auf die Stirn, obwohl er am ganzen Körper vor Kälte zitterte. Er wollte die Hoffnung jedoch nicht aufgeben. Die Vorstellung, in dem Schacht bleiben zu müssen, ließ eine neue Panikattacke aufkommen, die er unterdrückte, indem er sich vorstellte, dass man ihn gewiss finden würde. So tief konnte der Schacht nicht sein.

Da er direkt in der Wasserrinne saß, fror er. Und er war vom Fuß bis zum Unterleib völlig durchnässt. Das Wasser war eiskalt und er wollte sich nicht vorstellen, was darin alles schwamm.

Der Abflusskanal, in dem seine Mutter ertrunken war, war verstopft gewesen. Und als alle Haushalte zur gleichen Zeit Wasser hatten laufen lassen, da hatte sich der Schacht mit Wasser gefüllt. Aufgrund ihrer Verletzungen war es ihr nicht möglich gewesen, sich aus dem Schacht zu befreien. War es wirklich möglich, dass ihn das gleiche Schicksal ereilen würde? Wieder stieg die Panik in ihm hoch. Wer sollte einen Nutzen davon haben, dass er auf die gleiche Weise wie seine Mutter starb? Sein Puls raste und eine erneute Panikwelle drohte über ihm zusammenzubrechen, als ein Geräusch an seine Ohren drang. Er wusste nicht, aus welcher Richtung es kam. Mit weit aufgerissenen Augen bewegte er seinen Kopf hektisch in alle Richtungen. Die Nasenschleimhäute schwollen erneut zu, als das Geräusch näher kam. Es war ein piepsendes und plätscherndes Trippeln. Ratten!, schoss es ihm durch den Kopf. Instinktiv wollte er seine Beine näher an seinen Körper heranziehen. Die dabei entstehenden Schmerzen waren unerträglich und die nasse Kälte in der tiefschwarzen Dunkelheit taten ihr Übriges. Sie kamen näher. Er konnte das Geräusch orten und fragte sich, wie viele Ratten es wohl waren. Vielleicht drei oder vier. Das stellte er sich zumindest vor. Es wurde lauter. Aus seiner Kehle drang ein ersticktes Keuchen. Daraufhin war Ruhe. Dann ein kurzes Geplätscher und die Ratten fingen wieder an zu fiepen. Und dann spürte er sie. Sie krabbelten auf ihm herum, angewidert bewegte er sich. Die Schmerzen waren unerträglich, die Ratten ließen von ihm ab, seine Nase schwoll mit jedem weiteren Herzschlag mehr zu. Ruhig bleiben! Er zwang sich daran zu glauben, dass sie ihm nichts tun würden und als Quittung dieses Gedankens krabbelte ein Tier über seinen Schoß. Er spürte, wie es sich auf die Hinterläufe setzte und sich an seinem Bauch mit den Vorderpfoten abstützte. Dann stieß es sich ab, kletterte an seinem Oberkörper herauf und schnupperte an seinem Gesicht. Stefan bekam keine Luft mehr und zuckte am ganzen Körper. Er stand unter Schock, pinkelte sich ein und trat weg.

*

Jonas und Andreas

Andreas rief den Notarzt, obwohl Jonas zuerst strikt dagegen gewesen war. Und wie sich herausstellte war dies eine gute Entscheidung gewesen, denn weil Jonas unter Schock stand, begann er zu frieren und zu zittern. Andreas wickelte ihn in eine Decke und achtete darauf, dass er dabei nicht an die Brandverletzungen seiner Hände kam. Jonas bettelte nach Kühlung, Andreas aber wusste, dass bei einer derart starken Verbrennung kühlen falsch gewesen wäre. Er legte Jonas aufs Sofa, stopfte Kissen unter seine Beine, damit der Kreislauf stabil blieb und zog sich anschließend selbst etwas über den Schlafanzug.
Als der Notarzt endlich kam, leistete er die Erstversorgung, dann brachte ihn der Krankenwagen ins Klinikum. Andreas begleitete ihn.
Andreas saß im Wartebereich und wunderte sich über sich selbst, dass er nach diesem Vorfall gar keinen Groll gegen Jonas hegte. Mit Sicherheit hatte doch eine Kerze diesen Brand ausgelöst. Immer wieder hatte Andreas Jonas darauf hingewiesen, dass er Kerzen auf dem Dachboden für gefährlich hielt. Jetzt jedoch warf

er sich vor, dass er sich nie um bessere Lichtverhältnisse auf dem Dachboden gekümmert hatte. Er dachte an Karin, die den Platz auf dem Dachboden für Jonas verteidigt hatte.
Andreas seufzte und begann, sich ernsthaft Sorgen zu machen. Wie schlimm waren Jonas' Verletzungen? Würde er Narben behalten? Müsste er operiert werden? Was sollte aus Jonas werden, wenn seine Hände schwerste Verbrennungen erlitten hatten? Das Tischlerhandwerk hatte er für Jonas mittlerweile ohnehin abgeschrieben. Er dachte daran, was Lenchen ihm gesagt hatte. Dass man die künstlerische Seite bei Jonas fördern sollte. Herrgott! Was sollte aus Jonas werden, wenn er diesem Hobby nicht mehr nachgehen konnte? Andreas raufte sich die Haare. Draußen begann es hell zu werden. Gerade als er ans Fenster des Warteraums treten wollte, kam der behandelnde Arzt zu ihm.
„Herr Behrends?"
Andreas drehte sich um. „Ja?"
Der Arzt streckte ihm seine Hand entgegen. „Ich bin Dr. Körber, der behandelnde Arzt ihres Sohnes. Jonas geht es den Umständen entsprechend gut. Er wird gerade von den Schwestern verbunden."
„Wie schlimm ist es? Wird er ...?"
„Jonas hat zwar Verbrennungen 2. Grades, an den Handinnenflächen und Fingern jedoch nicht tief. Man spricht hier vom Typ a, der narbenfrei verheilen wird. Der linke Handrücken hat etwas mehr abbekommen. Da wird man zunächst abwarten müssen, wie der Heilungsprozess verläuft. Aber eigentlich sehe ich auch da keine größeren Probleme. Es ist nur eine Frage der Optik, weil sich dort Narbengewebe bilden wird."
„Er wird also ... "
„Die Verbrennungen werden gut verheilen, aber in der nächsten Zeit wird Jonas viel Unterstützung benötigen, weil er seine Hände so gut wie nicht benutzen kann."
Andreas atmete erleichtert aus. „Das wird das kleinste Problem sein. Muss er hierbleiben?"

„Nein, das muss er nicht. Aber er muss jeden Tag zum Verbandswechsel zu seinem Hausarzt." Der Arzt griff in die Brusttasche seines Kittels und zog einen Umschlag hervor. Ich habe den Bericht bereits fertig. Wenn Sie so nett wären und diesen Umschlag beim Hausarzt abgeben könnten?"
„Selbstverständlich." Andreas nahm ihm den Umschlag ab.
„Prima, das wäre dann auch schon alles. Wenn Sie mich nun entschuldigen? Jonas wird gleich bei Ihnen sein."
„Selbstverständlich und vielen Dank, Herr Dr. Körber."

*

Im Kanalisationsschacht

Stefan wusste nicht, wie lange er weggetreten war. Als er erwachte, waren die Ratten fort und es herrschte absolute Stille. Er lauschte. Sein Körper zitterte vor Kälte und sein Kopf war kurz davor zu explodieren. Er bestand nur noch aus Schmerz und dem Drang, Luft durch die zugeschwollene Nase in seinen Körper zu ziehen. Ihm fiel auf, dass der Wasserstand im Schacht gestiegen war. Vorhin hatte nur sein Bein in der Wasserrinne in der Mitte des Schachtes gelegen. Jetzt aber bemerkte er, dass das Wasser über diese Rinne getreten war. Er dachte an seine Mutter. Der Schacht, in dem sie gelegen hatte, war an der Abflussseite verstopft gewesen. Dieser Schacht war ganz sicher nicht verstopft. Ganz sicher nicht, dachte er. Doch dann erinnerte er sich daran, dass der Typ ihn betäubt hatte. Was hatte der getrieben, während Stefan besinnungslos gewesen war? Er hatte ihn gefesselt und geknebelt. Aber was noch? Was, wenn der Schacht von ihm künstlich verstopft worden war?
Sein Überlebensdrang forderte ihm alles ab. Er tastete mit seinen verdreht gefesselten Händen die Wand, an der er lehnte, ab. Seine Bewegungsfreiheit war jedoch dermaßen eingeschränkt, dass er nicht viel ertasten konnte außer der rauen Betonwand. Dann spürte er an seinen Beinen eine leichte Strömung im Wasser. Bildete er es sich nur ein, oder war das Wasser in dieser Strömung geringfügig wärmer als das, in dem er saß? Sich unter größter Anstrengung und Schmerz weiter

aufrichtend vernahm er ein Plätschern. Sofort fiel ihm Regen ein. Vielleicht regnete es draußen. Was würde geschehen, wenn es regnete? In was für einem Schacht saß er eigentlich? Würde sich dieser Schacht bei Regen füllen, oder war es ein Abwassereinstiegsschacht, durch den das Wasser der umliegenden Haushalte geführt wurde? Das Plätschern verstummte, begann aber kurze Zeit darauf wieder. Und einen Augenblick später spürte er wieder diese leicht wärmere Strömung an den Beinen. Und diese beantwortete ihm seine gedankliche Frage, in was für einem Schacht er saß. Ganz sicher saß er in einem Einstiegsschacht, der das Abwasser der Haushalte abführte. Als das Plätschern immer häufiger zu hören war, ja zu einem regelrechten Rauschen anschwoll und der Wasserspiegel um ihn herum anstieg, erfasste ihn Todesangst. Der Typ hatte es ernst gemeint. Er würde nicht wiederkommen und ihn hier herausholen. Das war ein Psychopath, der ihn sterben lassen wollte. Die Menschen der Stadt standen auf. Es gab Stoßzeiten, in denen das Wasser nur so durch die Kanalisation rauschte. So sehr Stefan auch versuchte sich aufzurichten, das Wasser stieg und stieg. Er hatte keine Chance. Es ging letztendlich ganz schnell, als ihm das Wasser durch die Nase in die Kehle lief. Passanten wunderten sich, dass aus einem Schachtdeckel Wasser auf den Parkplatz lief und man benachrichtigte noch am frühen Morgen die Abwasserwerke.

*

Jonas und Andreas

Andreas musste nach der schnellen Verabschiedung des Arztes noch längere Zeit auf Jonas warten. Er stand am Fenster und sah der Sonne zu, wie sie über den Horizont kroch und den neuen Tag begrüßte. Als sie nach kürzester Zeit als runder Ball über dem blätterlosen Wald stand, setzte er sich erneut in den Kunstledersessel des Wartebereichs und schaute auf seine Armbanduhr. Er hatte noch viel Zeit, bis er im Gericht sein musste, jedoch konnte er Jonas später nicht allein lassen, weil er auf Hilfe angewiesen sein würde. Deshalb entschied sich Andreas, Lenchen anzurufen. Er wusste, dass sie um diese Zeit längst wach war und würde sie bitten, für die Zeit, in der es Jonas nicht möglich war sich selbst durch die Verletzung seiner Hände zu versorgen, bei ihnen einzuziehen. Vielleicht hatte er Glück und sie würde auf seinen Vorschlag eingehen. Es kam ihm richtig vor, das zu klären, bevor Jonas aus der Behandlung kam. Immerhin war es ja möglich, dass Lenchen den Vorschlag nicht annehmen wollte. Obwohl er sich das nicht vorstellen konnte. Andreas hatte das Gefühl, dass Lenchen sich sehr wohl bei ihnen fühlte. Aber vielleicht konnte sie den Vorschlag auch nicht annehmen, weil sie andere Verpflichtungen hatte. Das allerdings konnte sich Andreas auch nicht vorstellen, weil er wusste, dass sie weder Familie noch andere berufliche Verpflichtungen neben ihrer Anstellung bei ihm hatte. Aber er wollte Jonas die eventuelle Absage von Lenchen ersparen. Er wusste, was ihm die ältere Dame bedeutete.

Andreas suchte in der Kontaktliste seines Handys nach ihrer Nummer und wählte „anrufen". Ihm war bewusst, dass die Wahrscheinlichkeit, dass sie das Gespräch annahm, verschwindend gering war, denn Lenchen wusste oft gar nicht, woher das Klingeln kam. Sie besaß das Handy nämlich erst seit kurzer Zeit. Gerade als Andreas auflegen wollte, um es auf Lenchens Festnetznummer zu versuchen, schallte Lenchens gehetzte Stimme an sein Ohr.

„Ja?! Wer ist denn da?"

„Guten Morgen Lenchen! Behrends hier. Habe ich Sie gestört oder gar geweckt?"

„Iwo! Was denken Sie von mir, Herr Behrends? Ich habe bereits gefrühstückt und bin schon lange vor Sonnenaufgang aufgestanden. Sie wissen doch – die senile Bettflucht!" Sie kicherte.

Andreas ging das Herz auf. Was für ein Glück eine so wunderbare Haushälterin zu haben.

„Nun, so alt sind Sie doch noch gar nicht."

„Sie Schmeichler!" Sie machte eine kurze Pause, bevor sie besorgt fortfuhr: „Haben Sie schon von dem furchtbaren Verbrechen in

Northeim gehört? Die Nachrichten sind voll davon. Zuerst kam es im Radio, aber nun ist es auch schon im Fernsehen."
„Nein, Lenchen. Ich habe nichts davon gehört."
„Es ist so furchtbar! Aber was plappere ich? Wenn Sie mich um diese Zeit anrufen, dann hat das doch sicher einen bestimmten Grund, nicht wahr?"
Andreas kam es vor, als ob Lenchen eigentlich nun von ihm erwartete, dass er sie nach dem Verbrechen fragte, aber ihm stand nicht der Sinn danach. „Lenchen, ja es hat einen Grund. Jonas ..." Weiter kam er nicht.
„Um Gottes Willen! Nun reden Sie doch schon! Was ist mit dem Jungchen? Ist etwas geschehen?"
„Bei uns hat es auf dem Dachboden gebrannt ..."
„Was?! Das ist ja schrecklich. Geht es Ihnen beiden gut?"
„Mir ja, Jonas hat sich die Hände sehr schlimm verbrannt. Es war zwar kein großes Feuer, ich konnte es mit dem Feuerlöscher schnell löschen, aber ..."
„Ich bin schon auf dem Weg zu Ihnen!" Aufgeregt legte Lenchen auf. Andreas schaute ungläubig auf das Display seines Handys, als Jonas in den Wartebereich trat.
„Jonas!" Andreas steckte sein Handy weg und sah die dick verbundenen Hände, die Jonas vor seine Brust hielt. „Geht es dir gut? Der Arzt meinte ..."
„Es geht, ja. Der Schock sitzt mir noch in den Knochen. Naja und dann das hier." Jonas drehte die verbundenen Hände leicht. „Ich habe Glück gehabt, hat der Arzt gesagt."

Andreas hatte ein Taxi gerufen und sie unterhielten sich nicht auf dem Heimweg, sodass der Taxifahrer das Radio anschaltete. Es kamen die Lokalnachrichten.
„... handelt es sich um einen Mann mittleren Alters. Passanten bemerkten am frühen Morgen, dass Wasser über den Parkplatz der alten Brauerei aus einem Kanaldeckel drang und riefen die Stadtwerke an. Als Mitarbeiter den Kanaldeckel öffneten, fanden sie eine männliche Leiche. Der geknebelte und gefesselte

Mann ist aller Wahrscheinlichkeit nach durch die Wassermassen ertrunken. Es wird von einem Gewaltverbrechen ausgegangen. Die Kripo ermittelt und bittet die Bevölkerung um Mithilfe. Wer hat in der letzten Zeit etwas Verdächtiges auf dem Parkplatz an der alten Northeimer Brauerei gesehen, was zur Aufklärung des Verbrechens führen ... "
Der Taxifahrer drosselte die Lautstärke. „Die Welt wird immer verrückter!", bemerkte er kopfschüttelnd zu seinen Fahrgästen. Das also musste Lenchen vorhin am Telefon gemeint haben, dachte Andreas und antwortete: „Allerdings! Und glauben Sie mir, ich weiß das genau. Die Verbrechen werden immer raffinierter und grausamer. Die Menschheit dreht durch, weil es ihr zu gut geht."
Jonas blieb still. Er hatte genug mit sich selbst zu tun. Andreas war sich noch nicht mal sicher, ob er die Nachrichten verfolgt hatte, was nur allzu verständlich war. Sicher hatte man ihm starke Schmerzmittel verabreicht. Sie waren am Haus angekommen. Der Taxifahrer hatte um diese Zeit noch die Durchfahrtgenehmigung in der Fußgängerzone.

„Da sind Sie ja endlich!" Lenchen war vor Andreas und Jonas im Haus eingetroffen und schlug geschockt die Hände vors Gesicht, als sie Jonas` verbundene Hände sah. „Mein Jungchen, was hast du nur gemacht?!" Sie griff sanft nach seinen Armen und schaute ungläubig auf die dicken Verbände. „Du wirst ja in nächster Zeit gar nichts allein machen können!", stellte sie erschrocken fest. „Das Beste wird sein, wenn ich hier einziehe, bis die Verbände wieder runter sind. Dann kann ich dir behilflich sein." Dabei sah sie Andreas fragend an. „Natürlich mache ich das ohne Bezahlung!" Sie wurde rot.
„Lenchen, Lenchen! Sie sind eine Seele von Mensch. Ich denke, dass Jonas es sehr begrüßen wird, wenn Sie für eine Weile hier bei uns einziehen – selbstverständlich *gegen* Bezahlung!" Andreas fiel ein Stein vom Herzen und Jonas konnte seit dem schrecklichen Vorfall in der Nacht zum ersten Mal wieder lächeln.

*

Egoismus, Gier, Eifersucht … Das sind die drei häufigsten Regungen in Menschen, die sie zu Mördern werden lassen. Christiane ließ durch ihren Egoismus ihr Kind im Dreck verhungern und verdursten. Stefans Gier nach Geld machte ihn zum Mörder seiner Mutter und die Eifersucht, die hat Paula zur Mörderin werden lassen. Eine elfenhafte und körperlich zarte Frau schickte ihre beste Freundin in den Tod, weil die mit ihrem Mann gevögelt hatte. Nun, das kommt in den besten Familien vor. Paula hat nur vier Jahre gesessen, weil man ihr die Restschuld nicht nachweisen konnte. Doch ich bin der festen Überzeugung, dass sie es allein getan hat.
Die Sache mit Stefan war bereits drei Tage her, sodass ich mich in einer günstigen Gelegenheit dazu entschlossen hatte, weiter für Gerechtigkeit zu sorgen. Es war so einfach, sie alle einzufangen!

Der Mond schien auf Paulas zartes Gesicht und ich strich ihr eine Locke aus der Stirn. Ich war fasziniert von ihrem Aussehen und muss gestehen, dass es mich reizte sie auszuziehen, um ihren Körper anzusehen. Also tat ich es. Es war eigentlich viel zu kalt dafür, aber ich würde sie ja vielleicht wärmen. Bei diesen Gedanken brannten bei mir die Sicherungen durch und ich riss ihr die Kleider vom Leib. Sie lag auf dem Boden des kleinen Anglerboots. Ihre Brüste ergossen sich über ihren Brustkorb und es gefiel mir, was ich sah. Ihrer Kehle entrang sich ein leises Stöhnen. Sie kam langsam zu sich und mir fiel ein, dass ich es mir nicht erlauben konnte, wenn sie hysterisch würde. Stefan war viel zu schnell gefunden worden, und die Bevölkerung hatte man aufgerufen, wachsam zu sein. Natürlich war den Kripobeamten sofort aufgefallen, dass Stefan auf die gleiche Weise umgekommen war wie seine Mutter. Und dass man ihn damals für den Tod seiner Mutter verantwortlich gemacht und somit in den Knast gesteckt hatte. Und seit ein paar Tagen wurde Christiane vermisst. Auch eine Ex-Insassin. Ich konnte also kein Risiko eingehen, dass Paula durchdrehte, auch wenn wir weit genug vom Ufer entfernt waren, so war es doch möglich, dass jemand ihr Schreien am Ufer hören konnte. Auch wenn es zu dieser Zeit eher unwahrscheinlich war, dass sich dort jemand aufhielt. Die meisten Menschen saßen vor den 20-Uhr-Nachrichten. Ich empfand es als Schande, dass ich ihr den Mund zukleben musste und sich das breite Klebeband auch noch in ihren Haaren verfing. So ein hübscher Mund. Es hätte mir viel Freude bereitet ihn zu küssen. Aber wollte ich das wirklich? Wäre ich dazu imstande? Zu dem Zeitpunkt konnte ich es nicht genau sagen. Aber eines konnte ich sagen: Wieder fühlte ich mich mächtig! Ich war der wahre Richter, der das richtige, das zweite Urteil sprach. Wie nur sollte Gerechtigkeit in der Welt herrschen, wenn niemand die gerechte Strafe erhält? Der Tod eines Menschen durch fremde Hand kann ebenfalls nur durch Tod gesühnt werden. Nur dann ist der Gerechtigkeit Genüge getan. Und das Beste an all dem war, dass mir das große Finale noch bevorstand. Eigentlich waren diese armen Sünder, die ich zur Strecke brachte, nur Studienobjekte auf meinem Weg ins Ziel.

*

Jonas und Lenchen

Lenchen war dabei, die Stelle auf dem Dachboden zu reinigen, an der es gebrannt hatte. Ein Elektriker hatte neues Licht auf dem Dachboden angebracht, sodass sie das nicht bei Kerzenschein tun musste.
„Nee, nee! Was hätte alles passieren können. Aber Gottseidank haben ja nur die Kartons unter der Lampe Feuer gefangen." Lenchen schüttelte den Kopf.
„Ich hätte nicht gedacht, dass Andreas mir glaubt, dass es ein Kurzschluss gewesen ist. Er hat sich immer darüber aufgeregt, dass ich so viele Kerzen beim Zeichnen hier oben anmache."
Als ob Lenchen gar nicht hörte, was Jonas erzählte, sagte sie: „Stell dir vor, deine schönen Zeichnungen hätten gebrannt! Nicht auszudenken!"
Zeichnen. Das war das Stichwort. Jonas blickte unzufrieden auf seine verbundenen Hände.

„Nun zieh doch nicht so ein Gesicht, Jungchen! In ein paar Tagen sieht die Welt schon wieder ganz anders aus." Lenchen zerrte an der Müllsackrolle und riss mit einem lauten Ratsch einen stabilen Plastiksack ab. Ihre Haare hingen ihr wie ein zauseliger Mopp um den Kopf und auf ihrer Stirn standen Schweißperlen, die sie sich mit dem Arm abwischte, weil ihre Hände in dicken Gummihandschuhen steckten.

„Wenn ich wenigstens etwas dazu gekonnt hätte, aber *ich* konnte nichts dazu! Ohne Hände ist man nur ein halber Mensch." Jonas trat gegen eine der Kisten mit dem geschredderten Altpapier.

„Na, na, na, ohne Hände bist du ja nicht. Du musst nur etwas Geduld haben, bis du sie wieder benutzen kannst. Aber ich verstehe dich natürlich." Sie wischte sich eine Strähne aus der Stirn. „Ach, ich glaube, für heute ist Schluss damit!" Lenchen warf den eben abgerissenen Müllsack auf einen der vielen Kartons und stemmte prustend ihre Hände in die Hüften.

In Jonas' Gesicht machte sich Erleichterung breit. „Ich dachte schon, dass du die ganze Nacht durcharbeiten willst."

„Nix da! Jetzt ist Schluss!"

Jonas musste sich ein Grinsen verkneifen. Lenchen war voll und ganz in ihrem Element. „Aye, aye, Käptn!" Jonas' Magen knurrte.

„War das deiner?"

Schuldbewusst nickte Jonas und zuckte mit den Schultern.

„Herrje! Nun lasse ich dich auch noch verhungern, obwohl ich mich ja eigentlich um alles kümmern wollte." Sie streifte die Gummihandschuhe ab und warf sie zum leeren Müllsack. „Dann mal nix wie runter in die Küche! Da schmiere ich uns ein paar leckere Stullen. Und weißt du was? Ein Bierchen, das gönnen wir uns heute auch!" Lenchen zwinkerte Jonas zu. Er hatte das Gefühl, dass sie richtig auflebte, seitdem sie hier eingezogen war.

Lenchen schmierte Brote und schnitt sie für Jonas in mundgerechte Stücke. Mit einer Gabel, die er in der verbundenen Faust hielt, konnte er so selbst essen. Trotzdem kam er sich ziemlich hilflos vor. Während er kaute, dachte er darüber nach, wie er Lenchen am besten von der Erscheinung erzählen sollte. Natürlich würde sie ihm glauben, das stand außer Frage. Aber er war sich mittlerweile selbst nicht mehr so sicher, ob es wirklich eine Erscheinung gewesen war, oder ob er sich das alles nur eingebildet hatte. In diesem Augenblick fiel ihm die Gabel aus der verbundenen Hand klirrend auf die Fliesen. Jonas überkam unbändige Wut!

„Ich weiß, dass das alles nur eine Geduldsfrage ist! Aber zum ersten Mal seit langem habe ich eine echte Aufgabe, in der ich aufgehe und die mich auf eine wunderbare Art in die Zukunft blicken lässt, was meinem Zeichnen einen Sinn gibt und dann passiert DAS!“ Er hob seine Hände vors Gesicht und gab einen unterdrückten Schrei von sich.

Lenchen saß ihm unbeeindruckt gegenüber und biss herzhaft in eine Essiggurke. Jonas schielte zwischen seinen Händen hindurch und wunderte sich, dass sie nichts sagte. „Ist doch wahr!“, setzte er nach, bückte sich und versuchte die Gabel zu ergreifen, was ihm nicht gelang.

Lenchen stand auf, legte die Gabel auf die Spüle und gab ihm eine neue aus dem Besteckkasten. „Es wundert mich, dass du es plötzlich so eilig hast. Das kenne ich gar nicht von dir!“, sagte sie.

Jonas glaubte sich verhört zu haben und stutzte. „Was meinst du damit?“ Er legte die Gabel auf den Tisch.

„Nun, es wird schon einen Grund haben, dass dich das Leben gerade ausbremst. Vielleicht will es, dass du zuerst in dir aufräumst.“

Sie steckte sich genüsslich den letzten Happen eines Mettwurstbrotes in den Mund, bevor sie ihn mit einem Schluck Bier hinabspülte.

„Lenchen, ich ...“ Jonas war sprachlos.

„Du hast noch vier Monate Zeit, bis du die Zeichnungen für den Wettbewerb abgeben musst. Der Arzt hat gesagt, dass du in spätestens drei Wochen die Verbände abbekommst, weil alles gut heilt. Es bleibt dir mehr als genug Zeit! Was ist denn nun wirk-

lich auf dem Dachboden geschehen? Was hat den Kurzschluss ausgelöst?"
Jonas fiel die Kinnlade herab. „Woher ...?"
„Ich merke doch, dass du nachdenkst und dass es da noch etwas gibt, was du mir sagen willst. Schließlich hast du oben auf dem Dachboden gesagt, dass du nichts dafür konntest. Niemand hat dich je dafür verantwortlich gemacht. Wer also trägt die Schuld am Kurzschluss?"

*

Ich fesselte Paula die Hände auf dem Rücken. In Zukunft würde mich jeder Kabelbinder an ihre zarten Handgelenke erinnern. Sie hatte ihre beste Freundin umgebracht. Sie sah wunderschön aus und ich wusste auch, dass sie intelligent war. Ich bin mir sicher, dass sie sich schnell wieder resozialisiert hätte. Ihr Ex-Mann würde sie nicht vermissen, Eltern hatte sie keine mehr. Ebenso fehlten Geschwister. Aber da sie eben intelligent und hübsch war, hätte sie sicherlich schnell engere Bekanntschaften gemacht.

Als sie splitterfasernackt auf dem Boden des Bootes vor mir lag, hockte ich mich über sie und fuhr ihr mit dem Zeigefinger auf dem Brustbein entlang. Ihre Haut umspannte einen makellosen Körper. Das Boot schaukelte sanft auf dem See und die Stimmung hätte für uns beide so wunderbar romantisch sein können. Ich weiß nicht, was mich dazu veranlasste meinen Zeigefinger einige Male um ihren gepiercten Bauchnabel kreisen zu lassen, aber just in diesem Moment öffnete sie ihre Augen. Und sofort verzerrte sich ihr hübsches Gesicht unter erstickten Schreien der Panik. Sie versuchte sich unter mir hinwegzuschlängeln, stieß sich dabei aber den Kopf an der Bootswand. Sie trat nach mir, aber ich setzte mich einfach auf ihre Beine. Sie war zwar wild, aber nicht kräftig.
Dann beugte ich mich vor, sodass sich mein Gesicht ganz nah über ihrem befand. Sie wurde stiller und ich konnte ihre Angst förmlich riechen.
„Psst, liebe Paula! Bleib still! Dich wird ohnehin niemand hören. Wir befinden uns nämlich auf einem See. Du weißt schon – auf DEM *See!"*

Sie zitterte und mir wurde klar, dass dies nicht nur das Zittern der Angst war. Sie musste erbärmlich frieren. Aber gut, das gehörte zum Spiel. Ich würde ihr vielleicht ihren Mantel als Decke zurückgeben. Aber so weit war ich noch nicht.

„Wenn du versprichst, schön leise zu sein, dann werde ich dir vielleicht deinen Mantel geben. Dir ist doch kalt, oder?"

Paula nickte unter Tränen.

„Ich sehe, wir verstehen uns, liebe Paula. Ich werde jetzt langsam von dir absteigen. Oder wirst du mich dann wieder treten?"

Sie schüttelte den Kopf.

Langsam erhob ich mich. Im Mondlicht sah ich, wie ihr Blick an mir hinabwanderte. Und ich stellte eine gewisse Erleichterung in ihren Augen fest, als sie bemerkte, dass meine Hosen geschlossen waren.

„Richtig, du siehst, ich habe dir nichts getan. Ich wollte dich nur anschauen. Schließlich bin ich ja kein Verbrecher. Möchtest du nun den Mantel haben?"

Sie nickte und aus ihrer Kehle drang ein Wimmern.

Ich griff zu ihrem Mantel und deckte sie damit fast fürsorglich zu. „Nun bist du nicht mehr ganz so nackt, nicht wahr? Das fühlt sich doch gleich viel besser an."

Sie nickte.

„Wirst du dein Versprechen halten, nicht zu schreien, wenn ich dir den Knebel löse?"

Diesmal nickte sie sehr enthusiastisch. Ich war mir nicht sicher, ob ich ihr glauben konnte, musste es aber wagen. Schließlich war es ja wichtig, dass sie mit mir sprach. Und außerdem sollte sie mit mir Wein trinken. Natürlich hatte ich mir vorher schon überlegt, wie sie den Wein mit zugeklebtem Mund mit mir trinken könnte, aber ich hoffte, dass es nicht dazu kommen würde, dass ich ihr nach dem Lösen des Knebels den Mund erneut verkleben müsste, um dann ein kleines Loch für einen Strohhalm hineinzuschneiden.

Ich griff zum Klebestreifen über ihrem Mund und schob unsanft meinen Finger darunter. Sobald ihre Lippen nicht mehr daran klebten, sprach sie relativ gefasst mit mir.

„Was machen Sie hier mit mir?"
„Es ist nicht an dir, liebe Paula, Fragen zu stellen. Die Fragen stelle hier ganz allein ich. Das musst du verstehen."
„Aber ..."
„Was aber?" Zorn stieg in mir hoch. Und anstatt das Klebeband weiter sanft von ihren Wangen zu lösen, griff ich in meine Jackentasche und ließ ein Messer aufklappen. „Du wirst so lange still sein, bis ich von dir verlange, dass du sprichst. Kapiert?!" Der Mond blitzte als Spiegelbild in der auf Hochglanz polierten Klinge mit Blutrinne vor ihren Augen auf. Paula unterdrückte ein Schluchzen. Weitere Tränen quollen aus ihren Augen und tropften von ihren Wangen auf den Mantel.
„Na, na, na, da musst du doch gar nicht weinen. Wenn du dich an die Spielregeln hältst, dann werde ich dir nicht unnötig wehtun."
Ich schob die Klinge unter das Klebeband und spürte, dass sie ihren Kopf aus Angst vor Schnitten zurückzog. Dann riss ich das Klebeband in einem Ruck von ihrem Gesicht. Es verfing sich noch mehr in ihren langen Haaren.
„Ach, wie ärgerlich. Nun habe ich deine schöne Frisur ruiniert. Was denkst du? Soll ich das Klebeband aus deinen Haaren schneiden, oder soll ich es lieber kleben lassen?" Ich hatte eine dicke Lockensträhne in die Hand genommen, um die sich das Klebeband gewickelt hatte. Mit dem Messer deutete ich an, ihr die Strähne abzuschneiden.

*

Andreas

Andreas studierte den Artikel genau. Bei dem toten Mann aus dem Kanalschacht handelte es sich um Stefan Krieger. Er sah auf, nahm seine Brille ab und kaute nervös auf dem Bügelende. Und dann fiel ihm ein, woher er den Namen kannte! Er hatte Stefan vor einigen Jahren verurteilt. Der Fall war ihm lebhaft im Gedächtnis geblieben. Der Mann hatte seine Mutter in einen Kanalschacht auf einer Baustelle gestoßen, in dem sie ertrunken war. Stefan wurde nicht wegen Mordes angeklagt. Es war fahrlässige Tötung

gewesen, obwohl Andreas ihn damals gern des Mordes schuldig gesprochen hätte. Jedoch konnte man Stefan nicht nachweisen, dass er damals nicht gewusst hatte, dass der Kanal verstopft gewesen war und seine Mutter in dem steigenden Wasserpegel dem sicheren Tod geweiht gewesen war. Selbst die Tatsache, dass er den Deckel auf den Schacht gezogen und ihr damit den Ausstieg verwehrt hatte, reichte nicht für eine Anklage wegen Mordes.
Nervös las Andreas den Artikel zu Ende. Und er erfuhr, dass Stefan auf gleiche Weise wie seine Mutter gestorben war. Vom Täter fehlte jede Spur. Das, was jedoch in dem Artikel völlig unerwähnt blieb, war, dass Stefan ein Ex-Häftling war. Man hatte natürlich auch nichts davon erwähnt, was er auf dem Kerbholz hatte. Sofort stellte Andreas einen Zusammenhang zu der noch immer vermissten Christiane her. Beide waren Ex-Gefängnisinsassen. Es konnte Zufall sein, aber was, wenn Christiane auch Opfer eines Verbrechens geworden war? Da war es doch höchst wahrscheinlich, dass das Verbrechen an Stefan im Zusammenhang mit Christiane stand. Sicher war dies der Polizei auch schon aufgefallen. Was Andreas jedoch nervös machte, war die Tatsache, dass beide Opfer – sofern Christiane eines geworden und nicht einfach nur untergetaucht war – durch ihn verurteilt worden waren. Er riss den Zeitungsartikel von Stefan aus. Dann suchte er in dem Stapel der älteren Zeitungen den Artikel von Christiane. Als er ihn gefunden hatte, riss er ihn ebenfalls aus und legte ihn zu dem anderen.
Er hörte Stimmen und ein Klirren aus der Küche. Lenchen bereitete bestimmt das Abendbrot. Zuerst überlegte er, ob er noch etwas arbeiten sollte, sein Magen entschied sich jedoch dagegen und er beschloss, in die Küche zu gehen.

Lenchen, Jonas und Andreas

„Also noch einmal: Die Birne begann zuerst nur leicht zu leuchten, als du dich entschlossen hattest ins Bett zu gehen. Und dann

flammte sie plötzlich grell auf? Bist du sicher, dass da die Kerzen schon alle gelöscht waren?"
„Ja, ganz sicher! Sonst hätte mir das leichte Glimmen der Glühlampe ja gar nicht auffallen können."
„Aha, ja gut. Das leuchtet mir ein!" Lenchen überlegte angestrengt und Jonas amüsierte sich trotz der nachdenklichen Stimmung über das ungewollte Wortspiel.
„Und wann hast du den kalten Lufthauch gespürt?"
„Gleich, nachdem ich die Kerzen gelöscht hatte."
„Aber da hat sie sich noch nicht gezeigt?"
„Nein, dafür leuchtete die Glühlampe viel zu wenig. Ich sagte dir doch, es war nur ein ganz zartes Glimmen!"
„Manchmal leuchten solche Erscheinungen ja von ganz allein", stellte Lenchen mit sehr ernster und nachdenklicher Miene fest und schenkte sich vom Bier nach. „Willst du nicht doch etwas?" Sie hickste.
„Danke, Lenchen. Nein, besser nicht. Das verträgt sich bestimmt nicht so gut mit den Schmerzmitteln."
Andreas stand im Türrahmen.
„Oh, wie ich sehe, wird hier gerade gegessen?"
„Jawohl, und ein bisschen getrunken!", stellte Lenchen kleinlaut fest. „Möchten Sie vielleicht, Herr Behrends?" Sie hielt die Flasche Bier hoch, mit der sie sich gerade nachgeschenkt hatte und zeigte auch auf den Teller mit den Broten.
„Da kann ich doch nicht nein sagen. So viel Gemütlichkeit gab es ja schon lange nicht mehr in diesem Haus", stellte Andreas erstaunt fest.
Jonas ärgerte es ein bisschen, dass sein Gespräch mit Lenchen so abrupt endete, aber bei genauerer Betrachtung stellte er fest, dass Lenchen mittlerweile beschwipst war. Er gönnte es ihr und freute sich darüber, dass sie sich hier so wohl fühlte. Und darauf müsste man anstoßen, dachte er still und schob Lenchen sein Glas ebenfalls hin, als sie das von Andreas füllte. Ein kleiner Schluck würde ihn nicht umbringen.

Jonas wurde davon sehr schnell müde und verabschiedete sich ins Bett, während Andreas und Lenchen blieben und noch sehr lange zusammensaßen
Wenn er schon nicht zeichnen konnte, so dachte Jonas, dann würde er sich wenigstens Gedanken über zukünftige Zeichnungen zu dem alten Buch machen.

*

So wartete ich auf Schwarz, der sich nur schnell seinen Mantel, eine Laterne und den Arzneikoffer für die kranke Clara holen wollte. Und ich muss gestehen, dass ich wirklich überlegt hatte, ob ich des Nachts zusammen mit Schwarz gesehen werden wollte. Er schien meine Gedanken gelesen zu haben, als er zur Tür hinaustrat.
„Wenn es ihm nicht recht ist, dann geht unsereins auch allein."
Nach allem, was Schwarz mir jedoch bereits anvertraut hatte, fühlte ich mich ihm irgendwie verbunden, deshalb unangenehm ertappt und verneinte vehement. Außerdem war ich alleinstehend und hatte auch sonst keinerlei Verpflichtungen. Was also sollte mir schon geschehen, wenn man mich zusammen mit ihm sah?
Wir waren schon ein ganzes Stück schweigend gegangen und ich hätte bald abbiegen müssen, um nach Hause zu gehen, als mir der Gedanke kam, dass ich diese Gelegenheit vielleicht nicht so schnell wiederbekommen würde und bot mich an, ihn gänzlich zu begleiten, um ihm bei seiner Arbeit zuzusehen. Schwarz blieb überrascht stehen. „Was verspricht er sich denn davon?"
„Genau das weiß ich auch noch nicht, aber vielleicht kann ich es Euch hinterher sagen."
„Gut, aber unsereins kann nicht dafür garantieren, dass Anna ihn einlässt. Es ist noch nicht einmal sicher, dass sie unsereins einlässt."
„Lassen wir es auf einen Versuch ankommen!"
Schweigend setzten wir unseren Weg fort. Schwarz hatte es eilig und schritt kräftig aus. Es fiel mir schwer, mich seiner Geschwindigkeit anzupassen.

Zur tiefsten Nachtzeit waren die Straßen wie leergefegt und ich kam mir im Nachhinein geradezu töricht vor, gedacht zu haben, dass man mich zusammen mit ihm sehen könnte. Ich hatte diesen Gedanken noch nicht zu Ende gebracht, da wurde ich eines Besseren belehrt. Ich wurde plötzlich von hinten gepackt und in eine dunkle Hausnische gezogen. Schreien war mir unmöglich! Geschickt hielt man mir den Mund zu. Und mir wurde ein spitzer Gegenstand an die Kehle gedrückt. Ich roch fauligen Atem, als man mich flüsternd aufforderte, ja keinen Mucks von mir zu geben. Dann spürte ich, wie mich ein weiteres Paar Hände abtastete und mir mein Ledermünzbeutel aus der Hosentasche gezogen wurde.

„Guck nach! Wie viel hat er bei sich? Wahrscheinlich ist das sein Gehilfe, der das Geld eintreibt."

Ich wagte nicht auch nur einen Mucks von mir zu geben. Die Klinge drückte sich tief in meine Halsfalte und vor Angst trat mir der Schweiß auf die Stirn. Also wäre es doch besser gewesen, mich nicht mit Schwarz in der Öffentlichkeit zu zeigen. Die Nacht hat viele Augen und nun hatte ich es ja gehört, dass man sogar glaubte, ich sei Schwarzens neuer Gehilfe, sein Geldeintreiber.

Ich vernahm, wie die wenigen Münzen, die sich in meinem Lederbeutel befanden, klimperten. Der zweite Unbekannte zählte nach, während ich mich noch immer im schraubstockartigen Klemmgriff des ersten Unbekannten befand.

„Es ist so gut wie nichts in dem Beutel!"

„Das kann nicht sein, oder kannst du vielleicht nicht zählen?"

„Sieh doch selber nach!"

Da tauchte Schwarz auf und ich dachte, dass mein letztes Stündlein geschlagen hatte. Die Klinge an meinem Hals zerschnitt mir nämlich die Haut und ich spürte, dass Blut meinem Hals herab lief. Ich zitterte am ganzen Leib und betete das Vater unser.

„Elendiges Lumpenpack! Lasst ihn sofort los!" Schwarzens Stimme donnerte durch die Nacht. Den Koffer und die Laterne hatte er längst abgestellt. Schwarz wirkte sehr bedrohlich. „Sie wissen wohl nicht, wer unsereins ist?! Es wäre unsereins ein leichtes, euch beiden Lumpen das Genick zu biegen, bis dass es bricht?!"

Ich spürte, wie sich der Griff um mich lockerte und ich konnte mich so rettend nach unten wegsacken lassen. Unsanft schubste Schwarz mich zur Seite und griff mit jeweils einer Hand nach meinen Angreifern, die sich die Fluchtmöglichkeit nach hinten selber verbaut hatten. Jetzt steckten sie in der Hausnische fest, weil Schwarz vor ihnen stand. Ich staunte nicht schlecht, als ich sah, dass Schwarz die beiden am Schlafittchen nahm und in die Höhe hievte. Schwarz war nicht nur ein Hüne, Schwarz hatte auch unbändige Kraft. An seinen ausgestreckten Armen baumelten die beiden lächerlichen Gestalten, an die Hauswand gedrückt. Es war mir geradezu peinlich, dass einer der beiden, ein wahrer Hanswurst, es geschafft hatte, mich zu packen und dabei wehrlos zu machen. Ich rappelte mich auf und schrieb diese Peinlichkeit dem Umstand zu, dass man mich eiskalt überrumpelt hatte.
Jetzt begannen die beiden Lumpe zu wimmern. „Lasst uns los! Wir wollten ihm ja nichts tun."
„Diese Lügen können die beiden erzählen, wem sie wollen, aber nicht dem Scharfrichter der Stadt!"
Derjenige, der mir meinen Lederbeutel aus der Hosentasche gezogen hatte, schielte zu seinem Kumpan herüber. Es sah aus, als ob ihm gleich die Augen aus dem Kopf quellen würden. „Hattest du nicht gesagt, dass er Arzt ist?"
Schwarz drückte ihm die Kehle fester. „Arzt? Unsereins? Haha! Nein, kein Arzt! Da staunt er wohl, was? Gestatten: Scharfrichter Schwarz!"
Schwarz drehte sich zu mir um. „Uhde, laufe er los und hole er die Wachmänner. Die sollen sich um die beiden kümmern. Unsereins ist die Zeit zu schade und will sich auch nicht zu lange mit diesem Gossendreck abgeben."
Ich rappelte mich auf und lief los.

*

Andreas und Lenchen

Jonas war beim Lesen eingeschlafen, während Andreas und Lenchen noch immer zusammensaßen. Mehrere leere Bierflaschen waren auf der Spüle geparkt und eine offene Dose Erdnüsse stand zwischen ihnen auf dem Küchentisch. Die Deckenbeleuchtung war ausgeschaltet und nur das Licht der Dunstabzugshaube und eine Kerze erhellte die Küche.

„Ach Lenchen, ich bin so froh, dass Sie uns in dieser für Jonas misslichen Lage helfen und durch Ihre Anwesenheit Wärme in diese vier Wände bringen." Andreas lehnte sich auf seinem Stuhl zurück und verschränkte seine Arme hinter dem Kopf. „Einen so schönen und unbeschwerten Abend wie diesen hatte ich schon lange nicht mehr. Es tut gut, wenn man nach Feierabend noch ein bisschen was loswerden kann."

„Es freut mich sehr, Herr Behrends, dass Sie mir das sagen. Aber ich bin doch wirklich so gern hier bei Ihnen beiden. Ich genieße es ebenso."

„Alleinsein ist nicht schön, finden Sie nicht auch?"

„Sie sind doch gar nicht allein, Herr Behrends. Sie haben Ihre Arbeit und natürlich Jonas."

Andreas beugte sich wieder nach vorn und legte seine Arme auf dem Tisch ab. Jetzt saß er in gekrümmter Haltung da. „Ich habe Jonas. Lenchen, habe ich ihn denn wirklich? Ihnen muss es doch auffallen, dass wir kein sehr inniges Verhältnis miteinander haben. Als meine Frau Karin noch lebte ..."

„Er hing sehr an ihr, ich weiß! Er liebte sie wie seine eigene Mutter."

„Wissen Sie, dass er seine leibliche Mutter gewaltsam durch ihren Lebensgefährten verloren hat?"

Lenchen nickte. „Ja, Jonas hat mir davon erzählt. Herr Behrends, es steht mir zwar nicht zu, aber gehen Sie mit Jonas nicht zu hart ins Gericht. Seine Seele hat gelitten und leidet noch immer. Die Narben behält er ein Leben lang. Versuchen Sie mehr auf ihn einzugehen. Ich denke, dann wird es zwischen Ihnen beiden viel einfacher werden."

„Wie meinen Sie das?"

„So wie ich es gesagt habe. Jonas ist ein sehr sensibler junger Mann. Und er ist getrieben von seiner Kunst. Verstehen Sie doch, er muss zeichnen, damit seine Gedanken sortiert bleiben. Im Übrigen nimmt er gerade an einem Wettbewerb teil. Ich bin durch eine Anzeige in der Zeitung darauf aufmerksam geworden und habe sie ihm mitgebracht. Ich glaube, er hat mit seinen Zeichnungen eine echte Chance zu gewinnen, was ihm einen neuen Job einbringen könnte." Lenchen biss sich auf die Lippe. Eigentlich sollte Andreas gar nichts davon wissen, denn Jonas wollte die Sache mit dem alten Buch ja noch für sich behalten.

„Was denn für ein Wettbewerb?"

Lenchen überlegte, wie sie nicht zu viel preisgeben musste.

„Ein Illustrationswettbewerb für einen Verlag. Jonas bedeutet es viel. Eigentlich dürfte ich Ihnen das gar nicht erzählen, aber nun ist es mir herausgerutscht. Kann ich mich darauf verlassen, dass Sie Jonas nicht erzählen, dass Sie etwas davon wissen?"

„Selbstverständlich. Aber ich verstehe diese Geheimniskrämerei nicht."

„Ganz einfach. Er rechnet sich eine Chance aus und möchte Sie überraschen, wenn er gewinnen sollte."

„Ich schweige. Ehrenwort!"

Lenchen wischte ein paar Krümel vom Tisch in Ihre Hand. Sie wechselte das Thema. „In der Zeitung stand heute, dass es noch immer keine heiße Spur im Fall des Toten aus dem Einstiegsschacht gibt. Ist das nicht schlimm? Der arme Mann! Wie kann man an einem Menschen nur ein so abscheuliches Verbrechen begehen? Es stand geschrieben, dass der Schacht wohl absichtlich verstopft worden ist. Man wollte also, dass er ertrinkt."

„Lenchen, die Welt ist schlecht. Und soll ich Ihnen etwas verraten? Ich kannte den Mann, der ertrunken ist."

Lenchen zuckte zusammen. „Was Sie nicht sagen?!"

„Und wenn ich Ihnen jetzt erzähle, was ich über ihn weiß, dann werden Sie die Hände über dem Kopf zusammenschlagen."

„Erzählen Sie!", drängelte Lenchen und rutschte nervös auf ihrem Stuhl umher.

„Ich habe den Mann vor Jahren verurteilt und ins Gefängnis gebracht. Er hat seine Mutter getötet. Und jetzt kommt es! Er hat sie in einen verstopften Einstiegsschacht gestoßen und sie ertrinken lassen."

Lenchen hielt sich mit weit aufgerissenen Augen die Hand vor den Mund. „Nein! Das ist ja unglaublich!", hauchte sie.

Gerade entdeckte Andreas an Lenchen eine ihm bisher völlig verborgen gebliebene Eigenschaft. Lenchen war sensationshungrig bis auf die Knochen. „Und? Haben Sie nun noch immer Mitleid mit dem armen Mann?"

Sie überlegte einen kurzen Augenblick. „Was hatte seine Mutter ihm denn getan?"

„Oh, eigentlich gar nichts. Seine Mutter wollte ihm kein Geld geben. Ihr Sohn hatte zum wiederholten Mal Spielschulden gemacht und dabei regelmäßig zu tief ins Glas geschaut. Also wenn Sie mich fragen, ich konnte die Mutter damals verstehen, dass sie ihm kein Geld mehr geben wollte, zumal sie selbst nicht viel besaß."

„So einer war das also!" Lenchen schaute ins Leere, bis sie mit den Fingern auf die Tischplatte trommelte. „Und warum stand davon nichts in der Zeitung? Auch im Radio und im Fernsehen wurde kein Sterbenswörtchen davon erwähnt!"

„Das, liebes Lenchen, wäre diffamierend und solche Dinge werden nur im äußersten Notfall bekannt gegeben." Andreas überlegte, ob er ihr von dem Fall „Christiane" erzählen sollte, beschloss aber doch, es erstmal für sich zu behalten. Es konnte ihn in große Schwierigkeiten bringen, wenn er aus dem Nähkästchen seiner Richtertätigkeit plauderte. „Ich kann es mir nur so erklären, dass die Polizei dieses Detail aus ermittlungstaktischen Gründen auf der Pressekonferenz für sich behalten hat. Und bitte behalten Sie es auch für sich."

„Aber natürlich, Herr Behrends. Darauf gebe ich Ihnen mein Ehrenwort!"

*

Paula wagte nicht zu sprechen. Sie war eingeschüchtert. Ich sah, wie sie sich umblickte, um ihre Situation abzuschätzen. Wir waren mitten auf dem See. Das Licht des Mondes beschien die sanften Wellen mit tanzenden Lichtreflexen auf der Wasseroberfläche. Das Ufer war weit entfernt. Entsetzen formte Paulas Gesichtszüge.
„Ist es nicht herrlich romantisch hier, liebe Paula? Und du kennst diesen Ort ja ganz gut. Ich dachte, dass wir genau hier ein kleines Verhör beginnen könnten. Was hältst du davon, Paula?"
Ich spürte ihr Zögern. Sie wägte ab, ob es ihr nun gestattet war zu reden.
„Nur zu! Sprich mit mir, Paula!", ermunterte ich sie lächelnd.
„Was für ein Verhör?" Das Zittern in ihrer Stimme gefiel mir.
„Es enttäuscht mich sehr, dass du das fragst. Hast du denn gar keine Idee, warum wir beide hier sind, hm?" Mitleidig strich ich ihr über die Wange. Sie drehte ihr Gesicht von meiner Hand weg.
„Ich kenne Sie doch überhaupt nicht."
„Es ist auch gar nicht wichtig, dass du mich kennst. Es reicht, wenn ICH *dich kenne und weiß, was du getan hast. Es ist schließlich kein Zufall, dass wir uns auf genau diesem See befinden, liebe Paula."*
Paula blickte sich um. „Ich kenne ihn." Es schwang ein feiner Klang Trotz in ihrer Stimme.
„Na bitte! Und nun erzähl mir doch mal, was du damals auf diesem See mit deiner besten Freundin gemacht hast. Du erinnerst dich doch bestimmt daran! Es ist ja auch noch gar nicht so lange her. Was ist damals genau hier passiert, Paula? Verrätst du mir die Wahrheit?"
„Ich habe meine Strafe abgesessen. Ich hätte ihr nicht helfen können, weil ich selbst betrunken gewesen war. Wenn es das ist, was Sie hören wollen." In Paula erwachte die Wildheit.
Damit hatte ich gerechnet. Das stand sogar in ihrer Akte, dass sie sehr impulsiv war.

„Oh, das weiß ich schon – aus der Zeitung. Hatte nicht sogar dein Anwalt Zweifel an deiner Aussage? Leider konnte man dir nichts anderes nachweisen."

„Als sie aus dem Boot gesprungen war, sagte sie, dass sie zum Ufer schwimmen wollte. Ich konnte sie nicht dazu überreden, zurück ins Boot zu kommen."

Ich lächelte ihr sanft zu. „Du frierst ja noch immer. Du solltest nicht auf den kahlen Bootsplanken sitzen." Ich legte den Mantel um sie. Sie wehrte sich nicht. „So wird es gleich besser. Und natürlich habe ich dir auch etwas zu trinken mitgebracht. Das wird dich von innen wärmen. Ich habe schönen heißen Glühwein, extra für dich. Schau!" Ich griff hinter mich und umfasste eine Thermosflasche, die bis oben hin mit dem heißen Getränk gefüllt war. „Der wird dir guttun." Ich schraubte den Deckel, der gleichzeitig als Trinkbecher zu benutzen war, von der Flasche, drückte auf den Knopf am oberen Ende des Flaschenverschlusses und ließ das dampfende Getränk in den Becher fließen. Genüsslich hielt ich meine Nase in den Dampf. „Mhhh, das tut meiner kalten Nasenspitze gut, und es duftet köstlich! Vielleicht müssen wir einen kleinen Augenblick warten, bis du davon kosten kannst. Es ist noch sehr heiß."

„Ich will Ihren Glühwein nicht." Trotzig blickte mich Paula an. Ich spürte, dass ich die härtere Gangart auffahren musste, wenn ich schnell zum Ziel kommen wollte. Mit einem gewaltigen Ruck zog ich an ihrem Mantel und sie saß wieder splitterfasernackt vor mir. Sie schrie auf und duckte sich aus Angst vor Schlägen. Dabei hatte ich gar nicht vor sie zu schlagen.

„Du musst verstehen, dass ich dir den Mantel nun nicht mehr lassen kann. Wahrscheinlich ist dir einfach viel zu warm für einen gemütlichen Glühwein hier auf dem Boot, Ende November. Das Autothermometer hat vorhin allerdings nur 5 Grad Celsius angezeigt."

„Warum haben Sie mich hierher gebracht?"

„Die Fragen stelle ich. Hast du das vergessen? Aber gut, ich mache eine Ausnahme und werde dir deine Frage beantworten, wenn du den ersten Schluck trinkst." Ich hielt ihr den Becher an die Lippen. Als der heiße Glühwein ihre Lippe berührte, zuckte sie zurück und aus dem Becher

schwappte das würzig duftende Getränk über ihre nackten Brüste. Es wäre mir eigentlich ein Vergnügen gewesen, es ihr von dort abzulecken, aber ich beherrschte mich. Denn es gehörte nicht zu meiner Aufgabe, mich an ihr zu vergehen. Das war mir mittlerweile klar. Ich durfte bis zum großen Finale keine Spuren hinterlassen. Denn eines war sicher. Man würde Paulas Leiche relativ schnell finden.

„Nichts verschütten, Paula. Schön trinken!" Diesmal erschreckte sie nicht und schluckte. „Weiter, komm, komm! Bis der Becher leer ist." Sie würgte den Inhalt hinunter. Es beleidigte mich und machte mich wütend, dass sie derartige Geräusche von sich gab. „Es schmeckt dir wohl nicht?"

„Es war sehr heiß", antwortete sie und schluckte einen Schluchzer hinab. „Mir ist kalt." Kleinlaut blickte sie zu ihrem Mantel.

„Ach was. Papperlapapp. Kalt! Gleich wird dir warm werden, Paula. Der Alkohol wird dich wärmen. Den Mantel, den hast du vorerst leider verspielt. Aber vielleicht bist du ja jetzt ehrlich zu mir?" Als Lockmittel griff ich zum Mantel und legte ihn auf meine Knie. Den leeren Becher hatte ich neben mir abgestellt.

„Ich habe sie nicht umgebracht und ich hatte es auch nicht vor."

„Diese Antwort ist mir ein kleines bisschen zu dürftig. Du weißt auch, dass es nicht stimmt, was du da eben behauptet hast. Ich kann es dir ansehen. Darin bin ich gut. Und in den letzten Tagen, da habe ich schon zweimal Aussagen erhalten, die vor Gericht niemals gehört wurden. Ich zog den Reißverschluss meiner Jacke auf und griff zu der Zeitung in meiner Innentasche und hielt Paula die Titelseite unter die Nase. „Sieh mal! Stefan hat es im Nachhinein mit seiner Aussage auf die Titelseite geschafft. Christiane haben sie aber leider noch nicht gefunden. Es wird ein grausamer Anblick werden, wenn sie sie erst entdeckt haben! Kennst du Stefan und Christiane?"

Paula schüttelte den Kopf. An ihrem Gesichtsausdruck erkannte ich aber, dass sie wusste, worum es ging. „Damit hast du wohl nicht gerechnet, dass du die Nächste bist?"

Paula begann zu weinen. Vorsichtshalber drückte ich ihr meine Hand auf den Mund, da ich Angst hatte, sie könnte losschreien. Aber sie riss

sich zusammen. „Nun, willst du mir nicht erzählen, wie es damals war?" Vorsichtig zog ich meine Hand zurück.
„Ja, ich bin es gewesen. Ich war diejenige, die ihr, nachdem sie schon sturzbetrunken gewesen war, die Schlaftabletten in das letzte Glas Wein auf dem Boot gemischt hatte. Ich stieß sie über den Rand und ruderte davon. Ich wusste, dass sie so keine Chance hatte, sie es niemals geschafft hätte, zum Ufer zu schwimmen. Sie war viel zu betrunken und die Schlaftabletten taten ihr Übriges. Reicht Ihnen das?" Paulas flehender Gesichtsausdruck erzeugte um ein Haar Mitleid in mir. Aber ich blieb hart.
„Da ist es gewesen, dein Geständnis! Ich bin so stolz auf dich, liebe Paula! Es ist mir immer wieder ein Rätsel, dass es die Gerichte nicht schaffen, die Wahrheit aus den Angeklagten herauszubekommen. Und? Fühlst du dich jetzt nicht erleichtert?"
„Lassen Sie mich jetzt gehen?"
„Oh nein, Paula. Noch nicht. Ein bisschen Spaß musst du mir noch lassen."
„Was verlangen Sie denn noch von mir? Wollen sie mich vergewaltigen? Liege ich deshalb nackt hier in Ihrem Boot?"
„Oh, nun, ich muss gestehen, dass ich schon daran dachte, mich an dir zu vergehen. Aber das würde mich zu einem Schuldigen machen. Von daher sehe ich großzügiger Weise davon ab."
„Ich würde es freiwillig tun, wenn Sie mich nur gehen ließen!"
Damit hatte ich nicht gerechnet. Was für ein kleines, wildes Kätzchen diese Paula doch war. Sie würde es freiwillig mit mir tun. Vielleicht stachelte sie diese ganze Situation ja an und es machte sie in Wahrheit heiß, dass ich so böse zu ihr war? Vielleicht war es aber auch nur die Erleichterung nach dem Geständnis in ihr, dass sie sich mir hingeben wollte. Aus Dank vielleicht?
Ich spürte den Drang in mir, es mit ihr zu tun. Es war mir gleichgültig geworden, dass ich Spuren an ihr hinterlassen würde. „Aber zuerst musst du mit mir anstoßen, Paula! Auf dein Geständnis. Dir ist ja noch immer ganz kalt." Ich schenkte ihr einen weiteren Becher mit dem Glühwein voll. Diesen Becher trank sie gierig aus und auch noch einen

dritten, den sie erneut mit einem Würgen herunterschluckte. Sie durfte sich nicht erbrechen! Nicht jetzt, dachte ich. Und dann kamen meine klaren Gedanken wieder zu mir zurück. Ich würde mich nicht an ihr vergehen. Ich würde meinen Plan so umsetzen, wie ich ihn ausgetüftelt hatte.

„Ich will gar nicht mit dir schlafen, Paula. Ich lasse dich frei! Du hast eine reelle Chance!"

Ich musste mich beeilen. Sie hatte drei Becher Glühwein innerhalb kürzester Zeit getrunken. Noch war sie bei einigermaßen klarem Verstand. Einen Schluck müsste sie noch trinken. Nur noch einen!

„Du hast richtig gehört. Ich lasse dich frei!"

„Ich werde Sie nicht verraten!"

Nervös nestelte ich in meiner Hosentasche herum, bis ich den Blister mit den Schlaftabletten zu fassen bekam.

„So, und nun schön den Mund aufmachen!"

Ich legte ihr die Tabletten auf die Zunge und zwang sie einen weiteren Schluck zu trinken, um damit die Tabletten hinunterzuspülen.

Dann nahm ich ihr die Fesseln ab, umfasste ihren zarten Körper und schob sie über den Rand des Bootes in das kalte Seewasser.

„Schwimm, Paula! Schwimm!", rief ich ihr hinterher, als ich von ihr fortruderte. Ich sah, wie sie kämpfte.

*

Jonas

Jonas erwachte mit einem ganz trockenen Mund. Umständlich tastete er mit seiner verbundenen Hand nach dem Schalter für das Deckenlicht neben dem Kopfende seines Bettes. Bestimmt war es Lenchen gewesen, die seine Nachttischlampe ausgeknipst hatte. Ob sie noch lange mit Andreas zusammengesessen hatte? Vorsichtig trat er mit den Füßen sein Deckbett nach unten. Das Schmerzmittel hatte nachgelassen und seine Hände brannten unter dem Verband. Er wollte sie nicht unnötig belasten und ärgerte sich, dass er vor dem Zubettgehen vergessen hatte, sein Schmerzmittel einzunehmen. Er stöhnte bei dem Gedanken daran, nun allein und ohne Hilfe eine Tablette aus dem Blister drücken zu müssen. Ehrlich gestanden, schien ihm diese Aufgabe unlösbar. Umständlich schlüpfte er in seine Hausschuhe und schlurfte von seinem Schlafzimmer über den Flur in die Küche, wo seine Tabletten in einem Körbchen neben der Obstschale auf der Arbeitsfläche standen. Normalerweise nahm er seine Medikamente vor dem Schlafengehen, aber am letzten Abend hatte er es vergessen. Auch Lenchen hatte nicht daran gedacht, ihm Tabletten aus dem Blister zu drücken, damit er sie jetzt hätte einfach einnehmen können. Das lag sicher an ihrem Schwips, den sie vom Bier gehabt hatte, als er ins Bett gegangen war. Er sah zum Flaschenkorb, der immer neben dem Kühlschrank stand und stellte fest, dass sich acht leere Flaschen Bier in ihm befanden. Normalerweise würde Lenchen niemals leere Flaschen in der Küche stehen lassen! Andreas und Lenchen hatten geradezu gebechert, dachte er. Sicherlich waren sie beide sehr betrunken gewesen. Er musste schmunzeln, obwohl die Schmerzen seiner Hände unerträglich geworden waren. Dieses Schmunzeln verging ihm jedoch sofort, weil es ihm mit den Zähnen nicht gelingen wollte, den Blister zu öffnen, um an eine Tablette zu gelangen. Da vernahm Jonas ein Poltern. Es kam aus dem Gästezimmer, in dem Lenchen schlief. Er lauschte, ließ den Blister liegen und trat auf den Flur. Die Geräusche aus Lenchens Zimmer kamen ihm sehr besorgniserregend vor, deshalb ging er zur Tür. Da ihm klopfen nicht möglich war, rief er leise: „Lenchen, alles ok bei dir?“ Er bekam ein leises Stöhnen als Antwort. Beunruhigt setzte Jonas seinen Ellbogen auf die Türklinke, drückte sie hinab und öffnete die Tür.

Lenchen und Jonas

Ein Bild des Jammers bot sich ihm. Lenchen saß völlig zerstreut auf ihrer Bettkante und wühlte nervös in einer Handtasche herum.

Die Nachttischlampe war auf den Boden gefallen. Als Lenchen zu ihm aufsah, bemerkte er, dass sie weinte und er stürzte zu ihr. „Lenchen, was ist denn nur los?“

„Zucker.“ Wieder nestelte sie nervös in ihrer Handtasche.

„Zucker? Was willst du denn mit Zucker, Lenchen?“ Jonas hatte den Eindruck, dass Lenchen noch völlig betrunken war. Er rechnete nach. Als er zu Bett gegangen war, hatte sie die zweite Flasche geöffnet, von der sie ihm einen Schluck abgegeben hatte. Und in der Küche hatte er eben 8 leere Flaschen gezählt, von denen Andreas allenfalls 4 getrunken haben konnte – Lenchen die anderen vier. Und wie er Lenchen einschätzte, trank sie eher selten bis nie …

„Lenchen, kann es sein, dass du noch betrunken bist?“

Völlig wirr sah sie ihn an. „Zucker!“, bettelte sie. Ihre Hände zitterten und die Handtasche plumpste auf den Boden. Ihr Inhalt ergoss sich über den Teppich. Jonas erkannte eine Packung mit Traubenzucker. „Meinst du das hier?“ Mit dem nackten Fuß zog er die Packung zu sich heran. „Ich würde sie dir gern aufheben, aber ich kann sie nicht fassen mit dem Verband.“

Lenchen stand unbeholfen auf, bückte sich und fiel fast vornüber. Jonas umfasst sie mit dem Arm und stöhnte unter Schmerzen auf! Wie nur hatte Andreas mit Lenchen so viel trinken können, dass sie noch nicht einmal mehr gerade stehen konnte? Er drückte Lenchen zurück aufs Bett und in diesem Augenblick nahm er aus dem Augenwinkel eine Tablettenschachtel auf dem Nachttisch wahr. Er blickte auf die Packung und vor seinem inneren Auge erschien ihm sein Großvater, wie er aus eben einer solchen Medikamentenschachtel einen Blister mit Tabletten herauszog. Dann gerieten Jonas‘ Gedanken völlig durcheinander, waren zeitgleich aber auch kristallklar, was Lenchen anging! Zucker … Lenchen hat Diabetes!, schoss es ihm durch den Kopf. Und gerade war Lenchen durch den Alkohol am Abend wahrscheinlich völlig unterzuckert. Daher ihre Verwirrtheit und ihr Heißhunger auf Traubenzucker! Er bückte sich, griff eilig, nicht auf seine Schmerzen achtend, unbeholfen mit beiden Händen die Packung Traubenzucker und hielt sie ihr – zwischen seinen beiden Hände eingeklemmt – hin. Sie öffnete zitternd die Lasche und schüttete sich einige Bonbons in den Mund.

„Langsam, Lenchen!", flehte Jonas, weil er Angst hatte, dass sie sich verschlucken könnte. „Schön langsam, Lenchen!"

Als sie die erste Ladung heruntergeschluckt hatte, griff sie gierig zu weiteren Dragees, aber Jonas hielt sie ab. „Nein, erst kurz abwarten. Gleich geht es dir besser."

Nach einigen Minuten wurde Lenchens Blick klarer und sie hatte sich rückwärts aufs Bett fallen lassen. Dort lag sie mit schweißnasser Stirn. Jonas sah sie besorgt an. „Bist du wieder klar? Noch Heißhunger auf Zucker?"

„Jungchen, Jungchen! Dass du mich so sehen musst ... ", seufzte sie.

„Aber das macht doch nichts! Ich bin froh, dass es dir wieder besser geht." Er sah zur Packung „Euglucon". Wieder dachte er mit einem ganz intensiven Gefühl an seinen Großvater. Als der Opa noch mit ihnen in dem kleinen Haus gelebt hatte, hatte dieser versehentlich einmal eine Tablette zu viel davon genommen, weil er im Anfangsstadium seiner Demenz geglaubt hatte, eine Schmerztablette gegen seine Kopfschmerzen zu nehmen. Die Schmerztabletten und die Zuckertabletten sahen sich nämlich sehr ähnlich. Beide waren sie rund und hatten eine Einkerbung in der Mitte. Sein Opa wäre damals fast an der Unterzuckerung gestorben. Jonas brach kalter Schweiß aus. Irgendetwas rumorte in ihm. Seine Schläfen pulsierten.

„Jungchen, wenn ich dich jetzt nicht gehabt hätte! Es muss der Alkohol gewesen sein, der meinen Zuckerhaushalt gänzlich durcheinander gebracht hat." Lenchen setzte sich beschwerlich auf und holte Jonas aus seinen Gedanken zurück. „Ich schäme mich ganz fürchterlich! Bin ich doch eigentlich hier, um dir zu helfen, Jungchen. Nicht umgekehrt", stöhnte sie leise. Dann bemerkte sie, dass Jonas völlig abwesend war. „Habe ich dich so sehr erschrocken?"

Er kehrte aus seinen Gedanken zurück und schüttelte langsam den Kopf. Es sah aus, als ob er träumte. „Nein, es ist nur ..." Gerade wollte er ihr von seinem Opa erzählen, als Lenchen auf seine Hände sah.
„Die Schmerztabletten!", sagte sie, weil sie bemerkte, dass Jonas starke Schmerzen hatte. Wackelig stand sie auf und ging in die Küche, als ob nichts gewesen wäre. Dann kam sie mit einem Glas Wasser und dem Schmerzmittel für Jonas zurück. Sie hatte die Tablette bereits aus dem Blister gedrückt und wollte sie ihm in den Mund stecken, als er den Kopf zurückzog. „Zeig mir die Tablette noch einmal!"
Lenchen sah ihn verstört an und hielt sie ihm auf ihrer flachen Hand entgegen. „Ich bin wieder ganz klar im Kopf und will dich nicht vergiften, Jungchen!", entrüstete sie sich theatralisch. Dann, nachdem er das Medikament gesehen hatte, öffnete er bereitwillig seinen Mund.
„Wie konnte ich nur vergessen, dir eine Tablette aus dem Blister zu drücken, nachdem ich ja wusste, dass du sie vergessen hast zu nehmen und ohne ins Bett gegangen bist. Mich muss der Teufel geritten haben, dass ich gestern Bier getrunken habe. Versprich mir, dass das alles unter uns bleibt."
Und so kam es, dass nun jeder ein Geheimnis vor dem anderen hatte. Sie wogen alle nicht schwer, diese Geheimnisse, zeigten aber doch, dass selbst Menschen, die sich gern haben und einander schätzen, solche voreinander haben können.

Die brennenden Schmerzen klangen schnell ab und auch seinen Durst hatte Jonas mit Hilfe von Lenchen stillen können. Fürsorglich stellte sie ihm noch ein Glas mit einem Strohhalm so auf den Nachttisch, dass er seine Hände zum Trinken nicht benutzen musste, wenn er noch einmal in dieser Nacht Durst bekommen sollte.

Jonas lag schon seit einer Weile wieder in seinem Bett und Lenchen war zurück in ihr Gästezimmer gegangen. Er konnte es gar nicht fassen, dass ihn die Zuckertabletten auf Lenchens Nachttisch derart aus der Fassung gebracht hatten. In ihm brannte, seitdem er sie entdeckt hatte, eine so große Trauer um seinen Opa und seine Mutter. Diese Tablettenpackung war ihm so vertraut gewesen. Sie hatte immer auf Opas Küchenanrichte gelegen. Seinem Opa war es wichtig gewesen, die Tabletten gleich morgens nach dem Aufstehen zu sehen, damit er nicht vergaß, sie vor dem Frühstück einzunehmen. Und wenn Jonas morgens früh aufgestanden war, da hatte er seinem Opa immer sehr interessiert dabei zugesehen, wenn er die Tablette nahm und sich ihre Wirkung genau erklären lassen. Und das war auch der Grund, warum der Opa immer Traubenzucker in der Hosentasche gehabt hatte. Die gute alte Zeit, in der Jonas viel mit seinem Opa gezeichnet und Kunstschriften geübt hatte. Und Jonas dachte daran, was sein Opa wohl heute zu seinen Zeichnungen sagen würde, wenn er noch lebte. Er war davon überzeugt, dass sie ihm gefallen würden. Der Gedanke stachelte Jonas an. Er wollte unbedingt den Wettbewerb gewinnen. Für sich und für ihn, seinen Opa. Einfach so, damit sein Leben einen Sinn bekam und er das Erbe seines Großvaters, nämlich die von ihm gelernte Fertigkeit des Zeichnens, fortführte. Wenn das Buch mit seinen Illustrationen vielleicht beim Verlag eine Veröffentlichung fand, dann würde er auch Andreas damit beeindrucken können.

*

Ich lief, dass mir die Lunge zu bersten drohte, als ich zwei nächtliche Stadtpatrouillen traf und sie zu Schwarz leitete, der die beiden Verbrecher noch immer fest im Griff hatte. Es stellte sich heraus, dass die zwei Unholde schon länger gesucht wurden und für viele Überfälle in der Region verantwortlich waren. Dass Schwarz sie zur Strecke gebracht und ihrem Wirken ein Ende bereitet hatte, das sollte noch für viel Gesprächsstoff sorgen.

Nach dieser unangenehmen Unterbrechung unseres Weges zu Clara standen wir bald vor Annas Tür, die einen Spaltbreit offen stand. Ein schmaler Lichtschein fiel auf die staubige Gasse. Ohne zu klopfen schob Schwarz die Tür weiter auf. Die kleine Clara lag auf ihrem spärlichen Nachtlager und fantasierte. Eine kleine Kerze, die neben ihrem Kopfende stand, ließ die Schweißperlen auf ihrer Stirn glänzen. Es war ein Bild zum Gotterbarmen.
„Anna?!" Schwarz rief nach Claras Mutter. Es kam aber keine Antwort. „Dieses Weib lässt ihr krankes Kind allein. Noch dazu lässt sie die Türe offen." Schwarz sah mich entrüstet an, trat anschließend ein, hockte sich besorgt neben das kranke Mädchen und fasste ihm auf die Stirn. „Es glüht!", bemerkte er zu mir gewandt. „Welches Bein ist es?"
Ich trat näher und zeigte auf das linke Bein. Schwarz schlug die Decke zur Seite und zog dem Kind das Nachthemd hoch. Dabei wurde auch das dunkle und blattförmige Mal aufgedeckt. Schwarz zuckte zusammen und starrte es an. Ich wusste nicht, was dies zu bedeuten hatte, deutete es aber so, dass er sich wohl wegen der Wunde erschrocken hatte, denn als er sich fing, sagte er: „Das Blut ist bereits vergiftet. Unsereins kann nicht viel tun. Ein Arzt muss her!"
Ohne, dass er es mir sagen musste, wurde ich erneut zum Laufburschen. Ich holte den Arzt. Anna würde ganz sicher toben. Aber war ihr denn das Kind so egal?

„Wo führt Ihr mich hin? Es ist das schmutzigste und vor allem anrüchigste Viertel der Stadt!"
„Habt Ihr nicht einen Eid geschworen?", fragte ich ihn und er grunzte nur. Als wir in die Gasse zu Annas Bleibe einbogen, sah ich Schwarz vor der Tür stehen und ich fragte mich, ob Anna bei ihrer Tochter war und ihn rausgeschmissen hatte.
Ungläubig sah mich der Arzt an. „Sie wollen mir doch nicht weismachen, dass der Scharfrichter … In welche Kreise gerate ich hier nur! Im Hurenviertel mit dem Scharfrichter …!" Weiter kam er jedoch nicht.
„Unsereins kann dem Kinde nicht helfen. Und eines vorweg: Was kann das Kind dazu, dass es hier leben muss? Hätte Uhde es unsereins nicht gesagt, dass die Kleine so krank ist, dann wäre diese Nacht wohl ihre

letzte! Unsereins will auch für die Kosten, die die Behandlung mit sich bringt, aufkommen."

Während Schwarz das sagte, zwinkerte er mir fast unmerklich zu. Ich wusste nicht warum, aber schon kurze Zeit später sollte ich es erfahren.

„Sein Geld, welches er durch unehrliches Handwerk verdient, werde ich nicht anfassen!" Dann wandte sich der Arzt zu mir: „Was habt **Ihr** *eigentlich mit Schwarz zu tun? Seid Ihr nicht der Lohnschreiber, der sich einen solchen Kontakt erst recht nicht leisten kann?"*

Bevor ich antworten konnte, antwortete Schwarz für mich. „Er hat mit unsereins gar nichts zu tun! Aber wäre unsereins um diese Zeit nicht auf der Straße gewesen, dann wäre er wohl ausgeraubt und wer weiß, vielleicht auch tot! Er wurde überfallen. Zufällig bekam unsereins es mit und half. Wenn er's nicht glaubt, so gehe er zur Nachtpatrouille. Das Pack sitzt bereits hinter Gittern."

„Also ist der da ein Kunde von dem teuflischen Weib in dieser Hütte?" Der Arzt zeigte angewidert mit dem Finger auf mich.

Vehement schüttelte ich meinen Kopf und wollte gerade antworten, als Schwarz das Wort ergriff. „Er ist doch nur ein armer Lohnschreiber. Er glaubt doch nicht, dass er sich Anna leisten kann?"

Dann kam ich zu Wort. „Ich konnte nicht schlafen und bemerkte bei einem nächtlichen Spaziergang, dass die Tür der Hütte offen stand. Dann sah ich das kranke Kind dort liegen", log ich.

„Wer's glaubt, der werde selig! Wer geht denn des Nachts durch diese Gassen? Nur einer, dem's im Schritte zwickt!", zischte der Arzt. „Wo ist nun das Kind?"

Schwarz und ich hatten unabgesprochen zu lügen begonnen. Der Arzt musste nun wirklich nicht wissen, was ich mit Schwarz zu tun hatte. Und später erzählte mir Schwarz, dass dieser Mann ohnehin ein ganz linker Hund sei, der alles, was er wusste, dazu nutzte, Zwietracht zu säen. Auch wenn er ein guter Mediziner war, so war er doch ein schlechter Mensch von großem Standesdünkel. Woher sollte der Arzt erfahren, dass ich vor dem Überfall natürlich nicht die offene Tür von Annas Hütte gesehen hatte? Ebenso sollte er nie erfahren, dass ich Schwarz einen Besuch abgestattet hatte. Schwarz rechnete ich es hoch an, dass er behauptete, mir bei

dem Überfall zu Hilfe geeilt zu sein. Dass dieser Überfall in der ganzen Geschichte noch eine große Rolle spielen würde, das konnte zu diesem Zeitpunkt niemand ahnen.
„Er sollte nun zum Kinde sehen und ich begebe mich auf die Suche nach der Mutter!“ Schwarz verschwand ohne ein weiteres Wort. Mich ließ er stehen. So begleitete ich den Arzt zu Clara.

*

Im See

Hoffnung trieb Paula an. Sie war ziemlich durcheinander und es fiel ihr schwer sich zu bewegen. Die Kälte des Wassers forderte ihren Tribut neben ihrem ohnehin schon ausgekühlten Körper. Ihre Beine waren schwer wie Blei. Noch war er ganz nah bei ihr. Nur einen, vielleicht zwei Schwimmzüge und sie wäre wieder direkt am Boot und könnte sich am Rand festklammern. Er beobachtete sie und feuerte sie sogar an. „Schwimm, Paula! Schwimm!“ Seine Stimme klang von weitem an ihr Ohr, dennoch war er direkt vor ihr. Ihre Gedanken waren wirr und ihr war schlecht. Vielleicht musste sie sich übergeben. Der Alkohol. Glühwein hatte sie noch nie gemocht.
Sie begann darüber nachzudenken, was er ihr wohl auf die Zunge gelegt hatte. Wie nur konnte ihr so etwas passieren? Warum tat er das mit ihr? Sie kannte ihn nicht, hatte ihn noch nie gesehen. Da war sie sich sicher. Und sie glaubte auch nicht, dass er sie kannte. Und er hatte ganz sicher auch nicht Julia gekannt. Er hatte aber ihr wahres Geständnis aus ihr herausgepresst, welches sie, wenn sie erst das Ufer erreicht hätte, sofort widerrufen würde. Was hatte sie geschluckt? Was hatte er ihr auf die Zunge gelegt? Ihre Arme wurden schwer wie Blei. Sie fror nicht mehr, hatte eher das Gefühl in einer Wanne mit viel zu heißem Wasser zu liegen. Liegen. Sie drehte sich auf den Rücken. Sah ihm zum letzten Mal nach. Sein Abstand zu ihr war größer geworden. Sie würde ihn nicht mehr so schnell einholen können. Der Mond verschwand hinter einer aufziehenden Wolkenwand, sodass es stockfinster wurde. In der Ferne sah sie die Lichter der Stadt. Ihre Augenlider wurden schwer. Sie wollte

nur noch eines. Kurz die Augen schließen, bevor sie weiter in Richtung Uferrand schwamm. Aber wo war das Ufer? Sie hatte die Orientierung verloren. Sie sah zwar die Lichter der Stadt, aber das Ufer lag so weit weg, es entfernte sich immer mehr von ihr. Das Wasser war so heiß. Es kam ihr vor, als säße sie in einem Kessel mit kochendem Wasser. Sie musste das Ufer erreichen, bevor sie verbrannte. Aber es war ihr kaum möglich sich zu bewegen.
„Julia", flüsterte sie in die Nacht. Sie konnte sich nicht mehr an der Oberfläche halten. Ihre Sinne vernebelten sich. Als das Wasser über ihr Gesicht lief und sie in die Tiefe sank, hörte sie, wie Julia nach ihr rief. Sie rief ihr zu, warum sie sie allein im See zurückgelassen, was sie ihr getan habe? Und dann wurde Julia immer stiller. Paula schoss es wie Feuer in die Lunge, als sie das kalte Seewasser einatmete. Sie zuckte noch einige Male und war tot, bevor ihr Mörder das Ufer des Sees erreicht hatte.
Früh am nächsten Morgen machte der Besitzer des kleinen Bootes beim Herbstangeln mitten auf dem See einen grausigen Fund, als sich der kapitale Wels als Wasserleiche entpuppte.

*

Andreas

Während der Pausen im Gericht gab es kein anderes Thema. Man sprach über Stefan Krieger und darüber, wie er gestorben war. Viele von Andreas' Kollegen konnten sich an den Fall erinnern. Erst recht natürlich, weil der Todesumstand von Stefan diese Erinnerung wachrief. Bisher war bei diesem Fall aber noch niemandem ein möglicher Zusammenhang zu Christiane aufgefallen, die ja noch immer vermisst wurde. Aber Andreas sah ihn. Wahrscheinlich, so sagte er sich, studierten seine Kollegen die Zeitung nicht so genau wie er. Der Artikel war zwar durchaus prominent platziert, hatte aber nicht auf der Titelseite gestanden und war deswegen leichter zu übersehen.
Am Anfang seiner Karriere hatte ein Richter ihm geraten, dass es wichtig sei, alle Urteile, die man gesprochen habe, im Gedächtnis

zu behalten, weil man als Richter nicht gerade ungefährlich lebe. Viele Verurteilte würden Rachegefühle gegen ihre Richter hegen und diese nach der Freilassung auch ausleben. Gerade bei schweren Verbrechen solle man die Haftzeit in den Augen behalten und beobachten, wann die Verurteilten sich wieder auf freiem Fuß befänden.

Es beruhigte Andreas, dass er auch ohne die gefundene Akte von Christiane die Details der Verhandlungen von damals behalten hatte. Das Gleiche galt für Stefan. An die Länge der Haftzeiten konnte er sich jedoch nicht mehr erinnern. Er dachte darüber nach, ob er schon jemals Angst davor gehabt hatte, aus Rache ins Visier eines Ex-Häftlings zu geraten. So etwas passierte doch immer nur anderen! Dann verfolgte er jedoch in der Kantine ein Gespräch, das ihn auf andere Art stutzig machte.

„... fast unglaublich, was hier in der Gegend los ist. Erst der Tote im Einstiegsschacht und jetzt die Tote im Kiessee! Das ist doch nicht mehr normal ...“

Wie bitte? Eine Tote im Kiessee? Zwei Tote innerhalb kürzester Zeit im näheren Umkreis waren schon sehr ungewöhnlich. Natürlich konnte jemand einfach nur ertrunken sein, aber ... Bevor er sich weiteren Mutmaßungen hingab, öffnete er die Nachrichtenseite des Göttinger Tageblatts auf seinem Handy. Wenn wirklich eine Tote gefunden worden war, dann hätte die Zeitung sicher schon eine Onlinemeldung herausgebracht. Er wurde nicht enttäuscht! Das GT hatte die Meldung bereits herausgegeben. Da es die Erstmeldung war, gab es nicht viel zu lesen, außer dass ein Angler in den frühen Morgenstunden im Göttinger Kiessee die völlig entblößte Leiche einer jungen Frau gefunden habe. Man habe die Leiche in die Göttinger Gerichtsmedizin gebracht. Fest stünde jedoch, dass es sich nicht um die seit einiger Zeit vermisste Christiane Fastenau handeln würde. Die Identität der Toten müsse erst noch geklärt werden. Sachdienliche Hinweise ...

Er las nicht weiter. Nun war zumindest klar, dass Christiane noch immer verschwunden war. In ihm rumorte das Gefühl, dass auch diese neue Tote im Zusammenhang mit Stefan und Christiane stehen könnte. Sicher würde es einige Zeit dauern, bis die Presse weitere Informationen erhielt. Wer war diese Tote? Er überlegte, ob er seine Beziehungen zur Gerichtsmedizin spielen lassen sollte und ihm fiel ein, dass er sich ja ohnehin vor ein paar Tagen überlegt hatte, sich mal wieder mit seinem alten Freund Bernhard zum Quatschen zu verabreden. Bernhard wüsste um diese Zeit sicher schon viel mehr und es wäre ein Leichtes, ihm Informationen zu entlocken, vor allem dann, wenn die Leiche auf seinem Tisch gelandet war. Und dann überkam ihn dieses alte Gefühl, dass er das Schicksal vielleicht doch lieber nicht herausfordern und besser abwarten sollte, bis er von allein erfuhr, um wen es sich bei der Toten handelte. Seit damals hatte er Bernhard selten um etwas gebeten und vielleicht wäre es auch in diesem Fall besser, Bernhard in Ruhe zu lassen, um nicht die alten Dinge wieder aufzuwärmen.

*

Es fing an, mir so richtig Spaß zu machen. Sie waren ja alle so unvorsichtig, was es mir so unglaublich angenehm leicht machte, sie in die Falle zu locken. Man hatte Paula sogar schon gefunden! Es fiel mir echt schwer, zu Hause zu sitzen. Ich las die Akten und wunderte mich einmal mehr, wie viele freigelassene Mörder es selbst im näheren Umkreis gab. Für meinen nächsten Kandidaten musste ich mich gut vorbereiten. Wieder einmal war es die Gier gewesen, die diesen Mann zum Verbrecher, zum Mörder hatte werden lassen. Nach seinem umfassenden Geständnis wurde er nach dem Jugendstrafrecht verurteilt, saß seine Haftstrafe in der Jugendanstalt ab und war längst wieder auf freiem Fuß. Ich fand die Haftzeit viel zu kurz und die Strafe deswegen viel zu mild. Somit sollte es für ihn nun auch ein zweites Urteil geben.
Die Vorbereitungen waren etwas umfangreicher als bei Stefan oder Paula. Der ICE-Tunnel bei Hohnstedt, einem kleinen Dorf zwischen Northeim und Einbeck, direkt an der B 3 gelegen, war gut zu erreichen, hatte er doch schon einmal für die gleiche Tat herhalten müssen. Nur

eben mit dem kleinen Unterschied, dass der Täter von damals jetzt das Opfer sein würde, die Ausführung aber nicht minder spektakulär. Leid tat es mir nur, dass auch Dritte betroffen sein würden. Aber ich beruhigte mein Gewissen damit, dass es schließlich um die Gerechtigkeit in der Welt ging und der oder die eigentlich Unbeteiligte eben ein kleines Opfer bringen musste. Das würde im Nachhinein schon auf Verständnis stoßen.

Ich tränkte wieder einmal einen Lappen mit Chloroform und steckte ihn in das Schraubglas, welches ich schnell verschloss. Bisher hatte ich den Lappen immer bei mir im Garten an der frischen Luft mit dem Teufelszeug getränkt. Man brauchte nicht viel davon einzuatmen, bis man ohnmächtig wurde. Ein wunderbares Zaubermittelchen! Und noch dazu war es so supereinfach gewesen, daran zu kommen. Manchmal, da hilft eben der Zufall. Oder sollte ich diese angenehme Tatsache besser dem Schicksal zuschreiben?

Auch er bewegte sich völlig ahnungslos. Die Straßenlaterne stand auf dem Parkplatz beim Amtsgericht in Einbeck weit genug weg. Niemand würde uns sehen. Er schloss gerade den Topcase am Motorrad auf, als ich ihn ansprach.

„Schöne Maschine!"

Verunsichert sah er mich an. „Danke!"

„Ganz schön gefährlich so ein Motorrad, oder?"

„Kommt immer darauf an, ob man damit umgehen kann oder nicht."

Ich spürte, dass er misstrauisch wurde. Gerade als er den Helm aufsetzen wollte, trat ich mit voller Wucht und ohne eine Vorwarnung gegen seine Rennmaschine. Es war so leicht, sich auszurechnen, dass er sofort nach ihr greifen würde, um sie vorm Umfallen zu bewahren. Seinen Helm ließ er dafür fallen. Der knallte auf den Boden und rollte weg. Während er versuchte, das Motorrad zu halten und über seinen Schwerpunkt wieder auf den Ständer zu wuchten, drückte ich ihm von hinten den Lappen mit dem Chloroform aufs Gesicht. Daraufhin ließ er das Motorrad einfach los, es krachte auf den Boden. Teile der Kunststoffverkleidung splitterten ab. Er wollte sich noch befreien, aber das Chloroform leistete wieder hervorragende Arbeit und ließ ihn willenlos zusammensacken. Dann schleifte ich ihn zu meinem Wagen, hievte ihn in den Kofferraum und fuhr los. Mein Ziel war ja nur einige Kilometer weit entfernt.

Matthias kam erst wieder zu sich, als er bereits gefesselt auf dem Boden lag. Das lange Seil um seine Füße hatte ich an einen danebenstehenden Baum gebunden. Damals, beim Bau der kleinen Hütte für Christiane im Mandelbecker Forst, hatte ich des Öfteren auch einen kleinen Abstecher hierher gemacht und an einem Ast dieses Baumes eine Lastrolle angebracht, durch die ich an diesem Abend das Seil zog, welches wiederum an Matthias Fußgelenken befestigt war. Eine einfache, aber recht nützliche Konstruktion. Es war mir doch sehr schwergefallen, Matthias dorthin zu schleifen, aber die Vorfreude auf das, was der Gute erleben würde, bevor er starb, ließen meine Kräfte steigen. Ich wusste noch nicht, ob ich zusehen würde, wenn es soweit war, aber ich hielt mir diese Option zumindest offen. Schon immer habe ich mich gefragt, wie der menschliche Körper auf solch eine Wucht reagiert.

„Hallo Matthias, bist du schon richtig wach, oder dämmerst du noch ein bisschen vor dich hin?“
Ich leuchtete ihm mit meiner Stirnlampe mitten ins Gesicht. Er blinzelte. Und bei dem Versuch, seine Augen mit der Hand vor dem grellen Licht zu schützen, bemerkte er, dass er gefesselt war.
„Wenn du schreist, dann stopfe ich dir das Maul hiermit!“ Ich hielt ihm die Rolle Klebeband und einen Stofffetzen vor die Augen. „Ich hoffe, dass wir uns verstanden haben!“
Matthias wirkte wie ein verschrecktes Tier. Er rollte mit seinen Augen drehte seinen Kopf in alle Richtungen. „Was, was soll das? Was haben Sie ...“
Es war doch immer das Gleiche! Alle wollten sie wissen, was ich mit ihnen vorhabe. So langsam langweilte es mich.
„Du willst wissen, was ich mit dir vorhabe? Gut, dann sage ich es dir. Aber es wird dir nicht gefallen, Matthias. Es ist nämlich nicht schön!“
„Wo bin ich?“
Matthias wurde immer nervöser und riss an seinen Fesseln.
„An deiner Stelle würde ich mich nicht zu sehr bewegen. Du liegst nämlich an einer Kante. Und an der geht es steil und sehr tief bergab.“

Fast fürsorglich ermahnte ich ihn zur Vorsicht. „Aber keine Angst. Ich habe dich selbstverständlich gut gesichert! Schau hier." Ich beleuchtete das Seil, welches um seine Fußgelenke gebunden war und ließ den Lichtstrahl daran entlangwandern. Matthias verfolgte den Strahl mit schreckgeweiteten Augen. Als der Strahl an der Lastrolle angekommen war, bemerkte ich: „Ja, wie du vielleicht erkennst, musste ich mir mit dieser Rolle behelfen. Ich bin nämlich ganz allein hier mit dir. Und bevor ich dich ganz herablasse, werde ich dich einige Male hinunter- und wieder heraufziehen. Ich möchte doch, dass dir klar wird, dass ich es ernst meine. Damals, da wart ihr zu fünft, nicht wahr? Zu fünft habt ihr den armen Sven immer wieder vor den Tunnel gehängt und kurz bevor der … Na, ich muss es dir ja nicht erzählen. Du weißt es ja viel besser, wie es damals gewesen ist. Willst du es mir nicht noch einmal erzählen? Es interessiert mich nämlich brennend, damit ich später nichts falsch mache!"

*

Lenchen und Jonas

„Es wurde schon wieder eine Leiche gefunden!" Lenchen saß über der Zeitung und blickte angestrengt durch die Brille.
„Echt? Wo denn?" Jonas stand von seinem Stuhl auf und stellte sich hinter sie, um den Artikel über ihre Schulter blickend gemeinsam mit ihr zu lesen. Eigentlich hätte er sich diese Mühe gar nicht machen müssen, denn Lenchen las den Artikel laut vor.
„Wer die Frau aus dem See wohl sein mag?"
„Das werden wir noch früh genug erfahren. Die muss ja von irgendwem vermisst werden."
„Was ist nur los in dieser Welt?!" Lenchen schüttelte den Kopf. Dann schlug sie die Zeitung zu, knickte sie ein und legte sie an die Seite. „Jungchen, wir waren gestern ja noch gar nicht fertig! Du musst mir noch von der Erscheinung erzählen."
„Du glaubst wirklich, dass es eine Erscheinung war, oder? Ich selbst bin mir da schon wieder nicht mehr so sicher. Vielleicht

habe ich es mir ja doch nur eingebildet.“ Jonas setzte sich zurück auf seinen Stuhl.
„Es gibt Dinge zwischen Himmel und Erde, die kann man eben nicht ganz so einfach erklären. Aber Einbildung? Ich weiß nicht!“, sie schüttelte den Kopf. „Und dann das Feuer …“, sie überlegte kurz. „Lass uns doch mal auf den Dachboden gehen und uns noch einmal umsehen. Das Haus ist alt. In ihm schwingen unzählige Energien von vergangenen Bewohnern.“
„Ich kenne den Dachboden in- und auswendig. Wir finden ja doch nichts.“
Lenchen zuckte mit den Schultern. „Man kann es ja nie wissen! Oder hast du dir vielleicht einmal überlegt, was diese Erscheinung vielleicht wirklich mit dem Buch zu tun haben könnte?“
„Naja, ohne dieses Frau hätte ich das Buch ja nie gefunden. Und mir fällt da gerade von damals noch ein Detail ein.“
„Das da wäre?“
„Die Frau hat beim ersten Erscheinen ihre Hand auf den Bauch gelegt. Und mittlerweile habe ich das Gefühl, dass diese Geste etwas bedeuten sollte.“
„Ist diese Frau vielleicht schwanger gewesen?“
„Darauf habe ich nicht geachtet. Aber jetzt, wo du es sagst. Ja, Schwangere legen ja oft ihre Hand auf den Bauch. Aber der Bauch war nicht dick. Das wäre mir aufgefallen.“
„Merkwürdig …“, bemerkte Lenchen nachdenklich „Aber ich wüsste nichts, was mir dazu einfallen sollte. „Was macht eigentlich die Stimme in deinem Kopf? War sie auch wieder mal da?“
Jonas stutzte. „Nein, sie war seit neulich nicht mehr da.“ Er überlegte einen Moment. „Aber letzte Nacht, als du …“
„Oh nein! Erinnere mich nicht daran. Es ist mir ja so peinlich, dass ausgerechnet du …“
„Es muss dir nicht peinlich sein. Es geht um deine Zuckertabletten. Als ich die Packung sah, da gab es in meinem Kopf so eine Art Flashback.“
Lenchen sah ihn fragend an. „Ein was?“

„Ein Flashback, ein Rückblick. Also die Tablettenschachtel löste in mir Bilder aus der Vergangenheit aus. Sie erinnerten mich ganz stark an meinen Opa. Der hat diese Tabletten nämlich auch genommen. Und irgendwie ...", er stockte und rieb sich die Stirn.

„Was irgendwie?"

„Ich kann es kaum in Worte fassen, aber diese Tablettenschachtel erinnert mich an irgendetwas. Aber ich komme absolut nicht darauf. Kennst du das Gefühl, wenn du etwas siehst und denkst, dass du es mit etwas ganz wichtigem verbindest, aber nicht darauf kommst?"

„Ja, das kenne ich. Nennt man das nicht Déjà-vu?"

„Nein, ein Déjà-vu ist anders. Ach, lassen wir das. Vielleicht komme ich noch drauf. Dann lasse ich es dich wissen."

„Das alles hat ja aber nichts mit der Erscheinung zu tun."

„Ach, ich glaube nicht, dass wir in der Sache so schnell auf den Grund kommen.

„Dein Vater hat übrigens gestern nebenbei bemerkt, dass er den Dachboden eventuell ausbauen will, jetzt wo die Dielen im vorderen Bereich durch den Brand so dunkel geworden sind. Er sagte, dass die alten Kabel und das zugige Dach ihm schon lange ein Dorn im Auge seien."

„Das sagt er schon ewig. Ich glaube nicht, dass er es angeht. Außerdem weiß ich noch gar nicht, wie ich das finden soll. Eigentlich gefällt mir dieser alte und zugige Dachboden gut."

„Naja, er wird ja nicht gleich morgen damit anfangen. Allerdings habe ich ihn zum Umbau bestärkt! Denk nur: Große Dachfenster, viel Licht, ein großer und heller Raum. Das wäre doch das ideale Atelier für dich!"

Jonas musste über Lenchen lachen. „Das wäre reine Geldverschwendung. Ich betreibe schließlich eine brotlose Kunst!"

„Deine Gedanken formen die Realität, mein Jungchen. Ich jedenfalls glaube an dich. Und ich bin mir ganz sicher, dass du den Wettbewerb gewinnst."

„Naja …", Jonas hielt seine Hände in die Höhe. „So jedenfalls noch nicht!"

Andreas

Ziellos fuhr er durch die Gegend. Er musste nachdenken und das ging am besten beim Autofahren.

Er überlegte, Bernhard vielleicht doch anzurufen. Der würde sicherlich nicht mehr in der Rechtsmedizin sein, aber er könnte versuchen, ihn über das Handy zu erreichen. Bernhard hatte ihm schon immer ein bisschen leidgetan. Unverheiratet und den ganzen Tag in Gesellschaft von Leichen, deren Todesursache nicht ganz klar war, oder von Mordopfern – und hin und wieder etwas zu viel von Hochprozentigem.

„Die Toten sprechen mehr mit mir über ihr Leben, als es Lebende tun!", sagte Bernhard immer. Regelmäßig griff er während seiner Arbeit in seine Kitteltasche und füllte seinen Tee mit Rum aus dem kleinen Flachmann auf. Ein Umstand, der auf geheimnisvolle Weise von allen toleriert wurde, weil Bernhard, trotz seiner Liebe zu Alkohol, ein begnadet guter Rechtsmediziner war. Andreas bezweifelte die Arbeit von Bernhard auch nicht. Er war sich sicher, nein, er wusste es, dass er auch mit Alkohol im Blut sorgfältig arbeitete. Die Berichte zu seinen Fälle waren stet einwandfrei gewesen. Nur ein einziges Mal hatte Bernhard sich an Andreas gewandt, weil er geglaubt hatte, einen Fehler begangen zu haben. Aber Andreas hatte ihn beruhigt. Ja, er hatte Bernhard beruhigt und ihm in einem ganz speziellen Fall einen Fehler durchgehen lassen. Nur ein einziges Mal wäre ihm die Trinkerei fast auf die Füße gefallen, wenn Andreas ihm nicht …

Andreas wischte die Gedanken beiseite. Er musste wissen, wer die Tote war und betätigte den Knopf der Freisprecheinrichtung. Die alten Kamellen müssten ja nicht wieder angesprochen werden.

„Bernhard Heinecke mobil anrufen."

Sein Handy verband sich mit der Freisprecheinrichtung. Es tutete.

„Heinecke!“, tönte es aus den Lautsprechern.

„Bernhard, ich bin's, Andreas.“

„Was gibt's?“ Bernhard war noch nie ein Mann der vielen Worte und kam schnell zum Punkt.

„Ich will gar nicht lange um den heißen Brei herumreden. Hast du die Tote aus dem Kiessee unter deinem Messer liegen?“

„Guck mal an! Ja, das habe ich! Und ich habe deswegen heute schon an dich gedacht. Sie ist eine alte Bekannte von dir!“

Andreas wusste in diesem Augenblick zwar nicht, wer diese Bekannte sein sollte, verstand Bernhards Aussage aber insofern, als dass es sich bei der Frauenleiche um eine Ex-Insassin handeln musste, die er verurteilt hatte. Genau wie bei Stefan und – auch wenn sie bisher nur als vermisst galt – Christiane.

„Ich nehme an, dass es sich um eine Frau handelt, die durch mein Urteil gesessen hat.“

„Ganz genau, mein Lieber! Es handelt sich um Paula ...“

„... Lindner“, vervollständigte Andreas ihren Namen. Und er wusste sofort, wie sie gestorben war. „Alkohol, Schlaftabletten und ertrunken, richtig?“

„100 Punkte, alter Freund! Wie erklärst du dir das? Erst Stefan, jetzt die. Und natürlich habe ich davon gelesen, dass Christiane, diese ehemalige Kindsmörderin, vermisst wird. Der Anblick ihrer toten Tochter verfolgt mich bis heute. Und ich kann einiges ab. Was hat das alles zu bedeuten?“

Andreas schluckte. „Ich weiß es nicht, aber es beunruhigt mich, dass es dir auch aufgefallen ist, dass das alles meine Verurteilten waren. Es müsste sich schon um einen großen Zufall handeln, wenn das nicht irgendwie mit mir zusammenhängt.“

„Wo bist du gerade? Lust vorbeizukommen?“

Andreas schaute auf die Cockpituhr. Bevor er jedoch antworten konnte, nahm Bernhard ihm die Entscheidung ab. Außerdem war er ja ohnehin froh über seine Einladung. „Wir können uns eine Pizza bestellen. Ich habe auch noch nichts gegessen.“

„Bin in 15 Minuten bei dir." Andreas legte auf. Bernhard konnte anscheinend Gedanken lesen.

*

„Bitte, lassen Sie mich gehen! Ich habe für meine Tat gebüßt und sie schwer bereut. Ich bereue sie noch immer. Es war ein Versehen. Ich habe den Zug zu spät gehört! Das Seil hatte sich verfangen."

„Mir kommen gleich die Tränen, Matthias! Nachdem die anderen längst gegangen waren und dem gefesselten Sven nur einen Denkzettel verpassen wollten, bist du allein zurückgegangen. Und schon bevor du ihn hinabgestoßen hast, wusstest du, dass du ihn nicht wieder hochziehen würdest. Und das alles nur, weil er dir das Geld für das schlechte Gras nicht zurückgeben wollte."

„Ich sagte doch schon, dass ich es schwer bereue!"

„Hör auf! Du hast dich daran ergötzt, wie sein Körper, einer Wasserbombe gleich, an der Zugfront auseinanderplatzte!" Mir war die Lust vergangen, mir weitere seiner Lügen anzuhören. Jedes meiner Opfer hatte mich abgebrühter werden lassen. Diesmal wollte ich keine Zeit mehr verlieren. Ich wollte sehen, wie er sich an dem Seil wand.

„Das gleiche werde ich nun auch mit dir tun! Mich daran ergötzen, wie dein Körper zerfetzt werden wird. Ich muss dich nur 40 cm zur Seite rollen und schon fällst du exakt so weit, dass dich der Zug irgendwann erfassen wird. Dann hängst du, wie damals Sven, genau vor der Tunnelöffnung. Und in genau 11 Minuten kommt der ICE durch den Tunnel …"

„Nein, bitte, ich … Das können Sie nicht machen!"

Weil Matthias anfing zu schreien, stopfte ich ihm das Maul und umwickelte seinen Knebel mit Klebeband.

„Wir hatten eine Abmachung!" Dann gab ich ihm mit dem Fuß einen kleinen Schubs und Matthias verschwand von der Kante und hing schließlich kopfüber vor der Tunnelöffnung. Ich trat an die Kante und sah im Lichtschein meiner Lampe zu ihm hinunter. Er zappelte an dem Seil. „Na, was sind das für Aussichten?", rief ich ihm zu. Erstickte Angstlaute drangen aus seiner Kehle zu mir hinauf. Am liebsten hätte

ich ihn gleich hängen gelassen, aber die Zeit wäre zu knapp. Ich hätte nicht schnell genug verschwinden können. Während der Kollision wollte ich mich schon auf dem Heimweg befinden. Und ich hatte noch einige Meter bis zum Auto zurückzulegen. Ich durfte mich nicht erwischen lassen. Noch nicht! Nicht, bevor mein Werk das eigentliche Ziel erreicht hatte. Ich fragte mich, ob der Richter schon Lunte roch.

Also ging ich zum Baum, wo sich das Seilende befand und zog Matthias langsam wieder hinauf. Er schleifte an der Wand über dem Tunnel entlang. „Und? War es schön da unten? Wie ist es denn, wenn man kopfüber vor einem ICE-Tunnel hängt? Willst du es mir erzählen? Wenn du versprichst artig zu sein, dann nehme ich dir den Knebel ab."

Matthias schnaufte vor Angst, aber nickte. Unsanft riss ich ihm das Klebeband ab und pulte den Stofffetzen aus seiner Mundhöhle. „Hat es dir gefallen?" Er lag gekrümmt auf dem Boden vor mir und wand sich wie ein Wurm. Ich trat ihm gegen die Beine. „Lieg still und ertrag es mit Würde!" Meine Nerven gingen mit mir durch. Er hatte viel zu kurz im Knast gesessen. Er hatte getötet! Er hatte einen perfiden Plan ausgeheckt, jemanden zu quälen, während ich völlig schuldlos gesessen hatte. Ich hatte nicht getötet! Aber er, er hatte getötet und dafür weniger Jahre abgesessen als ich. Wieder holte ich mit dem rechten Bein nach hinten aus und trat ihm mit voller Wucht in die Seite. Matthias wand sich vor Schmerz und schrie auf.

„Ich habe gesagt, dass du deine verdammte Fresse halten sollst!" Wieder trat ich auf ihn ein. Diesmal erwischte ich seinen Rücken. Matthias krümmte sich und ich ging auf die Knie und würgte ihn in meiner blinden Wut. „Ich will wissen, ob es dir da unten gefallen hat?!"

Matthias suchte anscheinend nach der richtigen Antwort. Zuerst schüttelte er den Kopf, dann nickte er.

„Was denn nun?"

„Nein, es war nicht schön", stöhnte er letztendlich.

„Oh, eine ehrliche Antwort! Vielen Dank!" Ich stand auf und klopfte mir den Staub von der Hose und atmete tief ein. Ich fühlte mich so mächtig und so voller Rache. Meinen Aggressionen freien Lauf zu lassen, tat so gut. Noch einmal holte ich zum Tritt gegen Stefans Schienbein aus. Es

gab mir Genugtuung. Ich begann mich zu beherrschen, als ich unter meinen Füßen eine leichte Vibration spürte. „Oh, sicher spürst du es? Der Zug kommt!"

Matthias begann zu wimmern und zu schluchzen und bettelte um sein Leben. „Lassen Sie mich gehen, bitte! Ich behalte das alles hier auch für mich! Ich sagte doch bereits, dass ich es bereue, was ich mit Sven gemacht habe."

Ich setzte mich neben ihn auf die Erde und schaltete meine Stirnlampe aus. Vom oberen Tunnelrand konnte man den Scheinwerferkegel des aus dem Tunnel herannahenden Zugs bereits auf den Gleisen sehen. „Dein Gejammer nützt dir nichts!" Ich wartete den Zug ab. Er rauschte unter uns hinweg. Schweigend saß ich neben Matthias. Immer wieder fragte er, was mit ihm geschehen würde, aber ich antwortete ihm nicht. Ein Zug kam aus der Gegenrichtung und fuhr mit Getöse in den Tunnel hinein. Matthias wurde ruhiger, er schöpfte Hoffnung, weil ich so ruhig neben ihm saß.

Die Hoffnung stirbt zuletzt, dachte ich, stopfte Matthias den Knebel wieder in den Mund und gab ihm den entscheidenden Schubs. Der nächste Zug würde in 25 Minuten aus dem Tunnel fahren. Und er würde nicht rechtzeitig bremsen können.

Vor dem Tunnel

Matthias stieg das Blut in den Kopf. Mit weit aufgerissenen Augen konnte er für einen kurzen Moment in den Tunnel schauen und sah an den Wänden die kleinen Lichter wie an einer Perlenkette aufgereiht. Schwach beleuchteten sie das Tunnelinnere. Er dachte daran, wie er seiner Mama eine Perlenkette zum Geburtstag geschenkt hatte. Das Seil an dem er hing, drehte sich. Nun sah er in die andere Richtung. Die Gleise verliefen sich in der Dunkelheit der Nacht. Seine Mutter würde ihn vermissen. Wahrscheinlich machte sie sich jetzt schon Sorgen. Er hatte ihr versprochen, sich zu melden, wenn es später werden würde. Sein Körper drehte sich am Seil erneut Richtung Tunnel. Wieder sah er die Lichter, die ihn an die Perlenkette erinnerten. „Nein, mein Junge, du bist nicht schlecht, nicht wahr?" Das hatte seine Mutter ihn *oft gefragt. Aber er war ein schlechter Mensch. Er hatte getötet, aus niederen Beweggründen. Jedoch hatte er seine Strafe abgesessen und damit war er wieder ein freier Mensch, längst resozialisiert und er wurde geliebt. Er war sich ganz sicher, dass der Mann ihn gleich wieder hinaufziehen würde. Aber was waren seine Beweggründe, ihn so zu quälen? Was hatte der Mann mit ihm und Sven zu tun? Er kannte ihn nicht. Dann fiel Matthias ein, dass der Mann sich keine Mühe gegeben hatte, sein Gesicht vor ihm zu verbergen. Ein Adrenalinstoß durchfuhr Matthias ` Körper. Nein, er würde nicht wieder hinaufgezogen werden! Panik machte sich in ihm breit. Das Seil, an dem er hing, drehte sich. Blick in den Tunnel, Blick auf die Gleisspur. Blick in den Tunnel, Blick auf die Gleisspur. Er versuchte zu schreien, aber der Knebel ließ nur kläglich erstickte Laute nach außen dringen. Sein Kopf hämmerte und er spürte, dass die Adern darin zu platzen drohten. Mama wird mich schon vermissen! Sie wird nach mir suchen, weil sie mich liebt. Mama! Und bevor Matthias es hören konnte, spürte er eine Art Wind aus dem Tunnel kommen. Dann kam das Rauschen. Blick in den Tunnel, Blick auf die Gleisspur, Blick in den Tunnel, Blick auf die Gleisspur, Blick auf den Zug – tot …*

*

Lenchen und Jonas

Jonas´ Handy klingelte. Zufällig hatte er es neben sich liegen. Lenchen zog mit ihrem Finger über den Balken „Annehmen“ und hielt Jonas das Handy ans Ohr.
„Ja?“
„Ich bin's, Andreas.“
„Das habe ich bereits auf dem Display gesehen. Was gibt es?“
„Hat Lenchen schon gekocht?“
„Nein, sie will gerade damit anfangen.“
„Bitte sag ihr, dass ich heute nicht mitessen werde. Ich fahre gerade zu Bernhard. Beruflich.“
Lenchen sah Jonas fragend an.

„Es ist Andreas, er wird heute nicht mit uns essen."
„Da es schon spät ist, hätte ich heute ohnehin nicht mehr so viel gemacht.", antwortete Lenchen.
„Hast du gehört?"
„Ja, richte ihr liebe Grüße aus. Was machen die Hände?"
„Alles unverändert. Nicht besser, aber auch nicht schlechter."
„Naja ... Also wartet nicht auf mich. Es wird bestimmt spät. Morgen fahre ich aber erst gegen Mittag ins Gericht. Vielleicht können wir gemeinsam frühstücken?"
Jonas verdrehte die Augen. Gemeinsames Frühstück bedeutete, dass er spätestens um 8 Uhr am Tisch sitzen musste. „Ok! Das können wir machen."
„Schön! Dann bis dann!"
„Ja, bis dann."
Andreas legte auf.
„Wo fährt er denn noch hin?", fragte Lenchen und nahm Jonas das Handy vom Ohr. Was wäre er momentan nur ohne sie!
„Zu Bernhard."
„Wer ist denn Bernhard? Den Namen habe ich ja noch nie gehört."
„Der untersucht Leichen für das Gericht und ist ein alter Freund von ihm."
„Das hat bestimmt was mit der Leiche aus dem Kiessee zu tun!" Sie riss ihre Augen weit auf.
„Wie kommst du darauf?"
Lenchen biss sich auf die Lippe. Sie hatte Herrn Behrends ja versprochen, nichts darüber zu erzählen, was sie seit gestern von ihm erfahren hatte.
„Ach nur so! Naja, weil doch gerade so viele schlimme Dinge hier passieren. Und weil dein Vater Richter ist."
„Warum redest du eigentlich immer davon, dass Andreas mein Vater ist? Ich sage ja noch nicht mal Papa zu ihm."
Lenchen war froh, dass Jonas das Thema gewechselt hatte.
„Naja, auch wenn es nicht dein leiblicher Vater ist, so kümmert er sich doch wie ein solcher um dich."

„Findest du? Ich finde, dass Andreas und ich kein so enges Verhältnis miteinander haben."
„Dann wird es Zeit, dass sich das ändert!", bemerkte Lenchen forsch. „Wann kommt er denn nun nach Hause?"
„Wir sollen nicht auf ihn warten. Es würde spät werden, hat er gesagt. Aber er hat vorgeschlagen, dass wir morgen alle zusammen frühstücken."
„Oh, das wäre schön. Du hast zugesagt, oder?"
„Ja, habe ich, obwohl es mir viel zu früh ist."
„Die Zeit können wir leider nicht nach hinten verschieben. Wegen meines Zuckers. Aber ihr beide könntet ja … "
„Lass gut sein. Andreas ist auch ein früher Vogel und ich passe mich an. Außerdem könnte ich danach gleich zum Verbandswechsel. Wenn ich früh da bin, dann muss ich bestimmt nicht so lange warten."
„Genau! Und außerdem fördert es das Familienleben zwischen Vater und Sohn!" Lenchen zwinkerte Jonas zu. „Und jetzt koche ich uns Spaghetti Bolognese!"
Jonas lief das Wasser im Mund zusammen. Leider hatte keiner von beiden daran gedacht, wie schwer es mit verbundenen Händen sein würde, Spaghetti zu essen.

*

Andreas

Leise schloss er die Tür auf und trat in den Hausflur. Es hatte gut getan, sich mit Bernhard auszutauschen. Allerdings hatten sie beide keinen Grund gefunden, was diese Morde mit Andreas' Richtertätigkeit zu tun haben könnten. Vielleicht war es auch nur Zufall. Jedoch glaubte Andreas nicht an Zufälle.
Im Haus brannte kein Licht mehr. Lenchen und Jonas waren längst zu Bett gegangen. Leise öffnete er seine Bürotür, schaltete das Licht an und ging an den Schrank mit seiner Aktensammlung.

Er suchte erneut nach der Akte von Christiane. Normalerweise müsste er sie unter dem Anfangsbuchstaben ihres Nachnamens im Register finden, aber dort war sie nicht. Er ging den gesamten Aktenschrank durch, aber sie blieb unauffindbar! Er wühlte den Stapel auf seinem Schreibtisch durch und suchte in jeder Schublade. Die Akte blieb verschollen! Dann kam ihm der Gedanke, sich die Akten von Stefan und Paula anzusehen. Vielleicht hatte er die Akte von Christiane in seinem Büro im Gericht liegen. Als er aber auch die Akten von Stefan und Paula nicht fand, überkam ihn das Gefühl, dass hier etwas nicht mit rechten Dingen zuging. Spätestens jetzt wurde ihm klar, dass es zwischen den Morden und ihm einen Zusammenhang geben musste. Jetzt lag es an ihm herauszufinden, was das für ein Zusammenhang war! Wahrscheinlich war es auch nur noch eine Frage der Zeit, bis sich die Polizei für seine Meinung in dieser Sache interessierte.

An Schlaf war nicht zu denken. Sollte es ihn nun doch erwischen? Wollte irgendwer an ihm und seinen Urteilen Rache nehmen? Aber aus welchem Grund sollte jemand seine Verurteilten umbringen? Gab es etwas, was er übersehen hatte? In ihm manifestierte sich der Entschluss, nicht auf die Polizei zu warten. Gleich morgen nach dem Frühstück würde er bei der Kripo vorstellig werden. Bernhard hatte erzählt, dass die Ermittlungsgruppe „Vergeltung" gegründet worden ist. Allein dieser Name, so fiel es ihm erst jetzt auf, konnte ein Hinweis darauf sein, dass der Mörder glaubte, dass die Schuld der Täter mit ihrer abgesessenen Strafe noch nicht abgegolten war. Und daraus ließ sich folgern, dass der Mörder mit seinen Urteilen nicht einverstanden war. Das, so versuchte er sich zu beruhigen, musste allerdings nichts mit ihm persönlich zu tun haben. Draußen lief vielleicht einfach nur ein Psychopath herum, der Mörder auf die Art und Weise umbrachte, wie sie selbst jemanden ermordet hatten.

Jonas

Jonas wurde wach, als Andreas nach Hause gekommen war und er hatte auch die knarrende Bürotür gehört. Es war völlig untypisch für Andreas, dass er um diese Zeit noch in sein Büro ging. Normal wäre gewesen, wenn er sich die Zeitung von seinem Schreibtisch als Bettlektüre geholt hätte. Aber Andreas war im Büro geblieben. Jonas hörte, wie er etwas suchte, weil Schubladen auf- und zugeschoben wurden und fragte sich, ob diese Suche mit dem Besuch bei Bernhard zusammenhängen konnte. Irgendetwas musste geschehen sein, was Andreas beunruhigte. Und sofort dachte Jonas an die merkwürdige Reaktion von Lenchen, als sie bemerkt hatte, dass der Besuch bei Bernhard sicher mit den gefundenen Leichen zusammenhänge. Jonas ärgerte sich, dass er nicht nachgehakt und das Thema gewechselt hatte. Ihn beschlich nun das Gefühl, dass Lenchen etwas verschwieg. Nach einiger Zeit verließ Andreas sein Büro und Jonas hörte, wie er zu Bett ging.

Jonas lag wach. Und da ihm der Wettbewerb auch nicht aus dem Kopf ging – er musste ihn unbedingt gewinnen, weil er sich mittlerweile ganz sicher war, dass dieser Gewinn ihm einen beruflichen Neuanfang bescheren konnte – griff er umständlich zum alten Buch und machte sich gedanklich weitere Stichpunkte zu den nächsten Zeichnungen.

*

„Ja, es ist gut, wenn ich jemanden bei mir habe. Vielleicht kann er mir behilflich sein." Der Arzt sah mich abschätzig an. „Oder kann er etwa kein Blut sehen?" Er hatte Claras krankes Bein bereits freigelegt und seinen Koffer geöffnet.

„Was werdet Ihr tun?"

„Das Kind fiebert hoch und ich weiß nicht, ob meine Hilfe nicht schon zu spät kommt. Es hat eine Blutvergiftung. Und hier sieht man den Aus-

tritt von Eiter. Eine Entzündung von innen hat sich den Weg nach außen gesucht. „Wie lange humpelt das Kind denn schon?"
„Ich habe es erst heute bemerkt, fand aber die eiternde Stelle mehr als besorgniserregend."
„Womit Ihr absolut recht hattet! Ich vermute eine Entzündung des Oberschenkelknochens am Kniegelenk. Das Gewebe ist heiß und stark gerötet. Es kommt in dieser Gesellschaftsschicht häufig vor, dass sich Knochen entzünden. Unauskurierter Husten, oder eine andere Erkältungskrankheit, wie zum Beispiel ein vereiterter Hals, kann bei ungenügender Schonung und schlechter Ernährung dazu führen, dass sich ein Knochen entzündet."
Clara wurde wach. „Mama, wo ist Mama?"
Ich kniete mich neben ihr ärmliches Krankenlager. „Sie wird gleich kommen. Ich habe den Arzt mitgebracht. Er will dein Bein heilen."
„Zwei Männer waren hier bei Mama", sagte Clara. Sie war sehr schwach und dämmerte wieder weg.
„Beeilung!", drängte der Arzt, der noch vor wenigen Minuten dem Kind einer Hure gar nicht helfen wollte. „Könnt Ihr nun Blut sehen, oder nicht?"
„Ich, ich … Was haben Sie vor?"
„Öffnen. Ich muss den Oberschenkel am Knie bis auf den Knochen öffnen und brauche dabei Hilfe. Ihr macht heißes Wasser und sucht saubere Tücher!"
Ich fühlte mich in der ärmlichen Behausung wie ein Eindringling, beruhigte mich aber mit dem Gedanken, dass ich es für Annas Kind tat. Über der Kochstelle hing ein Kessel. In ihm befand sich tatsächlich Wasser. Es kochte nicht, was aber daran lag, dass die Flamme unter dem Kessel zu klein geworden war. Ich legte ein Stück Holz auf. Es entfachte sofort. Dann fand ich eine saubere Schüssel und in einem Regal lagen zusammengefaltet einige Tücher.
„Reichen die?" Ich zeigte dem Arzt die Tücher.
„Ja, die werden genügen. Ist das Wasser heiß?"
Beim Blick in den Kessel sah ich, dass von seinem Boden winzige Siedebläschen emporstiegen. „Es kocht nicht, aber es ist heiß."
„Das Tuch muss darin getränkt werden und dann gebt es mir."

Der Arzt hatte Claras Bein leicht gedreht und ein anderes Tuch aus seinem Koffer untergelegt.
Clara öffnete die Augen. „Mama, wo ist Mama? Da waren Männer. Sie haben Mama ...“ Mehr konnte Clara nicht sagen. Ich sah, wie der Arzt ihr einen Lappen auf Mund und Nase drückte.
„Nun schläft sie! Ein Wundermittel namens Chloroform. Es ist teuer, aber so lässt es sich besser operieren, da die Patienten ruhiger sind. Wo bleibt das heiße Wasser und dann setzt Euch hinter das Kind!“, drängte er.
Ich zögerte nicht. Der Arzt drückte mir den Lappen mit dem Narkosemittel in die Hand. „Nicht daran riechen! Aber wenn das Mädchen wach wird, setzt Ihr den Lappen auf seine Nase. Dann schläft es wieder ein.“ Gekonnt zurrte er nahe der Leiste am Bein einen Gurt fest. „Damit es nicht so stark blutet.“ Dann tauchte er sein Skalpell in die Schüssel mit dem heißen Wasser und schnitt den Eiterkanal auf. Ich musste würgen, als ich die sämige grüngelbe Flüssigkeit aus dem Bein quellen sah. Der Arzt wischte beherzt in der Wunde herum und vertiefte den Schnitt in das Fleisch, bis er am Knochen angelangt war. „Habe ich es mir doch gedacht! Die Knochenhaut hat sich schon angehoben. Es ist eine Knochenentzündung.“
Ich sah hin und bereute sofort, dass ich es getan hatte. Mir wurde ganz schwindelig und hätte mich fast übergeben. Der Arzt hatte den Oberschenkel oberhalb des Knies bis auf den Knochen geöffnet.
„Lasst das Kind noch einmal aus dem Lappen inhalieren! Ich brauche Euch jetzt hier neben mir.“
Ich legte Clara noch einmal den Lappen auf Nase und Mund, tat ihn dann beiseite und stellte mich neben den Arzt.
„Ihr müsst das Bein hier und hier halten. Fest! Und dann rate ich Euch wegzusehen. Ihr seid ja schon ganz blass!“
Ich hielt das Bein Mitte Oberschenkel und kurz unterhalb des Knies fest, so wie er es mir gezeigt hatte. Der Schweiß lief mir aus jeder Pore. Der Arzt klopfte unsanft an Claras Bein herum. „Ich muss den Knochen öffnen und das entzündete Gewebe herausholen.“
„Seid doch still! Ein Normalsterblicher wie ich es bin, kann es nicht ertragen!“ Es fiel mir schwer nicht in Ohnmacht zu fallen. Er klopfte und

kratzte an Claras Knochen herum, bis er nach einiger Zeit endlich sagte: „So, geschafft!“
Ich weiß nicht wie lange er gebraucht hatte. Mir war es wie Stunden vorgekommen.
„Sie wird wach! Sehen Sie zu, dass Sie ihr das Tuch unter die Nase halten.“
Clara stöhnte und war so fahl im Gesicht, dass es aussah, als ob sie ihren letzten Atemzug gemacht hatte. „Wird sie es schaffen?“
„Sie ist ein zähes, kleines Ding“, sagte er. „Ihr Herzchen pocht wie die Hufe eines galoppierenden Pferdes. Die Operation hat sie überstanden. Jetzt muss ich nur noch die Wunde spülen und dann zunähen. Den Rest muss ich dem lieben Gott überlassen.“

Plötzlich stand Schwarz in der Tür. Er trug Anna auf seinen Armen und sah leichenblass aus. „Sie ist tot!“

*

Nachdem ich mich vom Tunnel entfernt hatte, parkte ich an der B3 nahe der A7-Auffahrt Northeim Nord in einer kleinen Seitenstraße und wartete. Es konnte nicht allzu lange dauern, bis man vom ICE her einen Personenschaden meldete und sich die Blaulichtkolonne in Bewegung setzen würde. Ich schaute zur Uhr. Noch hing Matthias vor der dunklen Tunnelöffnung. Der Zug, sofern er nicht verspätet war, würde in ungefähr 3 Minuten aus dem Tunnel fahren. Ich spürte Genugtuung. Mir war klar, dass man die Leiche von Matthias für die Obduktion zusammenpuzzlen musste. Jedoch würde seine Identität rasch geklärt sein. Seine Mutter würde ihn als vermisst melden. Schnell würde man daraufhin auch sein Motorrad finden.
Einige Minuten dachte ich gar nichts und starrte auf den Zeiger meiner Cockpituhr. Dann fragte ich mich, ob ich zu unvorsichtig geworden war. Denn noch war ich ja nicht am Ende der Fahnenstange, meinem großen Ziel, angekommen. Das Finale lag nicht mehr in allzu weiter Ferne, aber der anspruchsvollste und schwierigste Part lag noch vor mir – nämlich den in die Falle zu locken, für den der ganze Zauber gedacht war. Während ich darüber nachdachte, wie weit die Polizei und alle

anderen Beteiligten in diesem Spiel mir wohl schon auf die Schliche gekommen waren, hörte ich die Martinshörner aus der Ferne herannahen. Nachdem sie an mir vorbeigerast waren, startete ich den Wagen und fuhr ihnen hinterher. Ich musste wissen, ob es funktioniert hatte. Als die Kolonne in Hohnstedt Richtung ICE-Tunnel einbog, wendete ich und fuhr seelenruhig über die A7 heim nach Göttingen.

*

Andreas und Bernhard

Aus dem Traum gerissen und völlig durcheinander, drückte Andreas auf die Snooze-Taste seines Weckers. Das Klingeln wollte und wollte nicht aufhören. Er sah auf das leuchtende Zifferblatt. 5 Uhr 21. Der Wecker würde erst um 7 Uhr klingeln. Dann begriff er, dass nicht der Wecker, sondern sein Handy geklingelt hatte. Mittlerweile war es jedoch wieder verstummt. Er schaltete das Licht seiner Nachttischlampe ein, setzte sich aufrecht ins Bett, griff zum Handy auf seinem Nachtisch und tippte auf das Display. Bernhard hatte zu dieser ungewöhnlichen Zeit angerufen. Andreas war hellwach. Der Anruf konnte nur bedeuten, dass es etwas Neues zu den seltsamen Morden gab. In diesem Augenblick klingelte sein Handy erneut.
„Ja?“
„Andreas, ich bin's! Es gab eine neue Lieferung!“
„Wer?“
„Schwer zu sagen, weil sie in Teilstücken angeliefert wurde. Aber mit hoher Wahrscheinlichkeit handelt es sich um Matthias Gloth! Und? Klingelts?“
Andreas dachte angestrengt nach. Letztlich half ihm die Aussage auf die Sprünge, dass die Leiche in Teilstücken angeliefert worden war. „Personenschaden ICE?“
Bernhard schnaufte ins Handy. „Du hast ein Elefantenhirn!“
„Wann?“

„Passiert ist es gestern Abend. Gegen 21 Uhr. Gleiche Stelle wie damals."
„Aber woher weißt du, dass es …", er dachte kurz nach, „Matthias Gloth ist?
„Die Mutter hat ihren Sohn als vermisst gemeldet, weil sie sein umgekipptes Motorrad in Einbeck auf dem Parkplatz gefunden hat. Das Tattoo auf seinem Fußrücken hat es uns verraten. Der Fuß hing noch am Seil und war relativ unversehrt."
„Spar dir die Details. Mir wird schlecht."
„Geh zur Polizei! Sag ihnen, dass du sie alle verurteilt hast. Ich wette, dass er nicht der letzte war!"
„Du hast Recht. Ich melde mich später wieder bei dir."

An Schlaf war nicht mehr zu denken. Andreas stand auf und ging ins Bad. Die Dusche ließ seine Gedanken klarer werden. Es war kurz nach 6 Uhr, als er aus dem Bad in den Flur trat und auf das erstaunte Lenchen traf.
„Sie sind schon wach?"
„Guten Morgen, Lenchen!"

Andreas und Lenchen

„Oh ja, Entschuldigung!", Lenchen räusperte sich. „Guten Morgen, Herr Behrends. Wenn ich jetzt mit allem gerechnet hätte, aber nicht, dass Sie so früh schon auf den Beinen sind. Frühstück erst um 8!" Sie tippte mit dem Zeigefinger auf ihr Handgelenk, obwohl sie gar keine Uhr umhatte.
„Ja, ja, ich weiß, aber …"
„Ist was passiert?"
„Es gibt eine weitere Leiche."
„Das ist ja schrecklich! Lassen Sie uns in die Küche gehen, ich mache uns einen Tee und dann erzählen Sie mir alles."
„Ich würde gern einen Kaffee nehmen."
Andreas beobachtete Lenchen, wie sie in ihrem Blümchennachthemd und den wirren Haaren, wie selbstverständlich und ohne

Scham den Kaffeeautomaten bediente. „Fühlen Sie sich auch wohl bei uns? Sie können sich gar nicht vorstellen, wie dankbar ich Ihnen bin, dass …"

„Papperlapapp! Ich mache das doch gern für das Jungchen! Und für Sie natürlich auch, Herr Behrends!", setzte Lenchen hinzu und stellte die dampfende Tasse Kaffee vor ihm auf den Tisch.

Das Teewasser kochte auch, sodass sie sich kurze Zeit später beide mit ihren dampfenden Tassen gegenüber saßen.

„Was genau ist denn passiert und woher wissen Sie von der neuen Leiche?"

„Bernhard aus der Gerichtsmedizin, der, bei dem ich gestern Abend noch gewesen bin, hat mich vorhin angerufen."

„Ist der schon so früh am Arbeiten?"

„Ja, Bernhard war schon immer ein früher Vogel. Am liebsten arbeitet er sogar nachts."

„Und die Leiche, ich meine … War es wieder jemand von Ihren? Na, Sie wissen schon!?"

„Ja, diesmal ein junger Mann. Aber die Details erspare ich Ihnen am frühen Morgen. Ich denke, dass ich mich bei der Kripo melden sollte, bevor die bei mir auftauchen. Sicherlich ist denen längst klargeworden, dass alle vor Jahren von mir verurteilt worden sind."

„Jetzt gleich?"

„Ja, ich möchte es nicht vor mir herschieben. Vorher muss ich noch in mein Büro im Gericht. Ich vermute, dass ich dort einige Akten von den Fällen liegen habe."

„Aber was wird denn dann aus unserem gemeinsamen Frühstück?"

„Mit etwas Glück bin ich bis dahin wieder daheim. Und bitte sagen Sie Jonas nichts …"

„Ich werde schweigen, wie ein Grab!" Lenchen legte sich einen Finger auf den Mund.

*

Es war klar, dass man Matthias schnell identifizieren würde. Bisher wurden alle gefunden. Nur Christiane, die fehlte ihnen noch aus meiner Sammlung. Sie würde das Bild so herrlich abrunden! Aber wie könnte ich sie auf das Versteck hinweisen, ohne mich selbst verdächtig zu machen? Ich staunte über meinen Sinneswandel. Anfangs war es mir so gleichgültig gewesen. Nicht gedacht hatte ich jedoch, dass es mir wichtig werden würde, eine Bühne für meine Taten zu bekommen. Ja, mittlerweile beleidigte es mich schon fast, dass man meinen Opfern nicht die Show gab, die ihnen gebührte. Das fing bei der Presse an. Nur Stefan hatte es auf die Titelseite geschafft. Es ließ mir keine Ruhe! Christianes Versteck war einfach zu gut. Und das obwohl im Wald so viel aufgeräumt wurde seitdem der große Sturm durch ihn hindurchgefegt war. Man hatte die kleine Hütte im Fichtendickicht noch immer nicht gefunden. Wie nur könnte ich eine Bühne für meine Tat an Christiane bekommen? Während mich dieser Gedanke geradezu quälte, zog ich die nächste Akte aus dem Stapel. Es war wie beim russischen Roulette. Man wusste nicht, wen es als nächstes treffen würde. Ich öffnete feierlich eine weitere Akte. Marion! Marion war die nächste auf meinem Weg zum großen Finale.

Ich dachte an die Zeit davor. Monatelang studierte ich die Akten und feilte meine Pläne aus. Ich hatte alle Zeit der Welt. Seit zwei Jahren gab es keine andere Beschäftigung mehr für mich, als nach den drei W's zu planen: Wie? Wann? Wo?
Wie bekam ich sie in meine Gewalt?
Wann sollte es stattfinden?
Wo sollte es stattfinden?
Wobei das Wie der schwierigste und gefährlichste Part an der ganzen Sache war. Aber dabei hatte mir der Zufall ja einen großen Gefallen getan. So ohne weiteres wäre ich bestimmt nicht an Chloroform gekommen. Und dieses Mittelchen machte es mir doch relativ einfach. Wenn sie erst bewusstlos waren, war der Rest nur noch ein körperlicher Kraftakt. Aber der war bisher immer zu bewältigen gewesen.
Das Wann ergab sich meist spontan. Über die ganzen Monate hatte ich genügend Zeit, die Bewegungsprofile meiner Opfer zu erkunden.

Und bei dem Wann war es ja nie wichtig, dass es zu einem bestimmten Zeitpunkt stattfinden musste. Wenn ich sie beobachtete und merkte, dass der Moment günstig war, dann schlug ich einfach zu. Es wundert mich im Nachhinein, wie einfach es doch ist, einen Menschen zu überfallen. Christiane war mir freiwillig in die Falle gegangen, weil sie sich eine schnelle Nummer für Geld erhofft hatte. Unvorsichtigerweise war sie dafür in mein Auto gestiegen.
Stefan war betrunken gewesen. Leichtes Spiel, ihn über den nur mit einer Zeitung abgedeckten Gullyschacht zu locken. Paula hatte als Kellnerin spät Feierabend gehabt. Da sie kein Auto besaß, war sie zu Fuß auf dem Weg nach Hause gewesen. Es war mir so leicht gefallen, ihr von hinten den in Chloroform getränkten Lappen auf Mund und Nase zu drücken. Und Stefan, nun, ich muss gestehen, dass es ein spontaner Einfall gewesen war, gegen sein Motorrad zu treten. Geplant hatte ich ursprünglich, ihn von hinten, ähnlich wie bei Paula, zu überraschen.
Jezt war die Akte von Marion gezogen. Von ihr wusste ich, dass sie in der Resozialisierungsphase in ihrem Beruf als KFZ-Mechanikerin in einer freien Autowerkstatt arbeitete. Ihr Chef hatte ihr anscheinend erlaubt, sich in der Werkstatt mit kleineren Schwarzreparaturen an Autos ihrer Bekannten einen kleinen Nebenverdienst zu sichern, sodass sie an vielen Abenden allein in der Werkstatt arbeitete. Das spielte mir zu. Mittwochs war sie abends bei meinen Patrouillengängen bisher immer in der Werkstatt gewesen. Ich fieberte dem Abend entgegen, denn: es war Mittwoch!

*

Jonas und Lenchen

Als Jonas' Wecker klingelte, bereute er seine Zusage für ein gemeinsames Frühstück zutiefst. Es war 7 Uhr. Ein bisschen Zeit würde er noch haben, um im Buch die nächste Szene zu lesen. Eigentlich kannte er es fast auswendig, so oft hatte er sich mit den handschriftlichen Einträgen befasst, aber für den Wettbewerb musste er jedes noch so kleinste Detail in sich aufsaugen.

Plötzlich klopfte es.
„Ja?“
„Ich bin's, Lenchen. Bist du schon wach?“
„Nein!“, scherzte Jonas, als er sah, wie seine Zimmerklinke heruntergedrückt wurde.
„Dann schlaf weiter. Dein Vater hat gerade angerufen, dass er es nicht pünktlich zum Frühstück schaffen wird.“
Jonas setzte sich überrascht auf. „Das war klar! Immer die Arbeit. Lenchen, ich sage dir, hier wird sich nie was zwischen ihm und mir ändern. Ich frage mich, wie es gewesen wäre, wenn Timo nie gestorben und er statt meiner hier wäre.“
„Jungchen, nun werde mal nicht ungerecht“, Lenchen ließ Jonas in dem Glauben, dass sein Vater ins Gericht gefahren war. „Es klappt ein anderes Mal und was die Arbeit deines Vaters angeht, nun, davon lebst du nicht schlecht, oder?“ Sie zwinkerte ihm dabei aber aufmunternd zu.
„Er hätte mich ja nicht bei sich aufnehmen und adoptieren müssen. Manchmal frage ich mich, ob ich nicht einfach ein Ersatz für Timo gewesen bin.“
„Wie kommst du denn darauf? Das kann ich mir nicht vorstellen.“
„Naja, um mich hat er sich so gut wie nie gekümmert. Ich hatte immer das Gefühl, dass er auf die Adoption gedrängt hat, damit Karin wieder was hat, um was sie sich kümmern kann.“
„Darf ich?“ Lenchen zeigte auf Jonas' Bettkante, woraufhin er an die Seite rückte, damit sie sich hinsetzen konnte.
„Weißt du, nicht immer läuft im Leben alles glatt. Das ist wirklich nur in ganz wenigen Ausnahmefällen der Fall. Dass du als Kind so viel hast durchmachen müssen, das ist grausam und es hätte nicht sein dürfen. Aber hast du dich mal gefragt, was aus dir geworden wäre, wenn Timo noch am Leben wäre? Wie hätte dein Leben dann ausgesehen? Alles im Universum greift ineinander. Nichts geschieht einfach so. Alles ist ein großes Ganzes.“
„Weißt du was? Ich bin mir sicher, dass Andreas glaubt, dass ich nicht weiß, dass er den Lebensgefährten meiner Mutter hinter

Gitter gebracht hat. Er glaubt, dass ich ihn nicht wiedererkannt habe, als er mich damals in der Pflegefamilie zusammen mit Karin besucht hat. Als Richter in seiner Robe hatte er bei meiner Aussage damals natürlich anders ausgesehen, aber ich erkannte ihn nach einigem Überlegen wieder, als er in Zivilklamotten vor mir stand. Als ich erfuhr, dass er am Gericht Richter ist, war es mir natürlich völlig klar geworden."

„Er war der Richter, der ...?"

„Ja. Ich konnte unter Ausschluss der Öffentlichkeit aussagen. Ich saß neben einigen Beamten, und jemandem vom Jugendamt allein vor der Richterschaft. Man wollte mich schützen. Und ich kann mich noch sehr gut daran erinnern, wie merkwürdig Andreas mich da angesehen hat."

„Wieso sah er dich komisch an?"

„Das wurde mir erst viel später klar. Aber hast du dir dieses eine Kinderfoto von Timo auf der Kommode mal angeguckt?"

„Da steht ein Foto von ihm? Ich dachte, dass das alles Kinderfotos von dir sind."

„Nun überleg mal ganz scharf! Es steht nur ein Foto von Timo da, auf den restlichen Fotos, das bin alles ich als Kind."

„Ihr könntet Zwillinge sein!"

„Genau ... Ein kleiner Streich des Schicksals, dass ich als Doppelgänger von Timo auf Andreas traf."

„Aber es geht dir doch hier wirklich nicht schlecht."

„Ich denke manchmal, dass Andreas es nicht gut wegstecken kann, dass ich weder Abitur gemacht noch irgendwas studiert habe. Das Gefühl, nicht ganz standesgemäß für ihn zu sein, das habe ich schon immer gehabt. Bei Karin hatte ich dieses Gefühl allerdings nie. Bei ihr habe ich mich geliebt gefühlt. Sie hat mich so genommen, wie ich bin, wollte mich nicht verbiegen und sie hat mich bei allem, was mir Spaß gemacht hat, auch immer unterstützt. Das einzige, was ihr immer Sorgen bereitet hat, war, dass ich nie Freunde mit nach Hause gebracht habe. Allerdings habe

ich mich nie als Außenseiter gefühlt. Die sozialen Kontakte in der Schule haben mir vollkommen gereicht."
„Aber ein hübscher Bengel wie du will doch wohl sein Leben nicht ganz allein verbringen?!" Lenchen spielte auf eine Freundin an.
„Das ist allerdings etwas ... Tja, woher nehmen, wenn man immer lieber mit sich allein ist? Jetzt habe ich ja dich, Lenchen!" Er lachte und Lenchen musste schmunzeln. „Na, mit so einer alten Tante, da kann man aber nicht mehr viel anfangen!"
„Sag das nicht. Ich finde, du kochst und putzt für dein Alter noch recht gut!"
Lenchen stand auf und zog ihm das Deckbett weg. „Du Lausebengel, du!" Aber dann schmiss sie es ihm wieder hin. Willst du aufstehen, oder lieber noch weiterschlafen?"
„Ich stehe gleich auf!"
„Dann koche ich uns ein Ei zum Frühstück?"
„Super Idee!" Als Lenchen die Tür schloss und sich um das Frühstück kümmerte, kroch Jonas noch einmal unter die Bettdecke.

*

Geschockt sah ich zu Schwarz. Anna lag auf seinen Armen wie eine Puppe. Ihr schwarzes und lockiges Haar ergoss sich wie ein Wasserfall von ihrem Kopf Richtung Boden. Ihre Augen waren leicht geöffnet und ihre Arme und Beine hingen schlaff herab.
„Sie ist was?!" Ich ließ Claras Bein los und sah verständnislos auf Schwarz.
„Tot! Sie ist tot! Unsereins hat sie in der engen Nische des Waschhauses gefunden."
„Haltet das Bein fest. Für die da ...", mit abwertendem Gesichtsausdruck zeigte der Arzt mit dem Kopf in Annas Richtung, „... kommt jede Hilfe zu spät. Jetzt müssen wir erstmal bei dem Kind hier fertig werden."
Ich drehte mich fassungslos um. Der Arzt hielt mir eine Kerze hin. „Für die Naht brauche ich mehr Licht!"
Ich nahm die Kerze an mich, hielt sie so, dass er gut sehen konnte und beobachtete gleichzeitig, wie Schwarz Anna behutsam auf dem Tisch ablegte und sich dann auf einen Stuhl zu ihr setzte und sie schweigend an-

sah. Der Mann, der sonst den Tod brachte und dafür ohne Gefühlsregung handeln musste, kam mir auf einmal sehr zerbrechlich vor. Er hatte Anna gemocht. Daran gab es keinen Zweifel.

„So, das hätten wir geschafft!" Zufrieden stellte sich der Arzt aufrecht hin und drückte die Brust raus, während er seine Arme nach hinten ausstreckte. „Nun müssen wir beten, dass das Fieber sinkt und die frische Naht sich nicht entzündet."

Schwarz sah ihn mit glasigen Augen an und ich stand dazwischen. „Das habt Ihr großartig gemacht."

„Unsereins dankt ihm auch. Wenn er dafür etwas bekommt, dann soll er es unsereins nur sagen", bemerkte Schwarz.

Der Arzt ging nicht darauf ein, trat stattdessen an den Tisch und blickte auf die tote Anna. Er fasste sie an. „Sie ist noch nicht steif und kann noch nicht lange tot sein." Dann beugte er sich tiefer zu ihr und begutachtete eine tiefe Schramme und blaue Flecken, die einem Halsband gleichkamen. „Sie wurde gewürgt! Darauf weisen die Male am Hals hin. Sehen Sie, hier", er zeigte mit dem Finger auf die Flecken und bewegte dabei Annas Kopf. „Das Genick ist heil, aber woher stammt diese tiefe Schramme? Als Hure wird sie einen teuren Halsschmuck wohl nicht getragen haben, den abzureißen und zu stehlen sich gelohnt hätte."

Sofort fiel mir das goldene Amulett ein, welches mir an Anna aufgefallen war, nachdem der stählerne August sich an ihr hatte vergehen wollen. „Doch, sie trug ein goldenes Amulett! Das habe ich gesehen", entgegnete ich.

Der Arzt sah mich von oben bis unten abschätzig an. „Sagtet Ihr nicht, dass Ihr es nie mit der Hure getrieben habt?"

Schwarz mischte sich ein. „Muss er es mit ihr getrieben haben, wenn ihm eine Halskette an ihr aufgefallen ist? Wohl kaum!"

Der Arzt schnaufte verächtlich. „Es wird Zeit, dass man die Tote meldet. Auf jeden Fall ist sie durch Gewalt gestorben. Wer wird sich denn jetzt um den verwaisten Bastard kümmern? Es wäre eine Schande, wenn meine mühevolle Arbeit sich nicht lohnen würde und der Bastard es wegen mangelnder Fürsorge nicht überlebt. Es war meine erste Behandlung die-

ser Art und ich möchte natürlich wissen, ob meine Bemühungen einer vollständigen Gesundung zutragen."

„Er soll nicht so vom Kinde sprechen. Es ist gescheit und nicht dumm. Es kann ja nichts dazu, als Bastard auf die Welt gekommen zu sein. Ich werde mich dessen annehmen. Mein Weib hat lange genug nach einem Kinde geschrien, welches sie nie bekommen hat. Um das Kind dort da soll sie sich kümmern. Wenn unsereins es ihr mitbringt, dann kann sie die Vorwürfe an die angeblich fehlende Manneskraft, dass unsereins ihr noch immer keines geschenkt habe, herunterschlucken." Schwarz sprach so leise, dass man ihn kaum verstand.

Ich erkannte sofort, dass es dem Arzt lieber gewesen wäre, wenn ich mich der kleinen Clara angenommen hätte. Denn wenn Schwarz sie erst bei sich hätte, dann wäre es für ihn sehr viel schwerer, sich um die Nachsorge zu kümmern. Schwarz schien diese Gedanken auch zu haben. „Er kann nach dem Kinde sehen, wann immer er will. Unsereins lässt ihn auch zum Hintereingang ein, damit er nicht in Verruf gerät."

„Heute muss das Kind aber noch hier bleiben. Es darf erst in 18 Stunden getragen werden. Kann ich mich auf die Herren verlassen?"

Ohne die Antwort von Schwarz abzuwarten, nickte ich. „Ich kümmere mich!"

Clara begann sich zu bewegen und stöhnte auf, ihre Augen blieben aber geschlossen. Da fiel es mir wieder ein. „Vorhin, da fragte Clara doch immer wieder nervös nach ihrer Mutter, weil zwei Männer sie geholt hätten … " Mehr musste ich gar nicht sagen. Denn was ich dachte, dachte auch Schwarz. „Das Lumpenpack!", rief er und schlug mit der Faust auf den Tisch, auf dem die Tote lag. Ihr Kopf wippte. Dann stand er ohne ein Wort zu sagen auf und verschwand zur Tür hinaus.

Plötzlich schien es der Arzt auch eilig zu haben. „Wenn das Kind wach wird, dann muss es trinken. Morgen am Nachmittage werde ich noch einmal her kommen, den Verband wechseln und sehen, ob die Wunde sauber ist. Danach kann Schwarz das Kind mit zu sich nehmen. Werdet Ihr hierbleiben?" Er sah mich an.

Mir schien ja nichts anderes übrig zu bleiben, wenn mir Claras Wohl etwas wert war. Und das war es, sodass ich nickte. „Ihr könnt Euch auf mich verlassen."
Dann klappte der Arzt seine Tasche zu, krempelte seine Hemdsärmel herunter, zog sich den Gehrock an und setzte seinen Hut auf, bevor er wie Schwarz aus der Tür trat und verschwand. In diesem Moment öffnete Clara die Augen. Alles Leuchten war aus ihnen verschwunden und sie fragte nach ihrer Mutter. Von ihrer Liegeposition aus konnte sie die tote Mutter nicht sehen, sodass ich sie zunächst beruhigte: „Sie wird schon bald kommen. Alles wird gut." Ich tupfte Clara die Stirn und gab ihr löffelweise zu trinken. Die Sonne war schon aufgegangen, als Schwarz zurückkehrte.

*

Lenchen und Jonas

„Frühstück ist fertig!" Lenchens Stimme klang durch den Flur zu Jonas. Er legte das Buch unbeholfen zur Seite und schlug die Decke mit den Beinen zurück. Eigentlich hatte er längst geduscht sein wollen, aber dafür war es nun zu spät. Er würde im Schlafanzug mit Lenchen frühstücken. Ihr schien das nichts auszumachen. Als er seine Schlafzimmertür öffnete, empfing ihn aromatischer Kaffeegeruch und der Duft frisch aufgebackener Brötchen.
„Bin gleich da!", rief er Richtung Küche, als er auf dem Weg zum Bad war. Er musste wenigstens vorher auf die Toilette. Auch das war mit verbundenen Händen kein Kinderspiel, aber irgendwie war es bisher immer gegangen.
„Das duftet aber gut hier!" Jonas zog den Frühstücksduft in die Nase. Allein der Geruch war das frühe Aufstehen doch wert gewesen. Er hatte etwas ureigen Anheimelndes. Etwas, was Jonas seit Karins Tod vermisste. Auch konnte er sich nicht daran erinnern, wann er zuletzt ein Frühstücksei gegessen hatte.
„Ach Lenchen, du bist eine echte Fee!"
Sie freute sich, dass sie nicht allein am Tisch sitzen musste und noch mehr freute sie sich darüber, dass Jonas sich über das Früh-

stück sehr zu freuen schien. Sie sah es an seinem Blick und um alles noch zu toppen, schenkte sie ihm ein kleines Glas mit frisch gepresstem Orangensaft ein. „Vitamine sind gut für den Heilungsprozess!"
„So habe ich mir das mein Leben lang vorgestellt, wie es ist, wenn man eine Großmutter hat." Er hatte über diesen Satz gar nicht nachgedacht. Er war ihm einfach herausgerutscht. Dann sah er, dass sich Lenchens Augen mit Tränen füllten. Dann schluchzte sie: „Etwas Schöneres hättest du jetzt gar nicht sagen können, mein Jungchen!"

Jonas

Nach dem ausgiebigen Frühstück mit Lenchen hatte Jonas mit Plastiktüten über den Verbänden geduscht und dann war er beim Arzt zum Verbandswechsel gewesen. Der Arzt hatte seine rechte Hand nicht mehr dick verbunden, sondern nur noch mit großen Pflastern versorgt. „Sie haben mit den Verbrennungen wirklich sehr viel Glück gehabt! Die linke Hand braucht noch Zeit, dort können wir noch nicht auf einen Verband verzichten. Aber die rechte Hand, die befreien wir mal etwas. Ich denke, dass Ihnen das ganz gut gefällt, oder?"
Jonas konnte sein Glück kaum fassen. „Mit zwei verbundenen Händen ist man ganz schön gehandicapt. Aber wenn die rechte jetzt einigermaßen bewegungsfähig ist, dann macht es mir das Leben schon sehr viel leichter!" Und dabei ging es Jonas weniger um Dinge des Alltags, die er mit der Hand bewerkstelligen musste, sondern viel mehr ums Zeichnen. Er sah die rechte Hand an und bewegte seine Finger. Natürlich spannten die Pflaster und jede Bewegung brannte an den Wunden darunter, aber er war sich sicher, dass er mit dieser Hand wieder zeichnen konnte und er strahlte den Arzt an. „Danke! Das ist wirklich ein echter Fortschritt für mich. Damit hatte ich nicht vor Ende nächster Woche gerechnet."

„Um ehrlich zu sein, ich auch nicht. Aber die Verletzungen an der rechten Hand sind auch wesentlich geringer als die an der linken. Ich denke, dass ich das so sehr gut verantworten kann. Morgen früh sehen wir uns aber trotzdem wieder. Die linke Hand macht ebenfalls gute Fortschritte, sodass wir sicher ab nächster Woche nicht mehr jeden Tag einen Verbandwechsel machen müssen. Aber die Hand reiche ich ihnen zum Abschied bis morgen früh nun trotzdem noch nicht!", lachte der Arzt.

„Ok! Ja, danke! Das wünsche ich Ihnen auch!"

Als er zu Hause angekommen war, hielt er Lenchen seine rechte Hand unter die Augen. „Guck mal!" Und dann war Jonas sehr verwundert darüber, dass er in Lenchens Augen nur wenig Begeisterung für den Heilungsfortschritt sah.

„Jungchen, ist das auch wirklich in Ordnung? Nur noch Pflaster?"

„Naja, und Salbe! Lenchen! Damit kann ich bestimmt wieder zeichnen."

„Ja, das ist wirklich großartig!" Irgendwie hörte sich das für Jonas nicht so begeistert an, wie es hätte klingen müssen. Aber Jonas dachte in seiner Freude nicht weiter darüber nach, schnappte sich das Buch aus seinem Zimmer und verschwand auf den Dachboden. Während er sich dort aufhielt, bemerkte er nicht, wie Andreas nach Hause kam und sich mit Lenchen unterhielt.

Lenchen und Andreas

„Was soll das denn alles zu bedeuten haben?", meinte Lenchen. „Der Polizei ist also schon aufgefallen, dass alle Opfer vor Jahren für ihre Taten von Ihnen verurteilt worden sind?"

„Alles andere hätte mich auch gewundert, ja. Trotzdem haben sie vom Täter keine Spur. Sie tappen vollkommen im Dunkeln. Alles an diesem Fall ist ziemlich mysteriös."

„Was hat der Mörder dieser Menschen davon?"

„Er muss ein starkes Gerechtigkeitsempfinden haben. So viel steht fest. Aber woher kommt das? Was ist sein Ziel bei der ganzen Sache? Das ist nämlich noch nicht erkennbar!"

„Und Sie sind sich ganz sicher, dass es nichts mit Ihnen zu tun hat, Herr Behrends? Muss ich mir wirklich keine Sorgen machen?"

„Aber Lenchen! Um Gottes Willen, nein! Sie sollen und müssen sich um mich keine Sorgen machen. Mit mir hat das alles ganz bestimmt nur indirekt zu tun. Das versichere ich Ihnen."

Lenchen atmete auf, trotzdem blieb ein bitterer Beigeschmack. Ihr Bauchgefühl warnte sie vor etwas. Aber sie wollte Andreas nicht unnötig belasten. Sie spürte ohnehin, dass er ihr nur die halbe Wahrheit gesagt hatte.

Andreas

Andreas verschwand in seinem Büro und suchte erneut nach den verschwundenen Akten, denn in seinem Richterzimmer waren sie nicht auffindbar gewesen. Wo könnten diese Akten sein? Darüber die Polizei zu informieren schied aus, denn die kopierten Akten hatten nach Abschluss des Verfahrens eigentlich nichts in seinem Haushalt zu suchen. Für ihn selbst waren sie aber wichtig. All diese Gerichtsverfahren hatten ihn zutiefst beschäftigt und er hatte die Erfahrung gemacht, dass ihm Altfälle bei neuen Verfahren helfen konnten. Denn seinen Job ließ er ja nicht im Gericht zurück, wenn er nach Hause fuhr. Oft war es vorgekommen, dass er über aktuelle Fälle grübelte und sie automatisch mit alten Vorgängen verglich. Für ihn dienten diese Akten als Gedankenstütze.

Und nun fehlten ausgerechnet auch bei ihm zu Hause die Akten der Opfer. Er zweifelte an seinem Verstand. Sie waren wie von Geisterhand verschwunden! Und zum ersten Mal überkam ihn der Gedanke, dass jemand diese Akten gestohlen haben könnte. Ihm blieb jedoch kaum Zeit weiter darüber nachzudenken, weil er ins Gericht musste.

Andreas verabschiedete sich kurz darauf von Lenchen. Sie würden sich zum Abendessen sehen. Lenchen entging nicht, dass er sich bei Jonas nicht für das verpasste Frühstück entschuldigte und auch sonst so in Gedanken war, dass er sich gar nicht nach Jonas erkundigte.

Lenchen und Jonas

Lenchen brachte den Haushalt auf Vordermann und stattete Jonas einen Besuch auf dem Dachboden ab. Sie hatte für ihn und sich eine Tasse Tee mitgebracht.
„Ich dachte mir, dass du eine kleine Teepause gebrauchen könntest!"
Jonas ließ seufzend den Stift sinken. „Es funktioniert noch nicht wieder richtig. Mir fehlt der Schwung in den Fingern."
„Das kommt schon wieder. Die Pflaster versteifen die Finger. In einer Woche sieht die Welt bestimmt wieder ganz anders aus! Da wird die Hand wieder so funktionieren wie vor dem Feuer", tröstete sie ihn und hielt ihm den Tee hin, den er dankend annahm.
„Uh! Was hast du denn da gezeichnet? Was ist das für eine Szene? Das sieht ja grausam aus! Oh Gott! Da liegt ja eine Frau auf dem Tisch und da ein Kind, dessen Bein verbunden ist." Lenchen zeigte auf die Zeichnung. „Aber handwerklich ist das grandios", lobte sie.
„Clara, die Tochter von Anna, einer stadtbekannten Hure, ist gerade am Oberschenkel operiert worden, weil sie eine Knochenentzündung hatte. Und dort auf dem Tisch, da liegt ihre tote Mutter, also Anna."
Lenchen zog eine alte und staubige Kiste heran, setzte sich neben Jonas und starrte auf die Zeichnung.
„Was war das nur für eine grausame Zeit damals. Ist dir eigentlich bewusst, dass das, was da in dem Buch steht, alles tatsächlich stattgefunden hat? Was haben wir für ein Glück, dass wir heute

leben und medizinisch als auch ernährungstechnisch gut versorgt sind. Das Mädchen wurde da, wo es liegt, auf diesem schmutzigen Lager operiert?"

„So steht es im Buch, dass sie in dieser ärmlichen Behausung operiert wurde, ja."

„Und warum liegt die Frau da auf dem Tisch? Das ist ja an Grausamkeit nicht zu überbieten."

„Scharfrichter Schwarz hat sie tot in einer Nische des Waschhauses gefunden, sie wurde ermordet."

„Und von wem?" Lenchen stieß mit der Nase fast ins Papier. Diese Szene faszinierte sie mächtig. Jonas stimmte es sehr zufrieden, dass sein Bild diese Gefühlsregung in ihr auslöste. Ein gutes Zeichen!"

Er griff zum Buch neben sich und gab es ihr. „Da, du kannst es nachlesen!"

„Ach nein, ich habe meine Brille unten liegen. Erzähl du es mir!"

„Ich kann ohnehin nicht weiterzeichnen, die Hand spannt zu sehr. Von wem sie überfallen wurde? Ich weiß es zwar, wollte die Szene aber ohnehin noch einmal nachlesen. Soll ich es dir vorlesen, Lenchen?"

„Ach ja, das wäre nett!"

Jonas merkte, dass Lenchen sehr gespannt war. Einerseits zierte sie sich, das alte Buch zu lesen, andererseits wollte ihre Sensationslust bedient werden. Die Menschen waren schon eine merkwürdige Spezies. Egal wie gütig und lieb ein Mensch war, alles was mit fremdem Leid zu tun hatte, war auf eine bestimmte Art faszinierend. Jonas nahm sich davon nicht aus.

Er schlug die Seite auf, bei der er morgens im Bett aufgehört hatte zu lesen.

*

„Das Lumpenpack hat sie umgebracht! Es scheint ganz sicher zu sein. Man hat in der Hosentasche des einen Annas Amulett gefunden!", donnerte

Schwarz in den Raum. Er hatte zu seiner gewohnten Stimme zurückgefunden und zog das Amulett aus der Hosentasche.

„Was weiß man über das Pack?", fragte ich ihn. „Hier habe ich sie noch nicht gesehen."

„Alois Kruber und August Gürtler. Gegen sie liegen viele Anklagen und Vorwürfe vor. Pack, welches herumstreunt, ohne festen Wohnsitz und sich auf verbrecherische Weise das Überleben sichert. Es wäre unsereins eine Freude, ihnen den Kopf abzuschlagen, dass sie für ihre Taten gerecht bestraft würden. Aufgrund der vielen Beweise wird man wohl nicht lange warten, bis das hochnotpeinliche Gericht stattfindet. Gestehen muss das Gesindel! Schnell muss es gehen, da soll nicht lange um den heißen Brei herumgeredet werden. Der Abschreckung würde es dienen, wenn sie gleich morgen büßen müssten! Das spart der Stadt Brot und Wasser und unterhält die Menschen, wenn mal wieder jemand zum Schafott geführt würde. In diesem Falle wären es sogar zwei!" Schwarz hatte sich in Rage geredet und Clara erwachte. Sie war sehr schwach und brachte keinen Ton heraus. Ihre Lippen waren trocken, dass ich glaubte, sie müsse Durst haben. Ich hob den kleinen Kopf an und hielt ihr den Becher an die Lippen. Geschwächt nahm sie einen kleinen Schluck und ließ sich dann wieder zurücksinken. Ich war mir auf eine merkwürdige Art sicher, dass Clara es schaffen würde, wieder auf die Beine zu kommen. Das Kind war zäh und fühlte sich längst nicht mehr so heiß an. Wie sie jedoch den Tod ihrer Mutter aufnehmen würde, das konnte ich nicht abschätzen. Zumindest nahm ich mir vor, dass zuerst der Gesundungsprozess eingesetzt haben müsste, bevor man es ihr sagte. Ich konnte es jetzt nicht laut vor Schwarz aussprechen, da die Kleine wach lag, aber da er sich vor die tote Anna gestellt hatte, wurde mir klar, dass er ebenso dachte. Falls Clara sich umdrehen würde, wäre ihr der Blick auf ihre tote Mutter verwehrt. Aber das Kind war noch viel zu schwach, um sich umzudrehen. Wir schwiegen, bis Clara wieder weggedämmert war.

„Wir müssen die Mutter von hier fortbringen!", flüsterte ich Schwarz zu.

„Niemand wird sie holen kommen! Einer Hure steht kein christliches Begräbnis zu. Auch nicht, wenn sie gemeuchelt wurde. Und wenn man ihn jetzt hier sieht, dann wird er es schwer haben!" Er meinte mich. Ich war

mir dieser Tatsache bewusst, aber steckte ich jetzt durch den Besuch des Arztes nicht ohnehin schon tief genug drinnen?

„Was soll ich denn tun?"

„Unsereins bleibt bei der Kleinen und er stiehlt sich besser von dannen."

„Aber ... "

„Sie wird sich an unsereins gewöhnen müssen. Unsereins ist dem Kind nur wohlgesonnen. Und im Waisenhaus, da geht's schlimm zu."

Ich nickte.

„So hat sich unsereins Gedanken gemacht, wie er wieder eine feine und weiße Weste bekommt. Er schreibt über die Nacht! Es muss in die Zeitung, dass er überfallen wurde und dass das Lumpenpack die Mutter des kranken Kindes getötet hat. Er ist geschickt im Umgang mit den Worten, wird's wohl so drehen können, dass alle Beteiligten in gutem Lichte stehen. Und jetzt soll er gehen. Unsereins kümmert sich um alles. Auch um die tote Mutter. Ab heute Abend wird das Kind im Hause Schwarz leben."

Ich wusste, dass ich mich auf Schwarz verlassen konnte. So stahl ich mich aus dem Haus und beschloss, ihn abends in der Dunkelheit zu besuchen. Ich war vollkommen übernächtigt und sehnte mich, nach allem Schlechten, was ich erlebt hatte, nach meinem Bett.

In meiner Kammer angekommen, konnte ich jedoch nicht zur Ruhe kommen. Die Bilder der letzten Nacht zogen immer wieder vor meinem inneren Auge vorüber. Da fiel mir wieder ein, was Schwarz mir gesagt hatte. Und ich machte mich daran, einen Artikel zu schreiben, was in der letzten Nacht mir widerfahren war.

Hannover 12.02.1858

Ein Verbrechen deſ auſgezeichneten verſuchten Diebſtahlſ zum Schaden deſ Lohnſchreiberſ Uhde, indem derſelbe von Aloiſ Kruber und Auguſt Gürtler auf hinterliſtigſte Art überfallen und feſtgehalten wurde, um ihn beſtehlen zu können, wurde durch Scharfrichter Chriſtian Schwarz verhindert, der zur ſelbigen Nachtzeit unterwegſ war und daſ Lumpenpack an den Fittichen faſſte. Uhde hatte biſ auf den tiefen Schrecken keinen Schaden erlitten. Schwarz, der daſ Pack feſt im Griffe hielt, wartete, biſ Uhde die Ordnungſhüterei herbeigeholt hatte. Dem wachen Blicke deſ Lohnſchreiberſ ſei Dank, da er durch anrüchigeſ

Viertel der Hannoverſchen Stadt die Abkürzung zur Wache nahm, daſſ ein Kinde großeſ Leid in einer Hurenbehauſung wohl hatte. Alſ die Wachmänner der Polizei Kruber und Gürtler abgeführt hatten, gab Uhde dem Scharfrichter, dem die Ordnung im Hurenviertel der Stadt obliegt, Beſcheid, er ſolle ſehen, ob daſ Kind eine Hilfe benötige. Später, nachdem Schwarz einen Arzt zum Kinde wieſ, wurde durch dieſen Umſtand der Mord an der Hure Anna Küſter bekannt, der, ſo wie eſ die Beweiſlage anzeigt, dem miſſlichen Tun der Lumpen Kruber und Gürtler zuzuſchreiben iſt. Eine gerechte Strafe von Kruber und Gürtler wäre der Tod, da ſie ihr Unweſen ſchon länger in der Stadt treiben. Wenn ſie nicht geſtehen, wird die hochnotpeinliche Befragung eingeleitet.[2]

Doch bevor ich den Bericht zur Zeitung brächte, wollte ich ihn Schwarz noch einmal zeigen und vorher auf die Wache gehen, um zu erfahren, was nun geschehen würde. Dann schlief ich endlich ein und fiel in einen tiefen und traumlosen Schlaf der Erschöpfung.

---

[2] Ein Verbrechen des ausgezeichneten versuchten Diebstahls zum Schaden des Lohnschreibers Uhde, indem derselbe von Alois Kruber und August Gürtler auf hinterlistigste Art überfallen und festgehalten wurde, um ihn bestehlen zu können, wurde durch Scharfrichter Christian Schwarz verhindert, der zur selbigen Nachtzeit unterwegs war und das Lumpenpack an den Fittichen fasste. Uhde hatte bis auf den tiefen Schrecken keinen Schaden erlitten. Schwarz, der das Pack fest im Griffe hielt, wartete, bis Uhde die Ordnungshüterei herbeigeholt hatte. Dem wachen Blicke des Lohnschreibers sei Dank, da er durch anrüchiges Viertel der Hannoverschen Stadt die Abkürzung zur Wache nahm, dass ein Kinde großes Leid in einer Hurenbehausung wohl hatte. Als die Wachmänner der Polizei Kruber und Gürtler abgeführt hatten, gab Uhde dem Scharfrichter, dem die Ordnung im Hurenviertel der Stadt obliegt, Bescheid, er solle sehen, ob das Kind eine Hilfe benötige. Später, nachdem Schwarz einen Arzt zum Kinde wies, wurde durch diesen Umstand der Mord an der Hure Anna Küster bekannt, der, so wie es die Beweislage anzeigt, dem misslichen Tun der Lumpen Kruber und Gürtler zuzuschreiben ist. Eine gerechte Strafe von Kruber und Gürtler wäre der Tod, da sie ihr Unwesen schon länger in der Stadt treiben. Wenn sie nicht gestehen, wird die hochnotpeinliche Befragung eingeleitet.

„Das ist ja wirklich spannend! Aber nun muss ich auch zusehen, dass ich einkaufen gehe, damit wir heute Abend etwas Schönes zu essen haben."

„Was soll es denn geben?"

„Ich wollte mich beim Einkaufen inspirieren lassen. Vielleicht hast du ja Lust, deine Komfortzone zu verlassen und mich zu begleiten?"

Jonas überlegte einen Augenblick. Außer um mal zum Arzt zu gehen hatte er das Haus kaum mehr verlassen. Wozu auch? Es gab da draußen seit Karins Tod nur wenig, was ihn interessierte. Aber plötzlich fand er, dass es eine hervorragende Idee von Lenchen war, ihn zu fragen, ob er sie begleiten wollte.

„Warum nicht? Ich komme mit!"

*

Der Abend kam. Ich setzte mich in mein Auto und fuhr zu der kleinen Autowerkstatt. Als ich dort angekommen war, schaltete ich den Motor meines Wagens aus und beobachtete das große Glastor, hinter der sie noch am Arbeiten war. Marion war ein Mannsweib. Großer und kräftiger Körperbau und ein kantiges Gesicht. Ihre langen und lockigen braunen Haare passten überhaupt nicht zu ihr. Sie hatte sie zwar zu einem Knoten zusammengebunden, aber die Locken ließen sich wohl nur schwer bändigen. Einige davon hingen ihr ins Gesicht und verliehen ihr etwas mehr Weiblichkeit.

Wenn ich meine Opfer – oder sollte ich besser Angeklagten sagen? – nicht nach dem Zufallsprinzip ausgewählt hätte, auf Marion hätte ich wahrscheinlich verzichtet, weil ich sie von ihrer Körpergröße und -masse so einschätzte, dass sie schwer von mir zu überwältigen sein würde. Ich musste auf der Hut sein!

Ich saß im Auto und beobachtete sie, wie sie an einem alten Ford Taunus herumschraubte. Dabei hatte sie im Mundwinkel eine Zigarette hängen.

Obwohl es nicht die Jahreszeit dafür war, trug sie nur ein Top unter der blauen und ölverschmierten Latzhose.
Ich fasste Mut, verließ meinen Wagen und klopfte an die Scheibe der Werkstatt. Laute Musik drang an meine Ohren. Marion schien Metal zu lieben. Sie reagierte überhaupt nicht und ich beobachtete, wie sie nachdenklich an ihrer Zigarette zog und einen Schraubenschlüssel auf einem Rollwagen neben sich ablegte. Gerade war das Lied zu Ende, deswegen nutzte ich die Stille und klopfte erneut an die Scheibe.
Marion blickte auf, schmiss ihre Kippe auf den Boden, trat sie aus und kam zum Tor. Sie schloss auf. Für mein Gefühl ganz schön unvorsichtig, aber sie war sich ihrer Körpergröße und -masse wohl bewusst. „Was ist?" Sie schaute mich misstrauisch durch den Spalt der Werkstatttür an.
„Ich ... Ähm, ich habe ein Problem mit meinem Wagen. Haben Sie noch geöffnet?" Ich ärgerte mich augenblicklich, dass ich meine Frage nicht besser vorbereitet hatte.
„Was für ein Problem haben Sie denn?"
Ich dachte nach. „Aus den Lüftungsschlitzen im Innenraum stinkt es während der Fahrt nach Abgasen. Also nur, wenn ich z. B. an einer Ampel stehe."
„Und nun?" Sie kaute desinteressiert auf einem Kaugummi herum.
„Na, ich dachte, weil bei Ihnen noch Licht brennt, dass ... "
„Es ist längst Feierabend. Ich schraube hier noch freiwillig. Aber das bei Ihnen, das könnte ein kaputter Schlauch der Abgasrückführung sein. Marke?"
Ich sah sie verdutzt an. Mit einer so schnellen Antwort und gleichzeitiger Lösung meines fiktiven Problems hatte ich nicht gerechnet. „Marke? Ich versteh nicht." Marion brachte mich durcheinander. Ich überlegte die Aktion abzublasen. Sie war einen halben Kopf größer als ich und bei ihr hatte ich zum ersten Mal das Gefühl, dass sie mir Probleme bereiten könnte.
„Automarke. Was für ein Auto fahren Sie?"
„Ach so!" Ich seufzte erleichtert. „Passat."
„Typisches VW-Problem. Wo steht die Karre?"

Sie wollte mir tatsächlich helfen! „Ähm, gleich hier." Ich zeigte auf meinen Wagen, direkt gegenüber der Werkstatttür auf der anderen Straßenseite.

Marion öffnete die Tür ganz, trat zu mir hinaus und griff in die Brusttasche ihrer Latzhose, aus der sie eine Schachtel Marlboro zog. Sie schnippste ihren Deckel gekonnt mit dem Daumen auf und hielt mir die Schachtel hin. „Auch eine?"

„Nein, danke!", lehnte ich verwirrt ab, während wir auf meinen Wagen zugingen. Sie zog mit den Zähnen geschickt eine Zigarette aus der Schachtel und klemmte sie zwischen ihre Lippen, steckte die Schachtel wieder in die Brusttasche der Latzhose und fingerte ein Feuerzeug aus der Gesäßtasche hervor, ratschte es an und hielt die Flamme an die Spitze ihrer sich zwischen den Lippen befindlichen Zigarette. Sie machte einen tiefen Zug. „Ist offen?" Sie fasste an den Griff meiner Fahrertür und bemerkte, dass mein Wagen abgeschlossen war. „So kann ich nichts machen." Mit einem zugekniffenen Auge zog sie an ihrer Zigarette.

„Ach so, ja!" Ich griff in meine Jackentasche und betätigte die Fernbedienung meines Autoschlüssels. Die Blinker des Wagens leuchteten kurz auf und die Innenraumbeleuchtung ging an.

„Danke!" Sie öffnete die Fahrertür und zog routiniert im Fußraum des Fahrersitzes am Hebel zum Öffnen der Motorhaube. Ich hoffte inständig, dass sie den Schlauch und das Klebeband im Beifahrerfußraum nicht sah. Sie ging jedoch seelenruhig an die Motorhaube und öffnete sie. Obwohl diese von allein geöffnet blieb, hielt sie sie mit einer Hand fest, was unheimlich lässig wirkte. Dabei griff sie in die Beintasche ihrer Hose und zog eine kleine Taschenlampe hervor, knipste sie an und hielt den Schein in den Motorraum. Fast erwartete ich, dass sie wirklich diesen einen kaputten Schlauch fand, als mir bewusst wurde, dass ich nun handeln musste, wenn ich sie ködern wollte. Während sie mit der Lampe den Motorraum untersuchte, griff ich in meine Jackentasche und holte den mit Chloroform getränkten Lappen aus seinem Glas hervor. Blitzschnell trat ich hinter sie und drückte ihn ihr ins Gesicht. Dabei stieß ich ihr meine Knie in die Kniekehlen, aber sie sackte nicht zusammen. Sie wehrte sich und ich musste alle Kraft aufwenden, dass sie

mich nicht umstieß. Verkrampft wehrte ich mich gegen ihren zuckenden Körper. Sie versuchte zu schreien. Und dann spürte ich, dass sie anfing zu taumeln. Endlich gelang es mir, ihre Kniekehlen durchzudrücken, sodass sie zusammensackte. Dabei schlug sie mit der Stirn auf den Rand meines Kühlers.

Keuchend blickte ich mich um. Die Straße lag unbefahren neben uns. Aber ich musste mich beeilen, Marion in die Werkstatt zu zerren, denn wir befanden uns nur ein paar Meter neben einer Straßenlaterne. Wenn jemand unverhofft in diesem Industriegebiet auftauchte, dann würde er uns sofort sehen.

Ich ließ die Motorhaube meines Wagens geöffnet und konzentrierte mich ganz darauf, Marion über die Straße Richtung Werkstatteingang zu zerren. Die Sohlen ihrer Schuhe kratzten über den Asphalt. Sie machte es mir nicht leicht. Sie hatte ein Kreuz wie ein Kerl und ich keuchte vor Anstrengung, als ich sie endlich in die Werkstatt gezerrt hatte. Dann war Eile angesagt! Dass sie wach wurde, konnte ich mir beim besten Willen nicht erlauben. Zuerst band ich ihr die Hände mit Kabelbindern auf den Rücken und danach zurrte ich ihr die Beine zusammen. Zu dem Zeitpunkt wurde mir klar, dass ich es nur unter größter Anstrengung schaffen würde, sie in einen Wagen der Werkstatt zu hieven. Ich zweifelte sogar daran, es überhaupt zu schaffen. Ich gönnte mir eine kurze Verschnaufpause.

Da fiel mein Blick, aufgeschreckt durch einen Signalton, auf ein altes iPhone, das aus der Brusttasche von Christianes Latzhose hervorlugte. Gerade war eine Nachricht eingegangen. Da das Telefon nur halb in der Tasche steckte, konnte ich lesen was darauf stand:

> ***Kevin:** Heute ist nicht mein Tag! Kippen vergessen. Guckst Du mal nach, ob sie hinten auf dem Tisch liegen?*

Meine Gedanken begannen sofort zu rotieren! Ob dieser Kevin ein Kollege von Marion war? Der Idiot hatte seine Kippen vergessen! Was würde passieren, wenn Marion ihm nicht antwortete? Würde er selbst suchen kommen? Ich zog das Handy aus der Tasche und schaute auf das sich verdunkelnde Display. Sofort drückte ich den Homebutton, das Display mit der Vorschau der Nachricht war wieder da. Erstaunt bemerkte ich, dass es keinen Balken zum Entsperren des Telefons gab. Ich tippte die Vorschau der Nachricht von diesem Kevin an und stellte zu meiner Überraschung fest, dass dieses Telefon nicht durch einen automatische Sperre gesichert war, denn plötzlich befand ich mich direkt im Nachrichtenmenü und hätte direkt Kevin antworten können. Freudig überrascht pfiff ich leise durch die Zähne. Wieder einmal spielte mir der Zufall und die Sorglosigkeit eines Menschen in die Hände! Nun wusste ich, wie ich den Akt mit der eingesperrten Christiane inszenieren könnte. Wie konnte Marion nur so nachlässig sein und ein Handy ohne Bildschirmsperre bei sich tragen?

Meine Gedanken kehrten zu Kevin zurück. Sollte ich ihm antworten, oder nicht? Mich überkam Unsicherheit. Das Ding mit Marion war nicht gut genug durchdacht gewesen. Ich hätte es lassen sollen. All das hatte schon genug Zeit gekostet. Sollte ich meinen Plan abbrechen? Meine Gedanken begannen zu rotieren und plötzlich stieg Panik in mir auf. Ich wollte die Werkstatt einfach nur verlassen. Abhauen, einfach verschwinden! Außerdem erkannte ich, dass ich mich mit Marion wirklich übernommen hatte. Niemals würde ich es ohne fremde Hilfe schaffen, sie auf einen Autositz zu hieven und einen Abgasschlauch ins Innere des Wagens zu legen. Da öffnete sich mit einem Ruck die Werkstatttür. Ein Mann mittleren Alters stand in der Halle, konnte mich und Marion aber nicht sehen. Kevin!, schoss es mir durch den Kopf.

„Marion? Bist du noch am Schrauben?"

Mir gefror das Blut in den Adern. Wie konnte ich nur so bescheuert sein, die Werkstatttür nicht abzuschließen, obwohl der Schlüssel von innen steckte? Ich saß in der Falle. Mein Spiel scheiterte direkt vor dem Zieleinlauf…

Andreas, Lenchen und Jonas

Zu dritt saßen sie am Tisch und genossen das Abendessen. Es gab Hackbraten Jägerart mit Kartoffeln und Erbsengemüse.
„Das schmeckt ganz hervorragend, Lenchen. Essen hält Leib und Seele zusammen. Es ist ein Glücksfall Sie bei uns zu haben!"
Lenchen und Jonas sahen sich an, denn als Andreas dies sagte, wirkte er nicht so, als ob er mit großem Appetit aß, obwohl das Essen mehr als köstlich war.
„Es freut mich doch immer, wenn es Ihnen schmeckt, Herr Behrends. Jonas hat sich das Essen ausgedacht und mich nachmittags beim Einkaufen begleitet."
„Ach ja, das freut mich! Leider muss ich mich entschuldigen. Ich habe noch zu tun." Andreas tupfte sich den Mund mit der Serviette ab und stand auf. Seinen Teller hatte er zumindest leergegessen. „Vielleicht fahre ich später noch zu Bernhard!"

„Mit ihm stimmt etwas nicht!", sagte Jonas, als Andreas im Büro verschwunden war.
„Den Eindruck habe ich allerdings auch."
„Als er bei Bernhard war, da ist er nachts auch noch in sein Büro gegangen. Es hat sich so angehört, als ob er etwas gesucht habe."
„Hm, ich habe nichts mitbekommen." Lenchen bekam ein schlechtes Gewissen. Es musste mit den Morden zu tun haben, wovon Jonas ja nichts wissen sollte. Zumindest nicht, dass diese Morde in einem Zusammenhang mit Andreas' Richtertätigkeit standen.
„Egal, ich kenne ihn nur so. Vielleicht fährt er gar nicht zu Bernhard, sondern zu einer neuen Bekanntschaft? Und ich interessiere ihn nicht die Bohne." Jonas hielt seine rechte Hand hoch. „Er hat direkt neben mir gesessen und ihm ist nicht mal aufgefallen, dass ich ganz normal mit einer Gabel essen konnte, weil der Verband ab ist."
Lenchen sah Jonas nachdenklich an. „Er ist ganz sicher nur überarbeitet und für ihn ist das alles auch sehr schwer. Du solltest nicht zu hart mit ihm ins Gericht gehen."

„Ich mit ihm? Umgekehrt wird ein Schuh daraus, Lenchen. Ich habe ihm doch nie genügt!"
Lenchen hörte die Gleichgültigkeit in Jonas' Stimme. Andreas hatte sich nie um ihn bemüht und jetzt machte es die Gesamtsituation erst recht nicht einfacher.

Nachdem Lenchen abgeräumt hatte und der Geschirrspüler leise surrte, saßen die beiden noch zusammen, bis Lenchen gähnen musste.
„Ich glaube, ich werde langsam zu Bett gehen. Wie sieht es mit dir aus?"
„Ich bin auch müde", sagte Jonas.

Jonas

Als Jonas sein Schlafzimmer betreten hatte, piepte sein Handy. Eigentlich hätte er keinen plausiblen Grund gewusst, warum er so ein Ding überhaupt besaß, weil sich ohnehin nur Lenchen und selten Andreas bei ihm meldeten. Er benutzte es ja so gut wie gar nicht. Umso mehr wunderte er sich, dass er eine Mitteilung von einer ihm unbekannten Nummer erhalten hatte. Er öffnete sie und las:

> Christiane Fastenau ist im Mandelbecker Forst.

Jonas stutzte. Was hatte denn das zu bedeuten? Sicherlich ein Irrläufer im mobilen Netz. Wahrscheinlich Nummer falsch eingegeben und diese Nachricht war gar nicht für ihn bestimmt.

Andreas und Bernhard

„Die Akten sind allesamt weg. Ich kann sie nirgends finden. Ich kann es mir nur so erklären, dass bei uns eingebrochen worden ist."

„Und das hast du nie bemerkt?"

„Nie! Es gab ja keinen Einbruch!"

„Oder habt Ihr mal irgendwann einen Schlüssel vermisst?"

Andreas zuckte. Alles in ihm zog sich zusammen. „Bernhard, das könnte ein Volltreffer sein!" Er zeigte mit dem Zeigefinger auf seinen Freund.

„Was?"

„Lenchen hat mal den Schlüssel zum Hintereingang verloren. Aber sie hat ihn nach ein paar Tagen in einer Reißverschlusstasche ihrer Handtasche wiedergefunden."

„Wie lange ist das her?"

„Es war gleich nach Karins Tod, als sie bei uns angefangen hat. Also gute zwei Jahre ist das jetzt her. Da war die Apotheke auch noch eingeräumt."

„Willst du mir erzählen, dass du danach nicht das Schloss ausgewechselt hast?"

„Ich dachte ... Verdammt! Was bin ich für ein Idiot!" Andreas raufte sich die Haare.

„Nun, es muss ja nicht sein. Aber bist du nie darauf gekommen, dass sich den Schlüssel damals jemand – sagen wir mal *heimlich* – von ihr ausgeliehen haben könnte? Er lässt ihn nachmachen und spaziert bis heute bei dir ein und aus."

„Das würde ich merken! Ich kann das nicht glauben. Bernhard, das ist jetzt knapp zwei Jahre her!"

„Es wäre aber eine logische Erklärung. Was das aber alles genau zu bedeuten hat, das muss noch herausgefunden werden."

„Ja, wenn man das nur wüsste!"

Bernhard schenkte Bier nach. Bevor er sprach, sah er sehr nachdenklich aus. „Hast du schon mal darüber nachgedacht, was passiert wäre, wenn Karin gewusst hätte, dass Jonas …"

„Hör auf! Das jetzt nicht auch noch. Ich stecke knietief im Sumpf und jetzt kommst du mit dieser alten Kamelle an! Es ändert jetzt im Nachhinein ohnehin nichts. Angefangen hat alles damit, dass ich Timo an dieser verdammten Vereinsfahrt hätte teilnehmen lassen sollen. Das schlechte Gewissen sucht mich jeden Tag heim. Es vergeht nicht eine einzige Stunde, in der ich nicht daran denken muss. Das ist jetzt fast 15 Jahre her und es kommt mir vor, als wäre es gestern gewesen. Ich konnte es Karin nicht sagen. Es hätte sie umgebracht. Ich hatte Glück, dass die Sache mit den Salbeibonbons nie ans Tageslicht gekommen ist. Was habe ich damals auf ihre Angestellte eingeredet, dass sie es Karin nicht sagt, dass er die Bonbons genommen hat. Ich konnte ihr glaubhaft versichern, dass es Karin an den Rand des Wahnsinns getrieben hätte, wenn sie ihren toten Sohn in dem Wissen zu Grabe trüge, dass er ein Dieb war. Dabei habe ich mich so elend und schlecht wie noch nie in meinem ganzen Leben gefühlt. Timo war ja kein Dieb, er hatte es ja nur gutmachen wollen." Andreas wischte sich krampfhaft über die Stirn. „Zeit meines Lebens muss ich mit meiner eigenen Anklage, der ich nicht entkommen kann, leben. Und das mit Jonas, das setzt dieser Sache eigentlich noch die Krone auf. Bis heute fällt es mir schwer, ihm in die Augen zu sehen. Nur … ich wollte es doch auch nur wieder gutmachen. Irgendwie … Aber das alles hat ja nichts mit den verdammten Akten zu tun! Wieso hast du davon angefangen?" Andreas schlug mit der Hand auf den Tisch.

Bernhard blieb erstaunlich ruhig. „Sitzt er noch?"

„Wer?"

„Frag nicht, du weißt genau, wen ich meine!"

„Du meinst Lehmann."

„Wen sonst?"

„Der müsste draußen sein. Denkst du, dass er als zukünftiges Opfer auch infrage käme?" Andreas war erstaunt.
Bernhard überlegte sehr angestrengt. „Möglich. Er ist zumindest das einzig logische Verbindungsstück zu euch in dieser ganzen Angelegenheit. Manchmal denke ich, dass ich den Bericht hätte nachträglich frisieren müssen."
„Wie kommst du denn darauf? Dann wäre es ja noch schwerer geworden, ihn hinter Gitter zu bringen. Ich wollte 15 Jahre, wie du weißt. Garantiert hätte die Verteidigung dann einen Selbstmord daraus gestrickt und er wäre mit drei Jahren aus der Sache herausgegangen. Er war derjenige, der Jonas' Mutter immer wieder zusammengeschlagen hat. Die Hirnblutung war die Todesursache. Dass du die serologische Untersuchung im Suff mit der einer alten Dame vertauscht hast ..."
„Das kann mich noch heute Kopf und Kragen kosten, wenn es herauskommt. Die Angehörigen von der alten Frau wollten das Krankenhaus verklagen, da sie behauptet hatten, dass eine Schwester ihr versehentlich das falsche Medikament gegeben hat."
„Hör auf damit! Wie sollte das nach all den Jahren jetzt noch ans Tageslicht kommen? Die Akte war völlig in Ordnung, die Obduktion der Leiche fehlerfrei – laut Papier. Wie sollte man darauf kommen, dass du das Körperserum mit dem einer alten Dame vertauscht hattest, bei der der Nachweis des Mittels niemanden gewundert hat, weil sie ohnehin Diabetes hatte und diese Tabletten genommen hat."
„Wir drehen uns im Kreis! Wenn ich nur der Polizei von den verschwundenen Akten erzählen könnte."
„Wie du schon sagst, wir drehen uns im Kreis. Alles nur Gedankenspielerei. Die Wahrscheinlichkeit, dass es ganz anders ist, als wir denken, ist wesentlich höher!"
„Ja, womöglich hast du Recht. Uns bleibt nichts anderes übrig als abzuwarten. Aber das bedeutet wahrscheinlich auch weitere Opfer."
„Hast du einen Überblick, wie viele Akten dir fehlen?"

„Nein, warum?"
„Hast du jeden Fall, bei dem du das Urteil gesprochen hast, privat archiviert?"
Andreas nickte. „Nur die Mord- und Tötungsdelikte. Aber um die allein geht es ja hier."
„Wie viele waren das?"
„Das hab ich nicht im Kopf, kann ich aber im Gericht einsehen."
„Fahr und zähl nach!"
„Was nützt mir dieses Wissen?"
„Das weiß ich nicht, aber wenn es etwas mit dir zu tun hat, ist es gut, so viele Informationen wie möglich zu haben, wenn es darauf ankommt, denkst du nicht? Und dann finde heraus, welche Akten fehlen. Wenn du das weißt, dann weißt du, wer ein zukünftiges Opfer dieses Spinners sein wird. Vielleicht muss es aber auch keine weiteren Opfer mehr geben."
„Wie stellst du dir das vor?"
„Du solltest darüber nachdenken, falls weitere Akten fehlen, dies der Polizei mitzuteilen."
„Aber das geht nicht. Ich darf diese Akten gar nicht haben."
„Es geht um Menschenleben, Andreas!"

*

Ich zog Marion eins mit dem Schraubenschlüssel über, als sie drohte wach zu werden. Der Typ war in einem der hinteren Räume verschwunden und hatte Marion und mich nicht entdeckt. Das alles hätte mir so nicht passieren dürfen und ich ärgerte mich über mich selbst, weil ich die Akte nicht zurückgesteckt hatte. Das hier war eine Nummer zu hoch für mich. Alles andere hatte so wunderbar funktioniert und plötzlich wendete sich das Blatt von einer Minute auf die nächste! Marion schnitt ich die Fesseln wieder durch, schob sie unter ein Auto und erhoffte mir einen großen zeitlichen Vorsprung, bis der Kerl, der mich überrascht hatte, sie finden würde und die Polizei rief. Leise verschwand ich aus der Werkstatt und bereute es schon Augenblicke später, dass ich ihr

den Schädel nicht komplett eingeschlagen hatte. Denn sie kannte mein Gesicht und wusste, was für ein Auto ich fuhr.
Ziellos fuhr ich durch die Gegend und meine Gedanken gerieten immer wieder durcheinander. Diesmal hätten sie mich am Haken! Marion würde den Bullen alles erzählen. Ich war nicht mehr sicher. Eigentlich hätte ich die Gegend verlassen müssen. Plötzlich vernahm ich einen mir fremden Klingelton. In meiner Jackentasche griff ich nach Marions Handy. Ich fuhr rechts ran und kramte es hervor.

Werkstatt

stand auf dem Display und es klingelte weiter. Ich malte mir zwei mögliche Szenarien aus. Eine davon war, dass Marion mittlerweile wach geworden und der Typ, der mich überrascht hatte, sie nicht in der Werkstatt gefunden hatte und einfach gegangen war. Marion hatte ihr Handy gesucht und bemerkt, dass es nicht da war. Deswegen rief sie es vom Werkstatttelefon aus an, weil sie dachte, dass sie es beim Kampf mit mir verloren hatte, um es, wenn es durch ihren Anruf klingelte, besser finden zu können. Längst hatte sie die Polizei informiert. Ich schluckte. Seitdem ich mich aus der Werkstatt geschlichen hatte, waren knapp 50 Minuten vergangen. Die zweite Variante, die mir einfiel: Marion war noch nicht wach, aber der Typ rief sie vom Werkstatttelefon aus an, um zu erfahren, wo sie steckte. Als nächstes fiel mir ein, dass man das Handy orten und so ein Bewegungsprofil von mir erstellen könnte. Ich drückte den elektrischen Fensterheber und wollte das Handy im hohen Bogen aus dem Fenster werfen, als mir der Plan um Christiane wieder einfiel. Konnte ich ihn noch immer in die Tat umsetzen? Blieb mir genug Zeit, mein großes Finale noch durchführen zu können? Es wäre eine Schande, wenn man mich zu früh erwischen würde und ich die Sache nicht komplett durchziehen könnte. Ich schloss das Fenster und schaute das Handy in meiner Hand an. Lange musste ich nicht überlegen. Ich setzte es einfach in den Flugmodus. So war es offline und niemandem würde es möglich sein, ein Bewegungsprofil von dem Handy und somit von mir zu erstellen. Fast hätte ich es ausgeschaltet und mein eigentlicher Plan wäre dahin gewesen. Zwar gab es für dieses Handy keine automatische Sperre, sodass ich es jederzeit benutzen konnte. Aber die PIN des Providers, die bei der Netzanmeldung abgefragt wird, die wusste ich natürlich nicht. In diesem Augenblick empfand ich mich als ganz besonders schlau. Ich wendete den Wagen und brachte das Handy zu Christianes Versteck. Und von diesem Ort aus sendete ich eine Nachricht.

Andreas

Nachdem er von Bernhard weggefahren war, machte Andreas einen Abstecher in sein Büro im Gericht. Er hatte zweimal nachgezählt. Während seiner bisherigen Tätigkeit als Richter hatte er 14 Mord- und Tötungsdelikte verhandelt, die nicht mit einem Freispruch endeten. Diese Fälle bewahrte er als private Akten zu Hause auf. Er stellte handschriftlich eine Liste aller Namen der von ihm Verurteilten zusammen. 14 Akten müssten zu Hause in seinem Schrank stehen.
Nervös und müde verließ er das Gerichtsgebäude und wünschte dem Wachdienst eine ruhige Nacht.

Andreas schaffte es kaum noch, die Namen auf den Dokumentenmappen zu lesen. Seine Augen brannten. Sorgfältig strich er die Namen auf der Liste durch, deren Akten er zu Hause fand. Übrig blieben sieben Namen.
Stefan Krieger, Paula Lindner, Matthias Gloth. Diese drei waren mittlerweile tot und gefunden worden. Christiane Fastenau dürfte sicher auch nicht mehr am Leben sein. Die Mappe von ihr fehlte in seinem Schrank. Sie wurde noch immer vermisst. Die Obduktion ihrer Tochter Jamie hatte damals ergeben, dass der Todeskampf des Kindes mindestens 76 Stunden gedauert hatte. Andreas ging davon aus, dass der Täter sie irgendwo gefangen hielt und sie nicht mit Essen und Trinken versorgte.

Andreas las die Namen, die auf der Liste übrig geblieben sind: Richard Plate, Peter Hohmann, Marion Wendt und Thomas Lehmann.

Richard Plate hatte seinen Vater die Kellertreppe hinuntergeschubst und bis zum Schluss behauptet, dass er allein die Treppe hinuntergefallen war. Dagegen standen die Aussagen der Nachbarn, dass sein Vater allen zu Lebzeiten erzählt hatte, dass sein Sohn ihm mit dem Tod drohe und er Angst vor ihm habe. Und Peter Hohmann hatte eine ehemalige Mitschülerin gefangen gehalten und sie damit gequält, dass sie ihre eigene Katze töten und essen musste, wenn sie wieder frei sein wollte. Er brachte sie, nachdem sie ihre Katze getötet und einen Teil von ihr gegessen hatte, trotzdem um, weil sie ihn früher in der Schule wegen seiner Brille und Fettleibigkeit gemobbt hatte. Er strangulierte sie mit ihrem BH, als die Nerven mit ihm durchgegangen waren, weil sie ihn, trotz der für sie grausamen Situation um ihre Katze, weiterhin triezte und beleidigte. Andreas hatte wirklich ein Elefantenhirn. Er brauchte die Akten gar nicht als Erinnerungsstütze. Sofort fiel ihm auch der nächste Fall ein.

Marion Wendt, eine Statur wie ein Kleiderschrank, hatte aus Eifersucht ihre Schwester im Familienauto festgebunden und die Abgase mit einem Schlauch in das Wageninnere geleitet – und gehofft, dass ihr Tod als Selbstmord durchgehen würde. Nur weil ihre Eltern sie angeblich immer bevorzugt hatten.

Und dann noch eine Akte. Bernhard konnte recht gehabt haben. Die Tatsache, dass die Mappe von Thomas Lehmann auch fehlte, konnte tatsächlich das Verbindungsstück zu Andreas sein. Lehmann, der Lebensgefährte von Jonas` Mutter, der, zumindest lautete so die Anklage, ihr tödliche Verletzungen zugefügt und seine Strafe ebenfalls schon abgesessen hatte. Bernhard hatte zwar bei der serologischen Untersuchung des Opfers was verwechselt, aber das spielte eigentlich gar keine große Rolle. In Thomas musste das Verbindungsstück zu ihm als Richter stehen. Nur wie, das konnte er sich noch nicht erklären.

Was nützte ihm die Erkenntnis nun? Er würde sich schuldig fühlen, käme es zu weiteren Opfern. All diese Personen könnten gewarnt werden, wenn er der Polizei den Hinweis auf die fehlenden Mappen in seinem Privatarchiv gäbe.

Jonas

Jonas hörte Andreas nach Hause kommen. Wieder ging er in sein Arbeitszimmer. Das kam ihm erneut komisch vor, aber er wollte sich jetzt nicht näher damit befassen, weil er es sich im Schneidersitz auf seinem Bett gemütlich gemacht hatte und erneut den Aufruf zu dem Autoren- und Illustrationswettbewerb las. Immer wieder wanderten seine Augen über den Satz, dass die Rechte des Textes beim Einsender liegen müssten. Was ihn anfangs gar nicht so sehr gestört hatte, das störte ihn aber jetzt. Hin und wieder überlegte er sogar, den Text des Buches in den Rechner zu tippen und so zu tun, als ob er ihn selbst und nicht der alte Lohnschreiber verfasst hatte. Aber das wiederum war Betrug und würde ihn auch nicht weiterbringen, wenn es herauskäme. Ganz im Gegenteil, es würde ihm schaden. Und hinzukam, dass es dem alten Buch die Besonderheit nahm.
Er wollte sich aber nicht so einfach entmutigen lassen. Es musste einfach klappen! Wenn er bei dem Verlag erst einen Fuß in der Tür hatte, dann wäre das für die Zukunft bestimmt nicht schlecht. Er könnte illustrieren, oder über diesen Weg der eventuellen Veröffentlichung sicherlich im künstlerischen Bereich gute Kontakte knüpfen.
Sorgfältig faltete er die Anzeige zusammen und holte das Buch hervor.

*

Ich erwachte am späten Nachmittag, als die Sonne schon sehr tief stand. Nachdem ich den Artikel verfasst hatte, war ich doch eingeschlafen. Mein erster Gedanke galt Clara. Ob es ihr wohl besser ging? Konnte das Kind einen solchen Eingriff überhaupt überstehen? Was ich gesehen hatte, ließ mir erneut einen Schauer über den Rücken laufen. So viel Blut! Und dann das Aufmeißeln des Knochens. Mir wurde schlecht. Allem Anschein nach wusste der Arzt aber genau, was er tat. Jedenfalls meinte ich dies als Laie so einschätzen zu können. Sogleich fielen mir aber auch die anderen Geschehnisse der letzten Nacht ein und ich rieb mir den Schlaf aus den Augen. Mein Leben war durch den Scharfrichter geradezu abenteuerlich geworden und zum ersten Mal spürte ich so etwas wie Rache in mir, was Kruber und Gürtler anging. Sie hatten dem kranken Kind die Mutter genommen! Und noch nicht genug – das Pack hatte mich überfallen. Und mir wurde bewusst, dass sie mich hätten ebenso meucheln können. Wahrscheinlich hatte ich Schwarz mein Leben, zumindest aber mein körperliches Wohl zu verdanken. Der Mann wurde mir immer sympathischer. Dass ich ihn anfangs so düster und grausam fand, das konnte ich gar nicht mehr nachvollziehen. Die Gesellschaft hatte dieses Bild von ihm geprägt und man nahm es – ohne weiter zu hinterfragen – einfach an. Eigentlich ist Schwarz ein ganz normaler Mensch, der nur seinen Beruf ausübt. In mir begehrte es auf! Die Regeln, wie sich ein Scharfrichter zu verhalten habe, das ging von der Königlichen Regierung aus. Man bestrafte ihn für das, was er ebenfalls im Namen der Königlichen Regierung tat! Darüber hatte ich mir noch nie Gedanken gemacht. Und was es noch schlimmer machte, war die Tatsache, dass Schwarz niemals hätte etwas anderes werden können. Selbst wenn er sich entschieden hätte, ein ehrbares Handwerk zu erlernen, er hätte es nicht gedurft, weil sein Vater Scharfrichter gewesen war und Schwarz als sein Sohn schon mit seiner Geburt als ein Verfemter zu behandeln gewesen war.

Angesichts dessen tat mir Schwarz leid. Er war kein schlechter Mensch, dass sein Herz am rechten Fleck saß, hatte er mir schon mehr als einmal bewiesen.

Langsam wurde es Zeit aufzustehen und mich auf den Abend vorzubereiten. Der Arzt wollte am späten Nachmittag nach Clara sehen und er hatte Schwarz gebeten, Clara bis dahin in ihrem Zuhause zu belassen, bevor er sie mit zu sich nahm. Wahrscheinlich war der Arzt schon da. Ob Annas Leichnam wohl schon fortgebracht worden war?

So viele Fragen! Der Blick aus dem Fenster verriet mir, dass die Sonne gerade am Untergehen war. Ich wollte die Dämmerung abwarten und später im Schutz der Dunkelheit zu Schwarz gehen. Und dann betete ich für Clara.

Bevor ich mich auf den Weg zu Schwarz machte, steckte ich mir den Artikel ein, den ich ihm zum Lesen geben wollte. Es wurde ohnehin Zeit, dass ich Geld mit meinen Artikeln verdiente. Schwarz schien ein gutes Gefühl dafür zu haben, wie man mit Situationen, die einem Unannehmlichkeiten bringen könnten, gut umgehen konnte. Mehr als einmal hatte er mich in Schutz genommen, obwohl er sich selbst damit in schlechtes Licht rückte. Aber wahrscheinlich war es für ihn über all die vielen Jahre seit seiner Kindheit egal geworden. Er schien sich damit abgefunden zu haben, ein Verfemter zu sein und sich in der Stadt nur um Dinge zu kümmern, die anrüchig waren. Im Artikel bediente ich mich – ja auf sein Anraten hin – einiger kleiner Notlügen, die unser eigentliches Vorhaben in der Nacht etwas vertuschten. In Hannover hatte längst die Industrialisierung begonnen und die Stadt wuchs. Aber das veränderte das Leben im Stadtkern noch nicht und die Denkweise der Bürger war nach wie vor altertümlich und traditionell.

Kurz bevor ich durch die alte Stadtmauer trat, sah ich mich verstohlen um, ob man mich beobachtete. Aber niemand sah mich und so lief ich schnurstracks auf Schwarzens Haus zu und ging, wie er es mir geraten hatte, zum Hintereingang. Doch bevor ich klopfte, vernahm ich Gekreisch aus dem Inneren des Hauses.

„Das Kind einer Hure, jetzt noch dazu ein humpelnder Krüppel! Als ob wir nicht schon anrüchig genug wären, schleppst du es hier an! Mir fällt es gar nicht ein, dem Bastard den Wanst zu füllen. Ich will den Balg nicht in diesem Haus!“

Etwas klirrte und dann vernahm ich Schwarzens donnernde Stimme: „Unsereins ist hier der Mann im Hause und bestimmt, wer hier am Tische den Wanst gefüllt kriegt und unsereins hat es auch satt, sich anhören zu müssen, dass er nicht für Nachwuchs gesorgt habe. Hier ist der Nachwuchs! Wer weiß denn schon, ob es nicht am Weibe liegt, dass kein Kind da ist! Und wenn dieses Kind erst gesund ist, dann kann es dem Weibe gut zur

Hand gehen! Oder hat sie schon vergessen, dass sie ständig am Stöhnen ist, weil keine Hilfe da ist? Und damit hat unsereins das letzte Wort gesprochen! Clara bleibt!"

Das hatte ich mir ja ganz anders vorgestellt. Schwarzens Frau wollte Clara nicht und ich überlegte, ob es besser wäre, meinen Krankenbesuch auf den nächsten Tag zu verschieben, als plötzlich die Hintertür aufgerissen wurde und Schwarzens heulendes Weib herausgestürmt kam. Da ich seitlich davon stand, nahm sie mich überhaupt nicht wahr. Sie hatte sich ein dickes Tuch umgehängt und es sah nicht so aus, als ob sie schnell wiederkommen würde. Sie rannte zum Stadttor Richtung Stadtmitte. Schwarz und ich wären mit Clara allein. Es war mir recht. Obwohl ich sein Weib bisher nur einmal auf dem Markt gesehen hatte, war es mir nicht angenehm.

Vorsichtig trat ich zur Hintertür ins Haus.

„Schwarz? Sind Sie da?"

„Uhde! Trete er ein und komme er ruhig in die Küche!"

Ich setzte meinen Hut ab und ging durch den kleinen Hinterflur zum Vorderteil des Hauses in die Küche und klopfte am Türrahmen.

„Herein!"

„Guten Abend, die Hintertür war offen, da bin ich ... "

„Ach höre er doch auf! Das Gekreische vom Weib wird er wohl mitbekommen haben. Es wird sich schon wieder beruhigen!"

Ich räusperte mich verlegen. Schwarz saß auf einem Stuhl neben Clara, die gut zugedeckt auf einem Strohsack lag. Er fütterte das Kind. Ich trat näher heran. „Wie geht es dir, Clara?"

„Sie spricht nicht mehr! Aber dafür hat sie Hunger und Durst." Schwarz hielt ihr einen Holzlöffel mit Suppe an die Lippen. Ihre Lippen waren tief vom Fieber eingerissen und ihr Gesicht war bleich, aber sie lebte und aß!

„Sie weiß, dass ihre Mutter nicht mehr wiederkommen wird und seitdem sie es weiß, spricht sie nicht mehr." Schwarz donnerte es geradeheraus. So, als ob ich dem Kind die Stimme nach diesem schweren Verlust wiedergeben könnte. Dabei fehlten mir nun auch die Worte und ich konnte nichts sagen. Ich bückte mich zu Clara herab und streichelte ihr mit der

Hand über den Kopf. Sie tat mir so unendlich leid. Dabei sah ich, dass Schwarz ihr das Amulett ihrer Mutter angelegt hatte.
„Mein Weib wird sich beruhigen und sich gut um es kümmern! Darüber braucht es sich keine Sorgen machen."
Clara sah Schwarz an. Fast unmerklich schüttelte sie den Kopf.

Ich erinnerte mich an das allererste Gespräch, welches ich mit Clara geführt hatte. Sie wunderte sich damals darüber, dass ihre Mutter die grausamen Geschichten von Schwarz gern hörte. Dass Clara es aber gar nicht verstehen könne, dass ihre Mutter das gern höre, weil sie doch so lieb sei. Vielleicht war es jetzt ein Vorteil, dass Clara wusste, dass ihre Mutter den Scharfrichter auf ihre Weise gemocht hatte. So war es für Schwarz vielleicht möglich, Vertrauen zum Kind aufzubauen. Eigentlich hatte ich nicht das Gefühl, dass Clara Angst vor dem Mann hatte, der sie fütterte. Oder war es dem Kind egal? Aß es nicht aus Appetit, sondern mehr aus der inneren Leere heraus, weil ihm die Mutter so schmerzlich fehlte? Solang Clara nicht sprach, würden wir es nicht herausbekommen.
„Hat sie noch Fieber? Was hat der Arzt gesagt?" Ich nahm auf einem Stuhl am Küchentisch Platz.
Clara schüttelte den Kopf, als Schwarz ihr den Löffel vor den Mund hielt.
„Dann schlafe sie nun ein bisschen!", sagte er sanftmütig zu ihr und stellte die Schüssel mit der Suppe auf einen kleinen Schemel neben Claras Kopfende. Schwarz erhob sich, schmiss ein Stück Holz in den Küchenofen und setzte sich mir gegenüber.
„Die Wunde sieht gut aus. Das Kind glüht nicht mehr. Nun liegt es an unsereins, das Kind gesund zu pflegen. Und unsereins wird um das Leben des Kindes kämpfen!"
Das glaubte ich ihm aufs Wort und nickte ihm zu. Zwar konnte ich es nicht verstehen, dass so ein Hüne von Mann sich um ein Kind kümmern wollte, aber vielleicht war es auch schon immer sein Wunsch gewesen, ein Kind im Hause zu haben. Mir fiel ein, dass die alleinige Gesellschaft des tagsüber keifenden und des nachts schnarchenden Weibes sicher kein Geschenk des Himmels war und ein Kind Freude ins Haus brachte. Und wenn Clara erst gesund wäre, dann würde sie diese Freude bringen. Sie würde nur über den Tod ihrer Mutter hinwegkommen müssen. Inständig

hoffte ich, das Schwarzens Weib ihr einen guten Ersatz bot und nicht mehr so viel keifte.
Schwarz stand auf und kehrte die Scherben der Suppenschüssel zusammen, die ich vorhin hatte klirren hören. „Das Weib schmeißt in der Wut alles kaputt! Das wird unsereins ihr austreiben müssen."
Clara war inzwischen erschöpft eingeschlafen.
„Getuschelt hat das Volk, als unsereins das Kind hierher trug. Hat er den Bericht geschrieben?"
„Ja, das habe ich, wollte aber, bevor ich ihn abgebe, noch von Euch ansehen lassen." Ich zog das Blatt aus meiner Innentasche des Mantels und hielt es Schwarz hin, der mich daraufhin peinlich berührt ansah. Ich verstand sofort, was sein Blick bedeutete. „Zum Unterschreiben macht unsereins auch nur drei Kreuze", sagte er. So las ich ihm den Artikel vor, denn Schwarz konnte nicht lesen und schreiben. Ich ging einfach darüber hinweg, weil ich sah, wie peinlich es ihm war.

„So hat er es recht gemacht! Dann gebe er den Artikel ab und kann die nächsten Tage weitere schreiben. Es wird keine lange Zeit vergehen, bis das Pack gerichtet wird. Morgen ist das hochnotpeinliche Verhör. Unsereins wird anwesend sein und die Überwachung machen, dass sie nicht in die Ohnmacht fallen, wenn sie traktiert werden, um zu gestehen. Will er dabei sein? Man wird sich über einen weiteren Bericht freuen. Dient er doch der Abschreckung. Meint doch jedes Gesindel, dass es in Hannover was zu holen gibt, seit die Stadt wächst und diese Fabriken gebaut werden."
Ich schluckte. Wollte ich dabei sein? Noch vor wenigen Stunden hatte ich diese Rache in mir gespürt, doch jetzt kam mein Gewissen wieder zum Vorschein.
„Er kann es sich überlegen. Unsereins muss da sein, wenn die Glocke zehnmal geschlagen hat und würde bis zum letzten Schlag auf ihn am Eingang des Gerichtsgebäudes warten."
Ich war froh, dass ich mich nicht sofort entscheiden musste.
„Was habt ihr mit Annas Körper gemacht? Wird sie ein ordentliches Begräbnis bekommen?", fragte ich und war mir sicher, dass Clara an einem Grab Abschied von ihrer Mutter nehmen konnte.

Schwarz sah mich an und blickte dann prüfend über seine Schulter zu Clara, ob sie auch ja schliefe. „Der Arzt hat ihren Tod gemeldet und wollte plötzlich doch eine Bezahlung für die Behandlung des Kindes. Er mag ein guter Arzt sein, aber unsereins hat es richtig gesehen, dass er nur immer auf den eigenen Vorteil bedacht ist. Den Braten hat unsereins schon gerochen, als er sagte, dass er kein Geld wolle. Als Bezahlung wollte er Annas Körper haben. Er hat mir auch noch ein Schmerzmittel dagelassen, falls das Kind zu unruhig würde."

Entsetzt sah ich Schwarz an. „Er wollte sie haben? Aber wofür?" Beim besten Willen konnte ich mir nicht vorstellen, was ein Mann mit einer toten Frau anfangen wollte.

„Als Anschauungsmaterial für die jungen und unerfahrenen Mediziner. Da sie tot ist, können sie an ihr herumschneiden."

Mir hob sich der Magen. Gefallen tat es mir überhaupt nicht, dass Clara keinen Abschied von der Mutter nehmen konnte.

Schwarz erkannte meine Gedanken. „Unsereins hatte keine Wahl. Wo hätte ich sie lassen sollen? Sie hätte kein ordentliches Begräbnis bekommen. Oder wollte er ihr den Sarg bezahlen?" Er zeigte auf mich.

Ich schluckte. Nein, das Geld reichte gerade so.

Es wurde Zeit für mich zu gehen, hoffte ich doch den Artikel noch abgeben zu können, dass er zeitnah gedruckt werden konnte. Ich verabschiedete mich von Schwarz. „Ich werde morgen um 10 Uhr am Gerichtsgebäude sein."

„Gut! Unsereins legt ein Wort für ihn ein!" Er reichte mir die Hand und ich reichte ihm meine. Eine Geste, die für einen Scharfrichter mehr als unüblich war.

Ich ging gerade durch das Stadttor hindurch, als mir Schwarzens Weib eilig entgegenkam. Sie ging wortlos an mir vorbei. Da sie mich nicht kannte, sagte auch ich nichts. Ich wünschte mir jedoch für Clara, dass sie das Keifen und die Feindseligkeit gegenüber dem Kind einfach ließe.

Als ich am Wirtshaus vorbeikam, schnappte ich Wortfetzen auf und ging langsamer, um mehr von einem Gespräch mitzubekommen.

„Er hat die Kleine geradezu fürsorglich getragen. Ich kann mir nicht vorstellen, dass er dem Kind was tun könnte", sagte ein Mann, der sehr wohlhabend zu sein schien.
„Na, er ja vielleicht nicht. Aber was wird sein Weib dazu sagen? Eben habe ich sie hier noch mit Zornesröte auf den Wangen entlanglaufen sehen."
„Schwarz war viel bei der Hure. Jetzt, da sie tot ist, wäre das Kind sich selbst überlassen."
„Na und? Ein Kind einer Hure! Alles Abschaum!"
Mehrere Männer redeten am Eingang des Wirtshauses durcheinander.
„Man sagt, dass dieser junge Mann von neulich, dieser Lohnschreiber, bei ihm gewesen sei."
„Wer weiß, was diese Verbindung zu bedeuten hat?"
Als ich das hörte, drückte ich mich lauschend in eine Nische. Bisher hatte mich keiner von ihnen entdeckt. Noch vor einigen Tagen kannte mich hier niemand und plötzlich wurde von mir gesprochen. Schwarz hatte recht damit gehabt, mich zu schützen.
„Schwarz soll ihn vor den beiden Unholden gerettet haben. Die wollten dem Schreiber auch an den Hals!"
„Wer hat denn die Hure nun überhaupt gefunden?"
„Schade ist's um das Rasseweib!"
Ich beschloss meinen Weg nicht am Wirtshaus entlang fortzusetzen, drehte um und machte einen kleinen Umweg. Es war ein sinnloses Durcheinander. Mein Artikel würde die Meute aufklären. Auch wenn heute mein freier Tag war, so wollte ich sehen, ob noch jemand bei der Zeitung anwesend war und ich den Artikel noch loswerden konnte.

*

Nun befand ich mich an dem Ort, wo ich meinen Weg begonnen hatte. Die SMS hatte ich bereits versendet. Leider hatte der Bengel sie noch nicht gelesen. Oder hatte er vielleicht die Lesebestätigung an seinem Handy ausgeschaltet? Das schien ja in letzter Zeit sehr in Mode gekommen zu sein. Die Ungewissheit nervte mich. Ich überlegte nachzusehen, was mit Christiane geschehen war, ja, ich überlegte sogar einen Moment, ob sie wirklich tot war. Aber die Tage, die zwischen unserer letzten

Begegnung lagen, versicherten mir, dass diese Zeit ohne Trinken und Nahrung das Ende für sie bedeutet haben musste. Und als mir wieder einfiel, wie sehr es in der kleinen Hütte das letzte Mal schon gestunken hatte, verkniff ich es mir, die Tür zu öffnen.
Das Handy lag geschützt in einer Plastiktüte neben der kleinen Hütte. Niemand hatte also auf meine SMS geantwortet. Fast war ich ein bisschen enttäuscht, dass man mich so im Unklaren ließ, ob der Empfänger mit meiner Nachricht etwas anfangen konnte. Dann ging ich den Weg zurück zu meinem Auto und wusste, dass die Zeit für das große Finale, ja den Überraschungsmoment, für alle damaligen Beteiligten gekommen war.

Andreas

Er hatte beschlossen, nicht zu Bett zu gehen. Stattdessen wälzte er alte Akten. Noch immer war er sich unschlüssig, ob er zur Polizei gehen sollte oder nicht. Aber wie viel Last an Schuld konnte er noch ertragen, wenn die Menschen aus diesen fehlenden Akten zum Mordopfer wurden? Die heimlich kopierten Vorgangsmappen, die er zu Hause hatte, wären sicherlich kein Kavaliersdelikt hinsichtlich des Datenschutzes, aber in dieser Sache doch sogar dienlich. Vielleicht würde er mit einem blauen Auge davonkommen.
Ihm fiel das Gespräch mit Bernhard wieder ein. Den beschäftigte die Sache mit der vertauschten Serumprobe bis heute. So hat ein jeder Mensch eine Bürde zu tragen. Aber war es eigentlich nicht besser, dass dieser Sachverhalt niemals ans Tageslicht gekommen war? Dadurch wussten nur Bernhard und Andreas, dass sich Jonas' Mutter mit Diabetes-Tabletten das Leben nahm. Und zwar bevor die Hirnblutung infolge der Schläge ihres Lebensgefährten sie hätte töten können. Als der Tatort damals untersucht worden war, gab es keinen Hinweis auf Medikamente. Aber es ist im Nachhinein betrachtet auch sehr wahrscheinlich, dass man nach Jonas' Aussage, Lehmann habe seine Mutter schwer geschlagen,

den Tatort daraufhin gar nicht genau untersucht hatte. Die Sache lag damals für die ermittelnden Behörden klar auf der Hand, dass sie an den Folgen der ihr zugefügten Verletzungen verstorben war. Und wenn Jonas wüsste, dass seine Mutter freiwillig aus dem Leben schied, würde er bis heute denken, dass sie ihn schmählich im Stich gelassen hätte. Die Hirnblutung hat für die Verurteilung gereicht, die durch einen stumpfen Schlag auf den Kopf ausgelöst wurde. So gesehen war die Verwechslung des zu untersuchenden Körperserums eher eine glückliche Fügung des Schicksals gewesen. Zu Unrecht hatte er seine Strafe also in keinem Fall abgesessen. Außerdem hatte Thomas, auf Anraten seines Anwalts, der ihn belastenden Beweislage, den frischen Verletzungen und der alten Narben am Körper von Jonas' Mutter, die Tat gestanden.

Als Strafmaß 10 Jahre, fand Andreas, waren eine lächerlich kurze Zeit für diese Grausamkeiten gewesen. Lehmann wusste als angesehener Mann seine Widerwärtigkeit gut zu verbergen.

Andreas überlegte. Was würde geschehen, wenn er der Kripo sagte, dass ihm nur die Akten der vermissten Christiane und der bereits gefundenen Opfer sowie die von Richard Plate, Peter Hohmann und Marion Wendt fehlten? Wenn er die fehlende Akte von Lehmann einfach verschwieg? Dann bliebe Lehmann als einziges ungewarntes Opfer für den Mörder übrig.

Verdient hätte er es, dachte Andreas. Er habe Lehmann den Tod so sehr gewünscht, hatte Jonas damals vor Gericht ausgesagt. Ganz leise. Andreas konnte das verstehen. Ihm tat Jonas so leid. Und die Tatsache, dass er Timo mit den roten Locken und den hellen Wimpern so ähnlich sah, hatte es nicht einfacher gemacht. Jonas war ganz allein auf der Welt gewesen. Eine temporäre Pflegefamilie kümmerte sich damals um ihn, aber was wäre danach aus ihm geworden? Kinderheim, oder weitere Pflegefamilien?

Andreas hatte Karin alles erzählt und sie gefragt, ob sie sich ein Pflegekind vorstellen könnte. Als sie Jonas kurze Zeit später zum ersten Mal sah, schloss sie ihn sofort in ihr Herz. Andreas setzte die nötigen Hebel guter Verbindungen in Bewegung, damit Jonas bei ihnen leben konnte. Später adoptierten sie ihn. Und Andreas war überzeugt davon, dass Jonas nicht wusste, dass er derjenige war, der Lehmann, den Mörder seiner Mutter, hinter Schloss und Riegel gebracht hatte. Liebevoll zog sie ihn auf und investierte alles in ihn, was ihr möglich gewesen war. Andreas konnte das nur schwer ertragen, weil allein seine Schuld an Timos Tod erst zu allem geführt hatte. Wie anders wäre alles verlaufen, wenn Timo noch leben würde und er ihn an der Vereinsfahrt hätte teilnehmen lassen?

Ihm wurde der Kopf so schwer. Seine Gedanken drehten sich im Kreis, wie im Karussell. Er legte seine verschränkten Arme auf den Schreibtisch und bettete seinen Kopf darauf. Was wäre passiert, wenn ... Und er war sich plötzlich sicher, dass er der Kripo von den fehlenden Mappen erzählen musste. Gleich am nächsten Morgen! Die Akte Lehmann würde er jedoch verschweigen und Rache üben an dem Schwein. Für Jonas. Sollte Lehmann doch ungewarnt bleiben! Vielleicht hatte er Glück und der Mörder würde ihn zur Strecke bringen. Lehmann sollte sterben und Jonas hätte endlich seine Ruhe! Ruhe, Ruhe, Ruhe ...
Bevor er einschlief, nahm er sich aber auch noch vor, dass er mit Lenchen sprechen müsste. Vielleicht fiel ihr doch noch etwas zu dem damals verschwundenen Schlüssel seines Hauses ein.

Lenchen und Andreas

„Lenchen, sind Sie sich ganz sicher, dass man Ihnen damals den Schlüssel nicht abgenommen und später wieder zugesteckt hat? Ich bin ja nicht böse auf Sie! Aber es ist wirklich so, dass mir hier Dokumentenmappen fehlen. Ausgerechnet mit den Fällen der aktuell Ermordeten. Das kann einfach kein Zufall sein!", sprach Andreas leise auf Lenchen ein.
Jonas wurde wach und setzte sich in seinem Bett auf. Was wurde da vor seiner Tür im Flur besprochen? Fehlende Akten? In diesem Zusammenhang fiel ihm auch wieder das Gespräch mit Lenchen

ein, die sich so merkwürdig verhalten hatte, als es um Bernhard und die gefundenen Leichen aus der Zeitung ging. Er lauschte weiter.

„Herr Behrends, nein! Ich hüte diesen Schlüssel wie meinen Augapfel. Ganz sicher hat ihn mir niemand weggenommen und dann wieder zugesteckt. Das alles ist doch auch schon so lange her. Da können doch nicht jetzt erst die Akten fehlen!"

„Also wenn ich mir die Morde ansehe, die bisher stattgefunden haben, dann habe ich nicht das Gefühl, dass das alles kurzfristig geplant sein konnte. Zwei Jahre Vorbereitungszeit, um so viele Morde auszutüfteln, scheinen durchaus plausibel."

„Ich habe ein ganz schlechtes Gewissen, bin mir aber eigentlich ganz sicher, dass ich den Schlüssel damals in der kleinen Innentasche meiner Handtasche nur deshalb nicht sofort gefunden habe, weil ich dort vielleicht gar nicht nachgesehen hatte. Ich muss ihn versehentlich dort hineingesteckt haben."

„Allein das ist doch schon sehr unwahrscheinlich, Lenchen. Sie haben jede Tasche, die Sie damals dabei gehabt haben, ausgekippt und ausgeschüttelt. Vorher jeden Reißverschluss geöffnet. Da wäre der Schlüssel ganz bestimmt herausgefallen! Und wie gesagt, ich mache Ihnen ja keine Vorwürfe. Sie sind immer so gewissenhaft und zuverlässig. Wo aber könnte man Ihnen den Schlüssel abgenommen haben?"

„Na, ich war im Café Cron & Lanz. Wie jeden Mittwoch. Da hatte ich ja nachgefragt, ob man einen Schlüssel gefunden hat."

„Ja, das weiß ich noch. Und der Schlüssel tauchte wann wieder auf?"

„Genau eine Woche später. Wieder an einem Mittwoch, und vorher war ich auch wieder dort gewesen."

„Lenchen, denken Sie noch einmal genau nach. War damals im Café irgendwer, der Sie angerempelt hat, oder hat sich jemand zu Ihnen gesetzt?"

„Es ist dort ja meistens recht voll und da ich ja immer sehr allein bin, freute es mich, wenn sich jemand zu mir gesellte", bemerkte sie plötzlich sehr kleinlaut.

„Das war aber nicht meine Frage, Lenchen." Andreas berührte sie sanft an der Schulter. Lenchen stand wie ein Häufchen Elend vor ihm und tat Andreas unendlich leid.

„Es sitzt immer irgendwer mit am Tisch. Und naja ..."

„Was?"

„Ja, ich habe mir damals nichts dabei gedacht und eigentlich bis eben nicht. Ich hatte mir was Neues zum Anziehen gekauft. Hatte viele Tüten dabei. Ein netter Herr setzte sich zu mir und ich fragte ihn, ob er mal kurz auf meine Taschen aufpassen könnte. Ich müsste eben auf Toilette."

„Aber Sie hatten den Schlüssel doch in Ihrer Handtasche. Für gewöhnlich schleppen Frauen ihre Handtasche im Café doch überall mit hin."

Lenchen druckste herum. „Es war so eng. Und meine Tasche befand sich unter den Einkaufstüten. Ich hätte wühlen und den Stuhl neben mir abrücken müssen. Der Mann war nett und niemals hätte ich mir vorstellen können, dass er nach meiner Handtasche suchen könnte. Das wäre doch jemandem aufgefallen." Sie schlug die Hände vors Gesicht.

„Lenchen, bitte nicht weinen! Ich bin derjenige, der unvorsichtig gewesen ist! Es wäre ein Leichtes gewesen, das Türschloss auswechseln zu lassen. Das habe ich aber nicht getan, weil ich damals zu faul gewesen bin und noch mitten in der Trauer um Karin steckte. Er muss es ja nicht gewesen sein."

„Aber er *könnte* es gewesen sein!"

„Was macht Sie denn da so sicher?"

„Eine Woche später war er wieder da. Ich fand ihn sympathisch und hatte mich gefreut, ihn wiederzusehen. Ich dachte ... Na, Sie wissen schon."

„Nein, was denn?"

„Naja. Weil er den Arm um mich gelegt hatte, dachte ich … Ich dachte, dass er mich auch mochte! Dabei rutschte aber meine Handtasche von der Lehne. Er hob sie auf und dabei hätte er, weil sie nicht richtig verschlossen gewesen war und so viele Dinge aus ihr herausgefallen waren, den Schlüssel einfach wieder hineingleiten lassen können."

„Aber wenn der Mann sich in Sie verliebt hatte, dann …"

„Ich habe ihn ja seitdem nie wieder gesehen, Herr Behrends! Aber erst jetzt, erst seit eben bin ich mir sicher, dass ich in dieser ganzen Sache nur von ihm ausgenutzt worden bin, dass er womöglich nur an den Schlüssel wollte."

„Lenchen, es ist gut, dass wir darüber gesprochen haben! Kümmern Sie sich heute bitte noch darum, dass ein Schlüsseldienst das Schloss auswechselt. Besser ist besser! Und wenn wir alle das Haus verlassen, müssen wir, bis das Schloss ausgewechselt ist, darauf achten, dass von innen abgeschlossen wird und der Schlüssel stecken bleibt. Wir müssen also den Vordereingang nehmen. Sagen Sie das bitte auch Jonas. Vorsicht ist gut, auch wenn ich nicht glaube, dass er uns ausgerechnet jetzt besuchen will."

„Was habe ich nur angerichtet? Meinen Sie, dass er uns auch etwas tut?"

„Nein, ich glaube nicht. Das ist Sache der Polizei. Ich fahre nun auf die Wache und erkläre das mit den fehlenden Akten. Können Sie den Mann noch beschreiben, der damals bei Ihnen am Tisch gesessen hat?"

„Mir hat er so gut gefallen, er war charmant, trug Anzug, war groß und sehr gepflegt. Und er roch so gut. Aber nein, wenn ich sein Gesicht beschreiben sollte, das weiß ich nicht mehr, falls sie an eine Phantomzeichnung gedacht haben. Das ist einfach zu lange her. Wenn er mir über den Weg laufen würde, dann würde ich ihn vielleicht noch erkennen, aber sein Gesicht beschreiben, das kann ich nicht mehr. Aber er sah wirklich gut aus!" Traurig setzte sie hinzu: „Ein solcher Mann hätte sich in mich kleines Pummelchen doch nie verliebt. Es tut mir so leid!", jammerte Lenchen.

„Die Welt steckt voller Verschwörungen, Lenchen. Aber Sie sind eine gute Seele. Ich kann Ihnen gar nicht böse sein, erst recht nicht, weil sie so ein liebenswertes Pummelchen sind! Ich werde die Schlüsselsache ansprechen. Mal sehen, was die Kripo dazu sagt."

Jonas

Jonas war hellwach und saß mit heruntergeklappter Kinnlade im Bett. Was er da gerade unfreiwillig belauscht hatte, überraschte ihn schon! Zwischen Lenchen und Andreas gab es etwas, was man vor ihm verheimlichte! Die Morde in der Umgebung hatten Jonas kaum interessiert und eigentlich war er nur darauf aufmerksam geworden, weil Lenchen es ihm aus der Zeitung vorgelesen hatte. Nun wurde ihm klar, warum sie neulich so merkwürdig reagiert hatte, als es um Andreas' Besuch bei Bernhard ging und sie meinte, dass das sicher mit der Leiche im Kiessee zu tun habe. Er überlegte, Lenchen darauf anzusprechen. Es musste einen Grund geben, dass Jonas das nicht wissen sollte.
Und welche Dokumentenmappen sollen fehlen? Er nahm sich vor, mal heimlich in Andreas` Büro zu schleichen und dort mal genauer nachzusehen, was da so auf seinem Schreibtisch zu finden war.
Er hörte, wie Andreas sich von Lenchen verabschiedete. Schon wieder verließ er das Haus. Es war nie anders gewesen. Andreas war Jonas immer wie ein Getriebener vorgekommen. Während Karin sich die ganze Zeit um alles gekümmert hatte, auch um das Grab von Timo, machte Andreas den Eindruck, als ob ihn das alles nichts anginge. Immer hatte er seine Arbeit vorgeschoben. Irgendwie hatte dessen Verhalten auch dazu beigetragen, dass sich Jonas nie ganz öffnete.
Er sah auf den Wecker und überlegte. Lenchen war gerade im Bad. Die Zeit war recht günstig. Jonas hätte mindestens eine halbe Stunde Zeit, um sich in Andreas' Büro umzusehen. Vielleicht könnte er etwas herausfinden.

Leise schlich er sich aus seinem Zimmer, huschte über den Flur und verschwand dann im Büro.
Zuerst schaute er sich auf dem Schreibtisch um. Dort fielen ihm aber nur zwei ausgerissenen Zeitungsartikel zum Toten im Kanalschacht und der Frauenleiche im Kiessee auf, beide kannte er schon. Und ein kleiner Artikel zu einer verschwundenen Frau. Das Büro war wie immer sehr ordentlich und strukturiert und zwischen all den vielen Akten und Büchern gab es nichts, was für Jonas hätte von Bedeutung sein können. Von der Neugierde gepackt, zog Jonas jedoch völlig wahllos eine Dokumentenmappe aus dem Schrank. Sie enthielt die kopierte Gerichtsakte eines Raubüberfalls. Wenn er Zeit gehabt hätte, dann hätte er sie vielleicht gelesen, aber so stellte er sie wieder zurück an ihren Platz. Dann fiel ihm im untersten Fach eines Regals ein unbeschrifteter Buchrücken auf. Er war hellblau mit gelben Streifen und weckte in ihm eine Erinnerung. Sollte das etwa? Jonas bückte sich, zog das Buch heraus und hielt es ungläubig in der Hand. Und dann spulte sich vor seinem inneren Auge ein Film aus vergangenen Zeiten ab …

… „Nun pack endlich aus! Ich bin gespannt, was du dazu sagst!“ Jonas' Mutter hielt ihm das letzte Geschenk unter die Nase. Ihre Augen leuchteten.
Jonas griff danach. „Noch eins? Aber so viele Geschenke habe ich ja noch nie bekommen!“
„Diesmal schon! Thomas hat die meisten Geschenke mit mir zusammen besorgt, aber dieses hier, das ist von mir ganz allein! Also?“
Vorsichtig und bedacht öffnete Jonas die weiße Schleife, die um das Päckchen gebunden war und legte sie auf seinen Geburtstagstisch vor sich. „So eine schöne Schleife! Die heben wir auf, damit wir sie noch einmal nehmen können“, sagte er.
„Ach was, die gehört in den Müll! Wo kämen wir denn hin, wenn wir alle Geschenkschleifen aufheben würden?“ Thomas nahm die Schleife in die Hand und knüllte sie zusammen. Jonas fand

das zwar nicht richtig, aber er hatte schon gemerkt, dass, seit seine Mutter und er bei Thomas eingezogen waren, nicht mehr so sparsam wie vorher gelebt werden musste. Vorsichtig pulte er das Klebeband vom Geschenkpapier. Das hatte ihm seine Mutter auch so beigebracht, damit das Geschenkpapier nicht zerriss und man es noch einmal benutzen konnte. Er fand es schön, dass seine Mama vor ihm saß und es kaum erwarten konnte, bis er „ihr" Geschenk ausgepackt hatte. Die Spannung befand sich also auf beiden Seiten. Die Spannung des Beschenkten und die Spannung des Schenkenden. Sie hatten es schon immer auf diese Art zelebriert.

„Nun reiß es doch endlich auf! Das dauert ja ewig!", sagte Thomas ungeduldig. „Als ich in deinem Alter war, da konnte ich es gar nicht erwarten zu sehen, was sich unter dem Papier befindet!"

Jonas sah seine Mama an, die wiederum Thomas anlächelte. „Er ist geduldiger als du und genießt das Auspacken!", und hauchte ihm einen Luftkuss entgegen. Jonas wurde eifersüchtig. An Thomas störte ihn einiges. Er traute ihm nicht über den Weg. Aber wenn es seine Mama glücklich machte, mit ihm zusammen zu sein, dann wollte er all das akzeptieren. Selbst für Opa war es möglich gewesen, nun endlich einen Heimplatz zu bekommen. Seit Mama mit Thomas zusammengezogen war, reichte das Geld dafür. Zwar fand Jonas das doof, dass Opa nun in einem Heim leben musste, aber Mama war jetzt nicht mehr so kaputt, weil sie mehr Zeit für sich hatte. Aber richtig blöd und irgendwie unrichtig fand er, dass sein Opa nicht bei seiner Geburtstagsfeier dabei war. Er hätte es im Heim besser und könne sich doch sowieso an nichts mehr erinnern, bestimmte Thomas.

Vieles hatte sich geändert, aber Mama sah so glücklich aus, dass Jonas es einfach akzeptierte, weil er sie so lieb hatte.

Langsam und vorsichtig packte er das Geschenk aus ab und hielt schließlich ein selbstgemachtes Fotoalbum in der Hand.

„Schau, ich habe alle Fotos von dir als Baby bis heute hier eingeklebt und auch ganz viel dazu geschrieben." …

Jonas kehrte aus seinen Gedanken in die Gegenwart zurück und schlug die erste Seite des Albums auf. Dort war er auf einem liebevoll beschrifteten und eingeklebten Foto als frischgeborenes Baby in den Armen seiner Mutter zu sehen. Auf einem anderen Foto hielt ihn sein Opa als Täufling. Dann sah er sich als Kleinkind auf einem roten Bobby-Car sitzen, oder auch beim Ostereiersuchen in dem kleinen Garten des Hauses, wo er bis zum Einzug bei Thomas mit seiner Mutter und Opa zusammen gewohnt hatte. Fasziniert blätterte er weiter. Warum stand dieses Album hier bei Andreas? Wieso hatte man es ihm nie gegeben? Natürlich hatte er viele Fotos von früher bei sich und es gab auch noch alte Spielsachen. Aber gerade dieses Fotoalbum …

Jonas hörte, wie Geschirr in der Küche klapperte, steckte sich das Fotoalbum unter sein T-Shirt und schlich zur Bürotür hinaus auf den Flur.

„Jonas?" Lenchen hatte ihn bemerkt.

„Jaha! Ich ähm, ich muss mal!" Er kam sich wie ein kleiner Junge vor, der bei etwas Verbotenem erwischt worden war. Hoffentlich schaute Lenchen nicht in den Flur. Bestimmt würde sie das Album unter seinem T-Shirt bemerken. Schnell verschwand er im Bad. Dort ließ er das Album in den Wäschekorb gleiten, ging wirklich auf die Toilette und anschließend in die Küche.

„Guten Morgen, Lenchen!"

„Es geschehen noch Zeichen und Wunder, dass du schon wach bist!"

„Ich habe mir vorgenommen, wieder früh zum Verbandswechsel zu gehen, dann muss man nicht lange warten und hat mehr vom Tag." Das stimmte zwar so nicht ganz, aber da er es jetzt gesagt hatte, fand er die Idee gar nicht schlecht.

„Es ist ja noch dunkel draußen!"

„Die Praxis hat aber schon ab halb acht geöffnet. Die meisten gehen erst um 8 Uhr hin, wenn der Arzt seine Sprechstunde beginnt. Wenn ich aber schon halb acht da bin, komme ich gleich um 8 Uhr dran, weil im Wartezimmer keiner vor mir da ist!"

„Ach so. Das finde ich ja wirklich prima! Gut geschlafen?"

„Ja, danke! Du auch?"

„Ich kann mich nicht beschweren. Hier bei euch schläft es sich wunderbar. Es ist ein gutes Gefühl zu wissen, dass man nicht allein ist." Sie machte ein trauriges Gesicht.

„Dann zieh doch ganz bei uns ein! Ich fände das klasse!"

„Das kommt gar nicht infrage, Jungchen. Dein Vater wird sich bedanken, wenn hier so eine alte Tante unter seinem Dach wohnt!"

„Frag ihn doch mal, oder soll ich?"

„Du machst gar nichts! Ab unter die Dusche und dann zum Arzt. Ich stelle dir Frühstück hin. Dann kannst du was essen, wenn du wieder da bist. Ich selbst habe auch einen Termin beim Arzt. Zuckerkontrolle, du weißt doch." Sie zwinkerte ihm zu und Jonas verstand sofort die Anspielung.

„Ja, lass das immer kontrollieren. Wir brauchen dich noch!"

„Das höre ich gern", sie lachte. „Unser Geheimnis, du weißt."

„Ja, ich weiß. Hast du eigentlich auch Geheimnisse vor mir?" Jonas biss sich auf die Zunge. Eigentlich hatte er das nicht fragen wollen.

„Ich?" Lenchen zeigte überrascht mit dem Zeigefinger auf sich selbst. „Wie kommst du darauf, dass ich ein Geheimnis vor dir habe?"

„Nichts, schon gut! Das war nur so daher gesagt. Wo ist eigentlich Andreas?"

„Der wollte ins Gericht". Lenchen räusperte sich peinlich berührt.

„Also alles wie immer."

„Ja, ja! Aber falls ich vor dir weg bin: Du musst zum Vordereingang raus. Ich habe schon wieder den Schlüssel zum Hintereingang verloren. Dein Vater will das Schloss des Hintereingangs austauschen lassen. Es ist abgeschlossen und sein Schlüssel soll von innen stecken bleiben, damit niemand von außen aufschließen kann."

Jonas musste in sich hineingrinsen. Lenchen war ziemlich schlecht im Lügen. Aber ganz sicher verbarg sie nichts Hinterlistiges vor ihm.
„Ok!" Er fragte nicht weiter nach dem angeblich verloren gegangenen Schlüssel, um Lenchen nicht noch mehr in Bedrängnis zu bringen. Ganz sicher ging diese Sache, die sie mit Andreas besprochen hatte, Jonas einfach nur nichts an und es sprach ja schließlich sehr für Lenchens Charakter, dass sie nichts ausplapperte, was man ihr anvertraute. Und dann fiel ihm ein, dass Lenchen sowohl für ihn selbst als auch für Andreas eine echte Vertrauensperson geworden war. Vielleicht würde sie irgendwann einmal das Bindeglied zwischen Andreas und ihm sein.

*

Früh sah ich ihn das Haus verlassen. Das war untypisch. Jedoch hatte sich in letzter Zeit sein ganzes Bewegungsprofil verändert. Konnte ich darin den Hinweis erkennen, dass er bereits ahnte, mir indirekt mit seiner Aktensammlung geholfen zu haben? Aber wusste er auch, wer ich war? Mir war aufgefallen, dass der Bengel an beiden Händen Verbände trug und jeden Tag zum Arzt ging. Zuerst hatte ich überlegt, ob ich ihm nachgehen sollte, hielt dies aber für zu riskant. Das Finale sollte starten und außerdem konnte ich mir nicht sicher sein, wie weit die Polizei in den Ermittlungen bereits gekommen war, nachdem ich mir am vorherigen Abend die Sache mit Marion so richtig vermasselt hatte. Ich wusste nicht, wie es ihr ging und ob es mittlerweile eine Täterbeschreibung durch Marions Aussage von mir gab.
Vielleicht aber – und das hoffte ich inständig – war Marion durch ihre Kopfverletzung nicht vernehmungsfähig. Das wäre für mich optimal gewesen.
Ich stand in der Deckung und beobachtete das Haus weiter. Vielleicht hatte ich Glück und der Bengel verließ das Haus noch während der Dunkelheit. Ob er die SMS gelesen hatte? Er musste doch wissen, wer Christiane war. Oder sprach er mit dem Richter, seinem neuen Vater, nicht darüber?

Plötzlich ging das Licht im Hausflur an. Ich sah durch die geriffelte Scheibe der Hintertür, dass jemand an ihr herumhantierte. Der Größe und Statur nach zu urteilen, konnte das nur die Haushälterin sein. Sie wohnte seit ein paar Tagen im Haus. Ich konnte mir nicht erklären, warum. Dieser Umstand machte mich allerdings etwas nervös. Damals besuchte sie jeden Mittwoch das Café und es fiel mir leicht, Kontakt zu ihr herzustellen, damit ich an den Schlüssel kam. Den musste ich unbedingt haben. Ihrer Blauäugigkeit hatte ich es zu verdanken, dass ich vor dem Haus stand und mich auf den Zieleinlauf freute. Ihr dürfte ich auf keinen Fall über den Weg laufen! Sie würde mich garantiert wiedererkennen. Ich vernahm Schritte. Sie war plötzlich zum Vordereingang des Hauses herausgekommen. Eigentlich benutzten sie alle nur den Hinterausgang.

Ich ging eilig ein paar Schritte, um nicht den Anschein zu erwecken, dass ich das Haus beobachtete. Den Kragen meines Mantels hatte ich hochgestellt, sodass mein Gesicht halb verdeckt war. Aber es war ohnehin noch dunkel, deshalb fühlte ich mich einigermaßen sicher. Als sie verschwunden war, wusste ich, dass der Bengel sich allein im Haus befand. Auch wenn ich den Schlüssel noch hatte, wollte ich ihn nicht im Haus überraschen. Aber warum hatte die Alte den Hintereingang abgeschlossen? Oder bildete ich mir das nur ein und sie hatte lediglich die Drückergarnitur geputzt? Eher unwahrscheinlich, wenn sie anschließend zum Vordereingang herausgekommen war, dachte ich.

Ich stand allein an der Seite des Hauses und sah mich um. Wie selbstverständlich ging ich zum Hintereingang und steckte den nachgemachten Schlüssel ins Schloss. Den hatte ich vorsorglich mitgenommen, man kann ja nie wissen. Nun war ich froh, ihn dabei zu haben. Der Schlüssel glitt sanft ins Schloss, was mir verriet, dass es nicht ausgetauscht worden war. Aber dann stieß er auf Widerstand. Offensichtlich steckte von innen ein Schlüssel, der das Aufschließen verhinderte. Es durchfuhr mich wie ein Blitz! Sie waren mir auf der Spur.

Fast verließ mich zu diesem Zeitpunkt der Mut. Ich überlegte, die Aktion Aktion „zweites Urteil“ abzublasen. Noch wäre Zeit gewesen, mich mit dem nächsten Flieger ins Ausland abzusetzen. Ich verließ meinen

Beobachtungsposten und ging zurück in die Fußgängerzone Ich musste wissen, ob in der Lokalpresse nach mir gesucht wurde und ging zwei Straßen weiter zu einem Bäcker, von dem ich wusste, dass er die Tageszeitung verkaufte. Am Tresen nahm ich mir eine Zeitung und legte das Geld passend auf den Zahlteller.
„Sie bekommen noch einen Bon!", rief mir die Verkäuferin hinterher.
„Können Sie dem Finanzamt schenken!", antwortete ich und verließ den Laden. Unter der nächsten Laterne schlug ich die Zeitung auf und suchte nach einem Bericht über meine Taten. Nichts! Und nun wusste ich nicht, was ich davon halten sollte. Ich war so schlau wie vorher …

Jonas

Wie jeden Morgen hatte Lenchen ihm die Hände in eine Plastiktüte gesteckt und diese mit Gummiband am Arm verschlossen. So konnte er allein duschen, ohne dass die Verbände nass wurden. Sie half, wo sie nur konnte. Flaschen hätte er nicht aufdrehen können, essen wäre schwierig gewesen und, und, und.
Vorsichtig trocknete sich Jonas einhändig ab, stieg umständlich in seine Klamotten und föhnte sich die Haare. Mit der Bürste versuchte er, seine roten Locken zu bändigen, was ihm allerdings nicht gelang. Gerade als er das Bad verlassen wollte, fiel ihm das Album wieder ein. Wie hatte er es nur vergessen können? Er öffnete den Wäschekorb, griff mit der rechten Hand hinein und holte es heraus. Er wurde sehr traurig, als er es erneut in der Hand hielt. Fast kamen ihm die Tränen. So beschloss er, das Album erst einmal in seinen Kleiderschrank zu legen. Ansehen würde er es sich später. Wenn es ihm danach schlecht ging, dann könnte er sich auf den Dachboden zum Zeichnen verziehen.
Schließlich ging er zur Garderobe und zog sich die Jacke über, als er feststellte, dass er den Reißverschluss nicht würde zuziehen können. Daran hatten Lenchen und er nicht gedacht, als sie sich von ihm verabschiedet hatte. Aber ein offener Reißverschluss würde ihn nicht umbringen.

Ihm fiel ein, dass er den Hintereingang nicht benutzen sollte, dachte kurz an das Gespräch zwischen Andreas und Lenchen am Morgen und war weiterhin völlig ratlos, was das wohl alles zu bedeuten hatte. Er konnte nicht ahnen, dass er mit dem Zuziehen der Haustür hinter sich den ersten Schritt in die grausame Auflösung des ganzen Rätsels machte.

„Guten Morgen, Jonas!", sagte ich. Als er sich umdrehte, drückte ich ihm, den Überraschungseffekt ausnutzend, den chloroformgetränkten Lappen aufs Gesicht. Ich hatte im Schatten zweier Straßenlaternen auf ihn gewartet. Dort stand auch mein Wagen mit bereits geöffneter Kofferraumklappe.

Jonas sackte unvermittelt zusammen, ich zog ihn zum offenen Kofferraum, setzte ihn am Rand ab, ließ seinen Oberkörper nach hinten fallen und hob seine Beine seitlich auf die Ladefläche. Ich sah mich um, ob man mich beobachtet hatte, aber es war niemand zu sehen. Ich zog die Kofferraumabdeckung über Jonas und schloss die Heckklappe. Ich wollte, dass alles perfekt für ihn war, wenn er wach wurde, und brachte ihn dorthin, wo alles angefangen hatte.

Andreas

„Wann haben Sie den Verlust dieser privaten Akten", der Kripobeamte sah Andreas streng an, „genau bemerkt?"

„Gestern war ich darauf gestoßen. Nachdem wir ja festgestellt hatten, dass diese Morde in einem Zusammenhang mit meinen Verurteilungen an den Ermordeten stehen könnten, bin ich abends noch in mein Gerichtsbüro gefahren. Dort sah ich nach, für wie viele Mord- und Tötungsdelikte ich Urteile gesprochen habe. Denn nur diese Fälle habe ich für mich privat als Akten angelegt. Es ist ein Hobby, mehr nicht. Ich weiß auch, dass ich damit gegen das Datenschutzgesetz verstoße, aber vielleicht …"

„Ob Ihnen daraus ein Strick gedreht werden kann, das werden wir später sehen!"

„Ja, richtig." Andreas war es furchtbar unangenehm, aber er fuhr fort: „Nachdem ich also wusste, wie viele ich wegen Mord- und Tötungsdelikten verurteilt hatte, schrieb ich mir die Namen dieser Verurteilten auf. Dann fuhr ich nach Hause und ging meine für mich privat angelegten Akten durch. Ich strich die Namen von der Liste aus dem Gericht, zu der ich eine Akte in meinem Privatbüro fand. Letztendlich blieben mehrere Namen übrig. Das sind die Akten, die fehlen. Vier davon gehören zu Christiane, Stefan, Paula und Matthias. Drei weitere zu den Fällen von Richard Plate, Peter Hohmann und Marion Wendt. Ich halte es für sehr wahrscheinlich, dass der Mörder auch sie noch …"
Der Kripobeamte unterbrach Andreas. „Marion Wendt ist bereits ein weiteres Opfer, was auf sein Konto geht. Aber sie lebt! Sie wurde auf ihrer Arbeitsstelle in einer Werkstatt überfallen. Der Täter wurde wahrscheinlich durch einen Angestellten gestört, der zufällig zu später Stunde Marion dort noch einen Besuch abstatten wollte."
Andreas stockte. „Marion Wendt hatte ihre Schwester ermordet. Es sollte wie Selbstmord aussehen. Hatte sie ins elterliche Fahrzeug gesperrt und die Abgase in den Innenraum geleitet."
„Richtig!"
„Und sie lebt? Wie hat sie ihn beschrieben? Hat sie den Täter gesehen?"

Lenchen

Lenchen war bereits vom Arzt zurück und war noch einkaufen gewesen, als sie in der Küche bemerkte, dass Jonas das Frühstück nicht angerührt hatte. Er war noch nicht wieder vom Arzt zurück, was sie ein wenig verwunderte.
Die Lebensmittel räumte Lenchen in den Kühlschrank, dann suchte sie sich einen Pfefferminztee aus, weil es draußen sehr ungemütlich gewesen war. Ihre Hände waren vom Tragen der Einkaufstasche völlig durchgefroren. Der Tee würde ihr guttun.

Sie ging zur Haustür, holte die Zeitung und hielt nebenbei Ausschau nach Jonas, den sie jedoch nicht entdecken konnte. Sicher war in der Praxis ein Notfall dazwischen gekommen und er musste warten. Das würde ihn bestimmt ärgern, weil er extra so früh aufgestanden war, dachte sie. Und dann fiel ihr ein, dass sie ja den Schlüsseldienst anrufen sollte. Sie rümpfte die Nase. Nun müsste sie in ihrem Handy im Internet eine geeignete Firma finden. Wehmütig dachte sie an die gute alte Zeit, in der man so etwas in den Gelben Seiten nachschlagen konnte. Nun musste sie sich stattdessen mit dieser komplizierten Technik ihres Telefons quälen. Sie kramte das Handy aus ihrer Handtasche und legte es zusammen mit der Zeitung auf den Tisch. Das Wasser kochte bereits und sie konnte den Tee aufgießen.

„Zuerst das Unangenehme!", ermahnte sie sich laut, weil sie versucht war, zuerst die Zeitung zu lesen. Also nahm sie das Handy, setzte ihre Lesebrille auf, suchte die Browserapp und gab umständlich und langsam in der Suchleiste „Schlüsseldienst in Göttingen" ein. Dann spuckte der Browser eine Vielzahl von Firmen aus und sie rief den erstbesten Anbieter an. Der vertröstete sie allerdings auf einen Termin in vier Wochen, sodass sie sich bedankte und dem netten Mann am anderen Ende der Leitung sagte, dass sie es sich überlegen werde und sich bei Bedarf wieder melden würde. Schroff legte der Mann einfach auf. Darüber ärgerte sich Lenchen und beschloss, dass sie diesen Schlüsseldienst nie wieder anrufen würde. Beim nächsten Anruf hatte sie mehr Glück. Eine nette Dame konnte ihr für den nächsten Tag gleich morgens einen Termin geben. Lenchen gab die Adresse durch und bedankte sich bei der Dame am anderen Ende der Leitung für das unkomplizierte Gespräch. Nachdem sie sich verabschiedet hatte, legte sie zufrieden auf und widmete sich der Zeitung. Natürlich brannte es ihr unter den Nägeln, ob es etwas Neues zu den Mordfällen gab, aber die Öffentlichkeit sollte wohl nicht zu viel erfahren. Es gab keinen einzigen Artikel und das fand sie höchst bedenklich.

Sie hoffte darauf, dass Andreas ihr Neuigkeiten mitteilen konnte und war schon sehr gespannt auf seinen Bericht, sofern man ihm etwas gesagt hatte.
Lenchen schob die Gedanken daran zur Seite, studierte das Fernsehprogramm und las die Traueranzeigen. Auf mehr konnte sie sich nicht konzentrieren.
Endlich hörte sie, wie jemand den Schlüssel in die Haustür steckte. Sicher kam Jonas vom Arzt zurück. Aber es war Andreas, der nach Hause gekommen war.

Lenchen und Andreas

Lenchen stand sofort auf, als er im Rahmen der Küchentür stand. „Und was haben sie gesagt?"
Andreas fuhr sich über die Haare. „Sind wir allein?"
„Ja, warum?" Lenchen sah ihn verständnislos an.
„Ich möchte keinen unnötigen Rummel, oder dass das breitgetreten wird. Jonas schläft also noch?"
„Nein, der ist beim Arzt!"
„Umso besser." Er setzte sich.
„Tee?"
„Nein, danke. Vielleicht später. Ich hatte auf der Wache schon Kaffee."
„Also?" Lenchen wurde ungeduldig.
„Sie werden die übrigen Personen warnen und unter Personenschutz stellen. Es ist gut, dass ich dagewesen bin. Es wird hoffentlich keine weiteren Opfer geben."
„Vier reichen ja auch!", betonte Lenchen.
„Fünf! Es sind mittlerweile fünf. Gestern Abend wollte er erneut zuschlagen, aber er ist gestört worden. Er hat eine Frau in einer Werkstatt überfallen und niedergeschlagen. Es handelt sich um Marion Wendt. Sie lebt, liegt aber im Koma und kann nichts über die Identität des Täters sagen."

Lenchen schlug wieder einmal die Hände vor den Mund. „Das ist ja furchtbar! Wird sie irgendwann wieder wach werden?"

„Die Ärzte gehen davon aus, ja. Das kann heute sein, aber auch erst in ein paar Tagen. Er hat ganze Arbeit geleistet, als er ihr wahrscheinlich mit einem Schraubenschlüssel eins übergezogen hat."

„Wie ist er denn gestört worden?"

„Jemand kam in die Werkstatt. Aller Wahrscheinlichkeit nach hatte er vergessen, die Werkstatttür abzuschließen. Obwohl von innen ein Schlüssel steckte. A propos Schlüssel. Haben Sie ...?"

„Aber natürlich habe ich! Morgen früh wird das Schloss ausgewechselt."

„Das ist gut. Sicher ist sicher!"

„Hat der Störer den Täter denn nicht gesehen?"

„Nein, das hat er nicht."

„Aber was macht denn die Polizei nun? Haben sie schon irgendeine Spur? Es muss doch Spuren geben!"

„Nein, die steht noch ganz am Anfang der Ermittlungen. Allerdings ermittelt sie auf Hochtouren nach dem Verschwinden von Christiane Fastenau! Sie könnte noch leben und eventuell auch etwas über den Täter sagen."

„Das war doch die, die ihr Kind ..."

„Genau! Und da man davon ausgeht, dass er sie auf die gleiche Weise töten will, wie sie ihr Kind getötet hat, besteht Hoffnung, dass sie noch am Leben ist. Bisher aber auch hier keine konkrete Spur!"

Lenchen überlegte. „Aber was hat das alles mit Ihnen zu tun? Kann es für uns wirklich nicht gefährlich werden?"

„Nein, die Polizei geht davon aus, dass er nur scharf auf die Akten war, damit er seine Morde exakt planen konnte. Er bestraft seine Opfer ein zweites Mal. Es scheint ein Verrückter zu sein, der mit der deutschen Rechtsprechung ein Problem hat. Ich war also eigentlich nur unfreiwilliger Informationslieferant."

„Und an allem könnte tatsächlich ich die Schuld haben, weil ich den Schlüssel ...“ Lenchen traten Tränen in die Augen. „Muss ich auch zur Polizei?“
In diesem Augenblick klingelte Andreas' Handy. Er ging ran. „Ja? Behrends hier.“
„Herr Behrends, ich bin es nochmal. Hauptkommissar Schiller. Marion Wendt ist wach, wird also in Kürze verhört werden und eventuell etwas zur Beschreibung des Täters sagen können. Ein Phantombildersteller ist bereits auf dem Weg zu ihr ins Krankenhaus. Wenn wir ein Phantomfoto von ihm haben, könnten Sie es ja vielleicht Ihrer Haushälterin zeigen?“
„Selbstverständlich! Wir haben gerade darüber gesprochen. Vielen Dank, dass Sie mich informiert haben.“
„Ich sende Ihnen das Foto dann umgehend aufs Handy.“
„Ok, ich werde erreichbar sein und das Foto weiterleiten.“
„Wenn es ein Foto geben wird, werden wir es in ein paar Stunden auch zur Fahndung an die Öffentlichkeit rausgeben. Bis später!“
„Ja, bis dann!“ Andreas legte auf.

Lenchen sah ihn neugierig an. „Wer war das?“
Andreas blickte auf das erlöschende Display seines Handys. „Die Kripo. Marion Wendt ist wach. Sie kann den Täter eventuell beschreiben und es wird in Kürze ein Phantombild erstellt werden. Damit erübrigt sich also die Frage danach, ob Sie zur Polizei müssen. Wir warten jetzt darauf, dass man mir das Foto zusendet und dann können Sie ja vielleicht erkennen, ob das der Mann war, der damals im Café neben Ihnen gesessen hat.“
„Das regt mich alles so furchtbar auf. Meinen Sie, dass man ihn dann finden wird?“
„Bestimmt, Lenchen! Mit Marion Wendt hat er einen Fehler begangen. Und Fehler führen meist sehr schnell auf die Spur zum Täter.“
Sie nickte, aber beruhigt war sie nicht. Außerdem war Jonas noch immer nicht zurück. „Wo bleibt denn Jonas nur?“, fragte sie.
„Wann ist er denn weg?“

„Kurz nach mir. Er wollte um halb 8 in der Praxis sein. Er sagte mir, dass er dann gleich um 8 Uhr dran käme und nun ist es schon 11 Uhr durch."

Andreas stutzte. „Oder sitzt er vielleicht schon auf dem Dachboden und zeichnet?"

„Aber dann hätte er doch gefrühstückt. Ich hatte ihm alles hingestellt." Sie zeigte auf den abgedeckten Teller und das Glas Saft neben sich auf dem Tisch.

„Sie kennen ihn doch! Wenn er zeichnen muss, dann ..."

„Ich gucke mal nach." Lenchen stand auf und stampfte die Bodentreppe hinauf. „Jonas? Jonas, bist du da oben?" Sie erhielt keine Antwort und stampfte weiter. Dann öffnete sie die Tür zum Boden. Einen kurzen Moment später rief sie runter zu Andreas: „Sag ich doch! Er ist noch nicht da!" Auf dem Weg zurück in die Küche öffnete sie seine Zimmertür in der Hoffnung, dass er sich vielleicht doch wieder schlafen gelegt hatte, aber im Zimmer war er nicht und seine Jacke fehlte an der Garderobe. „Hier ist er auch nicht! Und seine Jacke ist weg."

Andreas beunruhigte das alles gar nicht. Er hielt sein Handy noch in der Hand. „Dann rufen wir ihn eben an!" Es tutete und dann klingelte es in Jonas' Zimmer.

„Er hat es nicht mitgenommen!" Lenchen schlug die Hände über dem Kopf zusammen und ging zurück in dessen Zimmer, um sein Handy zu holen, obwohl ihr das ja auch nicht verriet, wo er sich aufhielt. Dabei fiel ihr die halb offene Tür seines Kleiderschranks auf. Ihre Ordnungsliebe siegte über die Sorge. Sie wollte sie schließen, als sie bemerkte, dass etwas klemmte. Sie öffnete die Tür ganz, sah nach, fand das Fotoalbum und nahm es in die Hand. Sie hatte erst vorgestern seinen Schrank beim Weglegen der sauberen Wäsche aufgeräumt und da hatte das Album dort definitiv noch nicht gelegen. Sie öffnete es und blätterte es nur kurz durch. Was für ein schönes Album, dachte sie. Doch dann erstarrte Lenchen, als sie auf der letzten Seite des Albums das Foto sah.

*

Ich saß in dem gemütlichen Ledersessel in der Ecke des Schlafzimmers und hatte mich sorgfältig vorbereitet. Auf dem silbernen Tablett lag alles für Jonas bereit, und so wartete ich darauf, dass er aufwachte. In mir stieg die Spannung, was er wohl nach all der langen Zeit sagen würde? Würde er sich freuen, das alles hier wiederzusehen? Seine Augenlider begannen zu flackern. Sie öffneten sich leicht und ich sah, dass er seine Augen noch zurückgerollt hielt.

„Jonas? Kannst du mich hören?"

Keine Reaktion. Seine Augenlider schlossen sich wieder. Er war einfach noch nicht so weit für die große Überraschung. Deswegen ging ich in die Küche und machte mir einen weiteren Kaffee, mit dem ich mich genüsslich zurück in den Ledersessel im Schlafzimmer setzte. Bilder aus vergangenen Zeiten stiegen in mir auf. Alles war schon so lange her. Alles hätte so schön sein können, wenn er es nicht kaputt gemacht hätte. Sicher hätte ich es mit Hilfe eines Therapeuten auch geschafft, mich zusammenzureißen, aber er schien daran ja kein Interesse gehabt zu haben. Die in mir aufkeimende Wut spülte ich mit einem Schluck Kaffee hinunter. Als sie im Bett noch neben mir lag, war die Welt in Ordnung gewesen. Wir liebten uns. Manchmal, da ist es allerdings mit mir durchgegangen, wenn sie sich schusselig verhielt, oder das Essen zu spät auf dem Tisch stand. Manchmal chattete sie auch zu viel im Internet. Dann musste ich sie auf meine Weise daran erinnern, dass ich es war, der ihr und diesem Bastard das Leben so angenehm machte. Auch sorgte ich dafür, dass es ihrem Vater gut ging. Da erwartete ich schon Dankbarkeit! Stattdessen hatte er geflennt, dass ihm sein Opa fehle. In dem Jungen hatte ich von Anfang an ein Problem gesehen – und letztendlich war er ja auch zum Problem geworden.

Aus meinen Gedanken wurde ich gerissen, als Jonas anfing sich zu bewegen. Er versuchte sich umzudrehen, was ihm aber nicht gelang. Ich stellte meinen Kaffee auf den kleinen Tisch mit dem Silbertablett und trat ans Fußende des Bettes. „Bist du also endlich wach?"

Jonas riss die Augen weit auf, als er mich am Ende des Bettes erkannte, auf dem er gefesselt und festgebunden lag. Sein Oberkörper lag leicht erhöht, weil ich das Lattenrost am Kopfende des Bettes hochgestellt hatte.

„Sieh an, sieh an! Das letzte Mal, als wir uns gesehen haben, da wuchsen noch keine Bartstoppeln in deinem Gesicht. Es ist lange her, nicht wahr? Freust du dich gar nicht, mich zu sehen?"

„Thomas ..."

„Die Begrüßung habe ich mir aber wahrlich herzlicher vorgestellt. Du enttäuschst mich gerade sehr", stellte ich gespielt traurig fest.

„Mein Kopf ...", stöhnte Jonas.

„Oh, ja! Das tut mir sehr leid. Aber als ich dich aus der Garage die Treppe heraufschleppen musste, habe ich dich versehentlich nicht halten können und du bist mit dem Kopf auf eine Stufenkante gefallen. Ich hatte vergessen, dass du ja mittlerweile nicht mehr der kleine Junge bist, den man leicht hätte tragen können. Das tut mir sehr leid. Wirklich!" Ich säuselte ihm meine Worte entgegen.

„Was willst du von mir?"

Ich sah die Panik in seinen Augen und ergötzte mich daran. Er hat Angst vor mir, schoss es mir durch den Kopf. Ich kannte diesen Blick noch von früher von ihm, wenn ich seine Mutter zur Räson bringen musste. Es gibt Dinge an Menschen, die verändern sich einfach nicht.

„Überleg mal scharf, was ich von dir wollen könnte. Siehst du, wo wir sind?"

Jonas' Augen füllten sich mit Tränen. Auch das hatte er früher schon auf die gleiche Weise gekonnt. „Wo sind wir, Jonas?"

„Ich will weg von hier!" Er zerrte an seinen Fesseln und ließ es sofort wieder sein. Die Fesseln zogen am Verband seiner linken Hand.

„Ich lasse dich aber nicht weg. Ich will nämlich, dass du mir etwas sagst!"

Jonas schwieg und presste die Lippen zusammen.

„Willst du nicht reden?"

„Was willst du hören?"

„Ich möchte eigentlich nur wissen, wie diese Tabletten damals hier in die Innentasche meines Sakkos gelangt sind." Ich schmiss ihm den Blister,

in dem zwei Tabletten fehlten, aufs Bett. „Liegt es sich übrigens gut in dem Bett, in dem deine Mutter, die du so sehr geliebt hast, gestorben ist? Und schau", ich zeigte auf ein gerahmtes Stoffherz, das an der Wand hing, „da hängt auch noch das Herz, was du ihr zum letzten Muttertag geschenkt hast!"

Tränen suchten sich ihren Weg über Jonas' Wangen.

Jonas spürte, wie ihm Tränen die Wangen hinunterrannen. Die Stimme von Thomas nahm er nur aus weiter Ferne wahr. Die Umgebung, der Raum, das Schlafzimmer, das Bett, in dem seine Mutter gestorben war und in dem er sie gefunden hatte. Alles rückte aus den hintersten Ecken seines Unterbewusstseins zurück in seine Erinnerung. Er sah sich, wie er in der Schule das Stoffherz ausschnitt und es sorgfältig auf die bunte Pappe klebte. „Für die beste Mama der Welt" hatte er darunter geschrieben.

Seine verbrannten Hände schmerzten und sein Kopf wollte platzen. Noch nie in seinem Leben hatte er solche Kopfschmerzen gehabt! Was hatte dieses Schwein schon mit ihm angestellt? Und was hatte er noch mit ihm vor? Jonas bekam eine Höllenangst, wusste er doch, wozu dieser Mann fähig war. Die Ohnmacht drohte ihn zu übermannen, und er kämpfte mit aller Macht dagegen an und erinnerte sich plötzlich beim Blick auf das gerahmte Herz, wie seine Mama einen Nagel in die Wand neben dem Bett geschlagen hatte, um das Herzbild daran aufzuhängen. „Damit ich weiß, dass du immer bei mir bist, weil wir ja nun in getrennten Schlafzimmern schlafen müssen!", hatte sie gesagt.

Sein Blick wanderte vom Stoffherz zu Thomas, der grinsend am Fußende des Bettes stand. Dieser Abschaum von Mann hatte ihm seine Mutter eigentlich schon mit dem Einzug in diesen goldenen Käfig genommen. Sie bemerkte das aber nicht, weil sie von so viel Luxus und Geld geblendet gewesen war. Sie erkannte es erst viel später und da war es längst zu spät! Sie hatte bereits alles hergegeben und sich komplett von Thomas abhängig gemacht.

Und plötzlich war sie wieder da, die Stimme: „Die Schuld erdrückt!"

Jonas wusste nicht, was ihn dazu bewog, aber ab sofort wollte er sich nicht mehr in der Opferrolle sehen. Ein Leben lang hatte er sich als Opfer gesehen und das sollte jetzt ein Ende haben!

„Nun? Meine Geduld ist so langsam am Ende! Wie sind die Tabletten in meine Sakkotasche gelangt?" Ich wurde ungeduldig. Mir rannte die Zeit weg!

Jonas schloss schmerzverzerrt seine Augen und antwortete mir leise: „Woher soll ich das wissen? Wir haben uns doch ewig nicht mehr gesehen!"

„Dass wir uns ewig nicht gesehen haben, das ist ja nicht meine Schuld! Ich habe nämlich überhaupt keine Schuld. An nichts! Dir dürfte das doch klar sein, oder?"

„Du hast meine Mutter umgebracht! Oder hast du das schon vergessen?"

Jonas wurde aufmüpfig. Das kannte ich so gar nicht von ihm.

„Was hast du da eben gesagt? Kannst du das noch einmal wiederholen? Mit zusammengekniffenen Augen und geballten Fäusten zischte ich es ihm entgegen.

„Du hast sie immer wieder verprügelt und beim letzten Mal, da hast du sie so verprügelt, dass sie an einer Hirnblutung gestorben ist! Oder wofür hat man dich zu 10 Jahren verurteilt?"

„Ich musste ihr ihre Undankbarkeit austreiben! Und so schlimm war es nicht. Vielleicht weißt du gar nicht, wie schwierig es eigentlich war, mir nachzuweisen, dass die Hirnblutung durch unseren kleinen Streit, bei dem mir die Hand ausgerutscht ist, ausgelöst wurde? Deine Mutter ist nämlich eigentlich daran gestorben!" Wütend griff ich zu dem Tablettenblister, und hielt ihn Jonas direkt vor die Augen. „Du hast mir die geklauten Tabletten in die Jackentasche gesteckt! Du wolltest, dass ich sie statt meiner Schmerztabletten nehme und an ihnen kaputt gehe!"

Speicheltropfen aus Thomas' Mund landeten auf Jonas' Gesicht. Thomas brüllte, hatte einen hochroten Kopf und seine geballte Faust drohte Jonas, während er in der anderen Hand den Blister

zerdrückte, aus dem einige Tabletten herauskrümelten und sich auf Jonas' Oberkörper verteilten.
Die Erinnerung kehrte nur stückchenweise zurück. Jonas wollte die Bilder nicht sehen, die sich ihren Weg an die Oberfläche bahnten. Sie floppten allesamt nur kurz auf: Seine Mama stieg mit blaugeschlagenem Rücken aus der Dusche und versuchte dies mit dem Handtuch vor ihm zu verbergen. Dann schlug die Welle voller Hass auf Thomas auf ihn ein. Ein nächstes Bild: Er sah, wie seine Hand einen Blister aus der Tablettenpackung seines Großvaters zog. Als nächstes erschien der gelbe Spielzeuglaster in seinem Regal, in dessen Anhänger er den Tablettenblister versteckte.

„Jetzt reicht es mir! Ich will es von dir hören! Ich will hören, dass du mich mit den Tabletten umbringen wolltest, die ich versehentlich deiner Mutter gegen ihre Kopfschmerzen gab! SAG ES!“ Am liebsten hätte ich ihm meine Faust in die Fresse geschlagen, weil ich so voller Wut auf diese mir widerfahrene Ungerechtigkeit war. Ich war zu Unrecht bestraft worden! „Du bist derjenige, der sie ermordet hat. Du hast mir die Tabletten in die Jacke gesteckt. Ich hätte sie nehmen sollen, aber ich habe sie deiner Mutter in dem guten Glauben gegeben, dass es Schmerztabletten sind. Du bist ihr Mörder, Jonas! Du hast sie umgebracht, weil du mir die Tabletten in die Innentasche gesteckt hast! Du wolltest doch immer meinen Tod. Das habe ich damals in deinen Augen sehen können. Du aber hast die Schuld ganz allein und ich habe dafür gesessen! Und jetzt werde ich für Gerechtigkeit sorgen!“

Jonas sah, wie Thomas eine Tablettenschachtel in die Hand nahm und hochhielt. Jonas erkannte die Schachtel sofort. Euglucon. Zuckertabletten. Seine Gedanken kreisten in seinem vor Schmerz pochenden Schädel.
Wieder tauchte das Bild seines gelben Spielzeuglasters vor dem inneren Auge auf. Die kleine Ladeklappe steht offen und der Tablettenblister befindet sich nicht mehr in seinem Anhänger. Seine Mama steht neben ihm und zwinkert ihm zu „Die Schuld erdrückt!“

„Mama, er soll dir nicht mehr wehtun!“
„Das wird er auch nicht. Ich verspreche es dir!“
„Willst du …?“
„Pssst!“ Seine Mama legt ihren Zeigefinger auf den Mund.
Seine Gedanken kehrten zurück in die Gegenwart. Thomas drückte zwei Tabletten aus dem Euglucon-Blister. „So, und nun wirst du artig den Mund aufmachen. Du weißt doch, stell dir einfach vor, dass es nur Kopfschmerztabletten sind. Sagtest du nicht, dass du Kopfschmerzen hast? Und wenn du mir artig antwortest und genau erzählst, woher du die Tabletten damals hattest und was du mit ihnen vorhattest, dann schenke ich dir ein Traubenzuckerbonbon. Bestimmt bekommst du gleich großen Appetit darauf.“

Was sollte Jonas sagen? Würde er die Wahrheit sagen, müsste er sterben, weil Thomas ihm nicht glauben würde. Würde er das sagen, was Thomas hören wollte, wäre es aber auch nicht sicher, dass er ihn …
Thomas schlug Jonas unvermittelt auf die schmerzende Kopfhälfte. Jonas hatte das Gefühl, sein Kopf würde zerspringen und schrie auf. Diesen Moment nutzte Thomas und steckte ihm die Tabletten in den Mund. Verzweifelt versuchte Jonas die Tabletten mit der Zunge wieder herauszudrücken, aber Thomas hielt ihm blitzschnell Mund und Nase gleichzeitig zu. Jonas blieb nichts anderes übrig, als die trockenen Tabletten zu schlucken. Ihn überkam ein unbändiger Hustenreiz. Thomas ließ schließlich locker.

„Wasser!“, japste Jonas.

„Jetzt hast du sie artig heruntergeschluckt!“, säuselte ich, gab ihm einen Schluck Wasser zum Spülen und tätschelte ihm unsanft die Wange. „Und?“, ich hob die Tüte mit den Traubenzuckerbonbons in die Höhe, „Wie war es denn nun damals? Fangen wir doch einfach damit an, wann du deinem Opa die Tabletten geklaut hast.“
„Ich habe sie meinem Opa nicht geklaut!“
„Was? Höre ich richtig? Nicht geklaut?“
„Ich sagte, dass ich sie nicht meinem Opa geklaut habe.“

Jonas schien nicht nachgeben zu wollen. Sollte ich die Daumenschrauben fester anziehen? Ich überlegte, wie ich seinen Willen brechen könnte, aber dann fiel mir ein, dass es nur eine kleine Frage der Zeit wäre, wann Jonas einen unbändigen Heißhunger auf Traubenzuckerbonbons bekommen würde. „So kommen wir beide wohl nicht weiter!", sagte ich resignierend und legte den Beutel mit den Bonbons zurück auf den kleinen Tisch und verließ das Zimmer. Hinter mir schloss ich die Tür. Eigentlich rechnete ich damit, dass Jonas mir hinterherschreien würde, aber er blieb still.

Mit meiner Zeit wusste ich gar nichts anzufangen. Ständig sah ich auf die Uhr. Ob der Richter und seine fette Haushälterin schon nach Jonas suchten? Es war damals ein so wunderbarer Zufall gewesen, dass ich im Haus des Richters alles gefunden hatte. Eigentlich wollte ich mich nämlich nur dort umsehen und den Bengel für das, was er mir angetan hatte, umbringen. Den Schlüssel, den ich bei der Alten fand, hatte ich nachmachen lassen. Aber als ich oben im Haus die Akten sah und auch zufällig meine darunter fand, wuchs in mir ein ganz neuer Plan, der mich doch viel besser befriedigen würde. So konnte ich dem Richter nämlich gleich auch noch eins auswischen! Der hatte mich verknackt und auch noch das Kind an sich genommen, das meiner Lebensgefährtin gehört und bei mir gewohnt hatte. Natürlich hatte ich mich immer gefragt, warum der Richter unbedingt Jonas hatte haben wollen. Das war mir dann beim Durchwandern des Wohnzimmers aufgefallen, als ich auf der Kommode ein mit einem schwarzen Schleifenband in einem Bildrahmen umschlungenes Foto eines anderen Jungen erblickte, welcher Jonas zum Verwechseln ähnlich sah. Ich nahm zu dem Zeitpunkt an, dass der Richter nicht nur seine Frau, sondern zu früherer Zeit schon einen Sohn verloren haben musste. Und weil Jonas diesem Jungen so ähnlich sah, wollte er ihn als lebenden Ersatz für seinen Sohn. Vielleicht hatte er deswegen so ein hartes Urteil gegen mich gesprochen.

Im Büro des Richters war mir also mein herrlicher Plan eingefallen, nachdem ich Akten anderer gelesen hatte und in mir dieses Gefühl der Ungerechtigkeit wuchs. Sie alle hatten wirklich gemordet und mildere Urteile von ihm bekommen als ich. Gedanklich kehrte ich zurück und sah auf die Uhr. Die Zeit wollte nicht vergehen. So kurz vor dem Ziel verließ mich die Geduld. Und ich bekam Wut! Jonas war aufmüpfig geworden. Eigentlich hatte ich erwartet, dass er kleinlaut sofort alles zugeben würde. Stattdessen sagte er mir, dass er die Tabletten nicht seinem Opa gestohlen hatte. Aber wem denn dann? Was für einem Rotzbengel hatte ich damals hier in meinem Heim Unterschlupf gewährt? Er hat die Schuld an allem!

Meine Gedanken begannen so sehr zu kreisen, dass die Rage in mir hochkochte. Ich merkte, dass mir die Kontrolle über mein Handeln verlorengehen würde. Ich wollte Jonas wehtun, ihn windelweich schlagen. Ihn spüren lassen, wer hier das Sagen hatte. Ohne meine Beine bewusst zu steuern, ging ich mit geballten Fäusten auf die Zimmertür zu, hinter der Jonas lag. Gerade als ich sie mit einem gewaltigen Tritt aufstoßen wollte, vernahm ich ein ohrenbetäubendes Scheppern hinter mir. Als ich mich umdrehte, hing meine Haustür in den Angeln und Polizisten stürmten das Haus …

3 SCHLUSSTEIL

Lenchen lag mit Tränen in den Augen auf dem Sofa. Ihre Finger streichelten die Zeilen in dem Buch des Lohnschreibers. Dann tupfte sie sich die Tränen trocken und las weiter.

Schwarz hatte mich mit nach Göttingen genommen, um einer großen Hinrichtung einer gemeinen Giftmischerin beizuwohnen. Und wir hatten Clara dabei, die nun ein Jahr nach ihrer Genesung des kranken Beins in Göttingen würde ein neues Leben beginnen. Schwarz hätte die fleißige und artige Clara, die so langsam zur Frau wurde, gern bei sich behalten, aber das ständige Gezetere von Schwarzens Gattin tat Claras Seele nicht gut, sodass er sich zu diesem Schritt entschloss. Clara würde fortan als Magd bei einer freundlichen Tischlerfamilie arbeiten und sich ihren Lebensunterhalt selbst verdienen. Das 14-jährige Mädchen war hübsch geworden und man merkte kaum noch, dass sie das linke Bein ein bisschen nachzog. Sie würde ihren Weg ganz bestimmt gehen! Als wir an einem Hutgeschäft vorbeikamen, blieb Clara vor dem Schaufenster mit den Auslagen stehen und betrachtete eine braune Schusterjungenmütze.
„Gefällt sie ihr?", fragte Schwarz.
Clara nickte.
„Dann geht unsereins jetzt hinein und kauft sie!" Man kannte Schwarz in Göttingen nicht. Er hatte seine Scharfrichterkluft nicht angezogen und sich somit seines Handwerks unkenntlich gemacht, obwohl es gesetzlich verboten war. Es würde reichen, wenn er sie am nächsten Tag tragen müsse, hatte er gesagt. So ging er in das Geschäft, und als er wieder heraustrat, da glänzten seine Augen vor Freude, als er Clara die Mütze auf den Kopf setzte. „Damit sie immer an unsereins denkt, wenn sie sie trägt!"
„Vielen Dank!" Clara wand sich strahlend vor dem Schaufenster und besah ihr Spiegelbild. „Sie ist wunderschön!"

„Und steht ihr wahrlich gut!", bemerkte Schwarz und tätschelte ihre Wange. „Ich werde sie regelmäßig besuchen kommen. Und wehe, sie trägt die Mütze dann nicht!", scherzte er, obwohl ich wusste, wie schwer ihm das Herz war, weil der Abschied von Clara unmittelbar bevorstand.

Schweigend gingen wir weiter, bis wir das Ziel erreicht hatten. Wir standen vor der Tischlerei.

Clara und Schwarz standen Tränen in den Augen. Sie nahmen sich in den Arm und ließen sich nach einer Weile los, ohne auch nur ein Wort zu sagen. So hatten sie es vorher abgemacht, damit der Abschied leichter fiele. Clara sah sich nicht noch einmal nach Schwarz um, der sich rührend in der Zeit nach dem Tod ihrer Mutter um sie gekümmert hatte, als sie in der Tür der Tischlerei verschwand.

Schwarz sollte sie vorerst nicht mehr sehen. Aber ich sollte Clara am nächsten Tag noch einmal treffen, was mir Sorge bereitete. Denn Clara musste bei der Hinrichtung am nächsten Tag anwesend sein, die Schwarz an der Giftmischerin zu verrichten hatte. Diese war eine Magd und hatte ihren Dienstherrn, einen Bäckermeister aus Münden, vergiftet. Die Königliche Regierung zu Hannover hatte beschlossen, dass alle Bediensteten aus der Gegend der Hinrichtung dieser Dienstmagd, deren Name Friederike Lotze war, zur Abschreckung beizuwohnen hatten.

Claras erster Tag als Magd sollte also mit diesem Akt der Grausamkeit beginnen. Schwarz hatte sich immer wie ein eigener Vater um Clara gekümmert und was würde sie nun denken, wenn er, den sie wie einen Vater liebte, nun oben auf dem Schafott stand und einer jungen Frau den Kopf mit dem Schwert abhieb? Selbstverständlich wusste sie von seinem Amt, aber es war doch etwas anderes, wenn sie sah, wie dieses Amt von ihm, den sie in ihr Herz geschlossen hatte, auf brutale Weise ausgeführt wurde. Schwarz selbst äußerte sich mir gegenüber zu diesem Umstand nicht, aber ich kannte ihn mittlerweile so gut, dass mir klar war, dass auch er sich darüber Gedanken machte.

Zwar war ich mir sicher, dass er den Schlag professionell tätigen und somit der Kopf der Delinquentin beim ersten Hieb fallen würde, aber trotz allem Könnens von Schwarz, war es doch ein barbarisches Handwerk.

Ich erinnere mich noch an die Doppelhinrichtung von Annas Meuchlern Kruber und Gürtler in Hannover, bei der ich mich von Schwarzens Handwerk überzeugen konnte. Kruber setzte man zuerst auf den Stuhl, weil er im Angesicht des Todes tobte und viel Unruhe stiftete. Denn sein Hals war kürzer als der von Gürtler, sodass man seine Hände nicht auf den Armlehnen des Stuhls festbinden konnte, sondern sie zuerst in die Länge ziehen musste, um sie dann seitlich an den hinteren Stuhlbeinen festzurren zu können. Das streckte den Hals, machte aber auch mehr Arbeit. Deswegen legte Schwarz die Reihenfolge nach dem hochnotpeinlichen Verhör, welches vor dem Schafott stattfand, so fest. Zuerst den schwierigen Delinquenten – auch damit dann endlich Ruhe herrschte, wenn sein Kopf gefallen war. Schultern und Nacken Krubers wurden freigelegt und den Oberkörper hatte man an die tiefe Rückenlehne des Stuhls geschnallt. Auch die Beine wurden in Höhe der Oberschenkel festgezurrt. Kruber konnte sich nicht mehr bewegen, aber er schrie, dass er unschuldig sei. Dass Gürtler die Hure getötet habe. Er selbst hätte immer nur geraubt. Als man ihm die Lederschlinge unter das Kinn legte und an dieser seinen Kopf in die Höhe zog, um den Hals noch mehr zu strecken, wurde er stiller. Sofort hatte sich Schwarz in Position gebracht, denn nun war ohne Zögern der Schlag zur Enthauptung mit dem Schwert zu vollziehen. Ich beobachtete genau, dass Schwarz das Schwert an der unteren Fläche des Griffes mit der linken und die obere Fläche des Griffes mit der rechten Hand hielt. Der Hieb fand von links nach rechts statt. Seinen rechten Fuß hatte Schwarz vorgestellt, sein linker stand nach hinten. Dabei sah er nicht auf die Klinge, sondern auf den mittleren Teil des Nackens von Kruber, wo die Klinge zuerst auftraf und den Kopf mit einem zielsicheren und kräftigen Schlag abtrennte. Das Volk bejubelte Schwarz, aber der verzog keine Miene, säuberte sein Schwert und brachte sich für Gürtler in Position. Kruber hatten die Henkersknechte bereits fortgebracht, nachdem einer der Gehilfen seinen Kopf in die Höhe gehalten hatte, um das Volk noch mehr jubeln zu lassen. Gürtler wurde ebenso festgezurrt, außer, dass man seine Arme auf den Armlehnen festband. Sein Hals war lang genug und musste durch die Position der Arme nicht extra gestreckt werden.

Zielsicher setzte Schwarz an und kurz nachdem er ausgeholt hatte, fiel schon der Kopf.
Auf eine Art war es faszinierend gewesen, auf die andere Art aber auch barbarisch. Ich weiß für mich bis heute nicht, ob ein Mensch einen anderen Menschen töten darf, obwohl er selbst getötet hat. Grundsätzlich hoffe ich aber, dass man die Öffentlichkeit in Zukunft von diesen Veranstaltungen ausschließen würde. Die Jubelei, wenn ein Kopf fiel, empfand ich wenig menschlich, obwohl sie aus den Kehlen der Menschen kam. Thue Recht und scheue niemand, das steht auf Schwarzens Schwert. Wie ist es auszulegen?

Auf jeden Fall hatte ich Clara versprochen, dass ich am Rathaus auf sie warten würde, damit wir gemeinsam zum Hinrichtungsplatz gehen könnten.

Es war so viel geschehen und Schwarz war mir wie ein Freund geworden. Geholfen hatte dabei auch meine Berichterstattung über ihn, die mir gleichzeitig ein gutes Leben bescherte, weil man mittlerweile auf meine Artikel bei der Hannoverschen Allgemeinen wartete. Ich hoffte mit meiner Berichterstattung über sein Tun, dass die Menschen den Hinrichtungen fernblieben, wenn sie es doch lesen konnten. Dies war nun eigentlich auch der offizielle Grund, warum ich so dicht an Schwarzens Seite stand. Man überlegte in höheren Kreisen bereits, dass Hinrichtungen nicht mehr öffentlich sein durften. Auch war man schon dazu übergegangen, die Schärfung auszulassen. Nur noch wenige Delinquenten wurden auf der Kuhhaut zum Richtplatz geschleift.
Als Schwarz mich damals vor Kruber und Gürtler gerettet hatte und wir gemeinsam Clara versorgt hatten, mied man Schwarz zwar immer noch, weil es sich für die Gesellschaft nicht anders gehörte, aber man merkte doch, dass Schwarz ein gutes Herz besaß. Mittlerweile konnte er das Wirtshaus ohne Einwilligung der schon dort befindlichen Gäste betreten und der Wirt hatte seinen dreibeinigen Stuhl auch gegen einen vierbeinigen ausgetauscht. Man schenkte ihm den Wein auch nicht mehr über die Hand ein und er bekam zum Trinken einen sauberen Krug. Natürlich kümmerte sich niemand um ihn, aber man tolerierte seine Anwesenheit und behandelte ihn ordentlich. Schwarzens Ende in der Vorstadt von Han-

nover war ohnehin in Sicht, da er zurück in seine Heimat wollte. Er würde nicht mehr lange richten können und rechnete damit, dass man ihm sein Amt bald würde kündigen. Er träumte nach wie vor davon, eine eigene Gastwirtschaft in der Heimat bei Seesen in Groß-Rhüden betreiben zu können.

Am nächsten Morgen machte sich Schwarz früh auf den Weg, um die nötigen Vorbereitungen der Hinrichtung zu überwachen. Ich sah ihn aus meinem Zimmerfenster des Gasthauses, in dem wir genächtigt hatten, mit seinem auf den Rücken geschnallten Hinrichtungsstuhl und dem Schwert an der Körperseite hängend, fortziehen. Der Stuhl und das Schwert waren sein Handwerkzeug. Mehr brauchte er nicht, außer seiner Kleidung, die dem Anlass gemäß schwarz zu sein hatte. Der Stuhl wirkte an dem großen Mann mit dem breiten Rücken und der leicht untersetzten Figur, wie ein Puppenmöbel.

Später wartete ich am Göttinger Rathaus auf Clara. Sie war pünktlich am vereinbarten Treffpunkt erschienen.
„Wie war deine erste Nacht im neuen Heim?“
„Ach, ich bin noch müde, denn ich habe bis tief in die Nacht Silber putzen und Gemüse schnippeln müssen. Die Herrschaften meinten, dass ich meine freie Zeit für die Hinrichtung, der ich ja beizuwohnen habe, schon vorher wieder einarbeiten müsse.“
Mir brach das Herz, als ich ihre rissigen und wunden Hände sah, die sie mir unter die Augen hielt. „Clara, es ... “
„Ach, es wird schon alles gut werden. Ich will nicht jammern. Gern wäre ich bei Schwarz geblieben, aber sein Weib, es will mich einfach nicht. Er wird mich ja an meinen freien Tagen besuchen kommen. Es wird schon alles gut werden!“
So viel Schlechtes hatte Clara schon erleben müssen und trotz allem glaubte sie unverhohlen an eine gute Zukunft.

Als wir am Richtplatz unter der Gerichtslinde angekommen waren, sahen wir die vielen Menschen. Es war ein großes Drängen und jeder wollte nach vorn und den besten Platz haben. Clara zögerte.
„Bleiben wir hier?“

„Ja, ich glaube, dass es ein guter Platz ist!“ Ich war so dankbar, dass sie sich nicht in die Meute stürzen wollte, um einen Platz mit guter Sicht zu bekommen.
„Ich will es gar nicht sehen!“, sagte sie etwas zu laut zu mir, als ein Mann in einem feinen Zwirn stehen blieb und Clara am Arm fasste. „Du, du bist doch auch so eine, oder? Erst den Dienstherren den Kopf verdrehen, um sich ein besseres Leben zu erhoffen und dann … Es soll zur Abschreckung sein, also muss sie hingehen und schauen!“
„Bitte lasst sie los!“, ermahnte ich den Mann und drängte mich zwischen Clara und ihn.
„So? Hat das junge Ding ihm schon den Kopf verdreht? Aber heiraten würde er seine Dienstmagd doch wohl nicht, weil ihm die Gesellschaft sonst den Garaus machen würde?“
„Guter Mann, sie ist meine kleine Schwester!“, log ich, um weiteren Anfeindungen aus dem Weg zu gehen. Ohne ein Wort ging der Mann fort und drängelte mit der Masse.
Clara seufzte. „Es wird wohl doch nicht so einfach werden.“
„Lass den Kopf nicht hängen. Pass immer schön auf dich auf. Ich weiß, dass du eine rechtschaffende Frau wirst, die niemandem den Kopf aus Habgier verdrehen wird. Und …“, fügte ich leiser hinzu, „ … meistens sind es nicht die Dienstmädchen, die sich an den Hals der Dienstherren werfen. Die Dienstherren meinen, dass ihnen die Dienste der Mädchen für alles zur Verfügung stehen und holen es sich einfach.“
„Denkt Ihr, dass die Magd, die heute hingerichtet wird, vielleicht unschuldig ist?“ Clara sprach ebenfalls sehr leise. Sie hatte schnell gelernt.
„Man darf keinen Menschen vergiften, sie hat ihre Tat auch gestanden, aber was hat sie denn dazu bewogen, den Herrn zu vergiften? Erwiesen ist es, dass er ihr die Ehe versprochen hat. Nun wollte er aber doch eine andere heiraten. Was mag die Dienstmagd da gedacht und vor allem gefühlt haben?“
„Sie war verletzt, weil sie ihn vielleicht wirklich geliebt hat und sich dann ausgenutzt und missbraucht fühlte.“
Ich nickte Clara zu. Sie hatte verstanden und ich hoffte, dass sie nun wusste, wie diese Gesellschaft tatsächlich funktionierte. Clara ist sehr

schlau und reif für ihr Alter, aber auch ebenso schön wie ihre Mutter! Ich wünschte ihr aus tiefstem Herzen, dass sie ein gutes Leben haben würde. Wusste ich doch, dass ich sie nach meiner Abreise aus Göttingen zurück nach Hannover so schnell nicht mehr wiedersehen würde.

Die Menge wurde ruhiger. Dies verriet uns, dass die Verurteilte herangeführt wurde, weil man auch einen Schülerchor singen hörte, der die Delinquentin auf ihrem Weg zum Schafott begleitete.

Schwarz stand bereits mit versteinerter Miene neben dem Hinrichtungsstuhl. Clara zupfte mich am Ärmel. „Werdet Ihr zusehen?"

Ich überlegte einen Augenblick. „Nein, ich werde nicht zusehen."

„Aber Ihr müsst doch in Hannover darüber berichten!"

„Das werde ich auch können, ohne es mir anzusehen."

Clara schien beruhigt. Ich sah es ihr an, dass sie sich nichts mehr wünschte, als dass es vorbei war. Das resultiert aus dem Unterschied, wenn man zu den beteiligten Personen eines solchen Aktes eine Beziehung hat, oder nicht. Hat man es nicht, dann ist das Blutlecken einfach, dann sind es „nur die anderen" an dessen Taten und Schicksal man sich ergötzen kann. Ist man aber selbst in irgendeiner Form verbunden oder gar betroffen, so bekommt dieses Spektakulum einen ganz bitteren Beigeschmack.

Es war kalt draußen und unser Atem kondensierte in der Morgenluft des 20. Januar 1859. Dann wurde es ganz still. Friederike Lotze wurde gefragt, ob sie schuldig sei. Ihre Antwort konnten wir von unserem Platz aus nicht hören, aber weil nur wenige Augenblicke später die Menge jubelte und wild auseinanderstob, um zum Schafott zu gelangen, gingen wir davon aus, dass sie die Frage mit einem Ja beantwortet und Schwarz sein Amt bereits an ihr vollzogen hatte.

„Nun müssen wir gehen!", sagte Clara und ihr Blick wurde traurig. Sie wusste, dass ich sie nicht zurück in die Altstadt begleiten würde, sondern mich gleich zum Bahnhof begeben wollte, weil ich so schnell wie möglich zurück nach Hannover gelangen müsste, um dort den Bericht über die Göttinger Hinrichtung abgeben zu können, damit er schon am nächsten Tag erscheinen konnte. Dies hatte ich zur Auflage erhalten. Ich nahm mir vor, ihn im Zug zu verfassen.

Clara sah mich traurig an und ihre Augen füllten sich mit Tränen, die sie krampfhaft zu unterdrücken versuchte.
Dann fehlten mir die Worte, als ich sie so vor mir sah. Dieses tapfere und lebenslustige Kind, das die schlimme Beinverletzung und den Verlust seiner Mutter überstanden hatte und nun schon wieder verpflanzt wurde, weil das Schicksal es erneut nicht gut mit ihr meinte. Clara war mir so sehr ans Herz gewachsen! Da ich nichts sagen konnte, schloss ich sie in meine Arme und drückte sie. So standen wir einen Augenblick in innerem Frieden zusammen, bevor sie sich meinen Armen entwand und dann in der sich auflösenden Menschenmenge verschwand.

Nur ein halbes Jahr später, nachdem Schwarz Clara nach Göttingen gebracht hatte, war seine Frau gestorben, was Schwarz dazu bewog, Clara aus Göttingen zurückzuholen. Er nahm freudig den Zug von Hannover nach Göttingen, aber als er in die Tischlerei ging und nach Clara fragte, hatte man ihm gesagt, dass sie nicht mehr dort arbeiten würde und nicht wisse, wo sie abgeblieben sei. So sehr Schwarz sich auch bemühte, er fand Clara nicht.

„Ohne Frau, ohne Clara und ohne das Richten – was soll unsereins noch hier?", fragte er mich eines Abends an seinem Küchentisch sitzend, als ich ihn besuchte. „Nicht dass unsereins traurig wäre, weil das Gekeife aufgehört hat, aber allein will unsereins das Haus nicht bewohnen. Clara wäre unsereins eine Freude und würde als das eigen Kind Leben und Zukunft in dieses Gemäuer bringen!" Er machte eine Pause und sah mich an.
Ich glaubte mich verhört zu haben. Schwarz bemerkte meinen verunsicherten Gesichtsausdruck und zog sein Hosenbein hoch. An seinem Oberschenkel befand sich ein großes blattförmiges dunkles Mal. Augenblicklich verstand ich, warum sein Weib gekeift hatte, als er Clara zu sich nach Hause brachte. Sie kannte das Mal ihres Gatten und erkannte dieses auch an Claras Bein. Außerdem wurde mir klar, warum Schwarz zusammengezuckt war, als er Claras krankes Bein ansah und dabei das Mal an ihrem Oberschenkel entdeckte. Da wusste er sofort, dass es nie an ihm gelegen haben konnte, dass er mit seinem Weib keine Kinder bekam. Und es erklärte auch, warum Anna nicht wollte, dass Schwarz das kranke Bein von Clara ansah. Sie hatte ihm nie gesagt, dass Clara seine Tochter war.

„Sie ist Eure Tochter!", bemerkte ich.

Schwarz nickte traurig. „Sie weiß es nicht und ist fort, wird jetzt ein besseres Leben haben und nicht mehr an uns denken. Was sagt er dazu, wenn unsereins ihm sagt, dass man gleich morgen in die alte Heimat zurück will, weil es hier in Hannover auch schon genug Wirtshäuser hat?"

Erstaunt war ich darüber, wie eilig er es hatte, aber verstehen konnte ich ihn gut. Seinen Wunsch noch einmal ganz von vorn zu beginnen, den konnte ich nachvollziehen. Von vorn beginnen, das bedeutete unter anderem auch, dass er sich frei und ohne Ächtung in neuer Gesellschaft bewegen konnte, da er nun kein Scharfrichter mehr war. Ich bestärkte ihn in seinem Entschluss und versprach ihn zu besuchen, sobald er eine Bleibe gefunden hätte.

Wir verabschiedeten uns spät in der Nacht voneinander und Schwarz versprach, dass er sich melden würde.

Die Zeit verging und ich war mittlerweile durch mein Schreiben für die Zeitung in der Stadt bekannt geworden. Als Schwarz fort war, fragte man mich immer mal wieder, was er wohl mache, aber ich konnte es ja nicht sagen. Obwohl ich nach seinem Fortgehen fest daran geglaubt habe, dass er sich seinen Traum einer eigenen Gastwirtschaft erfüllen können würde, war mir dieser Glauben bald abhandengekommen, weil ich nichts mehr von ihm hörte. Umso mehr verwunderte es mich, als ich im Jahre 1965 einen Brief ohne Absender erhielt. Wer sollte mir schreiben? Ich öffnete den Brief und darin fand ich nur einen einzigen Zettel auf dem in sehr krakeligen Buchstaben „Groß-Rhüden" stand. Darunter befanden sich drei handschriftliche Kreuze. Schwarz hatte sich gemeldet!

Und so machte ich mich ein paar Tage später auf den Weg zu ihm. Zwar hatte ich keine Adresse, aber ich hoffte mich durchfragen zu können. Einen so großen Mann wie Schwarz, von dem würde man schon wissen, wo er wohnt. Aber ich musste nicht fragen. Als ich in den Ort ging, da sah ich das stattliche Haus schon von weitem. „Gastwirtschaft Schwarz" stand über dem Eingang.

Mein Freund, so möchte ich ihn heute nennen, war alt geworden, aber seine Augen strahlten, als er mich sah. Auch hatte er wieder geheiratet und stellte mir glücklich seine Frau Johanna Maria vor, der er die späten Vaterfreuden eines strammen Bürschchens zu verdanken hatte.

Am Abend wurde in der Wirtschaft gefeiert. Schwarz war ein beliebter Mann und bewies, dass er die Gastwirtschaft beherrschte, obwohl er nicht lesen und schreiben konnte. Rechnen aber, das konnte er sehr wohl! Und als wir zu später Stunde zu zweit an seiner Holztheke saßen, da bekamen seine Augen einen traurigen Glanz. „Unsereins möchte doch wissen, ob es Clara gut geht. Es vergeht kein Tag, an dem nicht an sie gedacht wird. Viel gesucht hat unsereins nach ihr, aber sie nicht gefunden. Ganz am Anfang, als die Wirtschaft gerade eröffnet hatte, war ein Gast aus Göttingen da. Unsereins erzählte dem aufrichtigen und freundlichen Mann von Clara. Glauben konnte man ihm schenken, als er sagte, dass er die Tischlerei kenne, wo Clara gearbeitet hat. Er konnte sich an Clara erinnern und wusste zu berichten, dass sie dort nicht geblieben war, weil sie in einer Apotheke eine bessere Stelle gefunden habe. Seine Beschreibung passte genau zu Clara, unsereins Tochter. Aber nun ist man ja zu alt und zu schwach um weiterzusuchen und die Wirtschaft muss ja auch laufen!"

Ich verstand seine Sorge und die Sehnsucht nach Clara, denn auch ich habe mich oft gefragt, wie es ihr wohl geht. Das tapfere kleine Mädchen, dass so schnell hatte erwachsen werden müssen und in eine fremde Stadt geschickt worden war. Und so gab es doch schon zwei Menschen, Schwarz und mich, die an sie dachten.

Ohne es vor Schwarz auszusprechen, fasste ich den Entschluss, nach meiner Abreise von ihm am nächsten Tag, mit dem Zug noch einen Abstecher nach Göttingen zu machen. Dies würde meinen Geldbeutel zwar unnötig schmälern, aber ich überlegte mir, einen Artikel über den alten Scharfrichter Schwarz von Hannover zu schreiben. Die Menschen interessierten sich nach der großen Reform der Hinrichtungen durch die Guillotine, die nun ein jeder Gefängniswärter bedienen konnte, was aus ihm geworden war. Und, wer weiß? Vielleicht würde ich Clara tatsächlich in Göttingen finden. Auch das wäre einen Artikel wert. Ich fand, dass nichts dagegen sprach, wenn ich dies tat. Sicherlich würde sich Schwarz auch darüber freuen können, wenn die Menschen in Hannover zu lesen bekamen, was er in Groß-Rhüden doch für ein großes Ansehen erlangt hatte. Man nahm mir mittlerweile jeden Artikel dankend ab. Meine Überschriften waren gut und nicht selten schaffte ich es mit meinen Artikeln auf die Titelseite. So hoffe ich darauf, dass ich auch irgendwann einen ordentlichen Verlag finde, der meine Aufzeichnungen aus diesem Buch veröffentlichen wird. Zu unehrenhaft ist in dieser Zeit noch immer der Beruf des Scharfrichters, obwohl er längst in seiner alten Form, wie ihn Schwarz noch ausgeübt hat, abgeschafft wurde. Und somit ist vor der Gesellschaft auch der Mensch, der diesen Beruf ausübte, noch immer bei vielen verrufen. Dass diese Menschen aber in diese Zunft hineingeboren worden waren und sich somit niemals selbst hätten einen anderen ehrbaren Beruf aussuchen können, das übersieht man gern. Mein Buch würde den Blickwinkel ändern und den Blick hinter den Vorhang freigeben. Es ist mir ein sehr großes Bedürfnis.

Schwarz und ich saßen in dieser Nacht noch lange zusammen und unterhielten uns über die alten Zeiten, aber auch über die Zukunft.
„Nun hat sich unsereins seinen Traum von einer eigenen Gastwirtschaft erfüllt, hat ein Weib gefunden, dass uns einen Sohn, einen Erben geboren hat. Und doch spürt unsereins, dass nicht mehr sehr viel Zeit bleiben wird. Was war das für ein Leben? Vorherbestimmt durch die Gesetze. Ein Leben, das zum Töten bestimmt war und von klein auf oftmals nur auf der düsteren Seite des Lebens stattfand. Jetzt, da die letzten Jahre unsereins im Lichte vergönnt waren und es viel Kraft gekostet hat, diesen Traum zu verwirklichen,", er zeigte in seine Gaststube, „da ist man müde geworden. Konnte unsereins doch zeigen, dass er ein Mensch wie alle anderen ist."
Das hatte Schwarz mir zum Abschluss unseres Gespräches gesagt, bevor wir uns eine gute Nacht wünschten, obwohl es schon früher Morgen gewesen war.

Und nun liege ich hier und schreibe meine Gedanken in das Buch, damit es auch ja vollständig ist, in der Hoffnung, dass es irgendwann einmal seine Leser findet. Denn, wenn ich eines in dieser Nacht von Schwarz gelernt habe, dann ist es, dass es wichtig ist, dass man seine Träume im Leben verwirklicht.
Sobald die Sonne aufgeht, werde ich mich von meinem alten Freund verabschieden und nach Göttingen fahren. Zu gern würde ich Schwarz die

Frage nach Clara beantworten können. Und ich habe mir ganz fest vorgenommen, sie zu finden. Für Schwarz und auch für mich. Denn durch Clara allein hat diese ganze Geschichte ja erst begonnen.

Sehr geehrter Leser,

an dieser Stelle endet …

*

Lenchen zuckte zusammen.

„Geht es Ihnen gut?“ Besorgt stand Andreas neben ihr. Er hatte geklopft, aber sie hatte es nicht gehört.

„Herrgott, haben Sie mich erschreckt!“

„Ich habe aber angeklopft!“, verteidigte sich Andreas.

Lenchen legte das Buch beiseite, setzte sich auf, wischte sich die Tränen aus dem Gesicht und sah zur Uhr. „Oh Gott!, längst Zeit, den Kaffeetisch zu decken. Sie kommen ja gleich.“

„Deswegen bin ich hier. Also nicht wegen des Tischdeckens, sondern weil ich mich wundere, dass Sie noch nicht im Esszimmer sind. Es hat mich besorgt, weil Sie doch sonst immer so zuverlässig sind!“

„Das hätte ich jetzt auch gesagt! Ich kann es einfach nicht aus der Hand legen. Bin kurz vorm Ende. Da muss ich jetzt einfach weinen.“ Sie zeigte auf das Buch.

„Ich habe es schon durch. Und das alles ist allein Ihnen zu verdanken!“ Andreas griff zum Buch und klopfte mit dem Zeigefinger auf den edlen Einband. „Es ist wirklich ein Kunstwerk geworden und noch dazu ist es von großem historischem Wert!“

„Das habe ich damals gern und aus voller Überzeugung gemacht“, sagte Lenchen. „Nun aber Beeilung, sonst schaffe ich es nicht mehr!“

Sie nahm Schwung und rutschte vom großen Sofa. Andreas beobachtete sie dabei. Es war eine gute Entscheidung gewesen, Lenchen hierher zu holen und in Jonas' alten Zimmern wohnen zu lassen. Sie war nicht nur seine Haushälterin, sondern auch die gute Seele des Hauses geworden, die einem jederzeit und gern beratend zur Seite stand. Anders herum waren sie und auch er auf diese Weise ihrer quälenden Einsamkeit entkommen, der sie sich beide nach dem grausamen Ereignis um Jonas erst so richtig bewusst geworden waren.

Andreas hatte es nicht so eilig wie Lenchen. Denn der Tisch war längst gedeckt. In den Kannen befand sich bereits heißer Kaffee und der Kuchen stand schon geschnitten und fein angerichtet auf dem Tisch. Und die Gäste standen auch schon kichernd hinter den Stühlen, als Lenchen um die Ecke gebürstet kam.

„Überraschung!", flöteten Jonas und Laura in den höchsten Tönen. Lenchen blieb vor lauter Überraschung fast die Luft weg. Sie drückte beide Hände auf ihr Brustbein.

„Kinder! Ihr seid ja schon da! Und der Tisch …"

„… ist auch schon gedeckt", ergänzte Andreas.

„Ach, wie schön, dass ihr hier seid! Lasst euch drücken, ihr zwei. Das Buch ist so wunderbar geworden. Und wenn ich damals schon gewusst hätte, wie spannend es ist, dann hätte ich es ja da schon gelesen und mir nicht nur Jonas' Bilder dazu angesehen! Gibt es schon viele Vorbestellungen?"

„Der Verlag war mit der ersten Auflage vorsichtig. Zu vorsichtig, wie sich nun herausstellte. Sie ist bereits vor dem offiziellen Erscheinungstermin durch Vorbestellungen ausverkauft. Die 2. Auflage befindet sich bereits im Druck."

Lenchen staunte. „Das ist ja wunderbar, Jungchen! Ich habe ja immer an dich geglaubt!" Sie tätschelte Jonas die Wange.

„Aber ohne Lauras gute Arbeit wäre es nur halb so schön!", entgegnete Jonas und gab seiner Frau einen Kuss auf die Stirn.

„Das Layout von Laura ist wirklich einzigartig und sehr edel geworden", lobte Andreas.

„Habt ihr es denn beide schon durch?" Laura sah Andreas und Lenchen fragend an.

Während Andreas stolz und anerkennend nickte, musste Lenchen verneinen. „Ich wurde unterbrochen!“, bemerkte sie gespielt beleidigt. „Und das auch noch kurz vor dem Ende!“
„Dann hast du ja heute Abend noch eine wunderbare Bettlektüre. Ich bin sehr gespannt, wie du das Ende findest. Ich denke, dass es uns sehr gut gelungen ist“, Jonas lächelte Laura an.
„Aber wollen wir uns nicht endlich hinsetzen? Wenn ich den Kuchen sehe, da läuft mir ja das Wasser im Mund zusammen!“, Andreas blickte in die Runde und weil Laura ihren Bauch hielt, bemerkte er: „Mein Enkelkind hat schließlich auch schon Hunger!“
„Hör auf damit! Schwangere müssen gar nicht für zwei essen“, Laura lachte und setzte sich umständlich auf den Stuhl, den Jonas ihr hingeschoben hatte.
„Heute aber schon! Schließlich gibt es was zu feiern: Buch und Dachwohnung!“ Andreas rieb sich die Hände und griff zum Tortenheber, während Lenchen Kaffee und Tee einschenkte.

„Das ging jetzt aber wirklich schnell mit dem Ausbau. Gut, dass du den ganzen Tag zu Hause bist und die Handwerker so gescheucht hast!“ Jonas sah Andreas an.
„Was, wer? Ich? Ich scheuche doch nicht! Ich habe nur aufgepasst, dass alles richtig ist. Schließlich musste ja noch vor der Geburt alles fertig werden. Es kann ja jederzeit losgehen.“
„Aber bitte nicht vor dem Umzug!“, bemerkte Laura, als es aus Jonas herausplatzte: „Hör bloß auf! Als ich die Fenster und Türen eingesetzt habe, da hast du mich fast in den Wahnsinn getrieben. Ich weiß schon, warum ich diesen Mist nicht mehr machen will und lieber zeichne!“
„Geschadet hat es aber auch nicht. Es ist immer gut, wenn man was kann. Übrigens hast du es hervorragend unter meiner Anleitung hinbekommen! Zeichnen kannst du ja nun jeden Tag.“ Andreas grinste.
„Rentner sind ein furchtbares Volk!“, Jonas schüttelte den Kopf und knuffte Andreas freundschaftlich in die Seite.

Lenchen saß in der Runde und beobachtete die drei und freute sich über die ausgelassene und fröhliche Stimmung. Es war nicht immer so gewesen. Sie dachte daran zurück, wie sie vor fünf Jahren das Fotoalbum in Jonas' Kleiderschrank gefunden und auf der letzten Seite den Mann erkannt hatte, der sich damals im Café neben sie gesetzt hatte. Das Foto zeigte Jonas, seine Mutter und eben diesen Mann. Und dieser Mann war Thomas Lehmann, der damalige Lebensgefährte von Jonas' Mutter gewesen. Als zeitgleich auf Andreas Handy eine SMS mit dem Phantombild des Täters der Kripo eingetroffen war, hatte es keine Zweifel mehr gegeben, wo sich Jonas befand. Nachdem man beim Arzt angerufen hatte, bei dem Jonas nie erschienen war, wurde allen klar, dass sich Jonas mit hoher Wahrscheinlichkeit in der Gewalt von Lehmann befand.
Andreas hatte seinerzeit der Kripo den Hinweis gegeben, dass sich Jonas im Haus von Lehmann befinden könnte. Und dort fand ihn die Polizei auch. Mehr tot als lebendig. Das Fotoalbum war ein Wink des Schicksals gewesen. Lenchen fragte sich lange, wie Andreas darauf gekommen war …

Lenchen kehrte aus ihren Gedanken in die Gegenwart zurück, als alle vom Tisch aufstanden. „Wo wollt Ihr denn hin?", fragte sie.
„Lenchen hat wieder geträumt", Jonas stand hinter ihr und umarmte sie herzlich. „Auf den Boden. Schon mal überlegen, wie wir nächste Woche zum Einzug die Möbel am besten stellen. Und gucken, ob für die Party nachher nichts fehlt."
„Mir fehlen noch ein paar Maße", rügte Laura Jonas. „Du musst das Wohnzimmer noch mal unterhalb des Dachfensters messen."
„Na, dann nichts wie hinauf!" Lenchen befreite sich aus Jonas' Umarmung und stand auf, als Andreas` Handy eine Nachricht empfing.
„Geht schon vor! Ich bin gleich da!", sagte er, griff zum Handy und öffnete die Nachricht. Sie war von Bernhard.

Das Verfahren wegen des Behandlungsfehlers gegen das Krankenhaus wurde nach 5 Jahren mangels Beweisen endlich eingestellt.

Andreas seufzte erleichtert. Auf diese Nachricht hatte er schon so lange gehofft. Er antwortete:

Endlich! Kommst du vorbei? Jonas und Laura sind auch da. Nachher Dachbodenparty wegen Buchveröffentlichung und der Fertigstellung des Dachbodens. Mir zu viel Trubel, könnten bei mir unten Pizza essen und Bierchen trinken.

Bernhards Antwort kam schnell:

Wann?

Andreas antwortete:

Mach dich einfach auf den Weg! Bier steht kalt.

*

Die geladenen Gäste kamen pünktlich und im Haus herrschte reges Treiben, was Lenchen sichtlich genoss. Sie schenkte Getränke ein und unterhielt sich angeregt mit dem Verlagsleiter, der ebenfalls gekommen war und betonte, dass sie schon immer an Jonas geglaubt habe und sie es gewesen war, die ihn damals auf den Wettbewerb aufmerksam gemacht hatte.

„Der Wettbewerb. Richtig! So hat das ja mal alles zwischen Jonas und mir angefangen. Leider konnten wir ihn wegen der fehlenden Rechte an dem alten Manuskript von Friederich Uhde nicht gewinnen lassen."

„Ach!", Lenchen winkte ab. „Das ist doch völlig unwichtig! Sie haben es ja trotzdem verlegt, nachdem das mit den Rechten geklärt war."

„Ja, es war ein langer Weg. Und besonders interessant wurde die Sache dann ja erst durch den Fund der Knochen. Was haben wir gerätselt, wie dieses Buch hier auf dem Dachboden landen konnte! Restlos geklärt ist es zwar noch immer nicht, aber ich denke, dass wir eine recht wahrscheinliche Möglichkeit dafür gefunden haben."

Andreas und Bernhard

„Ich wusste gar nicht, dass so viele Leute auf einen Dachboden passen!", bemerkte Bernhard, als er mit Andreas die neue Treppe vom Dachboden herunterkam. Sie hatten ihre Teller mit Pizzastücken vollgeladen und wollten es sich in Andreas' Wohnzimmer gemütlich machen, wo ihre gekühlten Biere bereits auf sie warteten.

„Ziemlich eng da, aber es scheint allen zu gefallen. Es sind ja allein vom Verlag schon so viele da oben. Und dann noch Lauras Familie und Freunde und ein paar von Jonas' alten Tischlerkollegen, die ihm beim Ausbau geholfen haben. Ich schätze, demnächst geht es hier oft so turbulent zu."

„Mensch, alter Junge,“, Bernhard spülte ein Stück Pizza mit einem großen Schluck Bier runter, „hättest du dir das, nach allem was passiert ist, jemals träumen lassen? Ich finde, dir tut das gerade alles ganz gut.“
Andreas sah zur Kommode, auf der die Fotos von Karin und Timo standen. „Es wäre alles so viel einfacher gewesen, wenn es nicht passiert wäre. Es kommt mir alles so weit weg vor und ich habe Angst, dass ich immer mehr von den beiden vergesse.“
„Hör auf dich zu geißeln. Das hätten sie beide nicht gewollt. Und du musst auch langsam Frieden mit dir schließen. Du bist nicht Schuld am Tod von Timo. Niemand hat Schuld daran. Es ist einfach geschehen – so grausam das auch ist.“
„Aber ich hätte Karin die Wahrheit sagen müssen, dass Timo meinetwegen nicht mit auf die Vereinsfahrt gefahren ist, weil ...!“
„Hör auf mit hätte und wäre. Das Thema haben wir schon so oft gehabt. Du kannst es nicht mehr ändern. Und das Leben hat dir ja wohl genug schwere Prüfungen auferlegt. Wenn es Karma war, dann ist es damit jetzt aber endlich mal abgegolten und du solltest dich auf den Einzug deiner kleinen neuen Familie freuen. Es macht keinen Sinn, sich ein Leben lang zu quälen!“
Andreas schnaufte: „Das sagt ja genau der richtige“, und biss von seiner Pizza ab.
„Komm, die Sache mit der Verwechslung des Serums hätte für uns beide verdammt ins Auge gehen können. Das hättest du dann noch on top oben drauf gehabt und ich wäre meinen Job losgewesen.“ Bernhard nuschelte, weil er den Mund voll hatte, schluckte und sagte dann: „Wenn ich das Serum von Jonas‘ Mutter nicht mit dem von der zuckerkranken Oma, die ohnehin einfach nur an Altersschwäche gestorben ist, verwechselt hätte, dann wäre Jonas heute sicher nicht so glücklich, wie er endlich ist. Ihr Blut war vollkommen clean, wie jeder in der Akte von Jonas‘ Mutter sehen konnte.“ Bernhard zwinkerte. „Lehmann, dieser Dreckskerl, hat seine gerechte Strafe bekommen. Den sieht in diesem

Leben keiner mehr frei herumlaufen. Hat sie immer wieder halb krankenhausreif geschlagen. Die Narben am Körper sprachen Bände! Der ist mit seiner Aussage, dass er seiner Lebensgefährtin versehentlich zwei Zuckertabletten statt Schmerztabletten gegeben hatte, die ihm angeblich Jonas in die Sakkotasche gesteckt hat, nicht weit gekommen. Eben wegen der Verwechslung! Der und unschuldig! – dass ich nicht lache! Heute weiß ich es."

„Du hast ja Recht, Bernhard, dass du dir immer wieder Vorwürfe gemacht hast, dass ich vielleicht jemanden aufgrund deines Fehlers zu Unrecht verurteilt habe. Dass die Schläge vielleicht nicht allein tödlich gewesen waren, weil wir beide durch die geheimgehaltene aber unabsichtliche Verwechslung der Seren dachten, dass sie sich mit den Zuckertabletten selbst umgebracht hat. Was anderes konnten wir ja damals auch gar nicht denken! Ein Blister wurde ja nie von der Spurensicherung gefunden. Aber wer konnte denn wissen, dass der in Lehmanns Sakko steckte, den er zur Anhörung anhatte? Den hat ja keiner durchsucht. Und diese Tabletten sieht sich der Kerl erst richtig an, nachdem er aus dem Gefängnis entlassen wurde, weil man ihm da seine persönlichen Gegenstände wiedergab, die er beim Einzug in den Knast dabei gehabt hatte. Ging ja damals auch alles so schnell. Von der U-Haft gleich drin geblieben, weil Fluchtgefahr bestand. Der hat echt geglaubt, dass er zu Unrecht gesessen hat, weil er Jonas' Mutter ein falsches Medikament gegeben hat, was, wie er glaubte, ihn umbringen sollte. Jonas' Mutter hatte sie ihm dahin gesteckt. Hatte gehofft, dass er die Tabletten irgendwann einmal gegen seine Kopfschmerzen einnehmen würde."

„Wir konnten das damals ja nicht wissen, dass sie Thomas die Euglucon in die Jacke steckte, nachdem sie die Tabletten im Spielzeuglaster gefunden hatte. Jonas konnte sich jahrelang nicht daran erinnern, weil diese Todesnacht ein Trauma in ihm ausgelöst hat. Seine Aussage war mehr als logisch."

„Tja, und nun glaubt alle Welt, dass er sich in diesem Fall an dir für dein Urteil an ihm rächen wollte, indem er das von dir adoptierte

Kind töten wollte. Ausgerechnet DAS Kind, das du adoptiert hast, dessen Mutter er umgebracht und mit dem er schon jahrelang unter einem Dach gelebt hatte. Du, sein verhasster Richter! Und auf das Kind hatte er ohnehin schon immer Hass empfunden, weil es ihm damals im Weg gewesen war. Und wie gestört der ist, das zeigen ja auch die anderen Morde, die er begangen hat. Seine Begründung, dass er mit deinen Urteilen nicht zufrieden gewesen war und seinen Opfern allen ein gerechteres und zweites Urteil durch ihn zukommen lassen wollte. Mensch, da fasst man sich doch an den Kopf, wenngleich ich mit den Opfern tatsächlich nicht ganz so großes Mitleid haben kann. Perfide, oder?"
„Womit wir wieder mal beim Thema Todesstrafe angekommen wären." Andreas überreichte Bernhard das Buch über den Scharfrichter Schwarz. „Lies es und genieß es. Wir sind die ersten, die es lesen dürfen. Morgen ist erst der offizielle Verkaufsstart."
„Bist jetzt richtig stolz auf Jonas, oder?"
Andreas nickte.
„Ich finde, jetzt dürfen wir alle froh sein! Schau, was das Leben dir nach langer und schwerer Zeit der Vorwürfe geschenkt hat! Eine kleine neue Familie, demnächst mit Enkelkind und eine liebenswerte Haushälterin. Und jetzt stoßen wir auf all das an.

*

Lenchen war ganz in ihrem Element. Sie musste es endlich einmal aussprechen und dem Verlagsleiter sagen: „Wissen Sie eigentlich, dass Jonas zweimal eine Erscheinung ..."
Plötzlich brach ein kleiner Tumult aus. Laura stand gekrümmt und hielt sich den Bauch. Jonas war sofort bei ihr. Die Wehen hatten eingesetzt.

Lenchen und Andreas

Nachdem Jonas mit Laura ins Krankenhaus gefahren war, lichtete sich der Dachboden. Wie ein aufgescheuchtes Huhn lief Lenchen umher und kam vor lauter Aufregung gar nicht zur Ruhe.
„Herr Behrends, sind Sie denn gar nicht aufgeregt?"
„Nein, die Natur wird das alles schon regeln und da es das erste Kind ist, werden wir uns wohl auch noch etwas gedulden müssen. Als Jonas anrief, sagte er, dass alles vorschriftsmäßig laufe, der Muttermund aber noch nicht weit genug geöffnet sei. Wir sollten ins Bett gehen und schlafen. Die Hebamme hat gesagt, dass da vor morgen Mittag nichts passiert."
„So lange! Das hält man ja gar nicht aus."
„Doch! Müssen Sie wohl." Er tätschelte Lenchen im Vorbeigehen die Schulter und wünschte ihr eine gute Nacht.
„Aber Sie können jetzt doch nicht einfach ...!"
„Doch, ich kann! Sie sollten sich auch ins Bett legen. Gute Nacht!", flötete Andreas und verschwand in seinem Schlafzimmer.
Lenchen seufzte. Sie würde gar nicht schlafen können und ständig nur auf ihr Handy gucken, ob es was Neues gab. Jonas hatte versprochen, ihr so schnell wie möglich ein Foto von dem Baby zu senden, wenn es erst auf der Welt wäre. Etliche Male testete sie, ob die Lautstärke auch auf Maximum stand, damit sie es nicht verpassen würde, wenn sie das Handy mal für ein paar Sekunden aus der Hand legte und er sich melden würde. Irgendwann fasste sie den Entschluss, sich doch in ihr Schlafzimmer zu verziehen. Dann starrte sie die Decke an, ging auf und ab. Bis sie sich ermahnte, dass sie ja albern sei und sich zusammenreißen müsse. Schließlich legte sie sich aufs Bett und nahm das Buch zur Hand. Den Schlussteil kannte sie zwar, wie er in der Realität abgelaufen war, aber als Zeitvertreib würde sie das Ende jetzt doch noch lesen.

*

… Zu gern würde ich Schwarz die Frage nach Clara beantworten können. Und ich habe mir ganz fest vorgenommen, sie zu finden. Für Schwarz und auch für mich. Denn durch Clara allein hat diese ganze Geschichte ja erst begonnen.

Sehr geehrter Leser,

an dieser Stelle enden die Aufzeichnungen von Friederich Uhde. Diese Aufzeichnungen wurden im Jahre 2015 von Jonas Behrends, der auch die Illustrationen zu diesem Buch erstellt hat, auf dem Dachboden seines Zuhauses unter einem losen Brett gefunden.
Es ist nur der späteren Recherche von Jonas und Laura Behrends (Layout) und einem großen Zufall zu verdanken, dass wir die Geschichte hier noch nicht mit vielen offenen Fragen beenden müssen.

- *Warum also endeten die Aufzeichnungen so abrupt?*

  Nach vielen Mühen und langem Suchen, stießen Jonas und Laura während ihrer Recherche auf einen alten Unfallbericht der Stadt Göttingen. Dieser Unfallbericht bestätigt den Tod des Lohnschreibers Friederich Uhde aus Hannover im Jahre 1865.

  Ein Zeuge habe gehört und gesehen, wie Uhde nach einer „Clara" gerufen habe und dann wild winkend, ohne auf den Kutschverkehr zu achten, die Straße überquerte. Eine Kutsche erfasste ihn und Uhde stürzte zu Tode.

  Die Frau, nach der er gerufen hatte, war wirklich die Clara, nach der er in seinen Aufzeichnungen gesucht hat, denn sie war ebenfalls Zeugin und sagte unter Tränen aus, dass sie Friederich Uhde kannte. Ihr gab man auch seine wenigen Habseligkeiten, die er bei sich getragen hatte zur Obhut, da keine Angehörigen von ihm zu finden gewesen waren.

- *Wie kamen die Aufzeichnungen auf den Dachboden der Familie Behrends?*

  Jonas und Laura Behrends vermuteten zwar, dass Clara damals als Magd bei einer Apothekerfamilie gedient hatte, die in ihrem Haus gelebt hatte, aber eine behördliche Bestätigung darüber gibt es nicht.

Bei Renovierungsarbeiten im Jahre 2019 fand man jedoch auf dem gleichen Dachboden, auf dem auch die Aufzeichnungen des Lohnschreibers gefunden wurden, in einer zugemauerten Nische eine mumifizierte Frauenleiche. Die Untersuchungen der Mumie ergaben, dass der rechte Oberschenkelknochen in Höhe des Knies die Vernarbung einer Operation aufwies, sodass man durch die Aufzeichnungen aus dem Buch, davon ausgehen kann, dass es sich hier wirklich um die sterblichen Überreste der von Uhde gesuchten Clara handelte. Außerdem trug sie ein goldenes Amulett, das ihrer Mutter Anna gehört haben könnte. Ihr Schädel wies eine schwere Kopfverletzung auf, die mit großer Wahrscheinlichkeit zum Tod geführt hat. Außerdem war Clara zum Zeitpunkt ihres Todes schwanger. Der Umstand, dass Clara schwanger war und man ihre Überreste in einer zugemauerten Nische fand, lassen die Vermutung zu, dass man sich ihrer Leiche nach einem Verbrechen heimlich entledigen musste. Vermutungen darüber, wer Clara das angetan haben könnte und von wem sie ein Kind in sich trug, wären nur Spekulationen und könnten zu falschen Verdächtigungen führen.

Es ist auch nichts darüber herausgefunden worden, ob Clara ihren leiblichen Vater Christian Schwarz nach dem Tod von Friederich Uhde noch einmal gesehen hat und dabei erfahren hat, dass sie seine Tochter war.

Fakt ist jedoch, dass zu der damaligen Zeit Mitte des 19. Jahrhunderts schwangere Mägde niemand beschäftigen wollte, weil sie während der Schwangerschaft nicht belastbar waren und wenn das Kind erst geboren war, man dieses in dem Haushalt nicht mitversorgen wollte.

- *Was wurde aus dem Scharfrichter Johann Christian Schwarz?*

  Schwarz starb 1867 in Groß-Rhüden und wurde im benachbarten Bilderlahe begraben. Obwohl er als Gastwirt große Anerkennung erfahren hatte, verwehrte man ihm ein christliches Begräbnis. Auf seinem Kreuz am Grab standen nur sein Name, Geburtsdatum und das Sterbedatum. Die Aufschrift „Hier ruht in Gott" durfte nicht angebracht werden.

Noch heute gibt es Nachfahren von ihm.

Auch wenn es Friederich Uhde nie gelungen ist, sein Werk zu vollenden, so wurde ihm doch, lange nach seinem Ableben, sein Traum, die Aufzeichnungen der Allgemeinheit zugänglich zu machen, durch Jonas Behrends mit der Veröffentlichung in unserem Verlag erfüllt.

*

Lenchens Schlafzimmertür wurde aufgerissen. Andreas rannte im Schlafanzug mit seinem Handy in der Hand an Lenchens Bett.
„Es ist da! Es ist da! Lenchen, wir sind Opa!"
Lenchen sprang auf. „Dann müssen wir sofort ins Krankenhaus! Was ist es denn?"
„Ein Baby. Ein Mensch! Ich weiß es nicht." Er sah auf sein Handy. Da rappelte Lenchens Handy. Jonas hatte ein Foto gesendet. Darauf waren er, Laura und das Baby zu sehen. Aber es gab keinen Hinweis darauf, ob es ein Junge oder ein Mädchen war, was da zwischen den beiden stolzen Eltern lag.

*

Jonas stand an der Wiege, und lächelte.
„Lenchen, ist sie nicht wunderbar?"
„Sie ist ganz bezaubernd!", antwortete Lenchen leise, um die Kleine nicht aufzuwecken.
„Das alles hier, das habe ich nur dir zu verdanken, liebes Lenchen."
„Na, na, na, mein Jungchen. Ein bisschen was musstest du schon selbst dafür tun. Ich habe dich nur ein wenig angeschubst."
„Ohne den Wettbewerb hätte ich niemals den Verleger kennengelernt. Auch wenn ich damals wegen der unklaren Sachlage der

Rechte am Text nicht gewonnen habe, habe ich trotzdem das Interesse des Verlags geweckt, der sich dann um alles gekümmert hat. Und dort lernte ich Laura kennen. Dann kam die Hochzeit, der Umbau des Dachbodens, der Knochenfund an der Stelle, wo es gebrannt hat und jetzt *das* hier. Das ist echt das Größte, Lenchen!" Jonas zeigte auf seine Tochter, die friedlich schlief.
„Es ist jetzt alles gut, mein Jungchen." Lenchen tätschelte Jonas die Wange.
„Lenchen?" Jonas wurde ernst.
„Ja?"
„Sie war noch einmal da."
„Wer?"
„Die Frau. Also Clara."
„Wann?"
„Gestern, bevor ich meine beiden aus dem Krankenhaus abholen wollte und die Wiege hier allein aufgestellt habe."
„Und?"
„Sie lächelte mich an und verschwand dann einfach."
Lenchen überlegte einen kleinen Augenblick. „Sie wollte ganz sicher einfach immer nur gefunden werden und hat sich nun bei dir ein letztes Mal gezeigt, um sich zu bedanken. Es gibt zwischen Himmel und Erde eben Dinge, die man nicht so einfach erklären kann."
„Ja, so ist es wohl!" Jonas nickte.
„Habt Ihr euch denn nun schon entschieden, wie eure Tochter heißen soll?"
Jonas lächelte und antwortete: „Clara."

Ende

© Jo-Ann Hattenkofer

Nachwort

Wieder einmal heißt es für mich Abschiednehmen. Abschiednehmen von meinen Protagonisten der fertig aufgeschriebenen Geschichte. Egal, ob sie mir während des Schreibens sympathisch waren oder nicht, sie sind mir ans Herz gewachsen und der Abschied tut weh. Erneut wächst in mir das Gefühl, dass ich es nie wieder schaffen werde, eine neue Geschichte aufs Papier zu bringen, obwohl die Vergangenheit gezeigt hat, dass dem nicht so sein wird.
Nach meinem letzten Roman, der die letzte öffentliche Hinrichtung der Dienstmagd Friederike Lotze 1859 in Göttingen zum Thema hat, wollte ich ebenso nicht loslassen und konnte mir überhaupt nicht vorstellen, dass mir jemals wieder eine neue Geschichte einfallen würde, bei der mich die Protagonisten so berühren könnten. Und doch ist es nun erneut geschehen. Allerdings würde es ohne meinen letzten Roman „RIKE – Das Versteck in der Stadtmauer" diese neue Geschichte gar nicht geben. Das Gefühl, an „RIKE" anzudocken, ließ mich damals nicht los, und das Resultat liegt nun gerade als „Das zweite Urteil" in Ihren Händen. Auch wenn beide Bücher unterschiedlicher in der Handlung nicht sein können, so gibt es doch eine Gemeinsamkeit.

So wie ich Friederike Lotze, die tatsächlich gelebt hat, das Image der gemeinen Giftmischerin nehmen wollte, überkam mich eines Abends der Gedanke, dass der grausame Scharfrichter, der sie mit seinem Schwert durch Enthauptung hingerichtet hatte, doch vielleicht auch gute Züge gehabt haben könnte. Durch meine Recherchearbeit zu „RIKE" wusste ich einiges über die Scharfrichterzunft. Nun begann ich noch intensiver in dieser Richtung nachzuforschen. Dabei erfuhr ich, dass sich Scharfrichter diesen unehrenhaften Beruf nicht selbst aussuchten, sondern er ihnen durch die Gesellschaft mit dem Zeitpunkt ihrer Geburt vorherbestimmt war. Darüber dachte ich intensiv nach, als ich strickend in meinem bunten Ohrensessel saß. Der Scharfrichter Christian Schwarz verwandelte sich in meinem Kopf von der tötenden Bestie in ein menschliches Wesen mit Gefühlen. Und hier begann die neue Geschichte.

Mit dem Wollfaden, der durch meine Finger gleitet und mithilfe der Nadeln zu einem neuen Kleidungsstück wird, strickt sich ebenso im Kopf eine Geschichte zurecht.

Es dauerte genau eine Strickjacke und zwei Paar Wollsocken lang, bis die Erzählung um den Scharfrichter Christian Schwarz gedanklich fertig war. Aber die Zeit, sie zu Papier zu bringen, war noch nicht reif. Denn in meinem Kopf blitzten immer mal wieder Teile einer weiteren Idee auf: Ein Serienmörder mit falschem Gerechtigkeitsempfinden tötet Verbrecher auf die gleiche Art, wie sie selbst getötet hatten.
Nun – wer meine Stricksachen kennt, der weiß, dass sie oft patchworkmäßig aus vielen kleinen Strickteilen zusammengesetzt sind. Mit meinen Geschichten ist es nicht anders. Den Serienmörder strickte ich mit dem Scharfrichter zusammen und damit auch alles logisch miteinander verbunden ist, handarbeitete ich noch zusätzlich die Story um Jonas und die geisterhafte Frauenerscheinung ein.

Was sich nun so einfach anhört, ist nicht immer leicht gewesen. Während an einigen Stellen meine Gedankenfäden nur so dahinglitten, gab es Strecken voller Knoten und doppelter Schlingen. Plötzlich steckte ich z. B. bei Stefan im Kanalschacht fest und brauchte dringend Hilfe und zusätzliche Informationen. Auf Umwegen landete ich bei der Suche nach Antworten zur Kanalisation über ein Telefonat mit der Stadt Northeim bei Herrn Thomas Ertel,

der mir meine Fragen als Abwassermeister hervorragend beantworten konnte. Und bei diesem Gespräch stellte sich auf mysteriöse Weise heraus, dass Herr Ertel einen direkten Nachfahren des Scharfrichters Christian Schwarz kennt. Zufall oder Schicksal? Keine Ahnung, aber ein bisschen gruselig war das schon, dass ich über den Kanalisationsmord bei Herrn Ertel landete, der auch noch ganz nebenbei direkte Nachfahren von Schwarz kannte!
Herr Ertel gab mir die Telefonnummer von Moritz Schwartz (dem Nachnamen wurde irgendwann ein *t* vor das *z* gesetzt). Dem Urur…enkel (ich weiß nicht wie viele Urs ich hier anhängen muss) von Christian Schwarz.
Von ihm erfuhr ich viele interessante weitere Details und ich ribbelte an einigen Stellen meine Geschichte um den Scharfrichter auf, um neu anzustricken. Moritz erzählte mir, dass Scharfrichter neben der Geständniserzwingung durch Folter, dem Reinigen der Abwasserkanäle und der Aufsicht über die Prostituierten bei den öffentlichen Hinrichtungen auch zur allgemeinen Volksbelustigung beitrugen. Mit einem Augenzwinkern bemerkte er, dass seine Familie sich bis heute der Unterhaltung von Menschen verschrieben hätte. Dies allerdings mehr in Form von Kino-, Theater- oder Musikveranstaltungen.

Auch wenn vieles um Christian Schwarz in meiner Geschichte der Wahrheit entspricht, so habe ich doch auch viel Fantasie mit einfließen lassen. Schwarz hatte keine uneheliche Tochter mit einer Prostituierten. Clara und Anna sind in meiner Geschichte also rein fiktiv.
Die Gastwirtschaft jedoch, die betrieb Schwarz nach der Beendigung seiner Scharfrichtertätigkeit tatsächlich, verließ damit die Scharfrichter-Kaste und wurde vor seinem Lebensende noch zu einem angesehenen Mann in der Gesellschaft.

Während ich diese Zeilen verfasse und traurig bin, dass nun alles aufgeschrieben ist, überkommt mich aber auch gleichzeitig die Vorfreude, in naher Zukunft das fertige Buch in Händen zu halten.

Und Erleichterung verspüre ich auch. Demnächst muss ich mir erstmal keine Gedanken darüber machen, auf welche Weise man töten kann. Ob Sie es mir glauben oder nicht, die Morde von Thomas haben mir eine Menge Ideenreichtum abverlangt. Aber soll ich Ihnen was verraten? Wenn man erstmal dabei ist, dann geht das erstaunlich gut! ;-) Es wächst ein Stück weit Verständnis für die Sensationslust des Volkes ....

Imbshausen, den 16. August 2020

DANKE

Ich muss es immer wieder betonen: Ein Buch entsteht nicht allein durch den, der es geschrieben hat! Viele Menschen haben mich auf dem Weg bis zum fertigen Buch begleitet:

Diesmal danke ich zuallererst meinem Mann **Christian Paare**, der mit einer Engelsgeduld meine wirren Gedanken und Ver„strickungen" in der Geschichte neu sortiert und sie mir passend gemacht hat, damit sie harmonisch ineinandergreifen konnten. Danke, lieber Murkel! Dafür und für so unendlich vieles andere liebe ich Dich!

Meiner Tochter **Pauline Paare** danke ich für die Hilfe bei der Entstehung des Trailers zu „Das zweite Urteil", und dass sie so manche grausame Stelle aus dem Manuskript mit sehr viel Fassung ertragen hat. Liebe Pauli, Du bist und bleibst mein Liebstes!

Die Idee der realen Verwechslungsgefahr von Schmerztabletten mit Zuckertabletten brachte mein Hausarzt **Werner Gerhold** ins Spiel. Herr Gerhold, ich danke Ihnen für diesen spitzfindigen Hinweis, der den Umbruch meiner Story brachte. Ohne Sie wäre es da viel langweiliger zugegangen.

Dr. Michael Hoepfner hat am Telefon geduldig meine Fragen zu Diabetes beantwortet und viel zu meinem Verständnis dieser Krankheit beigetragen. Dafür bin ich ihm sehr dankbar, denn ohne seine Hilfe wären mir einige Szenen nicht eingefallen. Herr Dr. Hoepfner, vielen, vielen Dank für die unkomplizierten Antworten zu meinen Fragen!

Ein weiteres und großes Dankeschön geht an **Thomas Ertel**, der mir mit seinem Wissen sprichwörtlich aus dem Kanalisationsschacht half und nebenbei ganz zufällig den Kontakt zu Moritz Schwartz herstellte. Herr Ertel, Sie waren der richtige Mann zur richtigen Zeit. Dafür danke ich Ihnen!

Moritz Schwartz – als Nachfahre des Scharfrichters Christian Schwarz – gilt mein besonderer Dank für viele kostbare und interessante neue Einblicke in das Leben seines Urur... großvaters. Für mich war dieses Kennenlernen etwas ganz besonderes. Moritz, Du bist echt crazy und ich danke Dir vielfach für Deine Infos! Ich stehe noch immer in Deiner Schuld, das habe ich nicht vergessen!

Wieder einmal habe ich auch Tränen der Freude vergossen. **Jo-Ann Hattenkofer** hat den ausgeschriebenen Illustrationswettbewerb mit ihrer Zeichnung meiner Clara auf Seite 265 gewonnen! Beim Bewerten der Einsendungen waren mir die Künstlernamen nicht bekannt. Es ist wieder erneut sehr mystisch zugegangen. Denn Jo-Ann hat schon bei meinem letzten Buch die Rolle der Friederike Lotze im Trailer zu „RIKE - Das Versteck in der Stadtmauer" gewonnen. Auch hier wieder die Frage: Zufall oder Schicksal? Danke für Deine wundervolle Illustration, liebe Jo-Ann! Sie hätte nicht treffender sein können.

Das passende Kleid meiner Geschichte wurde nicht gestrickt, sondern kunstvoll von **Marie Graßhoff** zusammengesetzt. Ich bin ihr so dankbar für dieses wundervolle Cover. Thank you, Marie!

Ohne Lektorat geht es nicht! **Lex Lingua** hat meinem Text wieder einmal den letzten Schliff gegeben. Ich weiß nun, dass man die Einstellungen eines Handys nicht ohne Sicherheitscode ändern kann, wenn es per Fingerabdruck zu entsperren ist. Und ich habe gelernt, dass frische Wasserleichen zunächst untergehen, um dann erst viel später wieder an die Oberfläche zu kommen. Ein Hoch auf den kapitalen Wels und die Fliegen, die fliegen mussten! ;-) 1000 Dank für alles, Lex Lingua!

Tobias Janus ist mein Wiederholungstäter. Wieder einmal hat er als Verleger um die Entstehung des Buches alles in die Hand genommen und völlig unkompliziert organisiert. Alle meine Ideen finden bei ihm Gehör und werden letztendlich auch umgesetzt. Er ist dafür verantwortlich, dass ich überhaupt schreibe. Seitdem geht es in meinem Leben sehr aufregend und spannend zu. Lieber Herr Janus, ich kann Ihnen gar nicht genug danken!

Liebe Leserinnen,
liebe Leser,

Ihnen danke ich dafür, dass Sie dieses Buch gelesen haben. Ohne LeserInnen gäbe es nämlich überhaupt keine Bücher und ohne Bücher würde es keine Autoren, Buchhandlungen und Verlage geben. Letztendlich verdanke ich es also nur Ihnen, dass ich mir weiterhin Geschichten ausdenken darf, Bücher anderer Autoren in meiner Lieblingsbuchhandlung in der Wieterstraße in Northeim kaufen kann und vielleicht bald ein weiteres Buch von mir verlegt wird. Meine Welt wäre ohne Sie sehr trist und grau. Danke!

Biographie

Y. S. Paare wurde 1973 in Einbeck geboren, lebt heute in Northeim, ist verheiratet und hat eine Tochter. Neben dem Schreiben ist Y. S. Paare sehr vielseitig interessiert. U. a. ist neben dem Handarbeiten und Musizieren die Fotografie zu einer großen Leidenschaft geworden.

Unter ihrem Realnamen Yvonne Stöckemann-Paare veröffentlicht sie erfolgreich Kinderbücher und Kurzgeschichten.

www.stoeckemann-paare.de

Y. S. Paare bei GRIMPE

Die Schatten der Vergangenheit reichen bis in die Gegenwart

Göttingen 1859:
Unter lauten Jubelrufen findet die letzte öffentliche Hinrichtung statt. Die junge Friederike Lotze wird an diesem kalten Januarmorgen an der Gerichtslinde ihr Leben verlieren. Ein letztes Mal blickt sie in die tobende Menge, ehe ihr die Augen verbunden werden. Was aber ist geschehen, dass die Dienstmagd aus Hannoversch Münden den nächsten Tag nicht mehr erleben wird?

Northeim 2017:
Jule ist neu in der Stadt.
Wieder einmal hat sie ihre Pflegefamilie wechseln müssen – wer weiß, wie lange es dieses Mal gut geht! Durch Zufall kommt sie mit ihrem Mitschüler Lennart in Kontakt. Auch er ein Außenseiter ohne Freunde. Während sich die beiden immer besser verstehen, beginnen sich die Ereignisse zu überschlagen: Ständig treffen sie auf einen seltsamen Kerl, der sie zu verfolgen scheint. Dann findet Jule ein uraltes Buch, versteckt in der Stadtmauer: Das geheime Tagebuch der Friederike Lotze …

RIKE - Das Versteck in der Stadtmauer
Taschenbuch: 216 Seiten
Verlag: Grimpe (17. November 2018)
ISBN: 978-3-943465-12-9
Empfohlenes Alter: Ab 13 Jahren